U0524172

中西文论对话:理论与研究

邹广胜 著

商务印书馆
2011年·北京

图书在版编目(CIP)数据

中西文论对话:理论与研究/邹广胜著.—北京:商务印书馆,2011
ISBN 978-7-100-08564-9

I.①中… II.①邹… III.①文学理论—对比研究—中国、西方国家 IV.①I0-03

中国版本图书馆 CIP 数据核字(2011)第 182412 号

所有权利保留。
未经许可,不得以任何方式使用。

中西文论对话:理论与研究

邹广胜 著

商 务 印 书 馆 出 版
(北京王府井大街36号 邮政编码100710)
商 务 印 书 馆 发 行
三河市尚艺印装有限公司印刷
ISBN 978-7-100-08564-9

2011年10月第1版　　开本880×1230 1/32
2011年10月北京第1次印刷　印张10 5/8
定价:28.00元

目 录

上编　文学对话理论研究

导　论 …………………………………………………………… 3
　第一节　对话理论研究的基本现状 ………………………… 4
　第二节　对话理论溯源——柏拉图的对话 ………………… 6
　第三节　20世纪对话理论的新视野 ………………………… 18

第一章　巴赫金对话理论的价值取向 ………………………… 30
　第一节　作者与主人公的对话 ……………………………… 30
　第二节　文体与意识形态 …………………………………… 36
　第三节　对话与狂欢 ………………………………………… 40
　第四节　开放与多元的价值观 ……………………………… 47

第二章　文本与读者的对话 …………………………………… 54
　第一节　接受理论和读者反应理论的兴起 ………………… 54
　第二节　读者的主体性 ……………………………………… 58
　第三节　文本的"主体性" …………………………………… 71
　第四节　对用自然科学方法研究精神科学的反思 ………… 80

第三章　跨文化对话的可能与立场 …………………………… 84

第一节 跨文化对话时代的来临与后殖民批评 …………… 84
第二节 "差异原则"与强势文化对弱势文化形象的塑造 …… 92
第三节 "反抗的策略"与弱势文化形象的自我塑造 ………… 101
第四节 跨文化交流中的立场,特别是知识分子的立场
    问题 ………………………………………………………… 109

第四章 对话的存在主义文论——现代与后现代之间 ………… 116
第一节 后现代时代的来临与后现代主义 …………………… 116
第二节 读者的介入与解读 …………………………………… 129
第三节 开放的文本与文本之间的对话 ……………………… 136

第五章 对话的文体与独白的文体 ……………………………… 148
第一节 平等的对话主体与等级的对话主体 ………………… 149
第二节 对话主体的关系与对话者的言说方式 ……………… 153
第三节 开放的结论与多元的选择 …………………………… 160
第四节 对话的观念与"神"的观念 …………………………… 164

下编 中西文论对话研究

第六章 对中西文论对话与古代文论现代转换研究现状的
    反思 ………………………………………………………… 173
第一节 研究中西文论对话与古代文论现代转换的意义 …… 173
第二节 中西文论对话与古代文论现代转换的研究现状 …… 175
第三节 中西文论对话与古代文论现代转换中几个亟待
    明确的理论问题 ………………………………………… 189

第七章　中西文论对话与古代文论现代转换中的问题意识……197
第一节　中西文论对话中问题意识的具体表现…………197
第二节　中西文化强弱的对比对思考中西文论对话的影响……217

第八章　中国古典文化的内在复杂性与中西文论对话及古代文论的现代转换……………233
第一节　中国古典文化的内在复杂性与等级的客观存在……233
第二节　中国古典文化中的等级传统对理解经典的意义………244
第三节　繁难的古文字或艰深的古典文化对形成中国传统文化等级特征的意义…………256
第四节　等级传统对中西文化交流及交流对反思中国古典等级传统的意义………………264

第九章　人的观念与中西文论对话及古代文论的现代转换………274
第一节　西方文论中人的观念与文学的观念………274
第二节　西方文论中人的观念对理解中国传统人的观念的意义……………286

第十章　老庄的浪漫主义传统与浪漫主义价值的重估…………308
第一节　追求可能人生的浪漫主义…………308
第二节　浪漫的想象与科技理性…………314
第三节　对浪漫主义与宗教关系的反思…………320
第四节　老庄浪漫主义传统的现代意义…………326

结　语………………334

上 篇

文学对话理论研究

上篇

文字校勘術語釋

导　论

马丁·布伯(Martin Buber)说:"泰初即有关系"①,并把人类面临的两种基本关系模式分为"我—你"关系和"我—它"关系。"我—你"关系是一种直接的对话关系,对话者相互依存、相互提问、相互应答。在"我—它"关系中,"它"并不作为主体参与对话,"我"和"它"是一种观看与被观看、研究与被研究、利用与被利用的关系,"我—你"的平等交流关系被一种等级的人与物、主体与客体的关系所代替。② 马丁·布伯以"我—你"关系模式揭示了对话就是二元、多元主体之间的平等关系。对话理论就是对多元、平等主体间关系的探讨。同样,文学中的对话理论是对艺术事件中各个要素之间对话关系的探讨。对话理论的研究在当代西方哲学、美学、文化学、文学、宗教研究中占有重要地位,在我国学术界也同样引起了广泛关注。有学者指出:"文艺学已进入一个对话的时代。"③还有学者把对话与"百家争鸣"联系在一起分析当前我国文艺理论的发展,④甚至把对话当作文艺批评走出困境的抉择。⑤

---

① 马丁·布伯:《我与你》,陈维纲译,三联书店1986年版,第33页。
② 同上,第17—30页。
③ 杜书瀛:《新时期文艺学反思录》,《文学评论》1998年第5期。
④ 李衍柱:《对话是"百家争鸣"的理想形态》,《文艺理论研究》1996年第6期。
⑤ 戚廷贵:《对话:文艺批评走出困境的抉择》,《文艺争鸣》1996年第6期。

第一节 对话理论研究的基本现状

当前对话理论的研究主要集中在对巴赫金对话理论的分析上。如钱中文在《苏联文学理论走向》一文中说巴赫金(Bakhtin)在20世纪60年代"系统地提出了复调小说理论,有一些术语如'复调'、'多声部性'、'对话'、'未完成性'被广泛运用"[①]。同样,他在《交往对话主义的文学理论——论巴赫金的意义》一文中指出:"巴赫金自称为'哲学家'。贯穿于其绝大部分著作的有一种精神,这就是交往、对话的哲学精神。"[②]并对巴赫金的对话理论,包括来源、主要内容、影响等作了详尽、细致的分析,成为国内研究巴赫金对话理论的重要作品。更重要的是钱中文把巴赫金的研究和当前的文学理论的发展密切联系在一起。在他看来,对话理论应作为对现代性研究、对我国文艺事业发展的一个重要尺度。所以,他在《文学理论的现代性问题》一文中说:"当今现代性所要求的,应是排斥绝对对立、否定绝对斗争的非此即彼的思维,更应是一种走向宽容、对话、综合、创新,同时包含了必要的非此即彼、具有价值判断的即此即彼的思维。"[③]但是,对巴赫金以外的理论家对对话理论的研究却较少涉及。

刘康在《一种转型期的文化理论——论巴赫金对话主义在当代文论中的命运》一文中,把巴赫金的对话理论界定为"一种转型时期的文化理论"可谓切中肯綮。因为追求多元、平等、交流的对话主义,只有在

---

① 钱中文:《文学理论:走向交往对话的时代》,北京大学出版社1999年版,第71页。
② 同上,第129页。
③ 同上,第287页。

社会文化转型时期才具有它的客观可能性。① 另外一部关于巴赫金对话理论的著作是董小英的《再登巴比伦塔——巴赫金与对话理论》。这部作品主要分五部分：巴赫金对话理论阐述、对话性的先决条件、叙事文本中的对话性形式、对话性的原则及结论。主要从语言学的角度对巴赫金的对话理论进行了研究。在结论中有一节为"巴赫金与文学理论"，具体分为：对对话理论的肯定、否定、补充、开创、对话理论对几种理论的颠覆、对话理论对几个学科的发展。主要内容是对对话理论的意义进行价值判断，但没详细展开论述。②

法勒(Roger Fowler)在《现代批评术语词典》中，把对话和巴赫金的著作，特别是他的《陀思妥耶夫斯基诗学问题》联系在一起。③ 凯利(Michael Kelly)主编的《美学百科全书》中，对话则主要指巴赫金的对话理论和柏拉图的对话作品。④ 克拉克与霍奎斯特合著的《米哈伊尔·巴赫金》是研究巴赫金的重要作品，对巴赫金的学术发展历程进行了广泛深入的研究，但没对巴赫金的对话理论作专章的论述。对话理论的分析散见于"应答的建筑术"、"陀思妥耶夫斯基诗学"等章节。⑤ 托多洛夫(T. Todorov)的《批评的批评》有两章对对话理论进行了研究："人与人际关系"是对巴赫金的研究；"对话批评"是整篇著作的结论。整篇著作主要叙述作者自己是如何从一个形式主义者发展成为一个"对话批评"的提

---

① 刘康：《一种转型期的文化理论——论巴赫金对话主义在当代文论中的命运》，《中国社会科学》1994 年第 2 期。
② 董小英：《再登巴比伦塔——巴赫金与对话理论》，三联书店 1995 年版，第 309—319 页。
③ Roger Fowler, ed., *A Dictionary of Modern Critical Terms*, Routledge, 1990, pp. 58—60.
④ Michael Kelly, ed., *Encyclopedia of Aesthetics*, Oxford University Press, 1998, 1:195—199, 2:288.
⑤ 克拉克等：《米哈伊尔·巴赫金》，语冰译，中国人民大学出版社 1992 年版，第 82—123、290—308 页。

倡者的,所以他把书的副标题定为"教育小说"。① 巴赫金说:"对话文化发源于苏格拉底对话。"② 托多洛夫说:"巴赫金预示(不是说实践)了一种新形式。这种新形式可以称为对话批评","对话批评在每一个时代都存在着"。③ 可见,仅仅局限于对巴赫金理论的探讨还远远不够。正如史蒂芬·罗(Stephen C. Rowe)所说的:"西方传统的核心不在于堂皇的体系或理智的建构,也不在于作为分析论证的工具和技术的理智,尽管这些在被用于某一适时的目的时非常有用,但它们本身并不重要。我发现,真正的核心在于对话本身。"④ 本书企图如史蒂芬·罗所做的那样,"摆出有力的证据来说明对话……正是西方传统的伟大之处"。⑤ 滕守尧的《文化的边缘》是国内对对话理论总体上进行研究的一部重要著作。这部作品分成"对话的原理"和"对话的实践"两篇;对"西方现代对话哲学"、"女性主义"、"人际对话"、"东西方对话"、"对话、边缘意识与教育"等进行了研究,特别是对中国古代哲学,主要是老庄哲学所隐含的对话意识进行了探讨,这是其他作品很少涉及的。这部著作内容丰富,主要是从哲学、美学与文化学的角度来分析,对文学理论的具体分析较少。但更值得注意的是,该书几乎没有涉及巴赫金和柏拉图的对话理论。⑥

第二节 对话理论溯源——柏拉图的对话

柏拉图的对话作为西方对话的一个重要源头,对后来的对话理论

---

① 托多洛夫:《批评的批评》,王东亮等译,三联书店1988年版,第188页。
② 钱中文主编:《巴赫金全集》第五卷,河北教育出版社1998年版,第189页。
③ 托多洛夫:《批评的批评》,第93、183页。
④ 史蒂芬·罗:《再看西方·中文版作者序》,林泽全等译,上海译文出版社1998年版,第1页。
⑤ 史蒂芬·罗:《再看西方》,第97页。
⑥ 滕守尧:《文化的边缘》,作家出版社1997年版,第3—24页。

产生了深远的影响。柏拉图的对话隐含了后来理论家对对话内涵的基本理解。

一、平等的对话主体

在柏拉图的绝大多数对话中,主角都是苏格拉底,柏拉图的思想主要是通过苏格拉底和其他人的对话来体现的,所以柏拉图对话一般又称为苏格拉底对话。

在柏拉图的对话中首先引起我们注意的是苏格拉底和他的对话者之间的平等关系。柏拉图笔下苏格拉底的对话者都是一些在经济和社会地位上比他还高的贵族和思想家。如戏剧家阿里斯托芬、悲剧家阿加通、诡辩派修辞家斐德罗斯、演说家高尔吉亚、修辞学家和法学家普罗泰戈拉、哲学家巴曼尼德斯等。苏格拉底的对话者并不是他的学生,更不是他的仆人。所以,加达默尔说:"谈话艺术的第一个条件是确保谈话伙伴与谈话人有同样的发言权。我们从柏拉图对话中的对话者经常重复'是'这个情况,可以更好地认识这一点……进行谈话并不要求否证别人,而是相反的要求真正考虑别人意见的实际力量。"[1]正如苏格拉底常说的"使对手的地位更加巩固",柏拉图采用对话的文体也是为了更好地表达他们之间的平等关系。因为在平等的对话中,对话者都有发言的机会:一方讲过,另一方接着,并不是一方的独白,对话使双方的合理性都得到充分的展示。所以,黑格尔说柏拉图的对话体之所以是"特别有吸引力的"、"美丽的艺术品",就在于这种"客观的"、"造型艺术的叙述形式""充分避免了一切肯定、独断、说教的作风","容许与我们谈话的每一个人有充分自由和权利自述或表现他的性格和意见。并且于说出反对对方、与对方相矛盾的话时,必须表明,自己所说的话

---

[1] 加达默尔:《真理与方法》,洪汉鼎译,上海译文出版社1999年版,第471—472页。

对于对方的话只是主观的意见"。"无论我们怎样固执地表达我们自己,我们都必须承认对方也是有理智、有思想的人。这就好像我们不应当以一个神谕的气派来说话,也不应阻止任何别的人开口来答辩。"这种"伟大的雅量"使柏拉图的对话"优美可爱"。① 由此看来,主体之间的多元、平等关系是对话得以可能实现的根本原因,相反,就会成为一元的独白。

在柏拉图看来,苏格拉底是一位勇敢、坚忍、品格高尚、具有智慧的老师。但苏格拉底自己却从不声称是"诲人不倦"的老师,只是"神特意派来刺激雅典城邦,这匹'身体庞大而日趋懒惰'的'纯种马'的'牛虻'","我高于众人的本质就在于我非常自觉地意识到自己的无知"。苏格拉底常常承认自己的"无知",他的名言就是:自己是世界上最聪明的人,原因就在于自己承认自己的无知,其他人却自认为有知识。② 在柏拉图的笔下,苏格拉底并不是完美无瑕的形象,而是一种"无知+自我批评"的智者形象。正如巴赫金所说:"苏格拉底对话中的双重的自我吹嘘,也是典型的:我比一切人都聪明,因为我知道自己一无所知。通过苏格拉底的形象可以观察到一种新型的非诗意的英雄化。"③他这种非英雄化的人物形象决定了他与对话者的关系,他并不是灌输、教育对方,而是和对方一起去探讨真理。正如弗莱所说,"教师从根本上说,并非是教无知的有知者,这一点至少早在柏拉图的对话录中就已确认了"④。苏格拉底与对话者的关系是一种"我—你"的关系。对此,马丁·布伯说:"真正的教师与学生的关系便是这种'我—你'关系的一种

---

① 黑格尔:《哲学史讲演录》第二卷,贺麟译,商务印书馆1997年版,第164—166页。
② 柏拉图:《苏格拉底最后的日子》,余灵灵等译,上海三联书店1988年版,第45—66页。
③ 钱中文主编:《巴赫金全集》,第三卷,河北教育出版社1998年版,第528页。
④ 同上,第5页。

表现。为了帮助学生把自己最佳的潜能充分发挥出来,老师必须把他看作具有潜在性与现实性的特定人格,更准确地说,他不可视为一系列性质、追求和阻碍的单纯聚合,而应把他的人格当作一个整体,由此来肯定他。这就要求老师要随时与学生处于二元关系中,把他视作伙伴而与之相遇。……这当然取决于他能否激发学生,使其也对他采取'我—你'态度,把他也视为一特定人格,加以肯定。"①

与此相同,苏格拉底对待自己的"老师"荷马也是如此。柏拉图在《国家篇》里指出:从当时流行的观点来看,荷马是最高明的诗人,是希腊的教育者,也就是全希腊民族的老师。荷马的诗也是当时希腊教育的中心和焦点,每个希腊儿童都能背诵这些诗。但苏格拉底并不因荷马的伟大而无条件地奉若神明。所以,他在《国家篇》卷十中说,荷马的确是悲剧诗人的领袖,但是尊重人不应该胜于尊重真理。苏格拉底以平等的对话者的身份和对话者展开对话,决定了他与对话者的亲昵关系。在苏格拉底对话中,互相调侃的地方很多,如斐德罗斯说他"你所说的全是废话",但苏格拉底并没有以训斥诅咒的口吻来对待他。他说:"这都是我不能和你同意的……如果我因为爱你而随声附和你,他们都会起来指责我……我很明白我是蒙昧无知的。"后来苏格拉底又以调侃的口气说:"我和你要好,和你开玩笑,你就认真起来吗?"斐德罗斯说:"别让我们要像丑角用同样的话反唇相讥。""我比你年轻,也比你强壮,想想吧,别逼得我动武!"苏格拉底最后说:"我要蒙起脸,好快快地把我的文章说完,若是我看到你,就会害羞起来,说不下去了。"②柏拉图用纯客观模仿的方式来叙述自己老师的言语行为,他这种中性的叙述者角色并没有掩盖自己崇敬的老师平凡、宽容和世俗的性格而仅让

---

① 马丁·布伯:《我与你》,第158—159页。
② 柏拉图:《文艺对话集》,朱光潜译,人民文学出版社1997年版,第102—105页。

世人看到他高不可攀的崇高地位。我们也可以从苏格拉底对话中常常出现笑声看到这一点。因为笑是日常言语行为中一个非常重要的因素,笑的亲昵性能消除一切距离,化解严肃性,打破等级秩序。它反映对话者之间深层的平等关系。正如赫尔岑所说的:"在教堂、在宫廷、在前线,面对行政长官、面对警察区段长、面对德国管家,谁也不会笑。当着地主的面,农奴侍仆无权笑。平等的人之间才会笑。如果准许下层人当着上层人的面笑,或者他们忍不住笑,那么下级对上级的尊敬也没有。"①

从以上的分析看出,苏格拉底与对话者的平等关系是对话得以可能实现的基本条件,如果苏格拉底不把对方看成平等的对话主体,认为自己在讲话时对方没有发言的权利,那么,最后的结果将是苏格拉底的独白。正如巴赫金所说的:"独白原则最大限度地否认在自身之外还存在着他人平等的以及平等且有回应的意识,还存在着另一个平等的我(或'你')。在独白方法中(极端的或纯粹的独白),他人只能完全地作为意识的客体,而不是另一个意识。独白者从不期望他人的回答,对他人的回答置若罔闻,更不相信他人的话语有决定性的力量,能改变自己的意识世界里的一切。"②

二、对话的形式与文体

柏拉图全部的著作,除《苏格拉底的辩护》外,大都是用对话体写成的。对话体在他的著作中占有绝对地位。柏拉图的对话体对西方叙事文体的发展产生了深远的影响。黑格尔和 E. 策勒尔都把柏拉图的对

---

① 钱中文主编:《巴赫金全集》第六卷,河北教育出版社 1998 年版,第 107 页。
② 同上,第五卷,第 385—386 页。

话当成"文学艺术作品"①,甚至有人直接把它看成戏剧②。柏拉图的对话对陀思妥耶夫斯基的小说产生了很大的影响,巴赫金说:"陀思妥耶夫斯基在文学领域里完成了某种变革,创立了一种艺术世界的新模式。……这种变革虽在一定时代得以完成,可以说得以体现,它确是数百年甚至上千年漫长的酝酿过程。陀思妥耶夫斯基是一种古老传统的继承者、延续者和完成者;这一传统植根于古希腊罗马的土壤上(苏格拉底对话……)。"③他在1961年4月1日的一封信中也同样提到,古人把一系列中小体裁归入苏格拉底对话体,而且认为在这种体裁中产生了近乎长篇小说的人物形象:苏格拉底。④ 在《关于陀思妥耶夫斯基一书的修订》中:"取代悲剧对话的苏格拉底对话,是长篇小说新体裁发展史中的第一步。"⑤在巴赫金看来,"对话体的强烈对照,离奇紧张的情节场面,危机与转折,道德考验,灾祸和闹剧,对立的和矛盾的结合,如此等等,决定着陀思妥耶夫斯基长篇小说的整个情节布局结构"。⑥

  柏拉图的对话文体是由苏格拉底和对话者之间的平等关系决定的,对话主体的平等关系决定了对话主体的角色能够互相转换。扬·穆卡诺夫斯基在《对话与独白》中说:"每一次言语表达至少有两个承载语言信号的主体:即发出语言信号的主体(言者)以及发出语言信号的对象的主体(听者)。我们已经指出独白时其中的一个主体始终是施动的,另一个主体始终是受动的,而对话时两个主体所承担的角色则不断

---

① E. 策勒尔:《古希腊哲学史纲》,翁绍军译,山东人民出版社1992年版,第127页。
② 陈中梅:《柏拉图诗学和艺术思想研究》,商务印书馆1999年版,第263页。
③ 钱中文主编:《巴赫金全集》第四卷,河北教育出版社1998年版,第352页。
④ 同上,第543页。
⑤ 钱中文主编:《巴赫金全集》第五卷,第385页。
⑥ 同上,第207页。

地互换,即每一个主体轮流地成为施动者和受动者。"①如《会饮篇》为说明爱情就用了可置换的角色,一个宣讲,一个聆听。同样,对话文体能够充分表达不同言说主体的观点,对话成为展示不同立场、不同价值、不同声音的场所。如在《圣经》这部传统上被称为"上帝的修辞学书"中,我们仍能听到与上帝争辩的声音。《圣经·诗篇》第44篇第12—14节写到:"你卖了你的子民,也不赚利,所得的价值,并不加添你的资财。你使我们受邻国的羞辱,被四周的人嗤笑讥刺。你使我们在列邦中作了笑谈,使众民向我们摇头。"这种与上帝抗争的声音只能在对话的文体中传达,如果在上帝的独白里,这种声音就会被上帝一个人的声音所淹没。

柏拉图用对话体的方式记述了苏格拉底的思想,但苏格拉底反对对话的体裁。苏格拉底认为:"凡是诗和故事可以分为三种:头一种是从头到尾都用模仿,像你(阿德曼特,引者注)所提到的悲剧和戏剧;第二种是只有诗人在说话,最好的例子也许是合唱队的颂歌;第三种是模仿和单纯叙述掺杂在一起,史诗和另外几种诗都是如此。"而且指出:"模仿最受儿童们、保姆们,尤其是一般群众的欢迎",以至于"禁止一切模仿性的诗进来"。在苏格拉底看来,文体的运用并非是一个中性的概念,叙述文体有自身隐含的价值倾向。所以,他对叙述的文体进行了划分:"一种是真正好人有话要说时所用的;另一种是性格和教养都和好人相反的那种人所惯用的。"②苏格拉底对纯模仿和纯叙述所作的区分,使纯模仿遭到了苏格拉底的彻底排斥。原因在于纯模仿"把对话中间所插进的诗人的话完全勾销去了,只剩下对话"。纯模仿否定了叙述者对叙事的全视角和绝对权威,取消了诗人检察官的角色和对诗歌的

---

① 世界文论编辑委员会编:《布拉格学派及其他》,社会科学文献出版社1995年版,第38页。
② 柏拉图:《文艺对话集》,第50—66页。

价值评判,使叙述成为行为主体展示自身的过程,和纯叙述的单一的价值视角结合在一起。文体形式与行为主体的一致性决定了模仿是各种文体的混杂,正如巴赫金所说的小说是各种文体的百科全书一样。苏格拉底对纯模仿与纯叙述的区分对西方叙事文体,特别是小说的发展起到了非常重要的作用,所以,亨廷顿·凯恩斯说,对话使他"拥有了现代小说家的自由"[1]。

三、开放的真理观

对话不是宣布真理而是对真理进行探讨,真理在讨论中展示自身。史蒂芬·罗说:"柏拉图以对话的形式来展开苏格拉底智慧的各部分,这绝不是偶然的。在阅读这些对话时,它们引领着我们经历了它们所讨论的转变过程本身,让我们跟随着苏格拉底去揭开他的智慧之谜。"[2]与此相反,独白的本质不仅在于把自己的话语当成绝对的真理,而且同时掩盖了自己得出结论的过程,把自己必须证明的结论当成不证自明的真理。独白的真正含义在于企图不证自明。《国家篇》卷十虽然整篇都充满了格老孔(Glaucon)对苏格拉底赞同的回答,但一开始我们是不知道答案的,答案"诗不但是愉快的,而且是有用的"在最后面,随着对话的展开而得出。所以苏格拉底不是宣布真理而是探讨真理,不是像演绎一样从结论开始,而是像归纳一样,最后得出结论,不可论证的独白就会在辩论中显露出自己的虚妄和无根基。

真正的对话不仅在于互相辩论的形式,而且在于开放的结论,不定的真理。对最终真理、绝对真理的深信不疑是独白的根本原因。真理是开放的,没有已经掌握了的现成的真理,真理诞生在"共同寻求真理

---

[1] 陈中梅:《柏拉图诗学和艺术思想研究》,第 356 页。
[2] 史蒂芬·罗:《再看西方》,第 173—174 页。

的人们之间",诞生在"他们的对话交际"中,苏格拉底只不过是谈话的"撮合者",真理的"接生婆"。① 《伊安篇》中苏格拉底和伊安角色的平等必然导向对话结论的开放性。苏格拉底其实并没有用"灵感说"说服伊安,虽然他最后给伊安出了一个二难选择,即在"灵感"和"不诚实"之间作出选择,伊安出于道德的考虑选择了"灵感"。但他仍然犹豫不决,并非像接受命令似的接受苏格拉底的论断,最后的结论仍然是开放的,并没有以说服为归宿。特别是《大希庇阿斯篇》关于"什么是美的"结论,苏格拉底一开始就承认自己由于"愚笨"不能替"美"下一个定义。最后,苏格拉底得出自己的结论:"我面面受敌,又受你们的骂,又受这人的骂。但是忍受这些责骂也许对于我是必要的;它们对于我当然有益。至少是从我和你们的讨论中,希庇阿斯,我得到了一个益处,那就是更清楚地了解一句谚语:'美是难的。'"②

开放的结论和多元的选择是柏拉图对话的基本特征。巴赫金说:"这个体裁形成的基础,是苏格拉底关于真理及人们对真理的思考那具有对话本质的这一见解。他把用对话方法寻求真理,与郑重的独白对立了起来;这种独白形式常意味着已经掌握了现成的真理。对话方法又和一些人天真的自信相对立,因为这些人觉得他们自己颇有知识,也就是掌握着真理。真理不是产生和存在于某个人的头脑里的,它是在共同寻求真理的人们之间诞生的,是在他们的对话交际过程中诞生的。苏格拉底自称是'撮合者':他把他们拉到一起,让他们辩论,争辩的结果便产生了真理。对产生的这个真理来说,苏格拉底称自己为'接生婆',因为是他帮助真理诞生的。由此,他把自己的方法也叫作'助生法'。可苏格拉底从未说是单独掌握现成真理的人。"③也就是"不让思

---

① 柏拉图:《文艺对话集》,第 144—145 页。
② 同上,第 210 页。
③ 钱中文主编:《巴赫金全集》第五卷,第 144 页。

想停滞、不让思想陷入片面的严肃之中,呆板和单调之中。就是这种'争辩',构成了'苏格拉底对话'这一体裁的核心基础"。①

柏拉图在他著名的《第七封信》中讲到自己从事哲学的缘由:"三十寡头"的统治、他的朋友苏格拉底被控告毒死、政局"以惊人速度向四面八方急速恶化着,我变得头晕目眩,迷茫不知所从",以致"我不得不宣告,必须颂扬正确的哲学"。但什么是"正确的哲学呢"? 什么是"正义"和"善"呢? 他在《曼诺篇》中说:"其实我不但不知道德性是否可以传授,而且连德性自身是什么,也完全不清楚","我并不是自己明明白白而去困惑别人。相反,正是因为我自己更加模糊才使得别人也感糊涂。目前,什么是德性,我就不知道,虽然你在与我接触之前可能是知道的,可现在却同样茫然不知了。尽管如此,我还是愿意同你一起考察它,以求发现它到底是什么"。在《国家篇》中,当格老孔恳求苏格拉底对"善"作出解释时,苏格拉底说:"我恐怕我的能力不足,我轻率的热情会使我出乖露丑,成为笑料。朋友,还是让我们暂且不管善自身的实在本性吧。要理解它是什么,这对我现在的思想翅膀来说是一个难以到达的高度。"苏格拉底对"真理"、"善"、"美"本质的无法确定使他采取了谦虚的对话态度,运用文学手段即"真理的比喻和影像"来说明真理的方法。② 在他心里,真理始终面对着未来,面对着无限的宇宙和人的可能性。至于《巴门尼德篇》这篇最难理解的对话,陈康说:"全篇'谈话'中无一处肯定,各组推论的前提是同样客观有效的。因此各组推论的结果在柏拉图自己的眼中并非皆是断定的。既然如此,这些结果的合并如何能构成柏拉图的玄学系统呢?"③所以,策勒尔说:"这些对话大多数是以无确定的结果告终,这样做符合苏格拉底'一无所知'的原则;但

---

① 钱中文主编:《巴赫金全集》第五卷,第173页。
② 苗力田主编:《古希腊哲学》,中国人民大学出版社1996年版,第234—249页。
③ 柏拉图:《巴门尼德篇》,陈康译,商务印书馆1982年版,第16页。

它们也表明了柏拉图自己完全沉浸在对真理的追求之中。……苏格拉底真诚地把文明置于一种道德的基础之上,毕生探求'善'的意义,但是他从未解决这个问题。"①卡西尔说:"当我们研究柏拉图的苏格拉底对话时,我们在任何地方都找不到对这个新问题的直接解答……他从未冒昧地提出一个关于人的定义……苏格拉底哲学的与众不同之处不在于一种新的客观内容,而恰恰在于一种新的思想活动和功能。哲学,在此之前一直被看成是一种理智的独白,现在则转变为一种对话。"因为真理存在于"人们相互提问与回答的不断合作之中",人是一种"不断探究他自身的存在物"。② 总之,人是一种开放的存在。人和物不同,人不可能被决定,被推断,如果那样人自身就会成为被决定的机器。巴赫金说:"世界上还没有任何终结了的东西;世界的最后结论和关于世界的最后结论,还没有说出来;世界是敞开着的,是自由的;一切都在前面。"③柏拉图和苏格拉底并没有提出关于世界和人的最终真理,并非仅仅由于"时代的限制",而是由于世界和人是一种开放的存在,世界和人都始终处于不断面对未来的开放之中,人是自由的存在,只有人才能决定自己的命运。加达默尔赞扬柏拉图的《斐多篇》"开始了西方形而上学真正的转折":"希腊人今天仍然是我们的典范,因为他们抵制概念的独断论和'对体系的强烈要求'。"④在加达默尔看来,"我们的思想不会停留在某一个人用这或那所指的东西上。思想总是会超出自身"⑤。只有从这个角度,我们才能更为深刻地理解苏格拉底反复强调的德尔斐神庙上那句众所周知的名言:"认识你自己。"

---

① E. 策勒尔:《古希腊哲学史纲》,第 131—139 页。
② 卡西尔:《人论》,甘阳译,上海译文出版社 1986 年版,第 7—8 页。
③ 钱中文主编:《巴赫金全集》第五卷,第 221 页。
④ 加达默尔:《哲学解释学》,夏镇平等译,上海译文出版社 1998 年版,第 127 页。
⑤ 加达默尔:《真理与方法》,第 798 页。

当然,苏格拉底采用对话的形式并不能否认他同样有占有真理的企图。他的贵族立场,他对世界与国家的根本判断,使他在内心里仍然怀有宣布真理的企图。如他在《国家篇》里提出的"神只是好的事物的因,不是坏的事物的因"的论断,并没有展开论述,也没有提供论据,这是由苏格拉底的立场决定的。他赞美或否定很多东西,并非从事实出发,而是认为应当如此。他的《理想国》充分表明了他关于国家与艺术的基本理念。他的文艺观的两个出发点"神的完善"和"对教育有利"是不证自明的。他无法举出考古学的、历史学的甚至是现实生活中的论据,而是从"应分"、"应该如此"的角度倒过来推导。最终的目的和开始的出发点决定了一切。苏格拉底的立场决定了他对文艺的看法和根本要求:对神的描写是否真实取决于对神的描写是否恭敬。他反对描写神干坏事,是担心比人聪明、比人完美的神都干坏事,年轻人就会以此为理由替自己的坏事辩解,并原谅自己。他对文艺的这种观念直到今天仍然深深影响着我们对文艺的态度。虽然苏格拉底承认自己对"乐调是外行",但他仍然从音乐的作用来推断出音乐的价值,决定音乐的保留与取舍。① 罗素就从逻辑学的角度提出了柏拉图理论的非统一性和荒谬性。他说:"柏拉图说神并没有创造万物,而只是创造了美好的事物……他的结论是不诚恳的,是诡辩的;在他暗地的思想里,他是在运用理智来证明他所喜欢的结论,而不是把理智运用于知识的无私追求……他是一心一意要证明宇宙是投合他的伦理标准的。这是对真理的背叛,而且是最恶劣的哲学罪恶。作为一个人来说,我们可以相信他有资格上通于圣者;但是,作为一个哲学家来说,他可就需要长时期住在科学的炼狱里了。"② 策勒尔也说:"苏格拉底的这位辩护人陷入一种

---

① 柏拉图:《文艺对话集》,第28—58页。
② 罗素:《西方哲学史》,何兆武等译,商务印书馆1996年版,第174—189页。

不能容忍的和僵化的独断论之中。"① 罗素与策勒尔对柏拉图内在矛盾性所做的深刻揭示,其实质就是柏拉图为奴隶主贵族服务的立场和他从对话中获取真理的方法之间的矛盾。柏拉图并不能从自己的立场中推导出他企图获得的结论。对话中的柏拉图并不是中立的、超出历史语境的旁观者,他始终处于历史之中。这既是柏拉图作为一个具体的历史产物的局限所在,也是他能清醒面对自己的历史处境做出选择时所必然产生的困惑。柏拉图并没有掩盖自己的立场,并没有把自己的利益抽象为一种普遍的利益和他不断地承认自己的"无知"是有内在一致性的。

第三节 20世纪对话理论的新视野

20世纪的对话理论虽然受到柏拉图对话的深刻影响,但是,特殊的历史语境为理论家们提出了自己特有的问题,同时也决定了解决这些问题的方法与途径。当然,对话作为一种贯穿历史发展始终的精神却有着内在的一致性。总体来讲,20世纪对话理论呈现出以下特征。

一、对话作为一种哲学思想

20世纪的对话理论家不再像柏拉图那样把对话仅仅作为一种文体,或是获得真理的方法,而是把对话作为生命的存在方式,一种贯穿人生的基本原则,一种具有哲学意义上的对话精神而具有本体论意义。特别是对话作为精神科学或人文科学的研究方法与基本原则,对把自然科学的基本原则应用于人文科学领域的方法进行了挑战,对那种把人当成物,当成没有意志、没有观点、没有主体性的客体来研究的方法

---

① 策勒尔:《古希腊哲学史纲》,第135页。

进行了批判。对话由此成为思考哲学、美学、社会学、文学、宗教学、政治学、经济学等各门学科的理论基础。文学作为精神科学的一部分,或者是作为精神科学的一个缩影,对文学对话理论的研究无疑同样具有一种本体论的意义。

人与人之间真正的关系是一种平等对话的主体间关系,是一种相互理解、相互沟通、相互依存的关系。马丁·布伯认为,对话的根本性在于人与人相互关系的根本性,即"内在行为的相互性"。对话作为生命的存在方式,在于"在对话中被联结在一起的两个人一定明确地相互转向对方",真正的对话在于"从一个开放心灵者看到另一个开放心灵者之话语。唯有此时,真正的共同人生才会出现"。[①] 可见,马丁·布伯把对话当成人存在的一种基本方式。克尔凯郭尔、狄尔泰、加达默尔、海德格尔等对理解普遍性的强调说明了主体间对话关系的普遍性。特别是狄尔泰把解释学融入历史哲学,从而使解释学从认识论走向本体论。[②] 当代哲学解释学的开创者海德格尔在《存在与时间》中则对前理解进行了强调,他说:"把某某东西作为某某东西加以解释,这在本质上是通过先行具有、先行见到和先行掌握来起作用的。解释从来不是对先行给定的东西所作的无前提的把握。……任何解释工作之初都必然有这种先入之见,它作为随着解释就已经'设定了的'东西是先行给定了的,这就是说,是在先行具有、先行见到、先行掌握中先行给定了的。"[③] 对前理解的强调就是对理解的普遍性的强调。在自称为"柏拉图学生"的加达默尔看来,理解同样具有一种哲学意义,它不仅是人类主体的行为方式,更是人类自身的存在方式,人类在理解中存在。他说:"哲学解释学把以下事情列为自己的任务:充分揭示解释学的所有

---

① 马丁·布伯:《人与人》,张健等译,作家出版社1992年版,第16—32页。
② 章启群:《加达默尔传》,河北人民出版社1998年版,第94—96页。
③ 海德格尔:《存在与时间》,陈嘉映译,三联书店1987年版,第184页。

领域,指出它对我们关于世界的整个理解的根本意义以及它对这种理解展示其自身的各种形式的重要意义。这些形式包括:从人与人之间的交际到对社会的控制……从由宗教、法律、艺术和哲学等构成的传统到通过解放的反思使传统动摇的革命意识。"①

在巴赫金看来,对话理论是一种行为哲学,对话是一种普遍存在的现实事件。他从具体的言语行为出发,得出对话是一种普遍存在的现实,对话具有哲学的意义与价值的观点。人的存在是作为事件出现的,人的意识也是在事件的存在中活动的。巴赫金强调事件性,强调具体活生生的行为事件相对于抽象的理论所具有的优先性。所以,他把自己的研究对象看成是超语言学的,即活生生的话语中超出语言学的那些方面,也就是表述。他说:"表述的一个重要结构特征,是它要诉之于某人,是它的针对性。表述不同于语言的意义单位,即词和句子;词和句子是无主的,属于任何人,不针对任何人;而表述既有作者也有受话人。"②如句子"下雨了"即可表示欣喜,又可表示忧虑,也可表示问候,甚至可以表示自言自语。这一切具体的含义只有在特定的语境中才能确定。总之,表述总是指向某人,关于某事,含有某种目的,不可能处于真空之中,它具有双重指向:既针对话语内容又针对另一话语,既同事物发生关系又要考虑到他人,也就是听话者。在一个具体的言语行为里,话语无不包含着对别人的意向和评价,正如写信一样,始终考虑到对方的种种反应和可能的回答。这和独白不同,因为独白只考虑词与物的关系。对话是一个动态的系统,它反映了两个声音是生命存在的最低条件。与此相关,艺术也只有在艺术事件,即创作者、观赏者与作品之间的具体交往中才能得到理解,任何一个时代的文学首先是一个

---

① 加达默尔:《哲学解释学》,第18页。
② 钱中文主编:《巴赫金全集》第四卷,第180—181页。

事件,活生生的、无限丰富的、开放的事件,而不是后来变成的僵死的、片面的、静止的文本。

哈贝马斯关注的则是"交往与对话的伦理学"。[①] 他的目标是"想引入一种交往行动理论,这种交往行动理论解释一种批判社会理论的规范基础"。[②] "普遍语用学的任务是确定并重建关于可能理解的普遍条件(在其他场合,也被称之为'交往的一般假设前提'。——原注),而我更喜欢用'交往行为的一般假设前提'这个说法,因为我把达到理解为目的的行为看作是最根本的东西。"可见,他最终的关注是一种普遍的交往模型。[③] 虽然哈贝马斯曾讽刺狄尔泰(Wilhelm Dilthey)对精神科学的理解"陷入了一种糟糕的团团转中"[④],但他仍然不得不承认:"精神科学的指导认识的兴趣,不同于技术的认识兴趣,是由于它的目的不是把握客观化的现实,而是维护理解的主体通性。"[⑤]总之,哈贝马斯关注的是一种对话的可能性,即他自己所说的"把理论史的研究和体系的研究联系在一起"[⑥],通过交往、对话、寻求新理性来满足社会整合和个性发展的需要。

二、对话的多元结构

对话是一种主体间性,即两个主体或多元主体之间的关系,不可能用一个主体代替另一个主体。对话由说话者、受话者、言说对象、语境等因素组成。对话者作为其中的组成部分进入对话事件,他们都是参

---

① 威廉姆·奥斯维特:《哈贝马斯》,沈亚生译,黑龙江人民出版社1999年版,第40—62页。
② 哈贝马斯:《交往行动理论》第二卷,洪佩郁等译,重庆出版社1996年版,第506页。
③ 哈贝马斯:《交往与社会近化》,张博树译,重庆出版社1993年版,第1、69页。
④ 哈贝马斯:《认识与兴趣》,郭官义等译,学林出版社1999年版,第143页。
⑤ 同上,第168页。
⑥ 哈贝马斯:《交往行动理论》第一卷,洪佩郁等译,重庆出版社1996年版,第192页。

与者，不是旁观者与当事人的关系，任何一方的变化都会给对话整体带来新的意义。语境则是作用于对话主体的整个现实，它不断演化为对话者的思想行为。对话理论推崇多样性、差异性、开放性。在"一"与"多"之中选择"多"，主张"既""又"，反对单一真理，反对非此即彼，反对用一个观念来统摄全部观念，反对用形而上的抽象概念、理论来代替具体的、多样的行为事件。对话理论注重的是具体而生动的差异，而不是抽象凝固的单一。因为在具体开放的事件中，对话才能存在，而抽象理论生成的过程就是消除差异的过程，理论的世界是统一完整的世界。所以在对话理论看来，只有相对的真理，没有绝对的真理。任何本质主义、绝对主义都是对事实的歪曲，这种歪曲隐含了一种权力话语和利益的冲动。

二元、多元、差异的重要原因就在于存在事件中价值立场的多样性。每个人都会带着自己独特的视角与观点参与事件，他的评价因时间、空间、语境的不同而不同，每个人的价值取向不可能根据纯粹的逻辑体系像数学一样推导出来，它是由事件的唯一性决定的。每个人只有从自己的立场出发（并不是说从自己的利益出发），才能成为能动的主体，才能使价值的实现成为可能，并成为行为的负责者。同样，任何抽象的价值只有与具体的行为相联系才能获得理解。每个人只有从他所处的唯一位置出发，也只能从这唯一性出发，观照世界、参与事件、展示自身，这是他的根基，丧失了唯一性便丧失了自身，人不可能拔着自己的头发到另一地方去。每一主体的唯一性决定了对话理论关注的差异性，差异性是由事件的唯一性与千差万别造成的。对事件的认识必须依据所处的唯一位置，有多少不同的位置就有多少不同的认识，不可能只有一种认识。我对自我的观照与他人对我的观照、我对他人的观照与他人对自己的观照是根本不同的观照，这种矛盾永远也不可能消除。任何主体都在存在事件中具有唯一的位置，任何人也不可能采取中立的立场,无论从空间上、时间上、价值上讲都不可能存在。只有从唯一的位置出发才能阐明理解事件的真实含义。

如在文学创作中有两个主体,一个是作者主体,另一个是主人公主体。任何一方退出都使艺术事件分裂,无法存在,艺术作品的完整性存在于主人公视角与作者视角、主人公价值体系与作者价值体系互相制约的二元关系之中。任何一方只有在与对方的关系中、只有在这一整体语境中才能得到理解。主人公与作者的关系根源于我和他人的差别之中,这是异质的两个意识、两种立场之间的相遇与对立。同样,在文学事件中,不能把主人公和作者、作为创作者的作者和生活中的作者混为一谈,前者是作品中的因素,后者是社会生活中的因素。那种把作品中主人公的言语行为和生活中作者的世界观、生平互相比附、互相阐释的做法,就是从根本上忽略了二者的差异。因为作品在脱离创作者获得独立存在后,主人公也获得了独立性,摆脱了对作者的依赖,作者也脱离了整个创作事件。当他再次阅读自己的作品、谈论自己的创作时,他已获得了新的立场,他不再是作为作者而是作为读者,作为一个普通读者或理论家来看自己的作品,这个新的立场与态度和他创作主人公时所采取的态度是不同的。

对话的结果也不是重复与复制,不是对话主体各自留在自己的世界里,而是能动性地维护自己的差异与个性。对话是共同创造,不是融为一体,是和而不同。积极的对话产生第三个世界,这个第三世界不同于前两个世界,新的世界打上了双方的烙印,对话的结果不仅是数学上量的相加,而是质的变化,是富有个性的对话者之间互相理解、互相反驳、互相肯定、互相补充的结果。对话的过程便是新视野、新尺度、新生活不断产生的过程。正如巴赫金所说:"如果我与他人融合为一,两人成了一人,那么事件靠什么来丰富起来呢?如果他人与我合而为一,对我何益之有?他所见所知的也就只是我所见所知的,他只是在内心复现我的没有结局的生活。还是让他留在我的身外吧,因为他在这种位置上才能看到、了解到我在自己位置上所看不到、也不了解的东西,他才能在根本上丰富我的生活事件。一旦与他人融合在一起,我就只会加深生活的无尽性,只会在数码上把生活加大。"① 对话者丰富的个性、交流环境的多样性产生了对话的无限多样性。对话的开放性和人的自由与主体性、生命不断创造新事物的愿望与能力密切联系在一起。

三、对"他性"的尊重

对话主体的二元、多元关系并不是一种等级的差异关系,而是一种平等交流的关系。如塞亚所说的,对差异的理解和尊重应超越宽容。② 因为,宽容作为一个贬义词有忍受、歧视的味道,宽容意味着并不把他者看成同类。只有把他者看成平等的主体,对话才有可能。

巴赫金对"外位性"的研究为我们对他性的尊重提供了方法论工具。"外位性"出自科恩的《普通美学》,是"外位于、外置于、超越于"的意思。③ 它指一主体相对另一主体在空间上、时间上、价值上的外在于另一主体,即在任何一个特定的时空内,一主体在参与事件时都有他自身不可替代的位置,所有其他主体都在其他位置,更改这一位置便无法看到、听到、体会到这一特殊视角所能发现的东西。他无法看全自己的面貌,无法看全别人的面貌,也无法完全把握他与另一主体的关系。主体的唯一位置是他存在的基础。巴赫金说:"我以唯一而不可重复的方式参与存在,我在唯一的存在中占据着唯一的、不可重复的、不可替代的、他人无法进入的位置。现在我身处的这一唯一之点,是任何他人在唯一存在中的唯一时间和唯一空间里所没有置身过的。……任何人都

---

① 钱中文主编:《巴赫金全集》第一卷,河北教育出版社 1998 年版,第 186—187 页。
② 塞亚:《差异权:让理解和尊重超越宽容》,《国外社会科学》1995 年第 11 期。
③ 钱中文主编:《巴赫金全集》第一卷,第 108 页。

处在唯一而不可重复的位置上,任何的存在都是唯一性的。"① 外位性决定这一主体能看到其他主体无法看到的方面,即超视,同时他也无法看到其他主体看到的方面。"我所看到的、了解到的、掌握到的,总有一部分是超过任何他人的,这是由我在世界上唯一而不可替代的位置所决定的:因为此时此刻在这个特定的环境中唯有我一个处于这一位置上,所有他人全在我的身外。"② 存在的外位性是由存在的唯一性决定的,如果失去外位性,就意味着失去自己的唯一性而与他人重合,两个变成了一个,多元变成了一元。总之,任何主体都必须借助另一主体来把握自己,把握自己的视角所无法触及的另一世界。如在艺术事件中,如果否定作者相对于主人公的外位性,艺术就会成为对生活的一种重复。如果否定主人公的外位性,艺术就会成为作者自身的独白。

对话理论对他性的强调,使传统理论中的二元等级关系——主人公与作者、读者与作者、女性与男性、东方与西方、疯癫与文明等,得到了新的理解。如女权主义批评不仅努力推翻传统男权思想对女性的定位与描述,消灭女性与男性的等级秩序,如吉里根所指出的:用完全从男人和男孩的经验得出的参照标准来评价女人和女孩的精神发展是不合理的,应当用女人的精神话语来检验自身,以便发现更适用于它的那些标准。③ 也就是说,女权主义批评应当从女性的立场出发,强调女性的经验,女性对人生、艺术、宗教的特殊理解,而不是去追求绝对的男女一样。对男性与女性差异的思考、评价应是女权主义的基本出发点,而不像皮亚杰所做的那样:在论述中常常不提儿童性别,暗示儿童就等于男孩。④ 福柯也同样致力于颠覆传统的二元等级关系。如他在《疯癫

---

① 钱中文主编:《巴赫金全集》第一卷,第41页。
② 同上,第119—120页。
③ 李银河编:《妇女:最漫长的革命》,三联书店1997年版,第145页。
④ 同上,第118页。

与文明》中就分析了理性和非理性的对比与理性对非理性的区分、描述和强制。这部著作的根本主旨就是：颠覆传统对疯癫(非理性)与理性的定位，实现疯癫与理性的对话。他说："在现代安谧的精神病世界中，现代人不再与疯人交流。……这表明了一种对话的破裂，确定了早已存在的分离，并最终抛弃了疯癫与理性用以交流的一切没有固定句法、期期艾艾、支离破碎的词语。"①在他看来，疯癫曾经"凭借想像的自由在文艺复兴的地平线上显赫一时"②，"理性与疯癫不断地展开对话"③，但在18世纪末，这种对话停止了，监狱、牢房、流放、酷刑代替了理性与非理性的交流，非理性保持了缄默。福柯的目的就是要在荷尔德林(Holderlin)、奈瓦尔(Gérard de Nerval)、尼采及阿尔托(Antonin Artaud)的"如划破夜空的闪电般的作品"里重新发现李尔王疯癫之后明白的真理，堂吉诃德的疯癫所呈现出的伟大精神。④

从以上的分析可以看出，对话就是多元主体间的平等与交流。对话的文学理论就是探讨构成文学诸要素之间平等与交流的关系。

艾布拉姆斯(M. H. Abrams)在《镜与灯》(The Mirror and The Lamp)中把艺术批评的四种总体要素分为：作品、艺术家、宇宙和观赏者。对话理论就属于他所说的，"通过艺术作品与另一要素——宇宙、观赏者或艺术家——的关系来解释作品"。⑤ 即艺术作品与宇宙的关系、艺术作品与观赏者的关系、艺术作品与艺术家的关系。

在对话理论中，巴赫金最为关注的是：作者与他的主人公之间的关系。巴赫金认为作者与主人公的关系是一对各自独立的主体意识，他

---

① 福柯：《疯癫与文明·前言》，刘北成等译，三联书店1999年版，第2页。
② 福柯：《疯癫与文明》，第58页。
③ 同上，第242页。
④ 同上，第257页。
⑤ 艾布拉姆斯：《镜与灯》，袁洪军等译，中国社会科学出版社1991年版，第9—11页。

们相互依存的关系、平等的对话交往,都是对话理论的哲学意义在文学中的具体反映。二者平等开放的对话关系同时也具有哲学、美学、伦理学的意义,因为作者与主人公互相对话的文学事件是整个对话理论的基本模型和结构。巴赫金对作者与主人公之间交往对话关系的研究是他整个美学思想的精华,也是理解他复调小说理论、狂欢理论的基石。本论著上编的第一章是对巴赫金对话理论的论述。

第二章是关于读者反应理论与接受理论的研究,因为它关注的是艾布拉姆斯所说的:读者与文本之间的关系。读者反应理论与接受理论认为文学的生命存在于文本与读者的不断对话之中,也就是读者对文本的不断阅读、不断解释之中。对读者相对于作者所具有的主体性的强调是读者反应理论与接受理论的主要焦点。但是,读者并不是与作者直接对话,而是和文本对话。因此文本在读者的不断阅读中呈现出自己的"主体性",文本在不同的时代、不同的语境、面对不同的读者言说不同的内容。

第三章以后殖民主义批评来说明文学与宇宙,即外在世界之间的关系。后殖民主义批评的兴起本身就是对纯粹关注文本的文学理论的反驳,后殖民主义理论家对文化价值立场的关注与对话理论家对对话主体立场的关注是一致的。立场是对话理论的一个根本问题,是对话得以完成的基本条件,同时,也对对话与交流起了阻碍作用。

同时,这三章内容也与20世纪对话理论呈现的三个基本特点相一致:巴赫金的对话理论是一种哲学理论;读者反应理论与接受理论注重多元主体之间的关系;后殖民主义批评强调对差异的尊重。当然,这并不意味着巴赫金的对话理论不注重多元主体之间的关系,不强调对差异的尊重;或读者反应理论与接受理论不强调立场的重要性,不注重对话的哲学意义等。恰好相反,巴赫金的对话理论同样强调差异;读者反应理论与接受理论强调对普遍的交流模式的寻求;而后殖民主义批评则时时思考如何使交流成为可能。特别是后殖民主义批评把对价值立场的强调置于二元关系的结构之中,也就是对二元关系中的立场问题进行新的思考。总之,"作者—主人公"关系的研究、"读者—文本"关系的研究、对话中的立场的研究都是对话基本理论中所呈现出的不同侧面,是对话理论基本问题的进一步展开,它们都是对话理论在具体的文学批评实践中呈现出来的不同理论样式,同时它们也在一个更为具体的文学层面上阐发了普遍的对话理论。它们相互印证、相互说明、相互阐发,并最终走向普遍的对话理论。

第四章、第五章则通过对对话基本原则的思考来关照我们自身传统两个典型的个案。柏拉图与孔子在中西文化史中的地位是无可置疑的,本部分以他们著作的文体与言说方式为切入点来分析他们言说方式背后的价值立场与基本观念。后现代主义是对话理论在新时代呈现的另一种方式,对它的深入解析将为我们思考自身民族理论所面临的语境及出路有不可替代的意义。

文学中的对话是人类整体对话与交流的一部分。中西文学文化间的对话也是如此。文学对话的研究既可反映文学理论自身的特征,也可揭示整个人类对话的基本结构与原则。多元、平等是任何主体进行对话所必需的基本前提。当然,现实生活中的对话并不因理论上提出其基本原则而成为可能。正如马丁·布伯所说的:"苏格拉底的'我'何等悦耳,何等和谐!这生机盎然的'我',这感人至深的'我'!这是伫立在滔滔不绝之对话中的'我',对话伴随着'我'走遍其旅程,在法官面前,在狱中临终时辰。'你'呈现在对话中,'我'生存在与'你'的关系里。"①当然,"苏格拉底的'我'何等悦耳",但是,"完整的相互关系并非为人际生活所固有,它本是一种神赐,人必得时时蕲望它,虚心等待,但

---

① 马丁·布伯:《我与你》,第 86 页。

它决不会轻易惠临"。① 其实,苏格拉底的死本身就是对"不会轻易惠临"的证据。对话是人生命中存在的基本事实,更是人生命的最终期望。

---

① 马丁·布伯:《我与你》,第158页。

第一章　巴赫金对话理论的价值取向

在对话理论中,巴赫金主要关注作者与主人公之间的平等交流关系。他从日常的言语行为出发,得出普遍的交流对话理论。对话理论是理解巴赫金整个文艺思想的根本关键,他对人文科学方法的论述、对文体、对狂欢化的论述都以他的对话理论为最终根据。

第一节　作者与主人公的对话

巴赫金宣称他的价值中心是人,是充满爱与平等的人文精神,贯穿巴赫金始终的对话理论就体现了这种精神。[①] 对话是二元、多元主体之间的交流与沟通,不是一元的独白。对话要求对话者任何一方都要发挥自己的主动性,同时,把对方当成平等的、能够回答、能够思考、有独立个性的主体。对话者互相理解,互相评价,互相介入,也互相创造。听者、读者、观众甚至话语转述者都不是纯粹的受动者,他们始终采取积极的姿态,时刻准备着应答,作出反应。当然,也只有发挥自己的主动性,进行积极的对话而不是消极、机械地重复信息,才能展示独立的个性,达到主体间的互相交流。主体间的互相介入有多种方式。如文本再现现实的时候,叙述者主体的介入。所以,在文本中不仅听到对话

---

① 钱中文主编:《巴赫金全集》第一卷,第16、23页。

者的声音,而且能够听到叙述者甚至批评家的声音。[①] 阅读不仅和文本对话,而且和批评者对话,因为理解同样是一种介入。理解者必须发挥自己的能动性和创造性,根据文本、文本产生时的语境、自己的语境对文本,甚至对文本将来可能出现的新理解做出判断。对一个文本的理解还要与对其他文本的理解联系在一起,因为,任何文本都不是第一个文本,每个文本都引导读者走向其他文本,走向文本之外新的语境。总之,每一次理解都是与具体语境相联系的审美事件,都随着语境的变化不断获得新的含义。理解的含义不是由对话的任何一方决定的,而是对话双方相互作用产生的。对话者的主体性来源于对话者之间的平等关系。所有的对话者都是充满个性的主体,都必须考虑到对方的存在,用平等的态度参与到对话中去。所以巴赫金说:"对话是平等意识之间相互关系的一种特殊形式"[②],"在地位平等、价值相当的不同意识之间,对话性是它们相互作用的一种特殊形式"[③]。对话的本质在于展示自由的个性,为丰富人的存在提供新的可能。赞同也是自由的赞同,并不意味着消除另一对话主体,而是意味着开始新的对话。

对话是一种"我—你"的关系,对话是人文科学的基本方法。所以,巴赫金认为采取对话方法,反对物化方法是人文科学与自然科学的根本差异之一。他说:"人文科学对自然科学方法的责难,我可概括如下:自然科学不知道'你'。这里指的是:对精神现象需要的不是解释其因果,而是理解。当我作为一个语文学家试图理解作者贯注于文本中的含意时,当我作为一个历史学家试图理解人类活动的目的时,我作为'我'要同某个'你'进入对话之中。物理学不知道与自己对象会有这样

[①] Jonathan Raban, *The Technique of Modern Fiction*, University of Notre Dame Press, 1968, pp. 88—89.
[②] 钱中文主编:《巴赫金全集》第四卷,第339页。
[③] 同上,第五卷,第374页。

的交锋,因为它的对象不是作为主体出现在它面前。这种个人的理解,是我们经验的形式;这种经验形式可施于我们亲近的人,但不能施于石头、星斗和原子。……是否可以把人当作自然现象、当作物来观察和研究呢?人的身体行动应该当作行为来理解;而要理解行为,离开行为可能有的符号表现是不可能的。我们好像在强迫人说话。无处不是实际的或可能的文本和对文本的理解。研究变成询问和谈话,即变成对话。对自然界我们不会去询问,自然界也不会对我们应答;我们只能对自己提出问题,以一定方式组织观察和实现,以此获得回答。而在研究人的时候,我们是到处寻找和发现符号,力求理解它们的意义。……这种发现要求对人有一种全新的态度,全新的作者立场。'人身上的人'不是物,不是无声的客体,这是另一主体,另一个平等的'我',他应该自由地展示自己。而从观察、理解、发现这另一个'我',亦即'人身上的人'的角度看,需要有一种对待它的特殊方法——对话的方法。"①

人文科学与自然科学的一个最为重要的区别就是:自然科学的对象是物,是死气沉沉、对自己一无所知、对外界一言不发的物。物既听不见,也不应答,更不会同意。它不能对话,只是自然地存在着。它无法成为主体,只能是客体,是谈论对象,而不是谈话者。因此,人不可能对物采取对话的态度,不可能和物进行交谈,对物称"你",而只能谈论物,称物为"它"。人与物不同,人是自由的。如萨特所说的,上帝创造了人便给了人以自由。不能像对待死物那样对待人,人不是被研究的对象,而是听者,是言说者,交谈者。人文科学的对象是说话的人及其话语,而说话人无时无刻不处在特殊、唯一而不可重复的环境之中。人有自己的立场、价值和审美观。总之,人有自己的主体性,而主体性是人之所以成为人的根本标志。人文科学的特殊对象"活生生的人及其

---

① 钱中文主编:《巴赫金全集》第四卷,第 311—345 页。

话语"决定了人文科学要不断地阐释他人话语,理解他人话语,和他人交流,也决定了人文科学的特殊方法——对他人话语采取对话态度,而不能采取对待不能言说、不能回答的客体的物化态度。所以,对话理论是一种以强调人的主体性为依据和出发点的人道主义。

在传统理论中,艺术事件的结构和政治法律事件的结构一样是有等级的,而且二者在深层上互相对应,在政治中存在的结构往往在艺术中得到说明。作者、读者、主人公之间的等级关系决定了读者的主体性在由作者、作品、读者组成的艺术事件中被忽略。巴赫金对它们之间的关系重新进行了思考。他说,"对于美学而言,没有任何因素比忽视听众的独立自主的作用更粗暴无礼的了","听众在艺术创作事件中具有自己不可替代的位置"。[①] 读者不同于作者,他有自己的时代、自己的环境、自己的立场、自己的审美价值观,他只有从自己的位置出发来理解作品,和作者对话。巴赫金对读者的关注与读者反应理论走在了一起。当然,巴赫金最为关注的还是作者与主人公之间的平等对话关系。他认为,像上帝创造人一样,作者与自己创造的主人公、主人公的意识与作者的意识是一种平等的对话关系。作者不能决定他们的命运,他们是自由独立的,他们可以同意也可以反对作者对他们的看法,正如巴尔扎克小说中的主人公违背了创作者的初衷一样。主人公自己的个性和发展逻辑使他时刻准备着回答作者对他的提问、冲破作者对他的设想。文本是由作者与主人公两位价值不同、地位平等的主体之间的交流与对话构成的。总之,不能把主人公当成物,而要当成人,采取对话态度。

巴赫金对话理论的一个重要来源就是对陀思妥耶夫斯基小说的阐释。他认为陀思妥耶夫斯基从不允许在他的小说里只有一个主人公、

[①] 钱中文主编:《巴赫金全集》第二卷,第101页。

一个视角,作者自己的观点也不能从其中的任何一个主人公的观点中得到说明。① 因为陀思妥耶夫斯基的主人公不是表现自己言论的传声筒,不是无声之物而是自由的主体,同作者具有平等的地位。主人公独立发表自己的意见,主人公之间、主人公同作者之间互相辩论,作者的声音只是众多声音中的一个。巴赫金说:"人物形象有一种全新的结构,那就是血肉丰满、意义充实的他人意识。……这一他人意识没有嵌入作者意识的框架中,它是从自身内部向外展开的;他人意识处在作者意识之外而与之平起平坐,作者同它处于一种对话关系之中。作者像普罗米修斯一样,创造着(确切地说是'再造')独立于自身之外的有生命的东西,他与这些再造的东西处于平等的地位。……总之,在陀思妥耶夫斯基的复调小说里,作者对主人公所取的新的艺术立场,是认真实现了的一种对话立场;这一立场确认主人公的独立性、内在的自由、未完成性、未论定性。对作者来说,主人公不是'他',也不是'我',而是不折不扣的'你',也就是他人另一个货真价实的'我'(自在之'你')。主人公是对话对象,而这种对话是极其严肃的,真正的对话,不是花里胡哨故意为之的对话,也不是文学中假定性的对话。"②

正如柏拉图的对话,陀思妥耶夫斯基的小说最后也没有达到统一的意识,达到无人称的真理,而只是始终处于众多独立平等意识的对话之中。主人公的自我意识也始终处于永不完结、永无结果的自我辩论之中。主人公是变量而不是常数,他并不与过去重合。陀思妥耶夫斯基也不是在谈论主人公,而是和主人公一起谈论永远也不会解决的问题,主人公有充分保留自己议论的独立性,每个主人公都有自己特有的权利,都有自己同等价值的意识。陀思妥耶夫斯基的小说是没有结论

---

① Maurice Friedman, *Problematic Rebel*, Chicago and London, 1971, p.1720.
② 钱中文主编:《巴赫金全集》第五卷,第83页。

的开放的小说。所以,他让主人公时刻处于危机、转折、突变的关头,处在空间的边缘上。如楼梯上、街道上、大门旁、广场上,这种意味着更替、变化与开放的时空体。巴赫金说:"与他人相融合,而保持自己的外位立场和与之相关的超视和超悟立场。问题在于陀思妥耶夫斯基是如何运用这种超视超悟的。目的不是为了物化和完成。这种超视超悟的一个最重要因素是爱心,其次是认同宽恕。最后,则不过是积极的领悟和倾听。这是公开的诚实的超视超悟,是通过对话向他人展示的超视超悟,是当面而非背地话语表现的超视超悟。所有本质的东西都溶进了对话,作面对面的交流。"①作者保持对主人公的外位立场,保持自己的超视、超知、超悟,并不是为了按自己的意志来决定主人公的命运,使自己凌驾于主人公之上,成为主人公的主宰,夺取他的自由,使其成为受人控制的木偶。相反,作者的超视是为了让主人公去完成自己,实现自己,成为与作者完全不同的另一主体。作者相对于主人公的超视、超知是艺术事件得以完成的条件,并不是主人公丧失自由的理由。可见,作者的话语对自己的主人公并不是绝对的真理,而是众多话语中的一种话语,众多议论中的一种议论,他们的关系是平等的。主人公并不是一个有待作者去实现的实体而是展示不同观念相互斗争的载体,正如惊险小说的主人公,是展示奇异故事情节的一种功能。无论主人公和自己进行的微型对话,还是和他人进行的大型对话,都不能结束,也不应结束,对话的终止便意味着文本的结束,意味着作者的消失,意味着艺术事件的凝固。对话的开放性和人物性格的独立性、开放性与未完成性密切联系在一起。所以,巴赫金说:"对个性之人的唯一能维护他的自由和未完成性的关系,就是对话关系",而"独白原则最大限度地否认在自身之外还存在着他人的平等的以及平等且有回应的意识,还存

---

① 钱中文主编:《巴赫金全集》第五卷,第 395 页。

在着另一个平等的我(或'你')。在独白方法中(极端的或纯粹的独白),他人只能完全地作为意识的客体,而不是另一个意识。独白者从不期望他人的回答,对他人的回答置若罔闻,更不相信他人的话语有决定性的力量,能改变自己的意识世界里的一切。独白是完篇之作,它可以在没有他人的情况下进行,所以它在某种程度上把整个现实都给物化了。独白觊觎成为最终的话语。它要把被描绘的世界和被描绘的人物盖棺定论。"①可见,巴赫金对话理论的首要原则就是:把他者、他人意识当成另一个平等的、自由的主体,而不是当成物来对待。

第二节 文体与意识形态

巴赫金在抽象静止的符号与具体生动的表述之间,他更强调后者。对符号本质的看法是他对话理论的重要来源。他认为,"符号不只是作为现实的一部分存在着的,而且还反映和折射着另外一个现实。所以,符号能够歪曲或证实这一现实,能够从一定的角度来接受它,等等。对待每一个符号,都有各种意识形态标准(虚伪、真实、正确、公正、善良等等)。意识形态领域与符号领域相一致。哪里有符号,哪里就有意识形态。符号的意义属于整个意识形态。"②话语并不是言说者表述自己的中性媒介。它是交流的工具,话语充满了他人意识。③ 话语永远充满价值含义,肯定什么、否定什么、接受什么、排斥什么始终和对话主体的意识倾向与价值立场联系在一起。言语行为与社会现实紧密地联系在一起,它不仅反映着社会的一切变化,更是社会现实的一部分。特别是在言语交际过程中等级因素对表述形式具有重要意义。领导与群众、

---

① 钱中文主编:《巴赫金全集》第五卷,第385—386页。
② 同上,第二卷,第350页。
③ Linda Hutcheon, *A Poetics of Postmodernism*, New York and London,1988,p.80.

老师与学生、医生与病人、教士与信徒、法官与犯人、政治家与民众、主人与客人、将军与士兵的关系直接决定着言说者的内容和话语方式,体现出交际过程中主体之间真实的关系。相同的词语在不同的交际语境中,相同的文体在不同的艺术事件中所起的作用、所隐含的价值取向是根本不同的。从对话的角度看,根本不存在纯粹的形式主义、材料主义、技巧主义。因为它们忽视了,或者说故意忽视了对话者的价值取向,把具体的艺术事件变成了抽象的艺术存在。所以,巴赫金说,如果把艺术的本质理解为为艺术而艺术的形而上学,那么,不得不承认,只有摆脱这类问题,研究才能具有科学性。价值取向是艺术审美的必要组成部分。艺术家当然重视材料工具的重要作用:雕塑家考虑石头的属性,音乐家考虑乐器的声音,画家考虑色彩的运用,但艺术事件中真正起最终决定作用的仍是艺术家的创作态度与价值取向。不然,艺术家永远分不清艺术品和材料工具的区别。没有价值的介入,雕塑和石头、音乐和声音、图画和颜料永远都是材料的不同存在方式,无法实现新的变化和质的飞跃。

巴赫金作为文体理论家对文体形式所隐含的价值取向做出了杰出的分析,特别是他对"独白的诗歌"和"自由表达多种声音的小说"所做的对比,对对话理论产生了巨大的影响。[1] 价值取向是艺术事件和艺术形式中的一个非常重要的组成部分。巴赫金说,在史诗型世界观中"绝对的过去,这是一个特殊的评价(等级)范畴。'根基'、'先驱'、'创始人'、'祖先'、'从前有过'等等,都不是纯粹的时间范畴,而是评价兼时间的范畴;这是评价和时间的最高级,既用于史诗世界的人身上,也用于史诗世界的一切事物和现象上:在这个过去之中,一切都是好的;

---

[1] Hazard Adams, ed., *Critical Theory since 1965*, University Press of Florida, 1989, pp. 6—64.

所有确实好的东西('先驱'),只存在于这个过去之中。史诗的绝对过去,即使对以后各时代来说,也是一切美好事物的唯一源泉和根基。这便是史诗形式所要肯定的一点"。① 可见,史诗这一特殊文体在具体的文化语境里并非是简单的中性概念,史诗里的时间也并非仅仅是时间概念,它反映了文本赖以依存的文化语境对过去的价值判断:只有过去才是完美的。史诗描绘的是一个绝对的、完结了的、神圣的世界,而描绘未完成、未定论、需重新解释、重新评价的现实生活的作品就得不到这种肯定。当今的现实感、物质性、世俗性和过去的遥远感、抽象性、理想性相比属于低俗的、伸手可及的世界。在巴赫金看来,史诗的话语是独白的话语,至多是从独白话语向对话的过渡。② 当然,对过去的理想化往往满足了占统治地位的意识形态的需要,这不仅因为占统治地位的意识形态的独白性质适合于表达过去的完成性,更重要的是,在过去自身的绝对优势得到肯定,并以稳定的形态呈现出来,而开放的现实具有不稳定性,和占统治地位的意识形态对稳定的需要相矛盾。低俗的现实生活与低俗的体裁相一致,这在古希腊戏剧和欧洲古典主义戏剧中表现最为明显。低俗的体裁面向生活、面向未来的未确定状态,对理想化与凝固化的过去有一种颠覆作用。而这正是占统治地位的意识形态所否定的。时间使现实和人的其他可能性得到充分展示,绝对的过去、完美的神话只是适应了对稳定的需要。过去愈来愈远,将来愈来愈近,现实是过去不断死亡、将来不断诞生的过程,对过去的美化与对现实的肯定密切地联系在一起,文体隐含的价值观念和整个意识形态策略联系在一起。

小说和其他文体的主要差别首先是:小说是多种意识得到实现的

---

① 钱中文主编:《巴赫金全集》第三卷,第518页。
② Josue V. Harari, *Textual Strategies*, New York, 1981, p. 396.

文体,它产生于欧洲多种语言、多种文化在生活和思想中成为决定因素并得到认可的时期。① 诗歌和小说相比具有更为统一的语言和价值,更有利于实现世界的集中化、一体化。分散、通俗、不规范的杂语和统一的标准语在具体时代的生活环境里有着明显的等级关系。特别是在稳定时期,诗歌往往成为占主导地位的艺术形式,成为主导意识形态得到充分展示的场地,原因在于二者所隐含的单一而集中的价值观是一致的。与此相关,传统的语言学和诗学理论也比较关注稳定统一的标准语言。风格的统一首先是语言的统一。诗歌结构稳定、风格统一的话语隐含了专制、封闭、等级的价值倾向,具有表面的真理性、普遍性和永恒性。风格统一的语言和单一的价值观适合于塑造永不变化的理想形象,这些形象表达了专制真理的追求,往往缺乏感情色彩。诗歌与对变动思想的排斥、对稳定思想体系的追求密切联系在一起,所以诗歌容易在比较稳定的历史时期流行。巴赫金说:"诗歌体裁的语言(指诗歌体裁的理想状态)常常变得霸道、教条、保守、拒绝标准语外社会方言的影响。"在诗歌的创作中常常追求"专门的诗语、神圣的语言、诗神的语言",超越具体时空、超越现实生活与摆出中性价值立场的企图使诗歌比小说更容易沦为"空洞无物的、形式的、唯美的游戏"。② 总之,巴赫金认为风格统一的诗歌是建立在消除杂语和他人声音基础上的独白话语。当然,也有理论家,如塞兰(Paul Selan)就提出了相反的观点。他认为诗歌同样是对话交流的艺术,它是"漂流在大海上寻求海岸的漂流瓶",是"伸出来握住另一只手的手"。③ 当然,任何艺术从它的存在方式、从它需要接受者而言,都是对话艺术。接受美学已充分论述了这个

---

① Michael J. Hoffman, ed., *Essentials of The Theory of Fiction*, Duke University Press, 1988, p. 57.
② 钱中文主编:《巴赫金全集》第三卷,第68页。
③ *STCL*, Vol. 12, No. 1 (fall, 1987), p. 95.

问题。但是,从艺术形式自身的构成而言,小说和诗歌相比更具有对话性。当然,小说的对话性也并不总是相同的。巴赫金把小说分成对话小说和独白小说,同时肯定了独白小说在人类文化历史中所起的相对独立的作用。他说:"这是否意味着一旦发现了复调小说,它就要把独白小说作为过时而不再需要的形式摒弃了呢?当然不是。任何时候一种刚出世的新体裁也不会取消和替代原来已有的体裁。每一种体裁都有自己主要的生存领域,在这个领域中它是无可替代的。所以,复调小说的出现,并不能取消也丝毫不会限制独白小说进一步的卓有成效的发展。因为,人和自然的一些生存领域恰恰需要一种面向客体的和完成论定的艺术认识形式,也就是独白形式,而这些生存领域是会存在下去并不断扩大的。不过我们要再重复一次:思考着的人的意识,这一意识生存的对话领域,及其一切深刻和特别之处,都是独白型艺术视角所无法企及的。"[①]表现了他对文化的复杂性和对话理论的局限性所具有的深刻而独到的见解。

巴赫金对对话文体和对话形式所隐含的价值的分析使我们从另一角度深刻了解到表达形式和表述内容、叙述文体和意识形态的相互依赖关系,也使我们对柏拉图的对话文体所隐含的价值取向有更深刻的把握。

第三节 对话与狂欢

对话的本质是消除传统二元对立的等级秩序,它的最终追求是消除等级的狂欢效果。对话是一种以宽容、共存、爱为基础的乌托邦。对话理论与狂欢理论在反对等级秩序的追求中达到统一,只不过狂欢理

---

① 钱中文主编:《巴赫金全集》第五卷,第361页。

论更加反对把民间文化纳入官方的体系。对民间文化与官方文化关系的区分与论述表明了巴赫金并非一个纯粹书斋式的理论家,对现实世界的关注是他整个理论体系的出发点和最终归宿。狂欢理论是一种企图摆脱一切等级关系,特别是摆脱社会阶层、宗教、种族之间等级差异束缚的思想。狂欢中的"贬低化",即把一切抽象的、崇高的、精神的东西与物质的、世俗的、肉体的东西平等化,利用逆向、颠倒、上下换位的逻辑方式来消除等级和距离,达到自由与理想的狂欢式交往。巴赫金认为拉伯雷的作品体现了典型的狂欢化,把"破坏世界旧图景和正面地建设新图景交织到了一起"。他说:"在这里的世界上,在各种美好事物之间,已形成虚假的歪曲事物真正本质的联系;这种联系被传统所巩固,又得到了宗教和官方的推崇。种种事物和思想由虚假的同它们本质格格不入的等级关系联系起来。它们又被种种臆想出来的彼世的高低层次所分割,致使事物互相远离而无法接触。繁琐的哲学、神学和伦理学的骗人诡辩,最后还有浸透了千百年谎言的语言本身,都把美好的称物词语之间、真正人的思想之间那些虚假的联系肯定了下来。必须破坏和改建世界这一整个虚假的形象,必须切断事物和思想间一切虚假的等级关系,必须消除它们之间的起着割裂作用的臆想出来的层次。必须解放所有的事物,让它们自由地顺应本性地结合起来,而不必管这类组合从传统习惯联系起来看是多么奇特。必须让事物能以活生生的机体和多样的品格互相直接接触。必须在不同事物和不同思想之间建立新的毗邻关系,以期符合它们真正的本质;必须把错误地分割开来的、相距很远的事物摆到一起,组合起来;而错误地聚拢一起的东西,应该重新分开。"①

狂欢化消除由各种不平等造成的敬畏、封闭和距离,使被等级观念

---

① 钱中文主编:《巴赫金全集》第三卷,第 365 页。

所分割的事物获得新的联系,从而显示出占统治地位的差异原则的相对性。一切看似荒诞不合常规的联系被赋予新的意义,使人的生存获得新的可能性,充分展示开放世界自身的逻辑。巴赫金从骗子、小丑、傻子的行为言语中,颠倒作为一种隐喻模式对颠覆传统价值观念与等级秩序所起到的重要作用:不合逻辑的语言使占统治地位的价值观变得滑稽可笑,消解了体现传统等级差异的语言和象征模式。如中世纪描述物质的词与描述精神的词存在着等级差异,这是中世纪的基本观念:物质的易朽性与精神性的不灭性之间对立的扩展。与此相反,《巨人传》中各种怪诞的形象把互不相容的事物联在一起,破坏一切习以为常的事物之间的关系,打破占统治地位的等级原则和价值体系。这从当时占统治地位的观念来看非常荒诞。其中最典型的是异体性,即迥然相异的两个东西被排放在一起:生与死、笑与哭、崇高与卑小、精神与肉体,通过新的毗邻关系获得了同等的价值。特别是把毫无意义的词放在一起,这在同一个语境、同一个体裁、同一个风格,甚至是同一个句子、同一个语调中根本不可能组合在一起,这种驴唇不对马嘴就是为了通过新的排列原则、新的事物之间的联系,借助隐喻对当时占主导地位的价值观念进行颠覆。巴赫金说:"他的所有词组,甚至在看来似乎毫无意义的情况下,首先是力求打破规定的价值等级顺序;把高的压低,把低的提高;破坏世界及其一切角落的习以为常的图景。但同时他还要解决正面的任务,这一任务为他所有的词组和怪诞形象规定了一定的方向,亦即把世界躯体化、物质化,使一切均参与时空系列,用人体的尺寸去衡量一切;以新的世界图画来取代遭到破坏的世界图画。最奇特最出人意料的词语组合都无不渗透着拉伯雷这种统一的思想意图。……中世纪的宇宙图景以空间价值重心为特点:由下而上的空间阶梯严格对应。一种元素在宇宙阶梯上所处梯级越高,则其距世界'固定的发动机'越近,而这一元素也越好,其本质也越完善。……而在文艺复兴时代,这一等级世界图景却被破坏了。其元素被转移到了同一个平面。高与低成为相对的了。重心从它们身上转移到了'前'与'后'上。世界向同一平面的转移,垂直线为水平线所取代,都是围绕着业已成为宇宙相对中心的人体进行的。但宇宙已然不是由下而上,而是沿着时间的水平线从过去向未来向前运动。在肉体的人身上,宇宙的等级制被推翻、被取代,人在等级制以外确定了自己的意义。……在中世纪的世界图景里上下高低,无论在空间还是在价值上都具有绝对意义。因此,向上运动的形象,上升的道路,或者逆向的下降、下跌道路,在世界观体系中都起着特殊作用。它们在渗透着这种世界观的艺术和文学形象体系中也起着同样的作用。任何一项重要运动都被想成和想象为沿垂直线向上或向下的运动。中世纪思想和文学创作中一切运动的形象和运动的隐喻都带有强烈表现出来并以其一贯性令人吃惊的垂直性质。而这些形象和隐喻传达出来的东西,一切优秀的都是高的,拙劣的都是低的。"[①]

这与传统中上与下的隐喻意义有关。上、下的隐喻意义:自然中天在上,地在下;对人体来说,头和脸在上,腹部和臀部在下,这样上、下便通过扩大的象征意义和人的价值取向联系在一起。在亲昵交往的民间文化里,就存在着与躯体下身相统一的动作,而与官方贫乏、僵化的套语形式相对应的则是表示崇高性的动作。所以,与官方文化相对立的民间狂欢在身体上首先表现为不断翻转的、颠倒的人体,角色的互相转换,高雅语和俚语脏话的混杂等,这在官方节日中是不可能出现的。再者,民间文化中怪诞开放的人体,即在一个人体上表现出两个人体的倾向与把事物当成稳定完整对象的古典美学根本不同,它表现了人的临界状态,如濒死、受孕、分娩等。怪诞人体把人体与人体、人体与外界联

---

① 钱中文主编:《巴赫金全集》第三卷,第373页;第六卷,第423—466页。

系在一起,消除各种界限,使它们处于开放状态。巴赫金说:"与近代的标准不同,怪诞的人体不与外界相分离,不是封闭的、完成的、现成的,它超越自身,超出自身的界限。被强调的部位,或者是人体向外部世界开放,即世界进入人体或从人体排出的地方,或者是人体本身排入世界的地方,即是凹处、凸处、分支处和突出部……即不断生长不断超越自身界限的因素。……怪诞人体形象的基本倾向之一就在于,要在一个人身上表现两个人体:一个是生育和萎死的身体,另一个是受孕、成胎、待生的身体。……怪诞人体是形成中的人体。它永远都不会准备就绪、业已完成:它永远都处在建构中、形成中,并且总是在建构着和形成着别的人体。……所有这些凸起部位和孔洞的特点在于,正是在它们身上,两个人体间,以及人体与世界之间的界线被打破了,它们之间开始了相互交换和双向交流。因此,怪诞人体生命中的重要事件、人体戏剧的各幕,如饮食、饮料、粪便(及其他分泌和排泄:出汗、擤涕、打喷嚏)、交媾、怀孕、分娩、生育、衰老、疾病、死亡、折磨、肢解、被其他人体吞食,都是在人体和世界,或新旧人体的交界处进行的。在所有这些人体戏剧事件中,生命的开端和终结密不可分地交织在一起。"①

这样,怪诞的民间文化人体与完整的、有严格界限的、封闭的、不可混淆的、个体的官方文化人体根本不同,在官方文化的人体里任何显著的突出部和分肢,都被砍掉、取消和封闭,所有通向人体内的孔洞也被封闭。这样,规范的人体与规范的语言相统一,描写体面的语言与描写开放人体的狎昵语言互不相融,存在着极为严格的界限。这种界限和社会价值体系联系在一起,互相印证,互相说明。人体的双重性或正反同体(异类性)体现在价值上就是赞美和否定的混合,这是由正反同体的不确定性所决定的。正反同体如命运女神脚下上下翻转的轮子、两

---

① 钱中文主编:《巴赫金全集》第三卷,第 373 页;第六卷,第 386 页。

副面孔的雅弩斯、来回动荡的秋千,时刻处于内在的矛盾和外在的开放性之中,正反同体的根本原因在于,"世界和这个世界中的各种现象处于未完成的动态之中,处于从黑夜向清晨、从冬季向春季、从旧事物向新事物、从死亡到诞生的过渡状态中,怪诞的广场语言归根到底是针对它们而发的。所以这种语言中尽是赞美和辱骂,而这种赞美和辱骂的对象,的确,不能说是同一种东西。这种正反同体性制约着从赞美向辱骂或从辱骂向赞美有机的、直接的过渡,也制约着这种赞美和辱骂的对象的某种不确定性和非现成性。赞美和辱骂如此交融于一个词和一个形象,把世界看作永未完成的,看作同时既在死亡又在诞生,看作一个一体双身的世界这一概念即是该现象产生的基础。将赞美和辱骂合为一体的两种音调的形象竭力捕捉更替因素的本身,去捕捉从旧事物向新事物,从死亡向诞生的过渡本身。这样的形象同时兼有脱冕和加冕的意味"。① 这样,开放的人体与开放的价值观、空间意义与隐喻意义互为一体。

从以上的分析看出,对话狂欢理论带有非官方的性质,民间狂欢世界是有异于等级的官方世界的第二种生活,是展示人与人之间自由存在的一种方式。狂欢化的逆反逻辑、颠倒的世界、上下易位否定了官方世界的合法化、固定化、神圣化和它显示出来的永恒性与真理姿态。我们从巴赫金对"笑"的含义的分析可以看出。狂欢世界里"笑"具有根本的意义,无拘无束、平等自由的人才会笑。正如赫尔岑所说的,"在教堂、在宫廷、在前线,面对行政长官、面对警察区段长、面对德国管家,谁也不会笑。当着地主的面,农奴侍仆无权笑。平等的人之间才会笑。如果准许下层人当着上层人的面笑,或者他们忍不住笑,那么下级对上

---

① 钱中文主编:《巴赫金全集》第六卷,第 188 页。

级的尊敬也没有"。① 笑具有强烈的非官方性质,和官方的严肃性相对立。权力制、等级制、特权制是不允许笑、诙谐和亲近的,因为这样会破坏它的神秘性和尊贵性。笑的亲昵化消除一切距离,化解严肃性,打破等级秩序,摒弃一成不变的形式,显示出它们的局限性和暂时性。"笑就它的本性来说就具有深刻的非官方性质;笑与任何的现实的官方严肃性相对立,从而造成亲昵的节庆人群。"② 狂欢是全民共同的狂欢,而不是少数人的狂欢。在狂欢里,没有演员,没有观众,所有人都平等地融为一体。巴赫金说:"在狂欢节期间,取消一切等级关系具有特别重要的意义。在官方节日中,等级差别突出地显示出来:人们参加官方节日活动,必须按照自己的称号、官衔、功勋穿戴齐全,按照相应的级别各就各位。节日使不平等神圣化。与此相反,在狂欢节上大家一律平等。在这里,在狂欢节广场上,支配一切的是人们之间不拘形迹地自由接触的特殊形式,而在日常的,即非狂欢节的生活中,人们被不可逾越的等级、财产、职位、家庭和年龄差异的屏障分隔开来……人仿佛为了新型的、纯粹的人类关系而再生。暂时不再相互疏远。人回到了自身,并在人们之中感觉到自己是人。人类关系这种真正的人性,不只是想象或抽象思考的对象而是为现实所实现,并在活生生的感性物质的接触中体验到的。乌托邦的东西与现实的东西,在这绝无仅有的狂欢节世界感受中暂时融为一体。人们之间的等级关系的这种理想上和现实上的暂时取消,在狂欢节广场上形成一种在日常生活中不可能有的特殊类型的交往。"③

　　对绝对平等的希求表明了狂欢的乌托邦品格,同时也体现了巴赫金对自身生存环境的深刻不满。对话理论和狂欢理论在本质上是一致

---

① 钱中文主编:《巴赫金全集》第六卷,第107页。
② 同上,第四卷,第60页。
③ 同上,第六卷,第12页。

的,都是消除传统二元对立的等级模式。狂欢理论是巴赫金用对话理论具体分析民间文化与官方文化关系时得出的必然结论。

第四节 开放与多元的价值观

狂欢的本质与对话的本质都是反对等级差别,使主体处于平等自由的交流之中。二者的主要区别在于,对话主要在两者之间进行,而狂欢主要是世界的、集体的、大型的民间活动。狂欢的根本来源是对不断变化的生活的体验,它的对象是翻了个儿的生活,狂欢不仅是一种深层的生活体验,还是一种观察世界、表现世界的方式。这一切都根源于巴赫金对人生、对世界价值体系的根本看法。巴赫金认为,世界并不存在绝对自足的、不证自明的价值伦理,没有永恒的、普遍有效的真理,只有具体的、开放的生活,不可能从抽象一元的理论出发对多元的生活提出必然的要求。他说:"从对真理性的认识论定义中完全推断不出真理性的应分,这一点根本不包含在真理性的定义中,也不能从中推导出来;这一点只能从外部引入和塞进去。(胡塞尔语)一般说来,任何一个理论定义和原理自身都不包含应分的因素,也不能从中推导出来。"① 也就是说,任何原理都不可能论证行为的必然性,因为"应分恰恰是一个针对个体行为的范畴,甚至乃是个体性本身的范畴,即指行为的唯一性、不可替代性、唯一的不可不为性、行为的历史性。命令坚决而绝对的性质,被偷换成具有普遍的意义,被理解成一种理论上的真理性。这种绝对的命令把行为变成具有普遍意义的法规,不过这法规却没有确定的实际内容,这只是法规本身,是单纯的法规观念。规范我们行为的法规,应当是合理有据的,应当成为普遍行为的准则;但这种合理性是

---

① 钱中文主编:《巴赫金全集》第一卷,第6—7页。

如何论证的呢？显然只能通过纯理论的判定：社会学的、经济学的、美学的、科学的判定。于是行为被抛进了理论世界中去,而理论世界对法规性只能有空洞徒劳的要求。……固定不变的、普遍适用的、公认的价值是没有的,因为,被承认的价值大小,是不受抽象内容决定的,而是要同参与者所占据的唯一位置联系起来看"。①

总之,规范我们行为的法规、普遍原理是无法用逻辑证明的,抽象的纯理论世界和活生生的具体行为世界永远无法完全统一,清晰的逻辑、合理的推理并不能弥补存在与价值、实有与应分、是什么与应怎样之间的鸿沟,行为的应分不是由抽象的原理而是由行为主体在具体事件中所占据的唯一位置决定的。行为主体只有从自己的具体实情出发才能成为自由的主体,才能为自己的行为承担责任,达到存在的多样性与价值的多样性。

空间的多元化和存在的多样性是巴赫金对话理论的必然归宿,也是他对话理论的出发点和根本立场。这首先表现在他把官方文化的一元化、单向性、独白性和民间文化的多元化、开放性、对话性形成对照以显示民间文化巨大的潜能和丰富的生命力上。对官方文化与民间文化、人类的大经验与小经验的区分表明了他对当时官方文化的否定态度。他说:"几千年来为描绘最终整体的模式而形成民间文学的象征体系。这些象征体现了人类的大经验。而在官方文化的象征中,则只有特殊一部分人的小经验。建立在小经验、局部经验基础上的这类小模式,其典型的特点是实用性、功利性。这些小模式是人的实际功利行为的指南,这里的确是实践决定着认知。所以其中有故意的隐瞒、谎话、各种救世的空想、简单而机械的格式、单一而片面的评价、单调性和逻辑性(直线式逻辑)。小模式最少关心无所不包的整体的真实性(这个

---

① 钱中文主编:《巴赫金全集》第一卷,第6—49页。

整体的真实性是不关功利的和无私的,它对局部的一时的命运不加理会)。大经验所关注的,是大时代的更替(长期的历史过程)和永恒的稳定性,而小经验关注的则是一个时代内部的变化(短暂的过程)以及一时的相对的稳定性。小经验建立在有意的遗忘和有意的不完整这个基础上。在大经验里,世界不等同于自身(不等于现在这个样子),不是封闭的也没有完成。在大经验里,记忆是没有止境的,一直上溯到人类遥远的物质的和无机生命时期,是种种世界的生活经验。"[1]对"大经验"与"小经验"的区分,表明巴赫金是站在民间文化的立场上,而不是企图寻求并不存在的、客观的、中立的立场。表面上没有立场或中立的立场往往在客观上都站在了"小经验"的一边,或本质上就是"小经验"的立场。

总之,在巴赫金看来,占统治地位的文化是一小部分人为了一时的实用功利目的而企图寻找稳定性世界的表现。只有在民间文化里才有真正活生生的、更为开放的人类文化源泉。占统治地位的文化希望的不仅是世界的稳定性,更是自身神圣不可动摇的优势地位,它反对任何异己的世界观和生活的可能性、合理性,并企图把民间文化纳入自己的一体化机制。民间言语的亲昵性、开放性、自由化和占统治地位的文化的神圣性、封闭性、等级制根本对立。占统治地位的文化宁愿把现在变成过去使之永恒化、稳定化,也不愿面对将来。因为将来意味着变化、意味着优越地位的丧失。"小说里从来没有写得成功的表现官方专制的真理和善良的形象(如帝王、宗教、高官、道义等)。只要想一想果戈理和陀思妥耶夫斯基所作的徒劳无益的努力,就足以明白了。也正因此,专制的话语到了小说中总要变成与艺术语境格格不入的引语(如托

---

[1] 钱中文主编:《巴赫金全集》第四卷,第49页。

尔斯泰《复活》结尾处引用的《福音书》原文)。"[①]官方世界的小经验与民间文化的大经验的对比暗含了巴赫金对当时官方统治的一种批判态度。

巴赫金对官方世界观的否定与他对人的存在方式的认识是联系在一起的。在巴赫金看来,人的存在在时间上具有开放性,人是自由的,不可能盖棺定论,他时刻处于行动之中,处于开放与交流之中。没有时间的开放性,便不会有人的自由与创造。[②] 空间上的多元与时间上的开放是一致的。巴赫金说:"整个的我综合在一起,不是综合在过去,而是综合在永远尚未来临的未来之中。我的统一体,对我来说永远是即将来临的统一体;这个统一体已经给了我却又没有给我,它要由我以自己的积极性去争取。这不是由我拥有和掌握的统一体,而是我尚未拥有和掌握的统一体。不是我已经存在的统一体,而是我尚未存在的统一体。……我不能接受实有之我;我几近发狂地、难以名状地坚信我与这一内在的实有之我是不相吻合的。我不能像数东西那样把自己数了一遍后说:我全在这儿了,别的地方再也没有我了,此乃我之全部。这里不是讲死人的事实,不是说我就要死了,这里讲的是思想含义。我在内心深处怀着一种永恒的信念和希望;内心总有可能出现新的奇迹。我不能在价值上把我的全部生活纳入时间之中,在时间中确证并完全地完成它。从推动生活的涵义上看,在时间上完成了的生活是没有希望的生活。"[③]

人并非总是重复自己,等同于过去。人的目标在前面,面向未来,永远不知满足。行为世界是跨过今天面向未来的世界,不仅应该面向,而且不得不面向。行为世界关注的是未来、应该、愿望,不是过去、现

---

① 钱中文主编:《巴赫金全集》第三卷,第131页。
② New Literary History, Vol. 22, No. 4 (fall, 1991), p. 1037.
③ 钱中文主编:《巴赫金全集》第一卷,第224—225页。

实、实有,前者才是行为的真正动机。人的目标不是"是怎样",而是"应该怎样",在存在中寻求应分,在实有中找到设定,始终处在新生与终结的焦点上,既不属于过去也不属于现在,而是属于未来,等到人意识到自己的终结时,他便要寿终正寝了。总之,行为的出发点在未来而不在过去,在动态的开放的尚未存在之中,而不在封闭的完成的实际存在中,开放展示人自由的潜力。这不仅是一个理论问题,更是一个活生生的事实。个体的结束,形式的完成,并不意味着意义的凝结,因为完成的形式仍然处在生动的交往之中,在事件的交往之中获得生命。总之,"世界上还没有过任何终结了的东西;世界的最后结论和关于世界的最后结论,还没有说出来;世界是敞开着的,是自由的;一切都在前面。"①巴赫金对个体的认识和对生活世界价值体系的认识融为一体。巴赫金的价值开放观念使他非常深刻地分析了渗透整个文艺复兴时期的基本思想:追求一种新的可能性生活,否定既有的生活原则。"'必须并完全摆脱这种现存生活秩序的坚定的信念',正是文艺复兴进步文学的基础。只是由于坚信整个现存世界必须并可以急剧地更替和更新,文艺复兴时期的作者们才能看到他们所要看到的世界。而正是这种信念渗透了整个民间诙谐文化,但不是作为抽象的思想,而是作为活的、决定这种文化的所有形式与形象的处世态度去渗透的。中世纪官方文化以其全部形式、形象及其抽象思维体系,暗示着一种直接相反的信念,即现存世界秩序和现存真理是不可动摇的和不可改变的信念,总之整个现存世界是永恒的,不可改变的。"②巴赫金变动、开放的价值观使他的对话理论成为解读转型时期文化形态的一把金钥匙。

---

① 钱中文主编:《巴赫金全集》第五卷,第221页。
② 同上,第六卷,第319页。

对话不仅指对话的过程，更指对话的最终指向：开放的结果，不是一方压倒另一方的定论，而永远是多元的共存与交流。对话不是达到独白真理的手段，而是在通往真理的途中。所以巴赫金认为古典戏剧中对话的本质是独白，因为它只为巩固戏剧中所描绘的世界，使其成为坚固的统一体。所有的对话都在作者的统一视野之中，最终的指向并不是多元的世界，而是一维的世界。每次对话相对于最终的独白意义而言，并没有独立的价值，只是为戏剧的完整统一提供基础。每一位对话者也没有独立的主体性，只是使戏剧组织起来形成冲突完成某种思想表达的手段。[①] 从这个角度看，对话的本质不仅仅在于对话的形式，而是对话最终体现的多元意识：不是要达到封闭完结的独白，而是各种价值观念之间永无终结的共存与交流。把对话作为手段的古典戏剧的对话是走向终结的对话，而真正的对话是指永远处于对话之中。对话不仅是揭示主人公心理或表达作者观念的工具，而自身就是描绘的对象和目的。对话不会达到最终的结论和目标，因为那样便意味着消失了对话自身。

巴赫金从日常生活基本的言语行为出发得出具有普遍意义的对话原则。[②] 在他看来，对话不仅是人类文化生活的一个基本事实，更是文化生活的指导原则。然而，正如对话一样，独白也是人类文化存在的一个基本事实，并在文化的发展过程中起着不可代替的作用。巴赫金的对话理论并没有彻底解决独白与对话的关系问题，更谈不上对话批评的具体操作方法了。与其说巴赫金为我们提供了关于文化批评的指南、依据和真理，倒不如说，他为我们提供了文化批评的立场、方法与策略。在整个对话理论中，巴赫金更为关注对话原则的价值取向和它对

---

① Roger Fowler, ed., *Modern Critical Terms*, London and New York, 1990, p.59.
② Newton, ed., *Twentieth-Century Theory*, Mcmillan, 1988, p.22.

人类文化生活的意义。他对对话理论独到而深入的论述为我们从另一角度理解自己的文化、理解他者文化、理解文化交流的原则与可能提供了方法论工具。

第二章 文本与读者的对话

对话是多元主体间的交流与平等关系。它反映在读者与文本的关系上就是强调二者的主体性。对读者能动性的强调就是对作者赋予文本意义观念的反驳。由于读者的介入，文本在阅读中显示出自己的多元特征。读者与文本的互相依存关系是二者展示各自主体性的必然场所。

第一节 接受理论和读者反应理论的兴起

20世纪60年代接受理论和读者反应理论的兴起取代了40年代处于鼎盛时期的新批评和各种文本形式主义，标志着具有多元性、相对性、开放性的人文精神在西方文学理论中对用精确的逻辑思维去追求绝对化、客观性、一元论的科学精神提出了挑战。思维方式的开放性和社会形态的多元化互相作用，成为当时西方文化范式的一个基本特征。文学理论的焦点从对作者和文本的研究转向对读者和阅读的关注，从"作者怎样产生文本"、"文本自身有何意义"转向"意义如何产生"、"读者怎样阅读文本"。文本意义的发生从"作者赋予"、"文本含有"向"读者参与创造"转移。正如瑙曼所说："如同从前作品消失在产生过程中一样，现在是化解在其接受的过程中了。如今，罗列作品所产生的结果代替了罗列产生它的原因。"[①]

[①] 瑙曼：《作品、文学史与读者》，范大灿译，文化艺术出版社1997年版，第173页。

对读者的广泛关注首先与60年代后期出现的各种民主化浪潮有关。"经济奇迹"的衰退、柏林墙的建立与统一德国的消失、对越战争的失败、大规模学生运动浪潮的兴起、学术界自身方法论的危机等都为文化意识领域和文学理论的发展提供了一个极为广阔的空间。国际政治风云的变幻使文学研究者感到，对文本独立性过分强调的各种形式主义、文本中心理论已无法解决文学研究中出现的各种问题，特别是文学的社会功能问题。教育与信息技术的发展也使人际间的交流成为学术界日益关注的焦点。对文学影响与接受的研究自然而然地成为文学研究的中心。

在文学理论领域内部，接受理论和读者反应理论的兴起主要是针对各种仅仅关注文本的形式主义观点，如结构主义、布拉格学派、俄国形式主义和新批评等。结构主义认为文本的意义由文本自身的结构决定。新批评用感受谬误来割断读者与作品的联系。正如汤普金斯所说："英美批评界兴起读者反应批评活动，是为了直接反对温姆萨特和比尔兹利在《感情谬说》(1949)中所发表的新批评的断言：'感情谬说混淆了诗和它产生的效果……这种混淆开始于试图从诗的心理效果得出批评的标准，而陷入印象主义和相对主义告终。'读者反应批评家提出一首诗离开了它的效果，就无法理解。"[①] 霍兰德(Norman N. Holland)也同样批评了"在1960年新批评学派执掌了文学研究的大权"，指出新批评并不能解决文学反映的问题，因为"一个文本总是对读者，或更确切地说，为读者做些事情。它是一个为我们而做的梦"。[②] 在接受理论看来，新批评极力把自己同其他学科区分开来以追求学科独立性和科学性的理论倾向陷入了极端狭隘的困境之中。他们貌似中立客观的立

---

① 外国文艺理论研究资料编委会编：《读者反应批评》，文化艺术出版社1989年版，第23页。
② 霍兰德：《后现代精神分析》，潘国庆译，上海译文出版社1996年版，第233—236页。

场实质上否认了文学作品的意义在于文学是一种审美事件,否认了文学赖以依存的客观语境,否认了文学自身处于社会历史进程之中,其实便否定了文学自身,使文学成为没有根基的虚无。

当然,俄国形式主义、布拉格结构主义在对文本研究的同时,对读者的接受都表示了不同程度的关注。俄国形式主义对"陌生化"的研究、布拉格结构主义的代表穆卡洛夫斯基(J. Mucarovsky)对读者的关注、以英伽登(Roman Ingarden)为代表的现象学文学批评对文学作品"纯粹意向性"的强调、对文学作品"未定点"、"图式结构"、"空隙"由读者"具体化"的研究、文学社会学等都对接受理论产生了很大影响。他们对读者在文学中的地位、读者在接受过程中的心理活动进行了细致的研究。但这和接受理论并非是完全相同的价值取向。其中最根本的差别便是接受理论使读者的地位从一种从属于本文、从属于作者的控制中解放出来,从审美事件的后台走到了备受关注的前台,这种转变在整个美学和文学理论的发展过程中具有范式转型的地位。

当然,也有理论家说"接受理论古已有之",瑙曼就举出了很多在接受理论兴起之前的理论家对接受理论的开拓性贡献,如亚里士多德在《诗学》中就谈到:悲剧是一种引起观众同情和恐惧的戏剧,它的长度要适应观众的心理等,以说明"如果说读者和文学接受问题是什么新的发现,那实在是言过其实"(中国人也可以举出"诗无达诂"等例子)。甚至,勒内·韦勒克(Rene Wellek)也说:"文学作品的生存、效果和影响从来就是人们研究的课题,而目前学术界对接受问题的浓厚兴趣不过是一阵风而已。"[①]莱辛在1792年就发表过精彩的看法:"谁将自己的著作发表出去,谁就通过这一行动在法律上把它们变成公共的了,于是,每个人便都有权按照自己的见识去处理这些作品,使它们能更好地

---

① 福克马:《20世纪文学理论》,林书武译,三联书店1988年版,第151页。

为公众所用。""一个发表了的作品从一件私事变成一件'公开的'事件——承认这个事实就构成了先决条件。艺术作品一旦问世,便绝不再对作者的财产和意图承担义务了——从发表的那一瞬间起,它就不再属于作者一个人,而是在同样甚至更大的程度上属于它所面对的对象——读者了……作品发表的那一时刻便把作者的私人占有变成了一份公共的财产……若作者对此提出责难,这样一来,他的责难便只是相对合法的了。这些责难是基于这一可疑的观点之上的:公开的对话被引上轨道之后,还可以通过单方面的意愿行为而重新变回一场私人对话。在'成品'艺术作品中,作为社交界的公众占有同样的份额,而且,从对话开始的那一时刻起,也有着同样的权利。"① 马克思在《政治经济学批判·导言》中也说,困难不在于理解希腊艺术和史诗同一定社会发展形式结合在一起,困难的是,它们何以在今天仍然能够给我们以艺术享受,而且就某方面来说还是一种规范与高不可及的范本。对读者与读者阅读心理的研究和接受理论确实有某种相通之处,不过这些零碎的直感性见解和对读者作系统深入研究的接受理论相比仍然具有很大的差距。特别是接受理论把接受问题当成它的基本问题是其他任何理论所无法代替的。接受理论成为一种影响广泛的理论是从60年代开始,特别是1967年耀斯(Hans Robert Jauss)《作为向文学科学挑战的文学史》一文的发表,成为接受理论登上历史舞台的重要标志,这篇文章也成了接受理论的宣言式的经典作品。从另一方面,即接受理论的兴起与它对美学、文学理论产生广泛而深远影响的社会语境看,接受理论也反映出社会自身的开放心态和为新的生存方式提供更为宽容的社会氛围的可能性,这些都是具体历史语境的基本特征,是其他历史时期所不具有的。总之,接受理论的基本价值取向和整个社会的深层

---

① 刘小枫编:《接受美学译文集》,三联书店1989年版,第164—165页。

愿望密切地结合在一起。正如耀斯所说的:"它们是出现在 60 年代中期人文科学史上更广泛变革的一部分。接受美学与这种变革同时出现,这个变革对占支配地位的非历史倾向的结构主义模式提出怀疑,引导语言学、符号学、社会学和其他学科提出类似的概念,在建立人类交流总理论中尽可能统一起来。"①

第二节 读者的主体性

从根本上恢复读者在艺术事件中的地位,从另一个角度思考读者的经验对文本所具有的本体论作用同对读者主体性的强调一起成为接受理论的基本前提,也是接受理论实现整个文学批评转型的重要依据。

接受理论内部各理论家的主张虽然具有很大差别,但有一种共通的精神贯穿始终:一部作品的意义并不是客观地存在于作品之中,它和读者的积极阅读密切地联系在一起,作品的意义存在于多种解读的可能性之中,读者的阅读对作品的意义形成与价值的发生起最终的决定作用。耀斯的"期待视野"、伊塞尔(Walfgang Iser)的"呼唤结构"、"隐含的读者"和英伽登的作品是一个"框架"、作品有很多"空白"需要读者"填补"、"具体化"的观点,把没有经过读者阅读的"第一文本"和成为审美对象的"第二文本"区分开来,作品的生命存在于与读者的具体交流之中。萨特在《什么是文学》这部被耀斯称为"首次给读者恢复了名誉"②的重要著作中说:"《大个子摩纳》的奇妙性质,《阿尔芒斯》的雄伟风格,卡夫卡神话的写实和真实程度,这一切都从来不是现成给予的,必须有读者在不断超越写出来的东西的过程中发现这一切,当然作者

---

① 张廷琛编:《接受理论》,四川文艺出版社 1989 年版,第 200 页。
② 耀斯:《审美经验与文学阐释学》,顾建光译,上海译文出版社 1997 年版,第 11 页。

在引导他,但是作者只是在引导他而已。作者设置的路标之间都是虚空,读者必须自己抵达这些路标,他必须超过他们。一句话,阅读是引导下的创作。一方面,文学客体确定在读者的主观之外没有别的实体:拉斯科尼科夫的期待,这是我的期待,是我把我的期待赋予他的;如果没有读者的这种迫切的心情,那么剩下的只是白纸上一堆软弱无力的符号。"① 在萨特看来,文本存在于读者的积极阅读之中。正如加达默尔所说的,艺术的表现按其本质就是为某人而存在的,即使没有一个倾听或观看的人存在于那里。尼采说书是为一切人的,而不是为一个人的观点也表达了同样的看法。文学作为精神财富的保存者和流传者使它不可能脱离接受者而存在,文学使读者与作者、历史与现实、审美与功用联系在一起。

福克马认为,根据某些语言的特征来决定文学性的尝试事实证明是不完善的。语言学的研究不仅没有提出对文学现象详尽的解释,而且没有在自己的领域内给历史性和价值判断以一席之地。② 福克马对"根据语言学的特征来决定文学性的尝试"所作的批判并不表明接受理论能够解决文学理论中的所有问题。接受美学也不是孤立的、放之四海而皆准的原则,接受理论作为各种语言学理论的反叛,在某种程度上弥补了它们的缺陷,在文学理论领域开垦出了自己的一片领地,通过对读者的研究来体现文学的历史性和价值,恢复文学的本真状态。这种转向本身又分为两个方面:读者自身的意义和关注读者这种转向的意义。

接受理论价值取向的一个重要表现就是它强调艺术的社会功能,认为艺术和它的社会功能不可分割地联系在一起。在耀斯看来,艺术

---

① 萨特:《萨特文论选》,施康强译,人民文学出版社 1991 年版,第 120 页。
② 福克马:《20 世纪文学理论》,第 152 页。

的庄严与不朽并不表现在它自身超时空的静态存在结构,而是和它动态的审美解放功能联系在一起。读者从自身的位置出发使文本的审美特征跨越时间的距离得到理解,以全新的经验对历代提出的问题作出自己的回答。艺术的自由本质来源于对艺术的自由理解。自由理解为人性的内在解放提供了一种新的可能,从而为物质世界的变动提供了原动力。但是,艺术的"叛逆性"、"诱惑力"、"美化力"、"游戏性"和它能"提供解放的机会"、"具有更长的生命力",这一切都必须通过读者这个中介来实现,甚至说,就是在读者身上实现,离开读者的纯粹文本分析什么也不能说明。所以耀斯说:"文学和读者的关系既可以在感觉领域通过引动美学感知,也可以在伦理领域通过要求道德反思而实现自己。新的文学作品既是在与其他艺术形式的背景相对照的情况下,也是在以日常工作经验为背景的情况下被接受和评判的。按照接受美学的观点,文学作品在伦理领域里的社会功能同样可以以提问与回答、问题与答案的形式去把握,在这些形式下,文学作品进入了它历史作用的视野","如果文学史不再继续简单地描写反映在文学史著作中的一般历史的进程,而是在'文学进化'的过程中揭示那种本义为塑造社会的功能(这种功能对于在人类摆脱天然的、宗教的和社会的种种束缚的解放中与其他艺术和社会力量进行竞争的文学来说是当之无愧的)。那么文学和历史、美学认识和历史认识之间的鸿沟就能填平"。① 总之,接受美学企图在文学与历史、审美与社会之间的深谷上架起一座桥梁。它最终追求一种超越具体学科的"普遍的交流理论"。当然,这一工作仅仅读者接受理论是无法完成的。

可见,接受理论并非像某些理论家所说的仅仅关注文本、关注阐释、关注意义,而不关注读者的行为、不关注为文学作品的道德内容建

---

① 外国文艺理论研究资料编委会编:《读者反应批评》,第167—173页。

立标准而搁置社会关注的问题。相反,阐释学的理论同样关注作品所隐含的价值取向,关注文本的社会作用,而不是鼠目寸光地局限于眼前僵死的文字和自己在书斋里想象出来的意义。并非像汤普金斯所说的,当把文艺作品当作阐释的对象时,反应仅仅被理解为获取意义的方式,并非政治和道德的行为方式。其实,获取意义的方式和政治道德的行为方式密切地联系在一起,阐释并不是纯粹的个人心理概念,严严实实地封闭在自我的圈子里。意义的存在方式是一元的还是多元的,是封闭的还是开放的,是存在于独白之中还是存在于对话之中,无疑和政治道德行为方式在深层结构上纠结在一起。正如加达默尔常常引用的康德的话"美是伦理善的象征","趣味无须强烈的跳跃就使感官刺激向惯常性的道德兴趣的过渡成为可能"。[1] 接受理论主张作品的开放性,把主体、历史、社会重新引入文学,通过反对静止的共时的符号体系概念,通过引入主体的交流功能,关注接受者、听众、读者的权利,重新实现文学的社会功能。耀斯在《接受美学与文学交流》一文中说:"人们倘若不认识文本它的接受者和所有接受者之间的对话关系,将两者间的美学经验简单化为读者在'词的孤独天堂里重新找到独自阅读文本的快感'(罗兰·巴尔特语),文学交流就将达不到它的社会作用。"特别是他通过研究查理·贝罗的《古代人与现代人的平行研究》、温克尔曼的《古代艺术史》、卢梭对古代城邦和现代文明的比较、弗·施莱格尔和席勒关于古今之争的观点,指出:"艺术经验永远使它们在国与国之间,过去和现在的时代之间成为可能,在这一点上它经常与宗教和政治的约束相反。"[2] 耀斯为接受理论的比较方法提出了宏大的理想表明了接受理论企图超越文学与社会、理论与实践对立的传统思维模式,为文学与

---

[1] 加达默尔:《真理与方法》,第 97 页。
[2] 张廷琛编:《接受理论》,第 201—204 页。

非文学的交流提供理论与可能。这与"为阐释而阐释"的狭隘观点相比就深刻得多。对读者主体的关注、对文本不确定性的强调、对作者主观意向的故意忽略,文学研究视角的转换带来了价值的多元和开放的思维方式。接受理论也并非像某些故作中庸的理论家所说的,片面强调读者与片面强调作者一样都是过犹不及。对读者的强调与对作者的强调相比具有不同的价值取向。作者的唯一性与读者的无限性、原旨的唯一性与解读的多样性、作者的权威性与读者的能动性,使我们看到接受理论和传统的以作者为中心的理论相比具有更大的开放性。所以,威勒克(Rene Wellek)认为接受理论是从价值绝对主义走向价值相对主义。汤普金斯说:"把注意力集中在读者,就在批评的领域内演出了一幕道德剧。采取一种特定的读者观念也就是从事于一项特定的有道德意义的行动。""对客观性的要求(这意味着放弃人们认识真理的要求)是一种诚实的立场,因为它不觊觎实际无法获得的知识。在这种对诚实的要求之中含有对谦卑的要求('我谦卑地承认我本人论述的局限性')和对自我发展的观念的要求。通过承认他自己凭着经验对文学作出的分析'不过是另一种解释而已',菲什表示他是容易接受别人的意见并改变自己的看法的,是随时准备学习的,而不是一个囿于一套不可改变的假说的人。"[①]

强调读者的作用与强调读者的能动性是一致的。在读者接受理论看来,文学是文本在读者心灵中的反应,是读者对文本空白与未定处的确定和具体化。文学史是文学作品的消费史,也就是读者主体的历史,是历史视野与现实视野的相互渗透与融合。对读者主体性、阅读创造性与接受能动性的强调是把文学从作者个人手中解放出来,使它成为更多人参与的人道主义思想的体现。同时,对读者的关注必然要把批

---

① 外国文艺理论研究资料编委会编:《读者反应批评》,第32—35页。

评的焦点集中在人的主体上,与传统的人道主义联系在一起。也使读者理论与消解一切包括读者在内的后结构主义理论区别开来。耀斯在《作为向文学科学挑战的文学史》中说:"在作者、作品和读者这个三角形中,读者不只是被动的一端、一连串反应,他本身还是形成历史的又一种力量。文学作品的历史生命没有其接受者的积极参与是不可思议的。因为正是由于接受者的中介,作品才得以进入具有连续性的、不断变更的经验视野,而在这种连续性中则不断进行着从简单的吸收到批判的理解、从消极的接受到积极的接受、从无可争议的美学标准到超越这个标准的新的生产的转化。文学的历史性和文学的交流特点,是以作品、读者和新的作品之间一种对话的、同时类似过程的关系为前提的,这种关系既可以在讲述和接受人的关系中,也可以在提问与回答、问题与答案的联系中去把握。"[1]霍兰德在《整体、本体、文本、自我》一文中说,一个人对于一部文学作品的阅读要跟其他人的阅读不同。每个人都会加入不同的信息,都要寻求与他本人相关的特殊的经验。当一个人研究一位作家的作品时,他总是通过自己所关注的主题进行。[2] 在哈罗德·布鲁姆(Harold Bloom)看来,对文本的理解仅仅具有相对性,曲解与误读是文学接受中必不可少的一部分。同样,每位读者的阅读能力也仅仅具有相对的标准。卡勒(Jonathan Culler)在《文学能力》一文中说,文学能力与人类其他能力不同,并不存在一种正确的阅读能力。其他人类活动成功与失败都有明确的标准,比如下棋和登山,我们可以说有能力和无能力,但文学的多样化恰恰表明文学不是这样的活动,欣赏是多种多样的、个人的,不受自封的专家标准法规的支配。无法说明一部作品只有一种"正确的"意义,一部作品只有一种正确的读

---

[1] 外国文艺理论研究资料编委会编:《读者反应批评》,第142页。
[2] *PMLA*,1975年90期。

法。用不着去担心人们准备解释的那些事实真实与否,那样做只是浪费时间。①

读者能动性的发挥使文学成为读者与文本相互交流对话的审美事件。交流有历时性交流和共时性交流。共时性交流是指历史发展的一个瞬间、同时代丰富多彩的文学作品和读者相互交流。历时性交流则指不同时代的文学作品与读者相互交流。

交流的基本动因来源于对话主体自身的匮乏。如莱恩所说的:"你对我的体验于我是无形的,我对你的体验于你也是无形的。我不可能体验到你的体验,你不可能体验到我的体验。""我们已经看到,社会交往起源于人们无法体验他人对自己的体验,而不是起源于什么共同的情境或把双方拉到一起的什么惯例。情境和惯例调节着填补鸿沟的方式,但鸿沟却来自不可体验,结果,鸿沟成为交往的基本诱因。与此相似,这种鸿沟,即文本与读者之间的根本不对称导致了阅读过程中的交流。"②同时,交流来源于主体间的距离,来源于不同主体相互了解、相互沟通的基本愿望。当然,距离同样是审美的必然要素,是读者相对于文本获得审美愉悦的必要条件。在耀斯看来,读者的审美经验的重要依据是,读者在阅读时能保持自己的外位性。他在《审美经验的含义是什么》一文中说,只有在审美经验的反思层次上,观察者才能自觉采取旁观态度并同时对与他自己相关的生活世界进行欣赏,一个人只要采取旁观者的审美态度,角色的严肃性便转化为儿戏;这是一种尽人皆知的日常生活经验。审美经验既使旁观者有自己独特的角色距离,又能使读者产生丰富的联想,享受到生活中无法具有的东西。③

在对历时性交流的研究中,读者理论的重要贡献首先表现在对交

---

① 卡勒:《结构主义诗学》,盛宁译,中国社会科学出版社1991年版,第182—183页。
② 张廷琛编:《接受理论》,第46—49页。
③ 耀斯:《美学经验与文学阐释学》,第6页。

流主体前理解的合理性的强调与论证。在读者理论看来,艺术作品是时代的产物,它的存在和流传同样受时间的制约。对艺术作品的理解不可能按照绝对的非历史性的原则,假设一种永恒的理想形式、永恒的价值常数去关照作品,那样就不是去理解作品、走进作品,而是离作品愈来愈远。在接受理论看来,传统的延续是一种不断选择的结果,根本不存在客观的、自在的文学传统,传统所依附的文本在解释中得以流传。正如柯林伍德(Robin G. Collingwood)所说的,历史不过是历史学家头脑中过去事情的重演。这样就否定了评价历史事件的客观基础,取消了价值评判的原则,把历史仅仅建立在个体的主观观念上。可见,接受美学注重的是作品在不断具体化的历史进程中读者的积极作用,认为对一部艺术作品的理解是经验之间的交流、对话和问答游戏。阅读实现了现在与过去、文学的美学方面同历史方面、以往的艺术和当前的艺术、对文学的传统评价和现时检验之间的沟通。所以伟大的文学作品,不是一种自我表现的活动,也不是一种放射现象,因为艺术的传统取决于现时同以往的对话关系。只有现实在"问题意识"上同以往的作品联系起来,也就是读者和批评家能回答和解决上一部作品遗留下来的形式问题和道德问题,同时又提出了新的问题,才能使文本与现实的对话成为可能。

当然,对文本的解读与诠释要考虑到对象本身的内涵,但是,阅读的当代视野会重新规定对文本的提问性质与方式,自然也就决定了问题及回答的方向与结果。我们之所以对过去的东西感兴趣,并不仅仅因为它发生在过去,而是因为在某种意义上它仍然存在,仍然对我们发挥着作用,是我们得以理解自己的背景和语境。我们研究过去也不是极力地再造过去而是借助过去来了解今天的经验。总之,现实的兴趣是我们关注过去的根本原因。一部作品的生命,不是存在于永久的疑问,也不是存在于一劳永逸的回答之中,而是通过疑问与回答、问题与解决之间的动态阐释,在过去与现在不停的对话之中获得新的生命。艺术是一种生产和创作的双向过程,它以问题与回答的对话结构把过去与现在联系在一起。正如耀斯在比较歌德与瓦莱里(Paul Valery)的《浮士德》时所说的:"将二者放到一个没有时间概念的比较层次上,仿佛是同一实体的两种不同表现。或者,用文学史的隐喻说,仿佛是两个精神的高层次的对话。……实际上歌德的声音与瓦莱里的声音根本没有互相对话:它们不过是两段独白,是比较者把它们拉到一起比较的。易言之,它们的对话关系只在于瓦莱里的新《浮士德》表明它自己是对歌德的《浮士德》的回答。在瓦莱里看来,歌德的浮士德提出了一定的问题,人们认识到瓦莱里,从歌德的《浮士德》认识到的问题和瓦莱里的回答,才能构成两人间的对话。"① 从方法论上说,二者的对话图式、提问与回答、问题与解决之间的诠释关系在相同作品、相同母题的意义上建立起来。

"期待视野"(Erwartungshorizont)作为耀斯"方法论的顶梁柱"(当然,在他之前科学哲学家卡尔·波普尔、社会学家卡尔·曼海姆、艺术史家 E.H.贡布里奇都已提出过类似的概念),说明主体的介入是历史研究的必然前提。讲述历史、对历史进行研究就是和历史进行对话,而不是客观地展现真实的过去。追求客观的、自然状态的历史不过是一种良好的愿望,因为任何历史学家都无法站在自身之外、时代之外对历史进行研究。格里姆对历史学家克兰的批评是切中要害的:"历史学派的主要代表克兰离开了主体地平线同客体地平线的解释学交融论——每一理解过程的前提;为此,他持一种只理会(过去的)客观情况而不顾主体及其现实意识的观点的貌似客观的态度。这样一来,他便失去了过去史结构同当代史功能的统一;而这有利于被格尔菲努斯斥

---

① 耀斯:《接受美学与接受理论》,第88、142页。

为'客观手法'的历史客观主义,亦即为了让客体更清晰地显现出来而将客体面前的主体略去。这种客观性是表面的,因为它的基础是下面这个假设:过去可通过一种不依赖于当代及其解释而再现出来。然而,主体方面根本没有被排除,不过是在描绘中未被反映出来,不自觉地带过而已。"历史研究并非是对实实在在的现实进行观察。历史学家同历史事件的距离决定了历史研究是赋予过去以价值,不是再现曾经有过的实情。对历史研究便是和历史对话,便是带着今日的疑问去到历史中寻找答案,历史反映在今日的镜子里。当然,强调历史研究中的价值取向并不是说历史研究中并无客观性可言,而是强调历史的研究是一种参与和对话,不是否定主体存在的机械行为。格里姆指出耀斯接受美学的第一个命题就是:"为了更新文学史,必须取缔历史客观主义的偏见,必须把传统的生产美学和描述美学的根扎在接受美学和效果美学之中。文学的历史性不在'文学事实'的关系上(这种关系是过后才建立起来的),而在文学作品的读者所早已获得了的经验上。这种对话关系也是文学史的本质实况。须知,文学史家在理解一个作品之前,在将它摆在恰当的位置之前,换句话说,在他意识到自己在读者历史长河中的现实位置、从而可以提出自己的判断之前,他自己总是不得不先当读者。"[①]读者的角色是文学理论家和历史学家首先要担当的角色,甚至可以说,文学理论家和历史学家只不过是职业的读者而已。所以,效果和接受的传输过程是一场对话。当然,文学和历史、文学史和历史有根本的不同,但文学史家作为研究主体对研究对象的介入与历史学家是一致的。

在加达默尔看来,理解具有一种哲学意义,它不仅是人类主体的行为方式,更是人类自身的存在方式,人类在理解中存在。对理解的强调

---

① 刘小枫编:《接受美学译文集》,第96页。

就是对前理解的强调,海德格尔在《存在与时间》中说:"把某某东西作为某某东西加以解释,这在本质上是通过先行具有、先行见到和先行掌握来起作用的。解释从来不是对先行给定的东西所作的无前提的把握。……任何解释工作之初都必然有这种先入之见,它作为随着解释就已经'设定了的'东西是先行给定了的,这就是说,是在先行具有、先行见到、先行掌握中先行给定了的。"① 加达默尔认为黑格尔在理解问题方面超过了施莱尔马赫(Friedrich Schleiermacher)就在于,黑格尔找到了解释中的立场与现实根据,他把历史意识与现实联系在一起。他说:"黑格尔说出了一个具有决定意义的真理,因为历史精神的本质并不在于对过去事物的修复,而是在于与现时生命的思维性沟通。"② 施莱尔马赫也同样强调了读者相对于作者的主体性,他说:"我们必须比作者理解他自己更好地理解作者……在对于诗的解释中,我们必须特别记住这一点。在那里我们对诗人的理解比诗人对自己的理解更好,因为当诗人塑造他的本文创造物时,他就根本不'理解自己'。由此也可得知——但愿诠释学永远不要忘记这一点——创造某个作品的艺术家并不是这个作品的理想解释者。艺术家作为解释者,并不比普通的接受者有更大的权威性。就他反思他自己的作品而言,他就是他的读者。他作为反思者所具有的看法并不具有权威性。"当然,在施莱尔马赫之后,伯克和狄尔泰在同样的意义上重复过施莱尔马赫的名言:"语文学家对讲话人和诗人的理解比讲话人和诗人对他们自己的理解更好,比他们同时代人的理解更好。因为语文学家清楚地知道那些人实际上有的、但他们自己却未曾意识到的东西。"③ 他未意识到的东西是他的作品经过历史的冲刷展现在当代的东西,而这些东西却是读者

---

① 海德格尔:《存在与时间》,第184页。
② 加达默尔:《真理与方法》,第221页。
③ 同上,第221、248—250页。

理解文本的基础与前提。所以,赫斯虽然要坚定地"保卫作者"对文本的权利,但他仍然不得不说:"即使是作者本人也无法复述他原初的意向,因为,没有任何东西能唤回他原初对含义的体验。"况且"作者往往并不清楚,他要表达怎样的含义,这已成了一个老调子"。康德甚至指出,就连柏拉图本人也不清楚他要表达什么,而且,他对柏拉图著作所作的一些理解,甚至比柏拉图本人的理解还要来得出色。① 因为文本在流传过程中离开了创作文本时的实际语境,无限的阅读使文本总是与作者的初衷和读者的最初理解产生根本的差异。这就是利科"间距化"的根本含义。对"间距化"合理性的强调构成了文本在语义学上的自主性。②

进行理解的人并不是任意地选择他的观点,他的位置是先行给定的。每一个时代都必然按照它自己的兴趣和方式来理解流传下来的文本,该文本的真实意义是由解释者的历史处境和整个历史的客观进程共同规定的。时间距离不仅使理解成为必需而且使理解成为可能。只有充分考虑到历史距离对理解的意义,也就是说,一个文本只有脱离了产生它的具体语境,它的意义才能充分显现出来,并得到客观的揭示,对一个文本理解是一种无限的过程,是新的意义不断展现的过程。"一种真正的历史思维必须同时想到他自己的历史性。……一种名副其实的诠释学必须在理解本身中显示历史的实在性。因此我就把所需要的这样一种东西称之为'效果历史'(Wirkungsgeschichte)。理解按其本性乃是一种效果历史事件。"③这样,读者在阅读文本时他自身就处于他所理解的意义之中。任何一个时代的读者都将以不同的方式理解同

---

① 赫斯:《解释的有效性》,王才勇译,三联书店1991年版,第26—29页。
② 保罗·利科尔:《解释学与人文科学》,陶远华译,河北人民出版社1987年版,第14—15、142页。
③ 加达默尔:《真理与方法》,第384—385页。

一文本,这样文本自身的意义自然处于开放的不确定之中。历史客观主义的局限性就在于:它掩盖和消除了它自身理解成为可能的根本性前提,通过"让事实说话"的形式而看上去具有客观性。其实,它不可能直接接触历史对象而对它进行客观性的认识,它的这种客观性同样依赖于它自身的处境与历史之间的联系。历史学家不可能从断篇残简的流传物中去重构活生生的历史本身,他们只能通过流传物的中介与他们研究的客观对象保持着无限的距离。加达默尔说:"效果历史意识首先是对诠释学处境的意识。但是,要取得对一种处境的意识,在任何情况下都是一项具有特殊困难的任务。处境这一概念的特征在于:我们并不处于这处境的对面,因而也就无从对处境有任何客观性的认识。我们总是处于这种处境中,我们总是发现自己已经处于某种处境里,因而要想阐明这种处境,乃是一种绝不可能彻底完成的任务。"[①]总之,并不是历史隶属于我们,而是我们隶属于历史,理解的前提是个人存在的历史实在,正如一个人不可能在"我"和"你"的关系之外思考"你"一样,一个人同样不能在他和历史的关系之外思考历史。加达默尔说:"事实上并不存在一种超出历史之外的立脚点,以使我们站在上面可以从历史上对某个问题的各种解决尝试中去思考该问题的同一性。诚然,对于哲学文本的一切理解都需要重新认识有关这些本文所知道的东西。没有这种认识我们就什么也不会理解。但是,我们却不能因此而超出我们所处的并由之而进行理解的历史条件之外。……我们借以设想问题真正同一性的所谓超立场的立场,乃是一种纯粹的幻觉。"[②]理解是人类生命的存在特质,任何人都是时代的产儿,都受时代的控制,不可能摆脱当代的束缚而使自己置身于过去,那不过是一种天真的想法。

---

① 加达默尔:《真理与方法》,第387—388页。
② 同上,第482—483页。

理解并不是和作者真正对话并重复以往的东西,而是参与文本向我们传达的意义。把文本的意义还原为作者意图的诠释学正如把历史事件还原为当事人的初衷一样不可能。接受理论的研究证明:读者对文本的阅读是一种跨过历史距离的重建式阅读,阅读一篇文本便是进入与过去的对话之中。

第三节 文本的"主体性"

接受美学的基本原则是从对作品的崭新定义开始的。读者理论认为文本的意义在于它与读者的对话性存在方式,文本只有在同读者的对话中才能存在,文学史也是文本与读者的对话史。

与注重文本自身意义的各种形式理论不同,接受美学把作品看成一种交往的媒介,认为文学的意义是一种过程,而非一种状态。文学作品的对话性存在方式的观点可以追溯到瓦莱里诗学中的著名论断:"诗只有运用才成为诗。"萨特就认为"作品从来不是一个已知数",它是"一个要求"、"一个奉献"、"一个暗示"、"一个媒介物"、"一项建议"、"一个半成品"、"一个存在的要求"、"一个有待完成的任务"、"一个向读者的自由发出的召唤"。作家的作品需要读者的阅读,由死的沉睡的文字变成活的生动的感受,正如一堆冰冷的柴火等待燃烧一样。一个鞋匠能穿自己制造的鞋子,一个建筑师可以住在自己建造的房子里,只要合适。但一个作家的作品却不能供他自己阅读,因为在自己的作品里只能发现他自己。作品的目的在于沟通,是供他人阅读的。所以他说:"戏剧是公共事物,观众一入场,剧本就脱离作者了。无论如何,我的剧本不管他们的遭遇如何,几乎都不归我掌握了,它们变成客体。""这个客体的出现有赖观众与作者的合作。""公众与作者在同种程度上创作剧作。"①现象学文学批评日内瓦学派的代表普莱说:"书,纸张和油墨的制成品,被置放在那里,直到有人对它产生兴趣为止。它们在等待着。它们知道人的行为可能会突然改变它们的存在状态吗?它们似乎充满希望。它们似乎在说,请阅读我。我感到难以拒绝它们的呼吁。不,书并不仅仅就是物。"②读者接受理论的文本观从传统的关注"作者生产文本"、"文本自身言说的内容和方式",变成"文本对我言说什么"和"怎样对我言说",文本从一种抽象的超时空存在进入到一种具体的历史语境之中。一种静态的、客观存在的、确定不变的作品概念被一种动态的、始终处于文本与读者不断作用之中的、不断生成的作品概念所代替。正像不存在纯粹消极的读者一样,也没有纯粹自主的文本,存在的只是被称为对话的相互作用。③

这与接受美学的"意义"观联系在一起。接受理论的一个基本前提就是否认文本"客观意义"的存在,认为文本的意义必须依附于主体的阐释,依附于主体赖以依存的客观语境。耀斯说:"谁若以为解说者似乎只要站在一个历史之外的位置上,超越他的前人和历史上的接受所产生的所有'错误',并一头钻进文本里就一定能够直接领悟文学作品'永远正确'的含义,那么他就'掩盖了影响史上历史意识本身也卷入的交织牵缠'。……只能虚构出一种客观性。"④文本的意义与阅读它的读者联系在一起。"一部文学作品并不是独立自足的、对每个时代每位读者都提供同样图景的客体。它并不是一座文碑独白式地展示自己的超时代本质,而更像一本管弦乐曲,不断在它的读者中激起新的回响,并将作品文本从词语材料中解放出来,赋予它以现实的存在:'词语在

---

① 萨特:《萨特文论选》,第 449—451 页。
② 外国文艺理论研究资料编委会编:《读者反应批评》,第 82 页。
③ 特雷西:《诠释学·宗教·希望》,冯川译,上海三联书店 1998 年版,第 32 页。
④ 外国文艺理论研究资料编委会编:《读者反应批评》,第 155 页。

向人诉说的同时,必须创造能够理解它们的对话者'。文学作品的这种对话性,也决定了何以历史语言学只能永远面对作品本文才能获得理解,而绝不可能简单归结为对事实的了解。"①菲什(Stanley Fish)更认为作品的客观性纯粹是一种"幻觉",没有任何权威能证明作品的客观性,至于作者意图的客观性也不过是一种理论的设想。作品的意义是读者阅读过程中的一种经验,是读者头脑中展开的一系列事件,是在特定的语境中产生的结果。文本的生命在于读者阅读时的具体感受。铅字和纸张的静态存在并不能说明它的本质。阅读是一种流动着的时间上的体验和感受,而不是空间上的静态的"深层结构"。文本并非是意义丰富的仓库,意义在于寻找意义的过程之中。意义不是文本自身在言说,不是文本自身的独白,而是文本和读者之间的交流对话和协商,甚至文本自身就是对话的结果,读者对作品的看法也并不表达作者的初衷,在文本主旨虚幻的客观性和读者阐释公认的主观性之间无法截然分开。因为对"客观性"的追求只能通过主观性去实现,这样得出的"客观性"其实只是某种主观性的表现而已。正如艾柯所说:"我们必须尊重文本,而不是实际生活中的作者。"②

总之,接受理论的根源在于否认把作品作为一种独立于文学事件之外的客体的做法,自欺欺人的客观性只不过是一种幻觉,只有审美与解释的多元才符合文学的具体实际。读者的阅读甚至理论对阅读所作的具体描述与分析都不可能与作者的主观意图相符合,接受的复杂性和具体语境、流行的观念、兴趣与偏见密切联系在一起,使接受成为各种交流方式组合在一起的复杂系统,而不是由单向的、片面的意义组成的封闭结构。耀斯说:"与传统的自我活动这一幻觉一起,审美教条主

---

① 张廷琛编:《接受理论》,第1—2页。
② 艾柯:《诠释与过度诠释》,王宇根译,三联书店1997年版,第79页。

义也名声扫地——人们已不再相信客观的意义。作品中唯一的客观意义,诠释者只要摆脱他自己的历史局限,不带任何历史偏见地把自己放在作品的原始意义中,他便在任何时候都可以重建它。但是,传统构成的作品的形式和意义并不是不能改变的尺度或审美对象的显现,独立于时间和历史的感知,它的潜在意义在随后的审美经验变化中,在文学作品和文学大众之间对话性的相互作用中,逐渐变得明晰,逐渐可以解释了。一部古典作品的传统构成潜力,只有在其同时代人首次'具体化'的视野中才能看到。"① 伊塞尔的理论同样注重过程,而非结果,在他看来,意义不是从文本挖掘出来,而是在读者与文本的相互作用的过程中获得的,是作品作为一种过程的体验逐渐表露出来的。"文本的真正意味所在,是在阅读时我们反作用于我们自己的那些创造物的活动之中。正是这种反作用的方式,使我们将文本看作一种实际的事件来体验。"②

文本意义的不确定性与它开放的内在结构是统一的。霍兰德认为,文学作品是一个"过渡客体",一个"潜在空间",阅读就是处理这个客体,读者靠自己的想象与经验来填补完善虚构文本中的不确定的空白与间隙。交流不仅连接了读者与文本之间的距离,而且连接了文本之间的空隙。伊塞尔说:"一旦读者弥合了空隙,交流便即刻发生。空隙的功能就像是一个枢轴,整个文本—读者的关系都围绕它转动。""空白表明文本中各不同部分和格局应该联系起来,尽管文本自身没作如此说明。空白是文本隐而不露的连接点,它们既标示了各种系统组合与文本角度之间的差异,同时,也在促发读者形成观念的行为。结果,当各种系统组合和文本角度连到一起时,空白也随之'消失'了。"③ 伊

---

① 耀斯:《接受美学与接受理论》,第 81 页。
② 伊塞尔:《阅读活动》,金元浦译,中国社会科学出版社 1991 年版,第 155 页。
③ 张廷琛编:《接受理论》,第 51 页。

塞尔早期最著名的论文《文本的召唤结构》就阐述了这个问题。当然，此文中伊塞尔思考的核心概念"意义空白"与英伽登的"未定点"理论是一致的。

文本的"空白"成为它展现自身主体性的基本场所，同时也决定了自身主体性的特点。文本客观存在的静态结构使文本看起来自身不会言说，是一种不会言说的物。然而它和真正的"死物"并不相同，它在读者的阅读中呈现出自身的主体性。作品正如游戏着的猫手中的线球一样。当然，猫并不是在研究线球的性质，而是和线球一起游戏。线球在猫的玩耍中成为参与游戏的"他者"。所以，加达默尔说："玩耍的猫选择一团线球来玩，因为这团线球参与游戏，而且，球类游戏的永存性就是根据球的自由周身滚动，球仿佛由自身做出了令人惊奇的事情。"①作品在读者的阅读中同样显示了自己的主体性，虽然它和读者的主体性密切联系在一起。可见，诠释学的经验与文本自身的特性有关：文本是一种流传物，流传物的本质在于通过语言的媒介而存在，并一直依赖于新的解释而获得自己的生命力。"流传物就是可被我们经验之物。但流传物并不只是一种我们通过经验所认识和支配的事件（Geschehen），而是语言（Sprache），也就是说，流传物像一个'你'那样自行讲话。一个'你'不是对象，而是与我们发生关系。……流传物是一个真正的交往伙伴（Kommunikationsparter），我们与它的伙伴关系，正如我和你的伙伴关系。"当然文本自身并不像"你"那样对"我"讲话，但是我们的阅读使它讲话。正如加达默尔所说的："通过两个谈话者之中的一个谈话者即解释者，诠释学谈话中的另一个参加者即文本才能说话。只有通过解释者，文本的文字符号才能转变成意义。也只有通过这样重新转入理解的活动，文本所说的内容才能表达出来。这种情况就像

---

① 加达默尔：《真理与方法》，第136页。

真正的谈话一样,在谈话中共同的东西乃在于把谈话者互相联系起来,这里则是把文本和解释者彼此联系起来。……在这种'谈话'的参加者之间也像两个个人之间一样存在着一种交往(Kommunikation),而这种交往并非仅仅是适应(Anpassung)。文本表达了一件事情,但文本之所以能表达一件事情归根到底是解释者的功劳。文本和解释者双方对此都出了一份力量。"①

艺术作品中虽然没有作为回答者的作者,文本作品是自为存在的,但试图理解艺术作品的人向艺术作品提问并试图倾听作品的回答。他既是思考者、提问者,又是回答者,就像在真正的谈话中两个人之间发生的情况一样。虽然文本是固定的,以完成的形态被给出的,但是,艺术作品的特征也许就在于我们永远不可能完全理解它。一件艺术作品的意义永远不可能被穷尽。加达默尔说:"它永远不可能被人把意义掏空。我们正是通过对艺术作品感到'空洞',从而区分出它们是非艺术品即赝品或哗众取宠的东西等等。没有一件艺术作品会永远用同样的方式感染我们。所以我们总是必须做出不同的回答。其他的感受性、注意力和开放性使某个固有的、统一的和同样的形式,亦即艺术陈述的统一性表现为一种永远不可穷尽的回答多样性。""是否只有当我们追溯到了原作者的时候才能够理解呢?如果我们追溯到了原作者的意思,这种理解就足够了吗?如果因为我们对原作者一无所知从而不可能追溯时又将怎么办?……把说话者的含义假设为理解的尺度就是一种未曾揭露的本体论误解。看来好像我们可以把说话者的含意以一种复制的方式制造出来,然后把它作为尺度对话语进行衡量。实际上正如我们所看到的,阅读根本不是能同原文进行比较的再现。……当某人理解他者所说的内容时,这不仅仅是一种意指(Gementes),而是一

---

① 加达默尔:《真理与方法》,第460、495页。

种参与(Geteiltes),一种共同的活动(Gemeinsames)。谁通过阅读把一个文本表达出来(即使在阅读时并非都发出声音),他就把该文本所具有的意义指向置于他自己开辟的意义宇宙之中。这就证明了我所遵循的浪漫主义观点,即所有的理解都已经是解释。"① 文本自身的意义往往超出原作者的最初意图和主观愿望,原作者的愿望和最初读者的意见终究要被具体的理解所代替,在某种程度上"理解一个文本就是使自己在某种对话中理解自己"。② 文本的主体性与读者的主体性融合在一起。

文本的对话性存在方式体现在对话性贯穿活生生的审美事件始终。接受美学的首要理论前提就是,把审美看成具体的、不断变化的事件,而不是抽象的、凝固在书本中的共时性存在。把文学看成一个活生生的事件而读者是整个事件中不可缺少的一部分是接受理论的基本出发点和主要根据。如菲什所说"意义即事件"、"诗即事件"、"文学即经验"。"阅读是一种活动,是一件你正做的事。谁也不会否认,阅读行为不能在没有读者本人参与下进行——你难道能把舞蹈同舞蹈者分开吗?"在菲什看来文本再也不是什么客体,也不是独立的事物,而是一桩事件,是发生在读者身上、有读者参与的事件。只有这一事件才是文本的真正含义。含义就是事件的全部,而不是从它里面抽取出来的什么信息。文学的价值正是基于"意义即事件"的观念,事件即发生在文本与读者之间的事件。③ 瑙曼说,文学只有在个人与作品具体接触的过程中,才能获得它本身所具有的独特意义。个人接受行为所建构起的"读者—作品"之间的相互关系构成了文学接受的基本情形。当然,文

---

① 加达默尔:《真理与方法》,第 633—634、649 页。
② 加达默尔:《哲学解释学》,第 56 页。
③ 菲什:《读者反应批评:理论与实践》,文楚安译,中国社会科学出版社 1998 年版,第 132—139 页。

学创作的基本情形也是如此,因为"作者首先创作的并非文学而是文学作品,读者首先接触的也是文学作品而非文学"①。意义即事件、即表述过程的理论否定了意义是一种表达或传递的功能的观点:仅仅把意义与语言、客观世界、作者的表述等联系在一起的观点。意义即事件的具体性而不是从语言这个容器中抽取出来什么,产生意义的地方是读者的头脑而不是印在书本上的静止的文字符号。这样,文学事件的偶然性、变动性、独特性和读者接受的个体性、自发性、差异性联系在一起。其实,重视读者就是对多样性的选择,即共时性中的多样性和历时性中的多样性。因为接受活动的个体性必然伴随着独特性、自发性、偶然性,同时必然导向多样性和差异性。

加达默尔从哲学的角度强调了具体历史事件的个体性:"即使一切历史知识都包含普遍经验对个别研究对象的应用,历史认识也不力求把具体现象看成为某个普遍规则的实例。个别事件并不单纯是对那种可以在实践活动中作出预测的规律性进行证明。历史认识的思想其实是,在现象的一次性和历史性的具体关系中去理解现象本身。在这种理解活动中,无论有怎样多的普遍经验在起作用,其目的并不是证明和扩充这些普遍经验以达到规律性的认识,如人类、民族、国家一般是怎样发展的,而是去理解这个人、这个民族、这个国家是怎样的,它现在成为什么——概括地说,它们是怎样成为今天这样的。"②他对具体历史事件相对于普遍规律性所具有的优先地位的强调,导致了体验在审美事件中的根本地位,否定了传统理论中共相、普遍性、公理、理性的一般规则的优先性,认为理性规则并不能为人的激情提供证明,因为激情取决于事件的具体情况。普遍先验的主体和具有生命历史实在性的个

---

① 瑙曼:《作品、文学史与读者》,范大灿译,文化艺术出版社1997年版,第173—174页。
② 加达默尔:《真理与方法》,第5页。

人,如同生命情感欲望的无休止的变动与稳定、统一和坚定的理性一样不同。这就使接受美学强调审美体验,而"体验"的本质正如加达默尔所说的那样:"'体验'这个词的铸造显然唤起了对启蒙运动理性主义的批判,这种批判从卢梭开始就使生命概念发挥了效用。……施莱尔马赫为反对启蒙运动的冷漠的理性主义而援引富有生命气息的情感,谢林为反对社会机械论而呼吁审美自由,黑格尔用生命(后期用精神)反抗'实证性',这一切都是对现代工业社会抗议的先声,这种抗议在本世纪初就使体验和经历这两个词发展成为几乎具有宗教色彩的神圣语词。反对资产阶级文化及其生活方式的青年运动就是在这种影响下产生的。弗里德里希·尼采和亨利·柏格森的影响也是在这方面发生的。……对当代广大群众生活的机械化的反抗,在今天还是以这样一种理所当然性强调这个词,以致这个词的真正概念性内涵仍还隐蔽着。"[①]"体验"的根本含义是:生命和美的真正存在和意义就在它不可替代的过程之中,也就是说,艺术的本质在于抽象的形式必须化为生命的具体感受。加达默尔说:"在表演中而且只有在表演中——最明显的情况是音乐——我们所遇见的东西才是作品本身,就像在宗教膜拜行为中所遇见的是神性的东西一样。……作品本身是属于它为之表现的世界。戏剧只有在它被表现的地方才是真正存在的,尤其是音乐必须鸣响。""对于这样的问题,即这种文学作品的真正存在是什么,我们可以回答说,这种真正存在只在于被展现的过程(Gespieltwerden)中,只在于作为戏剧的表现活动中,虽然在其中得以表现的东西乃是它自身的存在。"[②]艺术的生命就存在于在不断变化的条件下多种多样的呈现之中。对文本的理解和解释使过去陌生僵死的东西转变为亲近熟悉的

---

① 加达默尔:《真理与方法》,第 80—81 页。
② 同上,第 150—151 页。

东西。过去生活的流传物,如残存的建筑物、工具、墓穴内的供品,都会受到时间潮水的冲刷而饱受损害,而文字流传物却在阅读过程中超越时间和空间的距离,就像面对面的交流一样。"艺术作品的存在就是那种需要被观赏者接受才能完成的游戏。所以对于所有本文来说,只有在理解过程中才能实现由无生气的意义痕迹向有生气的意义转换。……艺术作品是在其所获得的表现中才完成的,并且我们不得不得出这样的结论,即所有文学艺术作品都是在阅读过程中才完成的。"[1]这样读者理论的文本观与读者观在审美事件上密切联系在一起。

第四节 对用自然科学方法研究精神科学的反思

体现整个文化转型基本内涵的读者理论最终是为了倡导一种人文主义精神,因此在理论层面上就特别强调人文科学相对自然科学所具有的特殊性和独立性,反对用自然科学方法来解决社会、历史与美学问题。

耀斯对文学研究中追求实证、客观、精确的历史主义作了批评,因为他们一味模仿自然科学方法,把文学艺术看成可以测量、证实的因果关系,并对历史的客观性做了过高的估计。在他看来,把客观性本身作为最高兴趣乃是幻觉。他说:"通过其一切历史条件的总和来解释一部艺术作品,其原则意味着要研究一部著作必须先从胡涂乱抹开始,这样才能为其正本清源,还要从作者生平中提取时代与环境中的决定因素。探本求源,必然要从本源追溯到本源的本源。最后终于迷失于'历史'

---

[1] 加达默尔:《真理与方法》,第214—215页。

中,如同迷失在生平与作品之间关系的迷宫一样。"①企图呈现"过去时代的客观图画"的想法只不过是一种幻想,因为"没有叙述者,事实就毫无声息","事实"并不是"单纯地、孤零零地、客观地""自己表现自己,自己叙述自己",是"叙述者表现了它们"。

加达默尔在《真理与方法·导言》中就指出了精神科学的独特性:"本书探求的出发点在于这样一种对抗,即在现代科学范围内抵制对科学方法的普遍要求。因此本书所关注的是,在经验所及并且可以追问其合法性的一切地方,去探寻那种超出科学方法论控制范围的对真理的经验。这样,精神科学就与那些处于科学之外的种种经验接近了,所有这些都是那些不能用科学方法论手段加以证实的真理借以显示自身的经验方式。""通过一部艺术作品所经验到的真理是用任何其他方式不能达到的,这一点构成了艺术维护自身而反对任何推理的哲学意义。所以,除了哲学的经验外,艺术的经验也是对科学意识的最严重挑战,即要求科学意识承认其自身的局限性。""我认为,我们生活在我们历史意识的一种经常的过度兴奋之中。如果鉴于这种对历史演变的过分推崇而要援引自然的永恒秩序,并且召唤人的自然性以论证天赋人权思想,那么这正是这种过度兴奋的结果,而且正如我要指出的,这也是一种令人讨厌的结论。"②可见接受理论是为了恢复人在科学面前所具有的独立性而倡导美学精神。当然,狄尔泰和维柯都为精神科学方法论的独立性进行过辩护。胡塞尔在《欧洲科学危机和超验现象学》中认为把自然科学的客观性应用于以生活经验为基点的精神科学是荒谬的,因为精神科学的研究是一种主体间相互关系的研究。③ 他在《现象学

---

① 耀斯:《接受美学与接受理论》,第58—59页。
② 加达默尔:《真理与方法》,第17—20页。
③ 胡塞尔:《欧洲科学危机和超验现象学》,张庆熊译,上海译文出版社1988年版,第5—6页。

的观念》中同样反对哲学以自然科学为楷模,认为哲学在原则上与自然科学不同,始终处于"一种全新的维度","需要全新的出发点"以及"一种全新的方法"。① 正如加达默尔所说的:"他的现象学试图成为'相关关系的研究'。这就是说,关系是首要的东西,而关系在其中展开的'项极'(Pole)是被关系自身所包围,正如有生命的东西在其有机存在的统一性中包含着它的一切生命表现一样。"②

艺术的真理不同于科学的真理,在艺术经验中确实存在着与科学的真理要求不同、但同样也不从属于科学的真理要求。美学的任务在于确立艺术经验是一种独特的认知方式,这种认知方式不同于以数学模式为基础的科学方法。所以,我们不可能指望现代科学的发展为我们提供一种完美的伦理哲学,更不可能提供一种客观的美学原则。这样,诠释学对主体性的强调无疑对科学以无可争辩的全能来代替实践理性的越位,对历史客观主义和实证主义对认识主体以客体方式存在的观点起到了批判作用。"诠释学反思并不把科学研究视为自己的目的,而是用他的哲学提问使科学在整个人类生活中的条件和界限成为主题。在科学日益强烈地渗入社会实践的时代,只有当科学不隐瞒它的界限和它自由空间的条件性时才能恰当地行使它的社会功能。对于一个对科学的信念业已达到迷信的时代,这只有从哲学方面才能解释清楚。以此为根据,真理与方法之间的对峙就具有一种不可消除的现实性。"③这自然于第二次世界大战之后对科学发展的反思联系起来。所以加达默尔在1973年所作的《自述》中说,他在第一次世界大战给德国带来的"促使人们同旧的传统决裂"的"迷惑"中,开始了他的哲学研究,企图"在一个失去了方向的世界中找到一个新的方向"。第二次世

---

① 胡塞尔:《现象学的观念》,倪梁康译,上海译文出版社1987年版,第25—27页。
② 加达默尔:《真理与方法》,第321页。
③ 同上,第734页。

界大战同样给世界带来了"决裂"和"迷惑",而这种"迷惑"的本质就是科学主义自身理想形象的彻底崩溃。

第三章　跨文化对话的可能与立场

对话者必然站在自己的角度，或想象性地站在他者的立场上进行交流。本章主要关注在跨文化交流中，强、弱文化遭遇在一起时，强者文化由于立场问题是如何想象性地描述甚至评价弱者文化的。强者文化在描述弱者文化时，由于缺乏弱者文化的介入而变成独白话语。后殖民批评就是要解构这种独白模式，从而让另一被故意隐掉的主体凸显出来，并强调他的主体性，使之走向历史的前台。

第一节　跨文化对话时代的来临与后殖民批评

随着全球化的发展，跨国资本的逐步渗透，全球信息网络逐步形成，文化间的交流和冲突逐渐成为文学研究领域的焦点。"全球化资本主义与帝国主义阶段的不同之处在于，在全球资本主义制度下，来自不同国家民族背景的知识分子越来越能够直接与对方对话。"[①]正如马尔库斯（George E. Marcus）所说："人类学的传统研究对象已经部分地被更激发人、更贴近于国内生活的对象所取代。新的探讨倾向于着眼当代社会，并在当代社会中发现人类学早已提出的旧问题。"因为"全球一体化的过程并没表明文化多样性的消除，而是表明了在共享一个共同

[①] 詹明信：《晚期资本主义的文化逻辑》，张旭东译，三联书店1997年版，第46页。

世界的前提下,不同文化模式的并存和较量越来越显得重要"。① 随着文化交流的进一步加强,人们发现帝国主义比几十年前更深入地渗透进前殖民地的民族经济中,帝国的解体、殖民地的独立、原来意义上殖民地与宗主国依存关系的丧失,并不意味着殖民主义意识形态的消失,同样没有改变东西方之间的深层等级关系,没有改变生活在发达资本主义国家的人们对亚洲和非洲前殖民地国家的根深蒂固的看法。虽然有些发达国家,如美国,也曾作为殖民地而存在。第二次世界大战之后的各种现代化理论仍然渗透着浓厚的西方中心主义情结。文化研究者们仍能强烈感受到在对东西方文化的描述中,传统与现代、发达与落后、民主与专制、资本主义与封建主义等含有明显价值判断和政治立场色彩的等级话语模式普遍存在,特别是处于两种文化之间的移民精英知识分子感受更加强烈。托多洛夫说:"自从我取得法国国籍以后,我就强烈地感到我与其他的法国人不同:我同时属于两种不同的文化。内在与外在的两种归宿,既可理解成一种缺憾也可理解成一种优越(我本人过去、现在都倾向于乐观的看法),但它却使你对文化的相异性,对'他人'的感受更加深刻。……当我开始思考这些问题的时候,我发现,我又回到了更广泛的文学问题中了,因为它涉及伦理范畴中普遍与相对的对立。"②

对全球化的欢呼同样也没有改变前殖民地内部的民族、阶级甚至性别之间的等级差异,主流文化与亚文化、少数话语与多数话语、边缘与中心的传统问题并没有得到有效的解决。全球化并不是解决这些老问题的灵丹妙药,甚至在某种程度上使它们更加激化。苏联的解体、东西德的统一、欧洲的一体化、日本与东亚诸国经济的崛起、世界各地种

---

① 马尔库斯:《作为文化批评的人类学》,王铭铭等译,三联书店1998年版,第190页。
② 托多洛夫:《批评的批评》,王东亮等译,三联书店1988年版,第173页。

族主义冲突的不断升级,在促使文化研究者进行反思的同时,为文化研究者提出了新的问题。这样,对文本纯粹美学分析的关注就被对种族、性别、阶级、殖民主义和帝国主义之间的关系分析所取代,文学领域一度隐退到幕后的问题被重新提了出来,在新的形势下进行重新认识。芭芭(Homi Bhabha)在《献身理论》一文中说:"用国际外交语言来讲,我同样相信有一种新的英美民族主义正在迅猛壮大。它的政治行为越来越宣示着它的政治和军事实力,对第三世界人民和地区的独立自主摆出不屑一顾的新帝国主义架势。不妨想一想美国对加勒比海地区和拉美国家采取的'后院'政策,福克兰群岛战役中英国的爱国狂热和贵族派头,或者更近一些的海湾战争中美国和英国军事力量的那种不可一世的表现。我还相信,这种经济和政治的主导地位对西方世界的大众传媒、专业机构和学术制度等信息秩序产生着深刻的霸权影响。这些都是不容置疑的事情。"[①]可见,后殖民理论关注的仍然是政治、经济、文化、文学之间相互融合的老问题,只不过这些老问题在新的历史时期又有了新的表现。从这个角度讲,后殖民批评也是对纯粹文本分析批评模式的一种反驳。阿布都·简·默哈默德说:"对殖民主义文学所做的批评尽管有很多成绩,这种批评的主要注意力却因为不考虑文化和历史的政治背景而使自己受到局限。封闭的人文主义要求批评家回避对政治、操纵、剥削和政治权的剥夺等因素进行分析,而这些因素恰恰构成了文化生产和文化关系。"[②]安东尼·阿皮亚也说:"在索绪尔的霸权下,我们过分习惯于将词意看作是有差异系统构成的,这种差异系统是我们无穷尽的结构语言里固有的。……我们一心沉溺于概念关系的结构,使我们失去的却是现实。"[③]当然,后殖民话语站在第三世界

[①] 罗钢编:《后殖民主义文化理论》,中国社会科学出版社 1999 年版,第 81—82 页。
[②] 张京媛编:《后殖民理论与文化批评》,北京大学出版社 1999 年版,第 192 页。
[③] 同上,第 154—155 页。

的立场上揭露西方知识话语的霸权,和西方社会中反对主流社会对边缘群体压迫和控制的潮流联系在一起。正如萨义德所说的:"低等民族——曾经受殖民、受奴役、受压制的民族——除了有高等的欧洲和美国男性学者来表述外,只能保持缄默这一现象已经不复存在了。在女性、少数民族和边缘人的意识中已经发生了一场激烈的革命,其波澜已经扩展到了全世界,对主流思想形成了极大的冲击。"①这一切都为我们在全球化的新形势下,重新思考自己相应的文化策略,提出了有力的挑战。

当然,后殖民文学与后殖民批评的发展也是非殖民化运动长期发展的结果,是前殖民地政治、经济、军事上独立甚至可以和西方抗衡的结果。艾勒克·博埃默(Elleke Boehmer)说:"到了50年代中期,它已聚集成不可阻挡的力量,一场全球性的向殖民统治的对抗开始了。"②但是,正如艾勒克·博埃默所说:"我们千万不要搞错,这种刚刚出现的跨文化的对话,还不是欧洲在认识上的一种变化,不是一种共享的关系或平等交流的关系。在公共生活、教育体制和文化讲坛的每一个转折关头,殖民地的作家仍然必须面对歧视,他们作为艺术家或作为人在自我表达的时候仍然要受到限制。"③萨义德在《文化与帝国主义·导言》中说:"我们不应该自以为是地认为只有在康拉德的时代才能产生康拉德,我们应看到,华盛顿政府和西方大部分政策制定者和知识分子新近的态度比起康拉德的观点来并没有什么改进。对于康拉德在帝国主义慈善举动中看见的隐藏的枉费心机的结果——这种慈善举动意图在于'创造一个适合民主的安全世界'——美国政府至今仍然熟视无睹,因

---

① 萨义德:《东方学》,王宇根译,三联书店1999年版,第448页。
② 艾勒克·博埃默:《殖民与后殖民文学》,盛宁等译,辽宁教育出版社1998年版,第207页。
③ 同上,第158页。

为它企图在全球推行它的愿望,尤其是在中东。"① 当然,萨义德并不认为作家机械地受政治、经济、意识形态的控制,而是相信他们不过是自己历史时代的产物。萨义德主要关注的是与现实密切相关的文化研究。他说:"海湾战争中释放出来的那种巨大的同仇敌忾的军事力量——美国的军事预算是2500亿,超过全世界其他国家军事预算的总和——给人的启发是,我们的确是在谈论一种帝国主义。……如果我们仅仅乐于阅读书籍,乐于小规模地解放学问,那么在面对许多其他痛苦不堪的经验,尤其是当这些经验是失利的更加失利,被剥夺的更受剥夺时,又怎能保住这些小乐趣?我不敢妄称有现成的答案。当然也不是没有答案,那就是想象自己在不断学习,保持头脑开放,接受更多新事物,思考所学的东西,最后把它用某种方式表现出来。"② 萨义德并非想通过对话语与权力关系的研究来一劳永逸地解决殖民主义过程中出现的各种问题,也不是号召文化理论家去直接研究政治、经济和军事,而是要把对政治、经济和军事的思考作为自己研究文化,特别是文化交流的背景,通过对强弱对比的思考,揭示出隐含在话语背后的欲望与利益冲动。

阿里夫·德里克(Arif Dirlik)在《后殖民氛围:全球资本主义时代的第三世界批评》中指出,"后殖民"主要有三种含义:对前殖民地社会现实状况的真实描述;对殖民主义时代之后全球状态的描述;关于全球状态的话语。③ 而普通意义上则指关于前殖民地和全球化状态描述的话语模式。主要有以爱德华·萨义德、霍米·芭芭、斯皮瓦克为代表的后结构主义流派;以加亚特里·查克拉沃尔蒂·莫汉蒂为代表的女权

---

① 萨义德:《萨义德自选集》,谢少波等译,中国社会科学出版社1999年版,第171页。
② 同上,第312页。
③ 汪晖编:《文化与公共性》,三联书店1998年版,第446—447页。

主义流派;以艾贾兹·阿赫默德为代表的马克思主义流派等。①

　　后殖民批评的一个重要来源就是福柯关于"权力与话语"的理论。在福柯看来,世界上没有绝对的平等,正如没有绝对的和平一样。他说:"和平在它最小的齿轮里也发出了战争的隆隆声。换一种说法,应当通过和平辨认出战争:战争,是和平的密码。我们处于一部分人对另一部分人的战争之中;战斗的前线穿越整个社会,永无宁息之日,正是这条战线把我们每一个人都放到这一个或那一个战场上。没有中立的主体。人必将是某个别人的对手。"所以,"操持这种话语的主体,说'我'或'我们'的主体,不可能也不企图占据法学家或哲学家的地位,也就是说普遍的、综合的或中性的主体地位。在他所说的这场普遍斗争中,谈论他的人,讲述真理的人,叙述历史的人,寻找记忆和防止遗忘的人,他必然地处于这一边或另一边:他身处战斗,他有敌手,他为一次特定的胜利而工作。……真理仅仅只能从战斗的阵地出发,从争取胜利出发,可以说是在说话的主体得以幸存的范围内,才能得以展开。只有从属于某一种阵营(边缘化的地位)才有可能辨读真理,揭露幻觉和错误,正是通过幻觉和错误,人们(你的对手)使你相信我们的世界是和平有序的。'我越偏离中心,我越能看见真理;我越强调力量关系,我越斗争,真理就越能展现在我面前,展现在战斗、幸存或胜利的视角中。'……真理是力量的加号,正如它只能从力量关系出发才能展开"。②所以,约翰·马克斯说福柯对战争话语的研究"说明中立、客观的主题是乌有的,因为主题时时处处都可以找到对立面"③。福柯说:"任何陈述都是这样被阐明的:没有一般的陈述,也没有自由的、中性的

---

　　① 罗钢编:《后殖民主义文化理论》,第2—3页。
　　② 福柯:《必须保卫社会》,钱翰译,上海人民出版社1999年版,第45—47页。
　　③ 王宁编:《全球化和后殖民批评》,中央编译出版社1998年版,第235页。

和独立的陈述……"①"陈述是流动的、效力的和逃逸的,陈述有助于或者阻碍实现某种欲望,顺从或者违背某些利益,投身于质疑和斗争之列,成为适应和竞争的主题。"②在福柯看来,任何陈述都以其他陈述为前提,都有它产生作用的具体语境和话语体系,都受制于具体的"权利—欲望—利益"的网络。即使像"地球是圆的"这样的陈述也会随着讲话者的立场与具体语境产生不同的意义。更重要的是,福柯不仅仅揭示隐含在话语下面的立场问题,而且企图颠覆传统话语中的等级关系。他在《疯癫与文明》中就分析了理性和非理性的对比和理性对非理性的区分、描述与强制。这部著作的根本主旨就是:颠覆传统对疯癫(非理性)与理性的定位,实现疯癫与理性的对话。他说:"在现代安谧的精神病世界中,现代人不再与疯人交流。……这表明了一种对话的破裂,确定了早已存在的分离,并最终抛弃了疯癫与理性用以交流的一切没有固定句法、期期艾艾、支离破碎的词语。精神病学的语言是关于疯癫的理性独白。它仅仅是基于这种沉默才建立起来的。"③在他看来,疯癫曾经"凭借想象的自由在文艺复兴的地平线上显赫一时"④,"理性与疯癫不断地展开对话"⑤。但在18世纪末,这种对话停止了,监狱、牢房、流放、酷刑代替了理性与非理性的交流,非理性保持了缄默。李尔王疯癫之后发现的真理,堂吉诃德的疯癫所呈现出的伟大精神,只有在荷尔德林、奈瓦尔、尼采及阿尔托的"如划破夜空的闪电般的作品"里重新出现。⑥

可见,福柯关注的是多元主体之间的力量、等级与权力关系。在福

---

① 福柯:《知识考古学》,谢强译,三联书店1998年版,第124页。
② 同上,第133页。
③ 福柯:《疯癫与文明·前言》,刘北成译,三联书店1999年版,第2页。
④ 同上,第58页。
⑤ 同上,第242页。
⑥ 同上,第257页。

柯看来，"战争"不仅是权力关系最集中的体现，同时，关于"战争"的话语也是关于其他等级权力关系话语的一种基本模式。福柯与后殖民理论家息息相通，就在于他们都关注同一个理论问题：知识与权力，福柯的话语理论为后殖民理论家提供了一个分析问题的基本模式。萨义德不过把福柯的权力话语概念扩展到不同文化间的、帝国主义与殖民地、霸权主义与第三世界之间的关系。此外，法侬的"反抗立场"，葛兰西关于"霸权形成"的思想，尼采"一切再现都是歪曲"的思想，都对他产生了重要作用，特别是法侬的"反抗立场"成为回荡在萨义德作品中的基本主题。①

后殖民批评与女权主义也有着密切的关系。女权主义和后殖民批评密切联系在一起，不仅仅在于他们都与后结构主义有着密切的联系，更因为女性容易作为殖民地的隐喻而存在，妇女与殖民地民族之间存在着一种内在的相似性，他们都处在从属、边缘的地位，都被白人男性看作异己的他者，看作侵略、掠夺、占有的对象。弗洛伊德就曾把女人比作"黑暗的大陆"。顾彬说："我们说世界上最后的殖民地是女人，我们也可以说，世界上最神秘的异国也是女人世界。"②更重要的是，揭示女性在第三世界文化中所处的位置对于暴露殖民文化的掠夺本质具有特别重要的意义。因为"欧洲知识分子对'异'的探索与他们对女人的探索也是紧密相关的。从席勒开始，探索'异'和探索中国女人即已有着密切的联系，如席勒(Friedrich von Schiller)的作品《杜兰多·中国公主》，在19世纪通俗文学中这两种探索之间的关系更为密切。对'异'和对女人的探索原是两种不同的文艺创作动机，从席勒起被融合

---

① 王岳川：《后殖民主义与新历史主义文论》，山东教育出版社1999年版，第12—20页。
② 顾彬：《关于"异"的研究》，北京大学出版社1997年版，第46页。

到了一起"。① 总之,对殖民地女人的占有同对殖民地财富的掠夺、对殖民地人民的精神压迫一起成为殖民者的主要动机。当然在一个同质的范畴上使用女权主义概念,会把激进、自由的西方女权主义和处于强烈的阶级差异和种族差异之中的第三世界女权主义混为一谈,将西方特定历史语境下的女性主体抽象为普遍化的女性主体,从而否定了具体的政治和历史对第三世界女性所具有的特殊意义。如同美国黑人和非洲黑人面临的问题根本不同一样,中国妇女与欧洲妇女面临的问题同样具有很大的差异,政治、经济、文化纠结在一起,并不能截然分开。

第二节 "差异原则"与强势文化对弱势文化形象的塑造

萨义德的《东方主义》主要关注的是西方殖民者为了自身的利益如何把他者文化,更准确地讲是伊斯兰文化进行区分、描述和再现的。他说:"我的出发点乃下面这样一种假定:东方并非一种自然的存在。它不仅仅存在于自然之中,正如西方也不仅仅存在于自然之中一样。我们必须对维柯的精彩观点——人的历史是人自己创造出来的;他所知的是他已做的——进行认真的思考,并且将其扩展到历史的领域:作为一个地理的和文化的——更不要说历史的——实体,'东方'和'西方'这样的地方和地理区域都是人为建构的。……在与东方有关的知识体系中,东方与其说是一个地域空间,还不如说是一个被论说的主题(topos),一组参照物,一个特征群,其来源似乎是一句引语,一个文本片段,或他人有关东方著作的一段引文,或以前的某种想象,或所有这些

---

① 顾彬:《关于"异"的研究》,第7页。

东西的组合。"①萨义德关注的并不是真实的东方,而是西方关于东方的话语,即西方是如何描述、想象、评论东方的。

在差异与他性之中描述弱势文化的策略成为强势文化展示自己优势与权力的意识形态场所。克里斯蒂娃(Julia Kristeva)笔下的中国妇女、巴尔特眼中的日本文化、孟德斯鸠描述的土耳其暴君,还有利奥塔的异教徒、德里达的印度人等都是这种策略的典型显现。所以,法侬,这位被萨义德称为"后殖民主义最重要的思想先驱",在他著名的作品《黑皮肤,白面具》中说:"我的身体把我造成一个总是提问的人。""我不得不直视白人的眼光。我背负着一种陌生的重担。在白人的世界里,有色人在身体发展大图表上遇到重重困难。……我被手鼓声、食人魔、知识贫乏、拜物教、种族缺陷……所击垮,我让我自身远离我自己的存在……除了断肢、切除、用黑色的血液溅污我的整个身躯的大出血外,我还能是什么呢?"②黑人在殖民文化的白人—黑人、自我—他者、优秀—落后、文明—野蛮、现代—封建、民主—专制、第一世界—第三世界的区分下,被置于一个被观看、被描述、被欣赏、被蔑视的位置上。这种司空见惯的二分法,典型的善恶对立的谵妄,表现了霸权主义不仅通过火与剑,而且通过控制心与灵来达到目的。正如贝尼塔·帕里所说的:"把构成存在的和存在不可或缺的、并与意识相毗邻的自我与其他自我的对话交往,改变为冲突的自我—他者的殖民关系。"③可见,"差异"并不仅仅是一种文化相对论,而首先是一种意识价值观。所以,克里斯蒂娃在《关于中国妇女》里,虽然以"同情"的方式来看待中国,但是"那些被称为是'独属'于中国的事物只能被理解为是西方话语里的'否定'或'受压抑'的一面。克

---

① 萨义德:《东方学》,第 229 页。
② 罗钢编:《后殖民主义文化理论》,第 202—206 页。
③ 同上,第 219 页。

里斯蒂娃把中国'他者化'和'女性化'不过是在重复她所批判的形而上学"①。亨利·路易斯·盖茨说:"知识和权力的关系容易发生戏剧性变化,像《圣经》所说的那种由古代巴比伦的巴比塔引起的嘈杂零乱之声再度出现的当今世界,文学只有通过文学批评,才能摆脱以欧洲为中心的等级森严的多半是西方白人的男性的文学'标准',对文学本身予以重新定义,才能鼓励和支持一种真正的比较研究方法和多元化的民族文学风格惯例的研究。……在所谓的'西方传统'这样的措辞里,仍然蕴含着文化自大心理。……隐含在诸如'美国文学'等文学类别里的庸俗民族主义或由'联邦文学'等庸俗名词所反映出的帝国主义倾向实际上都逾出了文学本身,趋向于实利的谋求和对政治势力的附和。"②在《处于跨国资本主义时代中的第三世界文学》一文中,詹明信说:"所有第三世界文化都不能被看作是人类学所称的独立或自主的文化。……如此初步区分之后,让我们做出一个总的假设,指出所有第三世界文化生产的相同之处和它们与第一世界的文化形式的十分不同之处。所有第三世界的文本均带有寓言性和特殊性:我们应该把这些文本当作民族寓言来阅读,特别当它们的形式是从占主导地位的西方表达形式的机制——例如小说——上发展起来的。……这种寓言化过程的最佳例子是中国最伟大的作家鲁迅的第一部代表作《狂人日记》。"詹明信首先采取了区分原则,把"第一世界"与"第三世界"区分开来。"第一世界"与"第三世界"的区分使他把鲁迅归入了不能"自主或独立的文化"之中,并把小说当成"占主导地位的西方表达形式机制"。他对《狂人日记》的解读展示了"作为一个美国人的经验和体会"。追求"普遍性"和"本质主义"的潜在欲望使他的研究产生了"洞见",同时也产生了"盲视",显示了作为第一世界的、有

---

① 张京媛编:《后殖民理论与文化批评》,第 324 页。
② 同上,第 171—172 页。

名望的、白人理论家的优越性。①

殖民主义之所以热衷于区分,就在于,在区分中他们自认为代表了一种普遍性、一种本质和一种历史方向。正如福柯所说:"大国的历史先验地包含小国的历史,强国的历史附带着弱国的历史,这样的公设被代之以异质性的原则:这一部分的历史并非是另一部分的历史。……人们从权利的角度看到的权利、法律和义务,当人们处于另一边时,新话语把它表现为权力的滥用、暴力和敲诈勒索。"②大国的文化史不仅通过颂扬自己的力量来增强它的光荣,而且还通过不断展示弱势文化的怪异来显示自身文化的优越。但后殖民理论家努力揭露出所谓强势文化发展的两面性:一部分人的胜利,另一部分人的屈服,而后者他们却极力掩盖。因为他们把自己描述成为给被压迫民族带来了"福音"和"现代化",所以,阿布都·简·默哈默德说:"分清物质的和话语的策略还使我们能够更清楚地理解殖民主义隐蔽的和公开的两个方面之间的矛盾。尽管他们隐蔽的目的是通过各种各样的帝国主义物质手段彻底地无情地剥削殖民地的自然资源,而他们公开的目标,正如殖民主义话语所表明的,是'开化'野蛮人,向他们引进西方文化的一切好处。这个公开目标作为一个前提体现在所有的殖民主义文学中,在殖民主义本文中这目标伴随着更加大声喧嚣的主张认定土著人的野蛮和邪恶,这真是一种固着的看法。这个事实应当使我们警觉这些本文的真正功能:为帝国主义的侵略辩护。如果这种文学能显示出土著人的野蛮是不可改变的,或者至少是非常根深蒂固的,那么欧洲人意欲开化他们的努力就可以无限期地继续下去,对其资源的剥削就可以毫无阻碍地进行下去,而欧洲人还可以继续享受道德上优越的地位了。"③所以,叶维

---

① 詹明信:《晚期资本主义的文化逻辑》,第521—523页。
② 福柯:《必须保卫社会》,第63页。
③ 张京媛编:《后殖民理论与文化批评》,第196页。

廉说:"'现代化'的神话——所谓'现代化',不应该是一种绝对的、不必反思的价值取向。……'现代化'只是掩饰'殖民化'的一种美词。"[①]这样,具有特殊性的西方,在前现代—现代—后现代的历史图式下,把自身的特殊性作为一个具有普遍性的参照系,把其他文化放在了即将被历史淘汰的位置上,实际上就消灭了其他文化赖以存在的理论根据,这种历史模式不过意味着:随着历史的发展,东方将在政治、经济、文化上臣服于西方。总之,在殖民主义的区分模式里,殖民者物质、话语的优越性与文化、道德的优越性有一种深层的共生关系,被殖民者不是被看成对话的对象而是被看成反映殖民者优越性的一面镜子。

如在欧洲文化史中,普遍流行着中国人落后、守旧、缺乏理性的观点。在18世纪,欧洲所谓的"哲学时代"是欧洲人最向往中国的时代,伏尔泰就对中国抱有强烈的好感,特别是对孝顺父母的儒家传统,但他否认中国"有发展的能力"。关于"中国落后的观念"和孟德斯鸠的"中国人习惯于专制统治、安于对中央集权的屈从"一起,成为18世纪甚至以后关于中国的固定观念和基本主题。孟德斯鸠认为,中国的气候是十分有害的,它可以致使人们懒惰涣散,不爱工作,并且易于接受严酷的统治。这位"环境决定论"的首创者对中国气候对中华民族性格所发生的影响就是这个结论。亚当·斯密就常常使用诸如"停滞不前"、"陈陈相因"的词语来形容中国。黑格尔则根据他的历史观认为,"中国人处于人类意识和精神发展进程开始之前,而且一直处于这一进程",中国人"由于环境的缘故或出于他们的本性,心甘情愿地"服从皇帝,"成为奴性的人",无法理解古希腊和罗马世界知道的"某些人是自由的"、德意志世界知道的"所有的人都是自由的"观点。所以,"中国没有走向主观自由,它是历史的童年",中国被置于历史之外。笛福在他的作品

---

① 张京媛编:《后殖民理论与文化批评》,第371—372页。

中则更加"攻击中国,促成了某些否定性的固定看法,其中包括不诚实——指的是中国人做生意时不老实、肮脏、虚伪、说一套做一套,装模作样,中国官吏的虚伪举止等"①。西方哲学中认为中国人缺乏理性的观点,其实质就是试图根据理性,把中国人排除在历史之外,否定中国文化具有历史身份。如果从孟德斯鸠、亚当·斯密、黑格尔、笛福对中国的看法出发,中外交流与跨文化的对话又怎么可能呢?

蒋廷黼在《现代中国史纲·前言》中也说:"首先,我们缺乏科学。在个人和民族之间的竞争中,最终决定成功或失败的是知识水平。科学知识与非科学知识之间的争夺就好比汽车和人力车之间的争夺。西方科学的基础早在嘉庆和道光时代就已经奠定,而当时我们的祖先却仍然在撰写八股文,讨论阴阳和五行问题。其次,到18世纪中期,西方已经使用机器创造财富和进行战争,而我们的工业、农业、交通运输和军事却仍然效法唐宋的模式。再次,中世纪西方的政治局面非常相似于春秋时期的局面,而在文艺复兴之后则更加相像于战国时期。在与列强争夺优势的冲突中,西方人培养了一种强烈的爱国主义和一种深切的民族精神。而我们却仍然固守僵化的家居观念。所以,在19世纪初年,尽管西方各国疆域很小,但他们的团结却给它们铸成了铜墙铁壁;而我们国家虽然很大,却是一盘散沙,毫无力量可言。总之,到19世纪,西方世界已经尽享所谓的现代化,而东方世界却仍然身陷中世纪的泥潭。"②刘若愚对中国文学理论的发展则说:"除了那些纯粹遵从传统的批评家所坚持的理论外,我将不涉及20世纪的中国文学理论,因为这些理论或多或少地受到了西方或其他影响的支配,诸如浪漫主义、象征主义、抑或马克思主义。因为其价值和趣味,已与形成了一条基本

---

① 史景迁:《文化类同和文化利用》,廖世奇译,北京大学出版社1997年版,第57—85页。
② 罗钢编:《后殖民主义文化理论》,第84—85页。

独立的批评观念源流的中国传统文学理论,不可同日而语了。"①在蒋廷黼、刘若愚看来,中国缺乏科学,缺乏爱国主义,中国不团结,特别是中国当代没有自己的文学理论,那么,中国凭什么去和西方交流呢？因为在他们关于中国文化的论述中既包括了科学也包括了伦理与文学等各个方面。总之,在他们看来,中国的文化相对于欧洲文化是一种劣等的文化。

当然,并非只有中国文化在欧洲的面前具有这种地位,欧洲以外的任何文化都是如此。所以顾彬说:"从16世纪开始,欧洲人用一种固定不变的说法来描写所谓的野蛮人。他们一般都用'赤裸裸'和'野蛮'这两个带有贬义的形容词。所谓的野蛮人是'赤裸裸的',谁若是'赤裸裸的',谁即是野蛮人。看不起野蛮人乃是几百年来存在着的一种观念,这即表现在历史中,也表现在思想史中。欧洲历史上虽然曾有过一些知识分子能够赞扬所谓的'高尚的野蛮人',但这仅仅是一种倾向,并不代表整个欧洲思想史。我曾讲过,对'异'的反应是颇为矛盾的,基本上有两种倾向,一种是歌颂,另一种则是轻视。从十字军东征开始,欧洲外的一切都被看作是罪恶的。欧洲人把欧洲外的家族制度视为敌对制度,应当坚决消灭之,这样才能保证欧洲的安全,保持欧洲人的自我。"②这样看起来,欧洲人对欧洲之外的文化虽然有两种倾向,然其实质只有一种"欧洲中心主义"立场。消灭其他文化和把其他文化当作奇异事物来欣赏,在出发点上都是为了它自身利益,只不过力量对比情况不同表现也不同罢了。当其他文化构不成威胁时,就把它当成"奇文"来欣赏,正如读者置身于文本中的事件之外一样:安全感是获得美感的前提。印第安文化和美国文化的关系就是这样。但就像印第安文

---

① 刘若愚:《中国的文学理论》,田首真译,四川人民出版社1987年版,第8页。
② 顾彬:《关于"异"的研究》,第17页。

化和美国文化获得这种"和平"的关系之前发生的事件一样,当其他文化对自身文化构成威胁时,那只有压制、削弱、摧残他者文化,直到他者文化能成为观赏物为止。欣赏文化就像欣赏文本,只不过被欣赏的文化是一种活物,看起来更有情趣罢了。

所以,用彻底的"他性"来解释文化差别是欧洲中心论的重要表现。杰姆逊说:"欧洲中心论认为欧洲人的历史是真正的历史,而亚洲或其他地方的历史都是另外的东西。亚细亚生产方式这个概念把历史上的某些东西转化成完全的'他性',正如英国殖民者只有在他认为他所统治的印度人和自己不一样时才能理解他自己的地位,才能控制他人。……因此,福柯和萨义德的独特见解包括两个方面:首先,说明研究和了解另外的事物与权力过程的关系、即和控制、掌握、决定他人命运的权力的关系;其次,在各研究机构和学术领域,任何研究都不是客观的,纯科学的,而是包含了权力过程,甚至某一领域的基础完全是权力的产物。"[1]差异并不仅仅意味着不同,更意味着等级:处于弱势的文化必须由那些更高一级的文化来代理,服从他们的安排,屈服于他们的统治。因为在殖民主义看来,屈服于他们的统治也便是屈服于历史的命运。所以,萨义德说:"东方主义主题中可能最为人所熟悉的是:他们不能代表他们自己,因此他们必须由其他比伊斯兰自身更了解伊斯兰的人来代表。常见的情形是,其他人能够以不同的方式比你更了解你自己,而宝贵的洞见可能会因此产生。局外人根据事实本身对你这个局内人的判断要比你对自身的判断强得多,如果把这当作永远不变的法则情况则大不相同。特别要提到的是,伊斯兰教徒和一名局外人的观点之间不可能有交流:没有对话,没有讨论,也没有相互认识。只有

---

[1] 杰姆逊:《后现代主义与文化理论》,唐小兵译,北京大学出版社1997年版,第19—20页。

一个对品质的断定,这是西方决策者或其忠实的仆人根据对方是西方人、白人、非穆斯林所做出的。我认为,这既不是科学,也不是知识,既非理解:它是对权力的声明,是对相对绝对权威的要求。它是由种族主义构成的,并相对受到提前准备好聆听其强有力之真理的听众的欢迎。……对他们来说,伊斯兰教不是一种文化,而是一种令人讨厌的东西;大多数普通的读者在他们的头脑中把他所谓的伊斯兰教同20世纪60年代和70年代其他令人讨厌的事物联系在一起——黑人、妇女、后殖民的第三世界国家。"①萨义德对伊斯兰与西方文化关系的论述同样适合于其他文化与西方的关系。

殖民主义不仅用"差异"的策略来区分自我与他者,而且不停地论证、强化凝固这种"差异"。艾勒克·博埃默说:"我们不得不经常提到'他性化'的过程,并将此视为殖民化过程中带有根本性的问题。被殖民者构成了欧洲个性赖以得到界定的附属条款。被殖民民族总是被表现为次等的:不那么像人,不那么开化,是小孩子,是原始人,是野人,是野兽,或者是乌合之众。……正如我们现在已经意识到的,除了经济和军事实力外,能表明欧洲霸权特性的(虽然不见得只有欧洲才有这样的特点),就是它坚定地相信,自己的科学、政治、宗教等知识,尤其是它自己的合乎理性的各种形式,具有可普遍推广的潜能。欧洲殖民者认定,欧洲不但可以用自己的思想方法去理解外部世界,而且也可以、甚至应该鼓励外部世界用欧洲的方式理解和解释现实。"②

对文化差异的看法是跨文化对话中的一个根本问题。如何看待不同文化间的差异:是采取消灭、猎奇、蔑视的态度,还是采取宽容、赞赏、对话的态度,将对文化的发展、文化的交流、甚至文化的存在具有根本

---

① 罗钢编:《后殖民主义文化理论》,第11—12页。
② 艾勒克·博埃默:《殖民与后殖民文学》,第90—91页。

的意义。

第三节 "反抗的策略"与弱势文化形象的自我塑造

史蒂芬·罗说:"我们只有和世界其他地方真正对话才能发现并把握到西方伟大的、恒久的地方。真正的对话不是不加批评地、屈从地接受,或向他人低头,也不是固执着自己的优越地位。真正的对话包含既开放同时又肯定的貌似相反的态度。……对话要求开放和肯定的共存、相对和绝对的共存、主观和客观的共存;对话可产生第三种实在,这种实在不仅仅是其他两者的混合,它只能从我们对人类成熟的偶尔体验中得到领会和付诸生活。对话的实在超越了两难局面,超越了我们这个时代如此经典的极端化和瘫痪的状态。"[①]他在吸取其他文化方面表现出了极大的勇气,但其"东方"也仅仅是指日本而已。在史蒂芬·罗看来:"理解这个声称(指日本人声称拥有一种生活的普遍原则)——声称什么、为什么会作出这样的声称、它的好处与危险之处是什么——是重要的,这种重要性在切身的实际意义上显现得明明白白,因为美国的市场上充斥着日本的产品和投资者。远东地区有着无可否认的活力,仿佛历史之能现在正聚集在这个地区之上。还有一个十分简单的事实,日本人现在已成了我们的邻居,虽然不是近在咫尺,但在正在来临的人类新境况之中肯定是我们的同胞。"[②]他关注日本文化,主要是因为"美国的市场上充斥着日本的产品和投资者",日本人在"正在来临的人类新境况之中肯定是我们的同胞",而对"同胞"的定位和对"东方"中其他更为广大地区的有意忽略密切结合在一起。

---

① 史蒂芬·罗:《再看西方》,第4页。
② 同上,第9—11页。

被史蒂芬·罗有意忽略的广大东方,虽然没有"充斥美国市场的产品和投资者",但他们的知识分子精英站在民族文化的立场上对西方的文化提出了挑战,发出了自己的声音,对民族文化进行反思的同时,对自我的形象进行了新的塑造。默哈默德说:"第三世界与西方文化的文学对话以两个主要特点为标志:它试图否定以前欧洲人对被殖民地文化的否定,以及它对西方语言和艺术形式与本地语言和形式的联系结合的接受和创造性修正。因为两个原因这个对话应得到我们认真的重视:第一,不管那些英语及别的(西方)语言文学的种族中心主义的正典维护者们怎样蓄意试图抹杀第三世界文化和艺术,它们也不会消灭;第二,正如对殖民主义文学(我们必须记住,这是一个应当介于不同文化之间的文学)的这个分析所展示的,文学融合与文化融合的领域并不属于殖民主义和新殖民主义作家们,而是越来越属于第三世界艺术家们。"① 所以,揭露权力是如何秘密地存在于殖民主义关于"自然"差异的系统中,颠覆这种蓄意的、殖民的暴力等级制,使高的变低、使低的变高,否定先前欧洲对被殖民文化的否定,强调"差异、多元"的合理性,恢复被殖民的声音,正是后殖民批评的出发点。当然,对殖民主义进行颠覆的目的并不是为了自己成为主导话语,那样只会产生新的二元等级关系。而是为了去质询殖民主义话语的本体论和认识论基础,揭示出表面上看起来客观的二元对立结构其实隐含着历史、政治和文本之间的共谋关系。亨利·路易斯·盖茨说:"我们一定要认识到当代文学批评语言特别是对《圣经》的解释语言并不是通用的、毫无民族区别的、非政治性的和持中立态度的。阿皮霍曾明确地指出,虽然一些文学评论家大声惊叹着'结构主义流派是属于欧洲的,那么结构主义的诗论会不会适应黑人阅读'之类的问题,但第三世界的批评家所关心的是辨析不

---

① 张京媛编:《后殖民理论与文化批评》,第 225—226 页。

同的文学批评原理所反映出的意识形态基础,以及意识形态基础与那些有意义的文学作品的联系。没有任何文学理论——无论马克思主义的、女性主义的、后结构主义的、道德伦理主义的、或者其他什么主义的——能超越价值观和意识形态,即使是那些自称处于中立态度的作家和批评家。……那些相信文学批评理论是没有种族偏见的语言评述,或者是一种像琴锤或螺丝刀一样的文化中性工具的人们就会在不知不觉中陷入这一圈套。"①

殖民者不仅从殖民地获得巨大的物质财富,而且还要在巨大的优越性和满足感中操纵被统治者的意识形态,不断地造就出甘心屈服于殖民统治、满足殖民主义需要的下一代:他们不能代表他们自己,他们必须由比他们自己更了解他们的权威来代表他们,带领他们摆脱自然的束缚、消灭阶级的差别、实现性别的平等、带来民族的和平等等,不一而足。总之,殖民者是殖民地人民的恩人,为他们带来了福音和解放。与此相反,后殖民理论家强调自己丰富的文化、辉煌的过去、光明的未来,以便与殖民文化形成对抗。当然强调这些并不意味着实际的强大,而是一种策略的需要。正如法侬在《论民族文化》一文中所说的:"我绝对承认,在事实存在的层面而言,阿兹台克文明过去的存在并没有对墨西哥农民今天的食谱产生多大改变。我承认关于神奇的桑海文明的所有证据改变不了桑海人今天仍然食不果腹、目不识丁的事实;他们被抛于水天之际,头脑空空,眼神空虚。但是我再三说过,对存在于殖民时代之前的民族文化的热泪追寻是一件名正言顺的事情,因为本土知识分子都迫不及待地躲开可能吞没他们的西方文化。他们意识到自己面临着丧生和因此丧失人民的危险,所以这些一时兴起、义愤填膺的人们决心与他们民族最古老的前殖民时期的生命源泉重新对接。……在自

---

① 张京媛编:《后殖民理论与文化批评》,第 186—187 页。

轻自贱、自暴自弃之外,发现一个足以使我们自己和他人都振作起来的辉煌灿烂的时代。……他们无比喜悦地发现民族的过去绝没有羞于见人的地方,相反,过去是尊贵的,辉煌的,庄严的。对过去民族文化的张扬不仅恢复了民族原貌,也会因此对民族文化的未来充满希望。……当我们竭力实行文化间离是殖民时代的一个突出特点时,就认识到没有无缘无故地发生的事情。的确,殖民统治寻求的全部结果就是要让土著人相信殖民主义带来光明,驱走黑暗。殖民主义自觉追求的效果就是让土著人这样想:假如殖民者离开这里,土著人立刻就会跌回到野蛮、堕落和兽性的境地。"①

萨义德认为在西方关于东方的各种学说中,其本质只有一个,那就是把一个在经济上、军事上、政治上的弱者,描绘成文化与审美上的怪异者。他说:"东方的东西已经变得习以为常,牢牢地控制着欧洲的话语体系。在这些习以为常的东西下面潜伏着关于东方的一套学说;这一学说通过许多欧洲人的经历而得以形成,所有这些人都将注意力集中在东方人的性格、东方的专制主义、东方的纵欲之类所谓的东方本质上。对任何19世纪的欧洲人而言——我想这一说法可以不加任何限定——东方学正是这样的一种真理体系,尼采意义上的真理体系。因此有理由认为,每一个欧洲人,不管他会对东方发表什么看法,最终都几乎是一个种族主义者,一个帝国主义者,一个彻头彻尾的民族主义者。如果我们偶尔想起人类社会——至少是那些发展程度较高的文化——在处理'异质'文化时除了帝国主义、种族主义和民族中心主义外几乎没有提供任何别的东西,这一说法所带给我们的痛苦也许会稍许减轻。因此,东方学助长了试图对欧洲和亚洲进行严格区分的总体文化压力并被其助长。我的意思是,东方学归根到底是一种强加于东

---

① 罗钢编:《后殖民主义文化理论》,第278—279页。

方之上的政治学说,因为与西方相比东方总处于弱势,于是人们就用弱代替异。"①当然,萨义德不过是揭示殖民话语所隐含的权力关系,他并没有走向事物的反面。所以他说:"我一向认为'东方'本身是一个人为建构体……我当然不相信只有黑人才能书写黑人、只有穆斯林才能书写穆斯林之类不无褊狭的假设。"②

萨义德并没有提出一个更为准确的、正面的伊斯兰文化形象。所以,佛克马说:"爱德华·萨义德在其《东方主义》一书中就没有讨论阿拉伯、印度或中国的文化,而是讨论了这些文化在西方的形象以及西方对它们的理解。……东方主义是错误的,但萨义德并未提供一个证实这种观念的真实性的模式。他回避了真实这个概念,而且他是着意那样做的。"③当然萨义德自己也注意到了这个问题。他说:"我的主要目的是描述一种特殊的观念体系,而绝不是试图用新的体系代替旧的体系。此外,我力图提出与探讨人类经验有关的一系列问题:人们是如何描述其他文化的?什么是另一种文化?文化(或种族、宗教、文明)差异这一概念是否行之有效,或者,它是否总是与沾沾自喜(当谈到自己文化时)或敌视或侵犯(当谈到'其他'文化时),文化、宗教和种族差异是否比社会经济差异和政治历史差异更重要?观念是如何获得权威、'规范'、甚至'自然'真理的地位的?"④在萨义德看来,再现是和自己的政治立场、主观想象混合在一起的再现。萨义德并不是"着意回避真实性概念",他关注的是在东西方文化交流中知识话语中的立场和策略问题,他的目的主要在于揭示西方有关伊斯兰文化的描述并不是真理,而

---

① 萨义德:《东方学》,第260页。
② 同上,第414页。
③ 佛克马:《文学研究与文化参与》,俞国强译,北京大学出版社1996年版,第131—133页。
④ 萨义德:《东方学》,第418页。

是一个虚假的伊斯兰形象。当然,文化的复杂性也使他不能采取一种"本质主义"的方法来提出正面的伊斯兰文化形象,追求普遍称谓、普遍命题,将特定的主题普遍化来一劳永逸地解决问题的做法,只会使问题更加复杂化。

"新儒家"的代表杜维明对韦伯对儒学所做的批判进行了颠覆,认为家长制、家庭观念、追求和睦并不像韦伯所说的对资本主义的发展有巨大的阻碍作用。李光耀、马哈蒂尔,还有许多内地的思想家对儒学21世纪在全球的复兴充满了信心。这首先是一个立场问题,他们希望儒家文明能够为国家的强大、世界文化的发展做出自己的贡献。至于怎样做出贡献则是"方法论"的问题。当然,仅仅用"三十年河东,三十年河西"并不能说明儒家文化在21世纪一定复兴。因为除了欧洲文明以外,还有印度文明、伊斯兰文明、非洲文明等。如果说"三十年河东"是西方文明处于强势地位的话,那么"三十年河西"却并不一定是儒家文明。况且,"三十年河东,三十年河西"的思维方式本身就与儒家文化有着密切的关系。至于从得益于西化了的精英地位出发,从优越的外部视角来描述、定位中国文化的方法对中国自身文化的发展到底能够产生什么影响,则是一个更为复杂的问题。因为,对民族、地域的本质的强化有利于国家掩盖民族内部的等级差异,不同种族间的、不同阶层间的,甚至是不同性别间的、不同集团间的矛盾与利益冲突。所以,鲁迅在《灯下漫笔》中说:"赞扬中国固有文明的人多起来了,加之以外国人……其一是以中国人为劣种,只配悉照原来模样,因而故意称赞中国的旧物;其一是愿世间人各不相同以增自己的旅游的兴趣,到中国看辫子,到日本看木屐,到高丽看笠子,若服饰一样,便索然无味了,因而来反对亚洲的欧化。这些都可憎恶!"①鲁迅站在一个中国知识分子的立

---

① 《鲁迅全集》,人民文学出版社1957年版,第314—316页。

场上,看到了赞扬中国古代文化所产生的复杂性,因为现实的斗争使他深刻地感受到不同的话语在不同的文化语境下产生不同的效果,所以,对中国古代文化有精深研究的鲁迅大都以对古代文化批判的姿态出现,其中,深层的原因恐怕是出于策略的考虑。

弱势文化与强势文化的关系用巴赫金提出的外位性理论(即任何一个特定主体在时间和空间上都处在另一个主体之外)进行分析能得到切实的理解。巴赫金对文化之间的交流与对话提出了自己独到的看法。他认为理解他人文化不是用移情的方法,即用他人的眼光视角来看待他者文化,更重要的是要用自己的眼光来看待他人的文化,这不仅是一种应该而且是一种必然。在创造性理解他人文化时,不能排斥自身文化,而要把他人文化与自身文化放在相同的位置上,必须保持距离以取得位置上的超视,融为一体就不可能取得外位性,其实质也就是丧失了自己的主体性。在巴赫金看来,文化是在他人文化与自我文化交流中产生、存在和发展的,文化的发展应该而且必然突破文化的独白时代,因为独白意味着失去自身发展的动力。理解并非移情地把自己放在他者文化的立场上来想象,而是要展示自己文化的特性,积极参与到文化的对话与交流中去。他说:"存在着一种极为持久但却是片面的,因而也是错误的观念:为了更好地理解别人的文化,似乎应该融入其中,忘却自己的文化而用别人文化的眼睛来看世界。这种观念,如我所说是片面的。诚然在一定程度上融入到别人文化之中,可以用别人文化的眼睛观照世界——这些都是理解这一文化的过程中所必不可少的因素;然而如果理解仅限于这一因素的话,那么理解也只不过是简单的重复,不会含有任何新意,不会起到丰富的作用。创造性的理解不排斥自身,不排斥自己在时间中所占的位置,不摒弃自己的文化,也不忘记任何东西。理解者针对他想创造性地加以理解的东西而保持外位性,时间上、空间上、文化上的外位性,对理解来说是件了不起的事。要知道,一个人甚至对自己的外表也不能真正地看清楚,不能整体地加以思考,任何镜子和照片都帮不了忙;只有他人才能看清和理解他那真正的外表,因为他人具有空间上的外位性,因为他们是他人。"他又说:"在文化领域中,外位性是理解的最强大的推动力。别人的文化只有在他人文化的眼中才能较为充分和深刻地揭示自己。一种涵义在与另一种涵义、他人涵义相遇交锋之后,就会显现出自己的深层底蕴,因为不同涵义之间仿佛开始了对话。这种对话消除了这些涵义、这些文化的封闭性与片面性。我们给别人文化提出它自己提不出的新问题,我们在别人文化中寻求对我们这些问题的答案;于是别人文化给我们以回答,在我们面前展现出自己的新层面,新的深层涵义。倘若不提出自己的问题,便不可能创造性地理解任何他人和任何他人的东西。即使两种文化出现了这种对话的交锋,它们也不会相互融合,不会彼此混淆;每一种文化仍保持着自己的统一性和开放的完整性。然而它们却相互得到了丰富和充实。"[①]

在巴赫金看来,承认他者文化的合理性,不仅为反思自身文化的价值,而且为自身文化的发展提供必要的可能性,因为任何文化都是在与他者文化的对话交流中发展起来的。正如伦纳德·威斯德勒所说:"未来有两个选择:死亡或者对话。……我们必须竭力摆脱自我中心的自语之思想框架,而与其他人进行对话,不是以我们在自语中猜测的样子来认识他人,而是按她或他本来的样子来认识他们,只有这样,我们才能避免这种毁灭性灾难。简言之:我们必须脱离自说的年代,进入对话的年代。"[②]与东方的相遇不仅给西方提供了"认识自己传统之精华的机会",而且使他们"看到并改变他们传统中薄弱的或者得不到发展的

[①] 钱中文主编:《巴赫金全集》第四卷,第371页。
[②] 史蒂芬·罗:《再看西方》,第210页。

方面、或者在传统时期被排斥在外的方面"。① 正如巴赫金对西方文论的反思:"我们欧洲文学理论(诗学),是在很狭隘、很有限的文学现象的材料上产生和发展起来的。它形成于文学样式和民族标准语逐渐稳定的时代;这时,文学和语言生活中的重大事件——震撼、危机、斗争、风暴——早已逝去,相关的回忆已经淡漠,一切都已得到解决,一切都已稳定下来,当然只是积淀在官方化了的文学和语言之上层。亚里士多德、贺拉斯、布瓦洛、19世纪实证主义文学的地位,像希腊化、文艺复兴晚期(文艺复兴末期和巴罗克初期)这些时代的文学生活,没有能反映到文学理论中。我们欧洲的文学理论,形成于诗歌占优势的时代(在官方化了的文学上层),那时莎士比亚被视为野蛮人、蛮夷,拉伯雷和塞万提斯的作品被看作是大众(和儿童)的(消遣)读物。浪漫主义者(他们十分可观地拓展了文艺学的空间和时间视野)实际上无力改变这种情况。在奉为经典的文学及其体裁体系之外,尤其是在希腊化、中世纪晚期、巴罗克早期这些时代里,都存在着大量的、可以说是无处栖身的体裁(其中大多数是小型体裁,但不仅是小型体裁)。这或者是一些残片,或者是某种萌芽。"②巴赫金对西方文论的反思,与现代西方文化中对少数、边缘、断裂、非中心的强调联系在一起。

第四节 跨文化交流中的立场,特别是知识分子的立场问题

当然,长期困扰人类文化学的文化相对性和普遍性问题后殖民批评同样没有解决,如何在普遍性与差异性之间找到一个恰当的制衡,仍

---

① 史蒂芬·罗:《再看西方》,第206—208页。
② 钱中文主编:《巴赫金全集》第六卷,第578—579页。

然是后殖民理论亟待解决的问题。① 史蒂芬·罗说:"现在最主要的主题是'两难局面'或者格雷戈里·贝特森所谓的'双重困境'(double bind),这是我们时代的基本境况:有两个选择,两者都行不通,可是我们必须要选择一个。一个选择是,文化是绝对的:只有一条正确的道路,其他的都有问题,很多还是错的。另一个选择是相对主义:每一条道路都和别的一样好,没有哪一条更好,'最好的'是完全取决于个人观点的判断。绝对论者武断、冷漠甚至是恶毒的。相对论者举棋不定,不免危险。一些人经过了一段时间后,忍受不了模棱两可的态度,或多或少地被迫转向了某种形式的绝对主义。绝对主义还是相对主义,客观还是主观,统一还是差异,我们时代的非此即彼的品质在许多形式中表现了出来。"② 萨义德不过从自己所处的历史语境和文化立场做出了自己的判断。所以马尔库斯说:"萨义德在他的著作中并没有指出我们如何可以超越文化界限、充分地表达其他民族的心声,也没有提示读者这种存在的选择。在进行批评的时候,他实际上是以同样的修辞极权主义(rhetorical totalitarianism)手法去反对他所选择的论敌。他不承认西方人除了统治支配他人之外还有可能怀有别的目的与动机,不承认在表达方式问题上西方人内部存在分歧。……萨义德自己在立场上所表现出来的这种地道的两面性,恰恰说明了他是异文化的写作和学术研究的政治场合的产物。"③ 马尔库斯对萨义德的批评并不能表明他已经实现或可能实现自己从事文化研究的初衷,"将我们自己置于不同的立场上,避免用范式冲突粉饰自己,以便能够更直接地面对学术分化并坚持理论上的中性态度"。④ 当代解释学的兴起已充分证明,任何企图

---

① 王岳川:《后殖民主义与新历史主义文论》,第231—232页。
② 史蒂芬·罗:《再看西方》,第86—87页。
③ 马尔库斯:《作为文化批评的人类学》,第17—18页。
④ 同上,第12页。

超越历史、超越具体言说语境的努力都不过是一种幻觉,更不要说理论上的解决与具体历史实践上的解决之间的巨大距离了。

萨义德在他的《东方主义再思考》一文中说:"这些问题最初是由方法论提出来的,后来当涉及以下问题时变得颇为尖锐,如知识生产怎样才能最大限度地为公共的而非小集团的目的服务,非主导、非强制的知识如何才能在一个深深地铭刻着政治、报酬、地位和权力策略的环境中得以生产。在这些有关东方主义的方法和道德的再思考中,我将十分自觉地间接提及一些问题,它们与女权主义或妇女研究、黑人或种族研究、社会主义和反帝国主义研究经验所涉及的一些问题有相似之处,而所有这些研究都把从前代表或错误的被代表的人类团体的权利作为出发点,在政治和知识上过去将其排除在外、盗用其指意和再现功能、否认其历史真相的领域,为自身辩护并表现自身。"[①]像詹明信这样对东方非常关注的学者也同样说:"我想这一切至少部分地同我个人的位置有关。我的特殊位置是同美国的社会现实联系在一起的。我的工作在美国,我的教学面对的是美国的听众。我的后现代主义概念出自我作为一个美国人的经验和体会。"[②]所以萨义德说:"如果我们相信人文学科的知识生产永远不可能忽视或否认作为人类社会之一员的生产者与自身生活环境之间的联系,那么,对于一个研究东方的欧洲人或美国人而言,他也不可能忽视或否认他自身的现实环境:他与东方的遭遇首先是以一个欧洲人或美国人的身份进行的,然后才是具体的个人。"[③]

由此可见,知识分子在文化交流中的双重身份:既处于自身文化的语境之中,又面临着他者文化的挑战;既要维护自己民族的利益,又要思考文化的公共性与普遍性。特别是被殖民地知识分子更是如此。因

---

① 罗钢编:《后殖民主义文化理论》,第5页。
② 詹明信:《晚期资本主义的文化逻辑》,第46页。
③ 萨义德:《东方学》,第15页。

为文化的交流已经证明:并不像塔德所说的,随着社会的发展,"信息沟通的进步解决了许多以前争吵不休的东西,然而在这些问题和争论的个人性质和固执性却大大减少;在哲学、美学、文学、伦理学等领域中的争论已经排除了任何粗鲁和不文明;论争对手之间不再相互伤害"[①]。被殖民地知识分子不仅面对强大的外国文化而且要面对自身国内复杂的政治、经济、文化问题,国内与国外、特殊性与普遍性、自身利益与民族利益纠结在一起,相互作用,相互制约。对于被殖民地知识分子来说,他们面对"两重世界":"能借鉴多种传统,却又不属于任何一个传统","身处迥异的文化世界的夹缝之中","与欧洲既依附又脱离"的边缘身份。对此,艾勒克·博埃默有精彩的论述:"穿着借来的袍子而要成为真正的自我,这就是殖民地民族主义者两难处境的核心;对于殖民地的当地人来说就格外如此。……因此,民族主义的精英分子从他们诞生的一刻起,就已经被笼罩于一个'分裂的感知'或'双重的视界'之中。他们操双语,有两种文化背景,如同门神有两张面孔,既能进入都市文化,亦能进入地方文化,却又游离于二者之外。这些精英分子在对帝国统治的某些方面进行挑战的同时,也发现自己能从与之妥协中获得好处。"[②]

然而真正的知识分子立场在法侬看来却是与本国的人民站在一起,为本国人民的解放而采取抗争的立场。他说:"本土知识分子迟早会认识到,民族的存在不是通过民族的文化来证明的,相反,人民反抗侵略者的战斗实实在在地证明了民族的存在。没有一个殖民制度是根据占领地事实上不存在文化来确立自身的正当性的。你就是把民族的稀世珍宝摆在殖民主义的眼皮底下,它也不会有半点脸红。当民族知

---

① 世界文论编辑委员会编:《布拉格学派及其他》,社会科学文献出版社1995年版,第38页。

② 艾勒克·博埃默:《殖民与后殖民文学》,第131页。

识分子迫不得已地试图创造文化作品时,他可能恰恰没有意识到自己正在使用的技法和语言是从自己国家的陌生者手里借来的。他自以为这些工具已经打上了他所希望的民族印记,殊不知唤起的是异域情调。通过文化成就回到人民面前的民族知识分子,他的举止还是像个外国人。有时他会毫不迟疑地使用方言,以表明自己愿意尽量贴近人民,但是他表达的思想和他热心的问题与自己国家的男男女女们所了解的实际情况大相径庭。知识分子所了解的文化往往只是一些琐碎特异的东西。他期望依附于人民,但他只抓住了人民的外套。这些外套仅仅只是内在生命的反映,而内在生命是丰富复杂的,永远运动的。那些看似放映了民族特点的显然的客观性其实只是一种惰性的、已经被抛弃了的东西,而这种客观性频繁但并非总是一致地依从更为根本的物质本身是不断更新的。……依附于传统或复活失去的传统不仅意味着与当前的历史相对抗,而且意味着对抗自己的人民。……决定表现民族真实的艺术家不无矛盾地转向过去,远离实际事件。他最终想保持的是废弃的思想,一堆思想的皮壳和僵尸,一些永远凝固的知识。期望创造艺术真品的艺术家必须认识到民族的真实首先是它的现实。他必须继续前行,直至找到未来知识出现的地方。……诗人应当明白,任何事情都不能代替义无反顾的拿起武器与人民站在一起。"[1]在法侬看来,民族文化不是诗歌、民俗,也不是抽象的民粹主义,更不是古代的文物、遗迹、服饰。也不仅仅像加勒比作家萨缪尔·塞尔封(Samuel Selvon)在《升天的摩西》(Moses Ascending)所采取的文本策略那样:为了与莎士比亚的《暴风雪》和笛福的《鲁滨孙漂流记》形成对比,主人公摩西为了获得鲁滨孙、普罗斯佩罗的成功,从英格兰的"荒野之地"——中部的"黑人区"雇用了一位白人鲍勃作为星期天、卡列班。星期天和卡列班

---

[1] 罗钢编:《后殖民主义文化理论》,第283—285页。

这两位被殖民者的化身,他们为被雇佣、被驱使的地位在这里成为了主人,成为殖民者。这不过是后殖民理论家的一种策略罢了,并不意味着真正改变了殖民与被殖民的关系。只有为民族文化的解放和自由,为人民的利益而不懈地进行斗争,才是真正地站在了被压迫民族的立场上。对文化交流的思考、对历史的思考,甚至对现代性的思考都要与对自己民族历史的思考、对本国人民命运的思考联系在一起。如对现代性的思考:现代性是不是如汤林森所说的,"现代性是文化宿命","现代性有什么好谴责的"?①汤林森也只是站在他自己的立场上说话,至于现代性对第三世界到底意味着什么,是所有的人、所有的地区同时进入现代性,还是现代性具有不同的进程? 在这不同的进程中,利益是否进行了重新分配? 是谁在现代性中获得了最大的好处? 现代性是一个中性的,对任何人、任何地区、任何种族、任何阶层都具有同样的意义吗? 汤林森没有回答这个问题,因为这个问题不仅仅是一个学术问题,它与具体的生活实践密切联系在一起,回答者不同,答案也就不同。

后殖民文化批评并不意味着能解决文化中的所有问题,它主要关注并企图颠覆文化中的殖民与被殖民的等级关系。由于民族文化内部的各种关系与殖民关系密切联系在一起,所以,把二者联系在一起考察是必不可少的。总之,对后殖民主义的研究最终要落到对现实问题的思考上。避实就虚、舍近求远的批评风格并不能为解决现实问题提供有益的思考。② 当然,学术的讨论并不能代替现实的存在。汤林森说:"比较可取的态度是,承认学术讨论乃是一种得到特殊礼遇的意见(a privileged voice),它只在一个'潜在的'全球对话网中进行,但全球性对话却永远不可能实现。……我们不得不说,联合国教科文组织所提

---

① 汤林森:《文化帝国主义》,冯建三译,上海人民出版社1999年版,第276—309页。
② 徐贲:《走向后现代与后殖民》,中国社会科学出版社1996年版,第236页。

供的全球性对话,其范围极其有限,并且终究必须受制于现存全球经济权力的分配情况。这个结论又揭示了另一个更为普遍的真理:话语的权力'总是'与物质也就是资本主义全球秩序的经济权力连属,二者不可分离。"①绝对平等的对话虽然不可能实现,但传统的二元等级模式却会不停地受到来自不同方向的冲击,直到它摇摇欲坠,被彻底颠覆为止。

---

① 汤林森:《文化帝国主义》,第 29—33 页。

第四章 对话的存在主义文论——现代与后现代之间

后现代主义作为对话思想的最新理论形态,对当今的哲学、艺术、文学、传媒等都产生了巨大的影响。就像文学史上关于浪漫主义和现实主义,甚至现代主义的争论一样,关于后现代主义的争论不仅存在于后现代主义理论家内部,而且存在于各种以"客观身份"从事后现代主义研究的理论家中间。争论的内容从后现代主义发生的时间到其内涵,再到其价值倾向,可以说无所不包。当然最有争议的还是后现代主义的理论内涵,它不仅仅是一个考据学上的问题,更是一个对后现代主义定位、分析,甚至评价的问题。对后现代主义的思考不仅使我们对当前出现的新问题有更深层次的认识,同时也为我们思考自身民族文学艺术在新时代所面临的问题提出了挑战。

第一节 后现代时代的来临与后现代主义

对后现代主义理论内涵的考察与对后现代主义产生时间的确定密切联系在一起。对后现代主义产生时间的争论大致如下:艾布拉姆斯在《欧美文学术语辞典》中指出:"后现代主义指的是第二次世界大战以后出现的文学艺术作品。"[①]杰姆逊在他著名的《后现代主义或晚期资

[①] 艾布拉姆斯:《欧美文学术语辞典》,朱金朋译,北京大学出版社1990年版,第197页。

本主义的文化逻辑》里则认为后现代主义的出现通常追溯至 20 世纪 50 年代末或 60 年代初。瑞士人汉斯·昆提出了更晚的概念:"后现代主义则是指在 80 年代开始的,其本身价值得到承认的,但概念尚不明确的符号。"①荷兰的佛克马认为:"文学中的后现代主义从 20 世纪 50 年代中期一直延伸到 80 年代。"②法国的利奥塔认为后现代主义则是指二次世界大战以来战争和技术科学繁荣的结果。对后现代主义进行过深入研究的荷兰学者伯顿斯把后现代主义的发展分为四个时期:1934—1964 年是后现代主义这个术语出现并内涵扩散的时期;20 世纪 60 年代中期具有美国反文化运动的性质;60 年代末后现代主义作为对现代主义的一种反叛力量具有了新的含义;1972—1976 年,它发展成为存在主义的后现代主义;70 年代末期后现代主义日益综合,"从多种后现代主义到一种后现代主义"③。美国学者哈桑则认为后现代主义的日期是不确定的。至于有些理论家把后现代主义的发展一直追溯到浪漫主义,甚至是亚里士多德,则为我们思考后现代主义的理论内涵提供了更为广阔的视野。

从以上纷繁的争论中,我们大致可以肯定,后现代主义是与第二次世界大战相联系的一种文学思潮,即二战之后文学发展的新趋向是我们思考后现代主义理论内涵的一个重要维度。考察后现代主义各理论家的观点,我们大致可以得出后现代主义具有如下几个基本特点:

一、宏伟叙事的消失与深度模式的削平

两次世界大战的惨痛经历对人类历史的发展产生了极为深远的影响。在经历了诸如奥斯维辛集中营事件这样巨大的悲剧之后,人们很

---

① 王岳川:《后现代主义文化与美学》,第 73 页。
② 佛克马:《走向后现代主义》,第 95 页。
③ 同上,第 11—38 页。

难再相信上帝能够拯救人类,真、善、美在与假、恶、丑的搏斗中始终处于不可怀疑的绝对优势,并最终获得胜利。这种美好但过于简单的想法,在残酷的历史面前被击得粉碎。历史的教训使人类很难再相信理性为自身生存预设的各种美好幻想,每一个人都必须重新探讨人生的终极意义,为自身存在的合理性做出解释。战后科学技术的片面发展、自然环境的严重破坏、时刻存在的核爆炸威胁、不可预料的信息技术的发展,使每一个人,特别是哲学家、艺术家对历史、道德、科学的局限性、对人类赖以生存的各种价值观进行深刻的反思和解剖,而解剖的一个重要结果便是:宏伟叙事的消失与深度模式的削平。

利奥塔在《后现代状态,关于知识的报告·前言》中说,"现代"一词是指那些以元话语来证明自己的合法性,而元话语又明确地援引某种宏伟叙事的科学,诸如精神辩证法、意义阐释学、劳动整体解放的理论。在这类宏伟叙事中,人类的发展总是朝着理性设计的伦理、政治、宇宙的最终和谐迈进。而后现代主义就是指针对这种元话语、宏伟叙事的怀疑态度。杰姆逊也说:"我们可以用两个重要特点来界说后现代主义。第一,现代主义原型政治的使命感以革命姿态消解。第二,所有极端现代主义所推崇的东西(如深度、焦虑、恐惧、永恒的感情)都消失殆尽,而被柯尔律治称为想象和被席勒的审美游戏所取代。"[1]后现代主义理论家、艺术家不约而同地、深思熟虑地破坏着诸如价值、秩序、意义、同一性、线性关系等传统人道主义赖以依存的、由无数传统思想家极力维护,甚至终生追求的基本原则,它们不再被当成永恒的、无可挑剔的东西来接受了。当然对人道主义和乐观主义的怀疑由来已久,在古希腊的哲学家和艺术家中就早已存在。今天的理论家,萨特、德里达、福柯、哈贝马斯等,与尼采、海德格尔、弗洛伊德一起,向经验主义

---

[1] 王岳川:《后现代主义文化与美学》,第103页。

者、理性主义者、传统人道主义者的文化体系与道德传统,包括科学所承诺的各种美好的愿望都提出了全面的挑战。虽然他们中的很多人,像艾略特、乔伊斯这样伟大的作家一样,出于对传统价值的深切希望,而仍被认为是深厚的人道主义者。当艾略特在《荒原》中回忆但丁和维吉尔时,当乔伊斯在《尤利西斯》中呈现到处游荡、无家可归的布卢姆时,人们总是感到作家内心传统人道主义观念对拯救希望的召唤。

所谓深度模式的削平就是指消除现象与本质的辩证法,显现与隐含的阐释观,能指与所指的符号观。在后现代主义理论家看来,现象与本质、显现与隐含、能指与所指在很多情况下都是一而二、二而一的,这种二元对立的传统观念并不具有不证自明的合法性,它同样是一种认识世界、解释世界,甚至是改造世界的方法,在当今的文化语境下这种二元对立的观念愈来愈显示出其巨大的局限性。深度模式削平的实质是对历史意义、主体意义和真理可能性的重新思考,特别是后现代主义对传统形而上学的批判与颠覆,使人们对历史的意义、自我的存在、语言的本质产生了根本性的怀疑。人们把黑格尔的历史哲学视为理性主义最伟大的胜利,因为他第一次成功地将历史理解为理性的显现,一个统一的意义不断展现的过程,并将人类的存在理解为历史与逻辑统一。但后现代主义认为:人们追寻的历史不是客观的实际存在,更不是连续的、某种合目的性的主体精神的历史,它不过是各种互相斗争又互相关联的话语的复合体,历史不仅存在于现实当中,它更存在于历史学家的争论和有待解释的各种文献之中。这样的历史,在时间上既不具有连续性,在空间上也不具有统一性,所谓的历史主体也不过是一种形而上的虚设而已。后现代主义理论家继承了尼采的观点:历史的真理并不是客观存在的,而是理论家制造出来的,是由话语权力的大小和论证力量的强弱决定的。在后现代理论家看来,权力、话语、论证、真理在本质上是一体的,只是权力的不同表现形式罢了。

这样,后现代主义理论家对欧洲文化发展赖以依存的精神成就进行了无情的审判和全面的反思,动摇了整个传统形而上学的合法化基础,这是整个后现代主义思潮所呈现出来的深层意蕴,也是后现代其他特征的基础。

二、从历时走向共时(即时)

这是与深度模式削平不可分割的另一特点。历时维度的消失必然导致共时的显现,对即时感受的强调。尼采在《快乐科学》里告诉人们"我们杀死了上帝",这上帝就是指形而上学。形而上学的本质就是对一个超感觉世界的信仰,否定这个信仰便是取消现实世界与超感觉世界的距离,也便使艺术从对形而上的依赖走向对形而下瞬间的关注。这样,决定论、稳定性、有序、线性关系便愈来愈被不确定性、不稳定性、非连续性、突变等所代替,在历时的、线性的模式中呈现出美学精神的传统范式被后现代共时的、平面的模式所代替。杰姆逊说:"后现代社会里关于时间的概念是和以往的时代大不相同的,形象这一现象带来的是一种新的时间体验,那种从过去通向未来的连续性的感觉已经崩溃了,新的时间体验只集中在现时上,除了现时以外,什么也没有。"[①]人们当然不可能只生活在现时,但没有任何记忆的精神分裂者却做到了这一点,精神分裂便成了失去历史感的象征。拉康把精神分裂描述成示意链的崩溃,示意链指互相关联的能指的句形排列,它构成一句话或一个意义。当示意链崩溃时精神分裂病人就进入精神分裂状态,语言就变成一堆同时存在的、清晰但毫无关联的碎石,感觉也变成一种纯粹的物质能指体验,而不是在时间的阅读过程中来关照所指。这样后现代主义便致力于将时间转换成空间,把一切彻底空间化,这就是后现

---

① 杰姆逊:《后现代主义与文化理论》,第182页。

代主义另一个基本的特征。① 后现代主义的多样性并非指历史发展中事物不同的呈现方式,而是指在同一空间里不同的事物、事物的不同特性的同时存在。

后现代主义小说彻底抛弃了传统的历史时间因素,零散片断的材料就是一切,它并不给读者以传统意义上的在历史变迁的线性关系中、在人物矛盾发展的最终解决中获得美感,它只能在现时的阅读中体验到艺术的存在,艺术也就变成纯粹的当下直感,艺术与美感就是你所阅读到的一切。斯邦诺斯说:"罗伯—葛利耶(Alain Robbe-Grillet)和米歇尔·布托(Michel Butor)的新小说都有超脱历史的取向或干脆说都致力于使时间空间化。""后现代主义的文学拒不以开头、中间、结尾这样的成规来创作小说。"②时间的空间化使时间变成了永远的现时,因此也就是空间的。人物与自己的过去由于时间因素的消失与淡化而变成空间中的关系了。小说家组织事实就像组织一个可以这样也可以那样的积木。于是后现代主义的小说便从强调叙述事件发生发展的过程变成强调叙事本身固有的价值。人物的无深度性、故事的随机性、叙事的任意性,这一切都最终表现在读者随着阅读所带来的文本快感之中,小说的价值就是你在阅读时感受到的东西,此外什么也不是。想要像传统那样"理解"后现代主义小说,发现小说背后所隐含的意义,也便成了不得法门而入了。小说从时间向空间的转化便是小说诗化的本质。因为过去读小说是在开头、中间、结尾的关系中体验到小说的存在,而诗歌较为注重即时的感受。小说取消了对时间的依赖,转而关注对即时的体验,那么对小说的体验便取向于对即时的强调,即诗化。小说的诗化导致了其艺术性即陌生化效果的加强,从而给小说的翻译与诗歌

---

① 杰姆逊:《比较文学演讲集》,第44页。
② 佛克马:《走向后现代主义》,第25页。

的翻译一样带来了更大的困难,也带来了小说理论的繁荣。

当然任何文本都不可能是纯粹的语言能指游戏。因此伯顿斯把后现代主义文学确定为两种主要模式:一种模式放弃了指涉性和意义即元虚构写作;另一种则试图有指涉,有时甚至力图确立局部的、暂时的和假定的真理。① 伯顿斯的这种观点无疑是稳妥的。因为文本的产生和语言的现实告诉我们文学不可能是纯粹的能指之间的游戏,所指的不在场并不表明其最终的消失,而只能表明追求意义的写作与元虚构写作之间的差别罢了。艺术的空间化告诉我们:艺术家在深思熟虑的基础上观察并记录其创作过程,积极尝试着介入世界,谋求某种预设的意义,然而在最终的意义上他仍然只是给读者提供了一个仅供艺术欣赏的"观照物",一个外在物体的幻影,一个极力捕捉到的瞬间的创作经验罢了,和直接的干预生活还有很大的距离。因此艺术家的介入生活也仅仅是借助自己特有的艺术手段的介入,并不是像政治家、经济学家那样对生活进行直接的干预。

三、开放文本与文本间性

既然文本由形而上走向形而下,由中心走向四散,由历时走向共时(即时),由逻辑走向偶然,那么文本也必然走向开放,没有前后差别,没有轻重之分,就像桌子上的平面,不能说哪一点或哪一个位置是桌子的开头或结尾。开始就是高潮,结尾就是开始,一切都呈现出一种平面性,因而呈现出一种开放性,呈现出在一个更大的文本之中互相映照、互相折射的万花筒似的景观。

文本间性(intertextuality)由法国后现代主义理论家朱利亚·克

---

① 佛克马:《走向后现代主义》,第58页。

里斯蒂娃提出,她是指"一文本与其他文本的关系"。① 哈桑在《后现代转折》中也将边界和文本间性当成现代文本与后现代文本的一个重要区别。由于对文本间性的关注,后现代文本作为一种阅读的符号代码,它不受时空的限制,与过去的文学文本、其他作家的文学文本、作家自己的文学文本密切联系在一起,由于情节、人物、场景的互相作用而产生各种精制的折射与有趣的关联。这一切当然是艺术家有意为之,使艺术与现实、现代与古典、人间与神话、自我与他者形成一种艺术空间的交叉与平行,形成一种即此即彼、非此非彼的艺术景观,就像邮寄艺术一样。邮寄艺术的创作首先有一个人画开头,然后作品被投寄到漫长的旅途中,再由其他人补画,一件作品的作者可以是几十人,甚至无数。作品由所有游戏的参加者来完成,或根本就无所谓完成,充满了彻底的不确定性和完全的开放性。由此,后现代主义的作品经常故意充斥着或明或暗的引文,他们的创作不仅利用生活的现实,更利用大量存在的文化文本,利用读者早已熟知的人物、神话、情节、场面、话语等。如毕托夫的小说《普希金之家》,好像完全用注释写成。它有三个独立的文本组成:第一个文本是《出自小说的文章》,是从基本文本摘出的内容组成;第二部分是长篇小说本身《普希金之家》;第三部分是给小说文本所作的注释,叫《最近的回顾》。② 这种文本间性不仅揭示了后现代小说与前期文学的连续性,更揭示了其断裂性,对世界提出质询的后现代主义文本既是与它模仿对象的合作,一起成为一个同一的艺术体,更是对它模仿对象的荒谬性的揭示,在模仿中促使人们重新思考关于人类知识的一切根本性的概念,消解了传统艺术高不可攀的地位,对其内在隐含的各种价值意义提出质询,这是与后现代主义对自由人道主义

---

① 霍克斯:《结构主义与符号学》,瞿铁鹏译,上海译文出版社 1987 年版,第 150 页。
② 社科院外文所:《后现代主义》,社会科学文献出版社 1993 年版,第 220 页。

所设想的宏伟蓝图提出的质询是一致的。后现代主义在模仿中充满了各种不确定性,充满了有待读者去体验的各种经验,充满了有待读者去解读的文本空白和间隙;或是对传统的颠覆,或是对现实的讽刺,或是如亚里士多德所说的从模仿中得到快感,这些作者是不确定的,他只是模仿,意义由读者来确定。

后现代主义文本有对侦探小说的模仿,如罗伯-葛利耶的《橡皮》;有对旅游小说的模仿,如洛奇(David Lodge)的《小世界》;有对爱情小说的模仿,如纳博克夫的《洛丽塔》;有对哥特小说或西部小说的模仿。还有一种是对古典或现实文学传统某些情节、人物、风格进行的改写,如马彼罗夫的剧作,虽然符合现实主义代码,事实上却从内部打破了它,模仿便是解构,便是反叛。① 还有一些作品从远古时代的神话中索取题材。正如帕里特里亚·沃在《元小说》中所说的:元小说通过其形式上的自我探索,把对传统经典文本的理解用当代哲学、语言学或文学理论的原则来进行重新改写,或以寓言的形式来再现传统与历史,以表明历史传统本身就是一种艺术的虚构,和小说一样有着相同的内在机制和技巧。这样文学就成为一种充分展示文学自身各种可能性的游戏。意大利作家卡尔维诺说:"我相信,全部文学被包括在语言之中,文学本身只不过是一组数量有限的成分和功能的反复转换而已。"② 这样后现代主义对文学自身可能性的探讨便与结构主义对叙述模式的探讨走到同一条路上来了,只不过后现代作家的出发点及目的与他们不同,后现代主义艺术家只不过是为颠覆而模仿,甚至可以说是为模仿而模仿,从而达到艺术的狂欢化效果而已。

文本间性具有双重结构,即共时的结构和历时的结构。文本间性

---

① 佛克马:《走向后现代主义》,第202页。
② 同上,第166页。

不仅通过主题及文类的指涉来进行,它还包括情景、人物、语言、风格、结构之间的内在关联。霍克斯在谈到他的《滑稽模仿》时说:"写完《滑稽模仿》之后我才知道,我所模仿的情景莫名其妙地接近加缪死亡的真实情景(对情景模仿),他对孤独的认可对我是一种最纯粹的认可(主题模仿),我把自己那篇不长的小说当成一部滑稽模仿之作,并在题目中点名也就不足为怪了(模仿的自觉性)。"[1]通过文本间的互相指涉,文本的内在容量、解释的歧异性、文本所产生的效果就像两面互相折射的镜子,向两极无限延伸,连作家自己都无法预想其最终达到的可能性,最后的基石也只好建立在读者身上了。文本的开放性只有让读者的阅读来收拾,文本的空白只有让读者的想象来填补,文本的游戏只有让读者来参与共同完成。由此,后现代主义必然走向对读者与阅读理论的关注。

当然,我们必须在理论上澄清后现代主义的文本间性与结构主义所探讨的所有文本具有的共同结构,荣格发现的集体无意识之间的区别。正如对人道主义的怀疑由来已久不能都被称为后现代主义一样,艺术情节的相似性、人物心理的原型性类似也不能全部被称为后现代主义的文本间性。他们最重要的区别是:一个是故意的模仿,一个是无意的暗合。荣格和结构主义所探讨的都是在人类文学作品中那种千古不移历久弥新的东西,他们都是艺术家创作中无意追求而最终达到的不谋而合,后现代主义的文本间性更主要是指后现代主义作家或理论家为消解传统价值理论体系、解构其合法化基础而故意进行的戏拟,或从纯粹的戏拟中追求一种艺术狂欢效果的手段。只有深入理解二者的区别才能准确把握住后现代主义特有的理论特征和艺术贡献。如乔伊斯的《尤利西斯》,该书的书名就直指荷马史诗《奥德赛》。此外《尤利西

---

[1] 佛克马:《走向后现代主义》,第230页。

斯》在情节结构、人物、场面等各方面都故意和《奥德赛》形成对照,以显示作者的匠心独运,从而达到把现代卑微的人生和古希腊辉煌的英雄人生相对照的讽刺效果。我们可以认为乔伊斯的创作体现了一种最为基本的后现代主义精神,因为离开作者这种故意的平行对应关系,《尤利西斯》本身所具有的反讽意义也就荡然无存了。然而如果把文学作品中某些相似的情节、人物心理当成文本间性,其实二者风马牛不相及,如把司各特(Sir Walter Scott)的小说《密得洛亚斯的监狱》与莎士比亚的剧本《一报还一报》中找到了文本间性,那就是对文本间性的一种误解。如果按照这种对文本间性的理解,那我们就可以在很多毫无关联的作品中找到文本间性,这无疑也就取消了后现代主义独特的艺术特色。

四、文学中心的转移——读者与解读

随着后现代理论家对宏伟叙事的解构,不确定性成为后现代主义的根本特征,理论家对文学的理解也始终处于一种动荡的否定和怀疑之中。罗兰·巴特(Roland Barthes)认为文学是一种"失落"、"倒错"、"消解";伊塞尔以文本的"空白"为基础创作了阅读理论;保罗·德曼(Paul de Man)认为修辞学"根本抛弃逻辑而展现令人眼花缭乱的关联偏差的可能性"。哈特曼(Geoffrey Hartman)则断言:"当代批评的宗旨是不确定的阐释学。"[1]沟壑必须填平,文学自身的不确定性必然导致读者的参与。后现代主义文本便在被重新书写、重新创作、邀请参与并作出回答的过程中展示自身,所以后现代主义艺术自称是行动的艺术,而行动的真正主体便是接受者——读者。这样文学研究中心的转移便自然而然地实现了。

---

[1] 社科院外文所:《后现代主义》,第168页。

第四章 对话的存在主义文论——现代与后现代之间

本雅明首先发现了这种奇特的作者、读者系统的转移,他说:"随着报纸发行量的日益增长,越来越多的读者变成了作者。这样作者与大众之间的区别正失去其基本特征。"①因此文学被当成一件礼物,一封需要对话的邀请信,它要求作出反应,做出回答,而不是一堆只是发送而不接受的信息。由此,关于作家的传统观念也发生了根本的转变。传统的文学家被视为向世人训诫的完人、一个超人、一个先知、一位超出文本王国之上的明察秋毫者。但在后现代理论家的眼里作者的权威性受到了质疑。继尼采宣布上帝死了之后,巴尔特宣布作者之死。无论作者是怎样的天才,他都是一个特定语境中的言说者,不管他以什么方式言说、叙述,他都必然被深深地镶嵌在自己言说的历史语境之中,等待听者、读者的解读,也就是说他的话语最终建立在一种经常和随时都可能消失的表现之中,它是暂时的、不可靠的、需要阐释的、需要读者的阅读去重新发现意义的文本,只有读者的阅读才能使他的创作转化为活生生的艺术体验。很多后现代理论家都提出了这个问题。如霍兰德所说,"从某种交际角度看,现代主义似乎强调创作感受与艺术品以及发送者与信息之间的关系,而后现代主义则强调信息与接受者之间的关系"。伯顿斯说:"我们最终不得不进入一个被后现代主义本身弄得十分可以的角落。"奥塞·德汉说:"到头来,评论后现代主义作品、后现代主义小说或故事的意义,便在很大程度上留给了观众与读者。"②因此阐释理论与读者接受理论便应运而生了。

1960年加达默尔发表了《真理与方法》,标志着现代阐释学的真正建立。加达默尔从理解的历史性出发,确立了从独白到多元,从一维到多维,从客体到主体的后现代转折。加达默尔认为认识的主体和对象

---

① 王岳川:《后现代主义文化与美学》,第153页。
② 佛克马:《走向后现代主义》,第56—59页。

都是内在地镶嵌于整个认识活动之中,无法清晰地区分认识主体与对象之间的界限,而且言说主体意义的产生与它赖以言说的语境是密不可分的,言说语境的丧失成为解读者理解文本、追寻原初意义的根本障碍,那种在解释中追求纯粹客观中性真理的做法不过是一种空想。他说:"阅读文字和理解文字的工作远离这些文字的作者——远离他的心境、意图以及未曾表达的倾向——使得对本文意义的把握在某种程度上具有一种独立创造活动的特性。"[①]因此,加达默尔认为,真正的理解不是克服这种局限而是正确地评价和适应它,本文的意义和理解者始终处于不断的对话之中,他将这种过程称为效果历史。他说:"从根本上说,理解总是一种处于这样一种循环中的自我运动,这就是为什么从整体到部分和从部分到整体的不断循环往返是本质性的道理。而且这种循环经常不断地在扩大,因为整体的概念是相对的,对个别东西的理解常常需要把它安置在愈来愈大的关系之中。"[②]至于他将解释者的特殊视界与作者的原初视界交融在一起而达到一个新的视界融合的理论,显示了他对德国古典哲学精神的继承,而与其他后现代理论家迥然不同。

兴起于20世纪60年代以耀斯的《文学史作为向文学理论的挑战》(1967)和伊塞尔的《文本的召唤结构》(1970)为代表的康斯坦斯学派则真正完成了这个战略上的大转移。接受理论家认为每一个时代的读者对同一部作品的阅读、接受、阐释都不尽相同,一味强调客观性在新的历史条件下已充分显露其局限性。在耀斯的理论中占主导地位的是期待视野的概念。耀斯通过对审美距离不断变化的研究,阐明了一部作品的潜在意义不会也不可能为某一个时代的读者所穷尽,而同时代的

---

① 加达默尔:《哲学解释学》,第24页。
② 同上,第246页。

人也同样存在根本的差异。伊塞尔则认为作品有某种不确定的隐含意义,只有等待读者的阅读与理解,等待读者运用自己丰富的想象和创造力对作品的意义去重新建构。一千个读者一千个哈姆雷特,那种执著于一端,追求中心与原旨的古典诠释理论被取消了,对差异与不确定的强调,使具有多元、开放、平等特性的后现代精神又一次在对读者的关注中呈现出来。至于解构主义在某种程度上应该是职业读者的接受理论,只不过它更具有颠覆性,也更具有学院气罢了。解构主义企图突破结构主义的封闭模式,最终证明世界是多元的,解释可以各异,可以共存,探索真理的途径,乃至真理本身都是不确定的,从而成为后现代精神最有力的体现者。特别是德里达的《文字学》(1967)、《写作与差异》(1967)、《撒播》(1972)中的解构思想对写作与词语中心主义的批判,对差异和延缓、撒播与分解的研究,他的破坏性、颠覆性的分解式阅读告诉我们:文学批评中并没有绝对的标准,并无完全的客观性。怎么都行的后现代精神在解构主义的接受理论中充分表现出来。

从以上的分析可以看出,多元共生、众生喧哗的后现代主义对今日时代精神所具有的根本意义。当然以上的分析不过是对后现代主义理论内涵所做的一种知其不可而为之的考察,并不是想为内部复杂而又互相矛盾的后现代主义找到一个封闭的定义与框架,这种想法本身就和后现代精神背道而驰。本节只是想为把握纷繁复杂的后现代精神提供一个基本的思路和途径,为解决和理解我们自身民族的文学和艺术提供一个有力的理论参照,至于真正的后现代主义那只有聆听各理论家自己的认识与理解了。

第二节 读者的介入与解读

海德格尔的《存在与时间》(1927)被公认为解释学的奠基之作。但是存在主义哲学家克尔凯郭尔在《为自我省视》(1851)中就对阐释的普遍性，阐释学的基本观念做出了形象的解释。他在《评述机构》一文中说："一道皇家敕令向所有官吏和所有臣民——简而言之，向一切人等颁布下去。一种显著的变化传布于所有的人身上，他们都成了阐释者，官吏们成了作者。每一个神圣的日子都出现一种新的阐释，比前一种更渊博，更敏锐，更高雅，也更深刻，更新颖，更奇妙，更迷人。本应考察整体的评论几乎无法完成对这一庞大文献的考查。的确，评论本身成为如此繁冗的文献，以至于不可能对这些文献进行周详的考查。一切都成为阐释——却没有一个人按照敕令行动为目标来阅读敕令。而且，不仅仅一切都变成了阐释同时确定严肃性的标准也被更改。忙于阐释成为真正的重大事件。"① 克尔凯郭尔认为，由于阐释的普遍存在，人们对真理，对历史的探讨，逐渐转变为对关于真理与历史文献的探讨。作为存在主义代表人物的萨特，他的哲学与文学思想深受克尔凯郭尔与海德格尔的影响。他的哲学与文学作品对人的状况、人与社会关系的揭示，表达了一个时代的思想，特别是表达了二战前后知识分子因心灵和肉体受到巨大创伤而陷入苦闷与彷徨，并力求寻找出路的绝望心情。莫洛亚指出，无论是萨特在战前所写的《墙》、《恶心》，还是战后所写的戏剧与《存在与虚无》，都反映了为世界大战所惊扰、被世界的荒谬所刺激的一代人的恐惧和烦恼，既描述了时代的混乱，也表达了摆脱时代状态的深切愿望。② 萨特几乎所有的重要作品和文学理论著作都是发表在这个时期：《恶心》(1938)、《墙》(1939)、《苍蝇》(1943)、《禁闭》(1944)、《存在与虚无》(1943)、《自由之路》(1945—1949)、《什么是文学》(1947)。这就为我们提出了问题：在时间发展的纵向轴上，影响

---

① 克尔凯郭尔：《哲学寓言集》，杨玉功译，商务印书馆2000年版，第24页。
② 柳鸣九编：《萨特研究》，中国社会科学出版社1981年版，第306页。

深远、显赫一时的萨特到底置于何处？他是后现代主义之前，还是之后，还是处于二者的分水岭上，融合了现代主义与后现代主义各种复杂的特征于一身？与此相关的是萨特文学自身的复杂性，他集哲学家、文学家、社会活动家、学者于一身，早年曾参加反法西斯战争，加入法共之后又退出，自称是马克思主义者却又被正统的马克思主义者认为骨子里是无政府主义者，理论界公认他是存在主义的代表，可他自己又曾公开否认，虽然"最终还是接受了所有人用以指示我们的标签"。① 另一位存在主义的代表人物加缪也是如此。他虽被公认为谈论人生荒谬的存在主义大师，他的《局外人》与萨特的《恶心》在深层主题上的一致性也表明了如此，但他不但否认自己是存在主义者，更是时刻强调自己与萨特的区别。② 仅仅把萨特的文学活动同后现代主义文学的发展过程进行时间的对比，这种纯粹的机械行为并不能说明太大问题。但影响深远的存在主义思潮与后现代主义兴起在时间上的融合却为我们分析存在主义代表人物萨特文学理论的特性提供了一个新的方法与角度。

《什么是文学》发表于1947年，是萨特处于转折时期，也是他承前启后的创作纲领。耀斯在《审美经验与文学阐释学·作者序言》中说它："首次给读者恢复了名誉，将读者概念演示为一种关于阅读和写作辩证法的理论，可谓意义重大。"③ 这是一篇富有论战性质的文学理论论文。整篇文章分成四大部分：什么是文学、为什么写作、为谁写作、1947年作家的处境。这四部分的中心可用一句话概括：创作是作者的自由向读者的自由发出的召唤，创作是一种介入。整篇文章表现了萨特研究重心的不断转移，从作者的创作到作品的形式再到读者的阅读，最后的重点和归宿就是读者的阅读活动。这便是著名的文学介入论。

---

① 弗朗西斯·让松：《存在与自由》，刘甲桂译，北京大学出版社1997年版，第139页。
② 罗歇·格勒尼埃：《阳光与阴影》，顾嘉琛译，北京大学出版社1997年版，第86页。
③ 耀斯：《审美经验与文学解释学》，第11页。

特别是在"为什么写作"这一部分里,萨特对读者的阅读行为进行了深入的研究。

文章一开始便批评了各种各样对介入论的误解,其中误解最深的便是"主张文章介入,便是主张文章介入社会生活,干涉人类生活"。然而作者说这是一个只有"笨蛋"才弄错的问题,是因为"读得太快,囫囵吞枣,还没弄清就做出判断"。萨特自己给介入论下的定义是:"既然创作只能是在阅读中得到完成,既然艺术家必须要托另一个来完成他开始做的事情;既然他只有通过读者的意识才能体会到他对自己作品而言是重要的,因此任何文学作品都是一种召唤。""因此作家向读者的自由发出召唤,让他来协同产生作品。"①萨特的介入对象主要是指文本而非社会生活。即使他的目的是为了改变生活,但是作为作家而言,作为以写作为职业的艺术家而言,他的创作是更根本的。他说:"有朝一日笔杆子被迫搁置的时候,那个时候作家就有必要拿起武器。"②这是萨特极而言之,如果用武器来代替笔杆子,这当然就不是作家而是战士了。作家的任务还是以写作来介入,通过作品介入是作为作家介入的唯一途径。当然萨特并没有在语言上对政治的介入和文学的介入进行细致的区分。正如他常常在哲学和政治两种含义上使用"自由"和"介入"一样。因为他认为"从神圣的文学转入行动",都是"知识分子的行动",他自己"按照某种现存的美学形式从事写作,而同时又投身到社会活动中去",因为"作家与小说家能够做的唯一事情就是从这个观点来表现出为人的解放而进行的斗争"③。

作家为何写作就是他要介入读者的自由。与其说他想介入,倒不如说他不得不介入,"一旦你开始写作,不管你愿意不愿意你已经介入

---

① 萨特:《萨特文论选》,第121页。
② 同上,第136页。
③ 萨特:《词语》,潘培庆译,三联书店1996年版,第229、309、345页。

了"。作家的作品需要读者的阅读,由死的沉睡的文字变成活的生动的感受,像一堆冰冷的柴火等待燃烧起来。因为作家写作的目的在于阅读,和读者在阅读中交流与沟通。一个鞋匠能穿自己制造的鞋子,一个建筑师能住自己建造的房子,只要合适。但一位作家的作品却不能仅供自己阅读。作家阅读自己的作品与读者阅读自己的作品在心理上有着根本的差异,作家与其说是阅读自己的作品,倒不如说是在回忆自己的写作,而读者的阅读却不是这样。萨特说:"阅读是引导下的创作。"他认为,阅读过程是读者主观性发挥作用的过程,是在词语引导下预测和期待的过程,读者带着自己的经验与想象和作者一同感受,一同参与并最终决定作品最后的存在方式。这种阅读过程绝不是一种消极的机械行为,绝非像照相底片感光那样,而是一种积极主动的创造过程。他说:"《大个子摩纳》的奇妙性质,《阿尔芒斯》的雄伟风格,卡夫卡神话的写实和真实程度,这一切都从来不是现成给予的,必须由读者自己在不断超越写出来的东西的过程中发明这一切,当然作者在引导他,但是作者只是在引导他而已。作者设置的路标之间都是虚空,读者自己必须自己抵达这些路标,它必须超过他们。一句话阅读是引导下的创作。一方面,文学客体确定在读者的主观之外没有别的实体:拉斯科尼科夫的期待,这是我的期待,是我把我的期待赋予他的;如果没有读者的这种迫切的心情,那么剩下的只是白纸上一堆软弱无力的符号。"①词语像神话中熟睡的小精灵等待读者阅读时的眼光把他们唤醒。这样萨特就向传统的文本观、创作观、作者中心的观念提出了挑战。传统的观念认为,作者与文本之间有一种父子关系,作品是一个自足的系统,是自我相关的,而阅读就是探讨作者思想的本源,寻找作者在创作作品时的心路历程,阅读就是读者在作品,这个作者思想的容器里获取某些东

---

① 萨特:《萨特文论选》,第102页。

西,大家拿出的东西都应该是作者在创作时放进去的。然而萨特却把阅读看成作品开始呈现的开始,看成"再创作的开端"。萨特说:"作品从来不是一个已知数",它是"一个半成品"、"一个有待完成的任务"。所有这一切都表明萨特的文本观与传统文本观的根本差别。

此外,萨特还对读者的阅读心理做了精确的描述与研究。他说:"阅读过程是一系列假设,一系列梦想和紧跟在梦想之后的觉醒,以及一系列希望和失望。读者总是走在他正在阅读的那句话的前头,他们面临一个仅仅是可能产生的未来,随着他们阅读逐步深入,这个未来部分得到确立,部分则沦为虚妄。"[①]如果用耀斯的期待视野来对比,就会发现二者都生动准确地说明了阅读作品的心理过程。同时萨特提出了距离说,即作家的主观感情要和写成的文字之间保持一段距离,作家带着善良的感情是写不出好书来的,这同样要求读者在阅读中保持一种自由创造的距离。距离是审美的必然要求。他说:"在激情里自由是被异化的……从这就产生了纯粹提供性质,这一性质对于艺术品来说是主要的,读者应当保持一段的审美距离。"[②]与此相似,耀斯也提出了角色距离的概念,读者的期待视野必须与他阅读的作品不断地保持变化,当接受者与作品中角色的距离为零时,接受者完全进入角色,无法获得审美享受;相反,当这种距离增大,期待视野对接受者的制导作用趋近于零,接受者则对作品完全感到陌生。两种情况都不能产生充分的审美享受。当然萨特与耀斯的出发点各有不同,萨特是从人生所必须达到的带有智性的自由出发,耀斯则从阅读过程中所获得的审美感受出发。然而二者相对于读者的阅读过程来说是相同的,因为审美的本质就是自由,我们无法从审美的瞬间状态中精确地区分出哪是自由,哪是

---

① 萨特:《萨特文论选》,第 117 页。
② 同上,第 123 页。

快感。更重要的是他们都想通过这种审美距离,通过读者的阅读经验最终使人从一种日常生活的惯性、偏见和困境中解放出来,注重接受活动中艺术给予人的一种对世界的全新感受,从机械的、毫无生机的生活中解脱出来,为人的新的可能性,为人的终极自由的实现做出努力。

萨特不仅在文学理论上,而且在创作实践和文学史的研究上都同样自觉地运用了这种以介入读者的自由为最终阅读目的的观念。他在谈论自己的剧本《阿尔托纳的隐藏者》时说:"戏剧是公共物,观众一入场,剧本就脱离作者了。无论如何,我的剧本不管他们的遭遇如何,几乎都不归我掌握了,它们变成客体。""这个客体的出现有赖观众与作者的合作。""公众与作者在同等程度上创作剧作。"①此外,萨特对《海的沉默》的分析,对于理查·赖特的分析,对读者群及其历史演变的研究,无疑都是文学史研究中对效果历史的精彩分析。萨特开放的文学观念与自由的人的观念是一致的。他说:"如果人在存在主义者眼里是不能下定义的,那是因为在一开头人是什么都说不上的。""如果存在确乎先于本质,人就永远不能参照一个已知的或特定的人性来解释自己的行动,换言之,决定论是没有的——人是自由的,人就是自由。"②

当然这篇文章并非纯粹的读者接受理论著作,虽然它是以对读者的研究为中心的。他对实际读者和潜在读者及其历史性发展变化的研究最终都落脚到对自由的追求上,对自由的强调和先验规定,使我们看到萨特深受西方传统价值观念的影响。可这一切都不妨碍萨特对文本和读者的基本观点,更重要的是,萨特对文学理论的看法与当时整个社会思潮密切联系在一起,成为整个文学理论研究中心从作者到读者转移过程中非常重要的一部分,这是当代西方文学与文论发展的重要转

---

① 萨特:《萨特文论选》,第 449—451 页。
② 萨特:《存在主义是一种人道主义》,周煦良译,上海译文出版社 1988 年版,第 8—12 页。

机,萨特本身就是哲学家,他的转变也就更具有自觉性。

第三节 开放的文本与文本之间的对话

萨特对读者阅读心理的研究与他的新文本观是分不开的。随着解构主义20世纪60年代在西方的兴起,对文本的关注由形而上到形而下,文本自身也走向开放,一切都呈现出一种平面性与敞开性,文本存在于与其他文本的对话之中。罗兰·巴特认为,任何文本都只不过是一个巨大意义网络上的一个纽结,它与四周的牵连千丝万缕,文本构筑在引语、属事用典及各种文化语汇上。① 在罗兰·巴特看来,作品经常利用生活与文化的现实来使作品到处充满需要读者解读的各种引文,像《尤利西斯》与《荒原》一样作家的文采与学识充分融合在一起。福柯说,在书的题目、开场白和最后一个句号之外,在书的轮廓及其自律的形式之外书还被置于一个参照其他书籍、其他人和其他句子的体系之中,构成网络的核心。② 文本间性就是文本之间的互相模仿与关联,像德里达那样,在自己的文本与他人文本的互动过程中,兼收并蓄,构建了一个包罗万象的理论体系。③ 这样文学的创作与解读都变成了不断展示文学自身要素与可能的文本间性游戏。

文本间性来自于胡塞尔提出的主体间性(Intersubjektivitate)的概念。主体间性的提出,在本质上是为了强调讲话者与听众、自我与他人之间的对话关系。萨特在《七十岁自画像》里说:"对我来说,文本首先

---

① 罗兰·巴特:《一个解构主义的文本·前言》,汪耀进译,上海人民出版社1997年版,第7页。
② 米歇尔·福柯:《知识考古学》,第26—28页。
③ 约翰·斯特罗克:《结构主义以来》,渠东等译,辽宁教育出版社1998年版,第183页。

是用一句话说出三个或四个意思的方法……首先带着它的直接含义，然后在这下面，同时包含着深部互相配合时不同的含义。……在文学上，我说的任何东西都没有被我说的话完全表达出来。"① 语言内涵的丰富性使萨特的创作更含有包容性，使他的作品与其他人的作品，使自己的作品之间形成一个互相映射，互相指称的复杂关系。与此相关，他还宣称自己要创作与性格剧对立的"处境剧"。从萨特的理论出发我们可以认为萨特著名的剧本《苍蝇》就是把《俄狄浦斯王》、《哈姆雷特》、《尤利斯·恺撒》、《麦克白》，甚至弗洛伊德关于俄狄浦斯情结的理论巧妙融合在一起的结果。下面具体分析如下：

在《俄狄浦斯王》里，诗人索福克勒斯表现了人和命运的冲突，在他所创造的勇敢坚定和富有牺牲精神的俄狄浦斯王身上，体现了诗人对于人的理想的追求。他是依照人应当是怎样的样子来写的。② 但是俄狄浦斯王无论怎样都无法摆脱命运的常数，终于杀父娶母。俄狄浦斯王在《苍蝇》里却成了俄瑞斯特斯，表面上看来俄瑞斯特斯并不是杀父娶母，然而那隐含的线索却是显而易见的，当然我们也可以看成剧本直接取材于希腊神话中俄瑞斯特斯为父报仇的故事。③ 但是具体分析一下，我们就可以看到：俄狄浦斯王和俄瑞斯特斯都是从小生活在别处长大的，长大后都回到王宫（或在回王宫的路上）杀死了父亲（或父亲的象征——继父），最后都受到了惩罚——流浪四方的结局。剧中有一句台词我们可以认为是对《俄狄浦斯王》的暗示。厄勒克特拉问俄瑞斯特斯"真的生活在科林斯吗？"俄狄浦斯王是生活在科林斯的，然而神话中的俄瑞斯特斯却生活在福喀斯，最后迫于命运女神的追击而生活在雅典，

---

① 萨特：《文学论文集》，施康强等译，安徽文艺出版社1998年版，第345—346页。
② 索福克勒斯：《悲剧两种》，罗念生译，人民文学出版社1979年版，第6页。
③ 斯威布：《希腊的神话与传说》，楚图南译，人民文学出版社1978年版，第604—629页。

所以《苍蝇》里说他是"雅典的有钱人抚养成人的。"(第二幕第四场)还有《俄狄浦斯王》在第一合唱里唱道:"追得上一切的有翅膀的女妖逼近他的时候。""有翅膀"与"苍蝇"的形象更为接近,更容易产生联想。然而更重要的还是整个作品所表达的思想及结尾。两部作品都是表现自由与命运的主题。萨特说:"我想探讨与宿命悲剧相对立的自由悲剧。"特别是悲剧的结尾,俄狄浦斯王虽然受命运的支配不能获得自由,俄瑞斯特斯却获得了自由,但是二者与命运斗争的人格多么相似!俄狄浦斯王把自己的眼刺瞎说:"我的罪除了自己担当而外,外人是不会沾染的……赶快把我扔出境外,扔到那没有人向我问好的地方去。"①俄瑞斯特斯也说:"这一切(罪行)都是属于我的,我把一切都承担下来……我愿意当一个既无土地也无臣民的国王。"(《苍蝇》第三幕第六场)因此,俄瑞斯特斯是萨特故意与索福克勒斯的《俄狄浦斯王》相对照而创造的,而非直接取材于神话中的俄瑞斯特斯。如果不和《俄狄浦斯王》相对照,我们是无法深刻理解《苍蝇》对传统悲剧观念的颠覆与破坏的。

当然萨特参照古希腊作品,采用古典悲剧的骨架和人物,冒着重复古典悲剧的危险,并不是从另一个角度给古希腊悲剧精神提供证明,而是解构它,是对它的反动。他的主题是"自由"而不是"命运"。正如俄瑞斯特斯所说:"你是诸神之王,朱庇特,你是石头和繁星之王,是海浪之王,但不是人类之王。"

与古希腊悲剧相对照还有性格悲剧,萨特也同样以新的价值观念从内部摧毁它。他说,雨果(《脏手》里的人物)是哈姆雷特式的人物。俄瑞斯特斯不更是哈姆雷特式的人物吗?《哈姆雷特》和《苍蝇》都是杀王复仇的故事,两个男主人公角色和性格的发展都是如此相似,我们可以认为俄瑞斯特斯是从哈姆雷特演化而来的。他们都是先王的遗子,都

---

① 索福克勒斯:《悲剧两种》,第109页。

受到良好的教育,他们的父王都是母后和情夫联手杀死的,他们都对自己的母亲憎恨已极,(虽然表面上不符合俄狄浦斯情结,当然也可以认为是俄狄浦斯情结不能满足而引起的变态反应。)二者在走向复仇的道路上都经历了从犹豫到坚定,再到完成的过程。他们的结局在一般人的眼里看来都很悲惨——死亡或流放(流放是活着的死亡)。另外克吕泰墨斯特拉也好像是根据哈姆雷特的母亲乔特鲁特塑造的。她们都同奸夫杀了丈夫,都处在新婚的幸福与罪恶的深渊之间,她们都对自己幸存的儿女进行规劝,设法使他们接受新的现实,最后都走向死亡(这当然暗示了作者对她们的评价)。此外《苍蝇》结尾阿尔戈斯的百姓围攻阿波罗神庙(第三幕第一场)与《哈姆雷特》的雷欧提斯带一队叛军围攻王宫看来相似(第四幕第五场)。两个剧本中都多次提到事发前死人从地狱里出来,如《哈姆雷特》第三幕第二场末,《苍蝇》第二幕第三场末等。

如果从弑君的角度看,《苍蝇》与莎士比亚另一部著名悲剧《尤利斯·恺撒》形成人物之间的对应关系。俄瑞斯特斯杀死埃癸斯托斯是臣弑君,勃鲁托斯杀死恺撒也是臣弑君。俄瑞斯特斯和勃鲁托斯都是正义的,俄瑞斯特斯获得了自由,而勃鲁托斯却被杀,安东尼当上了执政者。他们的关系如下图所示。

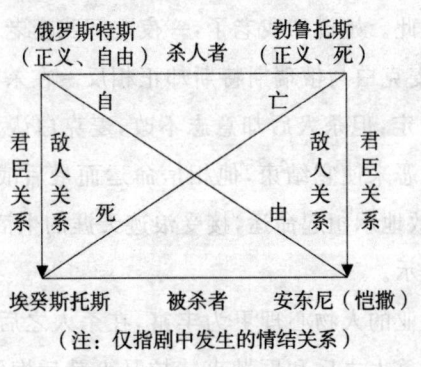

```
俄罗斯特斯                    勃鲁托斯
(正义、自由)  杀人者    (正义、死)
         ┌──自──────亡──┐
      君  │   ╲      ╱   │  君
      臣  │ 敌  ╲  ╱  敌 │  臣
      关  │ 人   ╳   人  │  关
      系  │ 关  ╱  ╲ 关  │  系
         │ 系 ╱    ╲系   │
         └──死──────由──┘
埃癸斯托斯    被杀者    安东尼(恺撒)
    (注:仅指剧中发生的情节关系)
```

《苍蝇》与《恺撒》文本间性图

同时我们还可以在《恺撒》第三幕第二场和《苍蝇》第二幕第三场（字数正好相反）发现惊人的相似。二者都描述了杀人者与复仇者在慷慨激昂的群众面前的表演及群众随风而倒的精彩场面。《恺撒》中众市民开始拥护勃鲁托斯（杀人者），后来经过安东尼的劝惑都拥护了恺撒（被杀者），而反对勃鲁托斯。《苍蝇》中却是一开始人们反对厄勒克特拉（杀人者），后来由于她的力争，人群才倾向于她而反对埃癸斯托斯（被杀者）。这样便形成了和《恺撒》中情景相反的对应关系。由于朱庇特的努力（超人力量）才使厄勒克特拉失势，埃癸斯托斯占了上风。

当然，性格悲剧的一个重要方面是心理悲剧。如果从杀人者心理状态来看，那就会发现《苍蝇》与莎士比亚另一部著名悲剧《麦克白》相对应。麦克白夫人和厄勒克特拉在杀人前都很坚定，都诱导自己的同伴从犹豫走向坚定。麦克白夫人甚至说："从这一刻起，我要把你的爱情看作同样靠不住的东西，你不敢让你在行为和勇气上跟你的欲望一样吗？"至于厄勒克特拉则更是义无反顾，即使她受到母亲的虐待，在庙宇前跟埃癸斯托斯斗争失败时，她仍然说："这次失算了没搞成，下次我将搞得更好些。"然而二者在杀人后都陷入了心理的灾难而不能自拔。麦克白夫人一天到晚潜意识地"洗"自己手上的血迹，最后恐怖而死，厄勒克特拉也是如此。她说："我老了，一夜之间我变老了。我后悔，朱庇特，我后悔。"而麦克白与俄瑞斯特斯却正相反。在杀人前两位都犹豫，不如以上两位坚定，但杀人后却意志不改，麦克白认为：以罪恶开头就必须以更大的罪恶来使它结束，他相信命运而最后战死。俄瑞斯特斯则相信自由，勇敢地承担起命运，接受浪迹天涯的生活。人物心理整体变化如下页图所示。

当然莎士比亚的人物心理更为丰富，在杀人之后短暂的反应上更为复杂。麦克白杀人之后和厄勒克特拉马上就后悔了，而麦克白夫人和俄瑞斯特斯很坚定，这样便形成了图中对角线的另一种关系。

此外《麦克白》的第一幕第三场、第四幕第一场中关于女巫的描写与《苍蝇》第三幕第一场关于复仇女神的描写也异常相似。她们的人数不仅相等而且都是女性。台词都采用这样的方式：先一个个地说，最后再合唱，内容之恐怖，气氛之凶恶也形成了鲜明的对照。特别是第三幕复仇女神的话："俄瑞斯特斯几乎还只是一个孩子。在我对他的憎恨里还有着母性的温柔。我将把他那苍白的脸蛋捧来放在我的膝上，我将轻轻地抚摸他的头发……然后我将把我的这两个手指一下子插进他的眼睛里去。"与麦克白夫人的话："我曾哺育过婴孩，知道一个母亲是怎样怜爱吮吸她乳汁的子女，可是我会在他看着我的脸微笑的时候，从他柔软的嫩嘴里摘下我的乳头，把他的脑袋砸碎。"（第一幕第七场）这是多么相似。

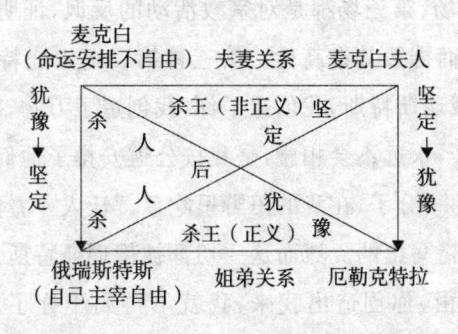

```
              麦克白
           （命运安排不自由）  夫妻关系   麦克白夫人
         ┌─────────────────────┐
    犹    │ 杀  杀王（非正义）坚 │   坚
    豫    │        人        定 │   定
    ↓    │        人           │   ↓
    坚    │        后           │   犹
    定    │ 杀  杀王（正义）犹   │   豫
         └─────────────────────┘
           俄瑞斯特斯    姐弟关系   厄勒克特拉
          （自己主宰自由）
```

《苍蝇》与《麦克白》文本间性图

如果说《俄狄浦斯王》、《哈姆雷特》、《麦克白》是关于性格和命运的悲剧的话，那么《苍蝇》是关于自由的悲剧，这个剧本里不仅朱庇特失去了作用，就连俄狄浦斯情结（人性）也受到了消解。弗洛伊德认为：每个做儿子的注定都要经历俄狄浦斯情结命运的必然性，俄狄浦斯杀父娶母正是此情结的必然表现。与此相对应，女孩则有厄勒克特拉情结（即恋父情结）。弗洛伊德曾用俄狄浦斯情结来解释哈姆雷特，当然用它来解释《苍蝇》也有同样的效果。俄瑞斯特斯为父报仇,杀死继父,厄勒克特拉仇视她的母亲,要为父报仇,然而俄瑞斯特斯却杀死了他的母亲,厄勒克特拉却杀死了她的继父(父亲的象征),而不愿去杀自己的生母。这一切在萨特看来都不是人性的注定,不是俄狄浦斯情结所能左右的,这不过是戏剧人物的"自由选择"罢了。《苍蝇》只不过是对俄狄浦斯情结的戏拟。萨特在《存在与虚无》中也同样批判了精神分析法。他说:"它应该把个别的行为还原为基本的关系,不是性欲或权力意志,而是在一些行为中表现出来的存在。"①作品的中心是自由,俄瑞斯特斯在杀死埃癸斯托斯时说:"正义是人类的,我并不需要某一个上帝来教训我。"上帝便是命运、性格、人性等决定人类行为某种东西的化身。同时作者还通过对宗教活动和《圣经》的戏拟来达到这种目的。如剧本第二幕第一场、第二场、第三场都是对宗教活动的反讽,证明宗教活动的荒诞性与滑稽,从而摧毁其崇高性。第三幕第二场朱庇特通过"麦克白"的长篇演讲:"俄瑞斯特斯,我创造了你,我创造了万物,你看这些行星,它们按顺序运转,永远不会相碰,是我按公道安排了他们的运行……你曾是我羊群中的一分子,在我的田野里吃草。"让人一看便知是模拟《圣经》的语言与风格写出的。然而这一切都被俄瑞斯特斯一句话推翻了:"我就是我的自由,你创造出我来,我就不再属于你了。"1946年(《苍蝇》写于1943年)梵蒂冈把萨特的著作列为禁书是有其原因的。

当然,萨特作品的文本间性不仅存在于他的作品与其他作家的作品之间,而且存在于他自己的作品之间。如几乎同时创作的戏剧《禁闭》(1944)就与《苍蝇》(1943)形成一种文本间性关系:一个是独幕剧,一个是多幕剧;一个是关于鬼的,一个是关于人的。(鬼就是虽生犹死的人,因为他不自由,按照别人的意志来塑造自己。)在整篇结构上一个

---

① 萨特:《存在与虚无》,陈宣良译,三联书店1987年版,第734页。

呈封闭性,另一个呈开放性;主题一个是关于不自由,另一个是关于自由的。这两个剧本互相关联互相说明,对了解萨特的思想是很有帮助的。再如"墙"的意象在萨特作品中反复出现,通过这个意象,我们就会把《墙》、《房间》、《禁闭》、《懂事的年龄》(生活在"房间像贝壳"一样的环境里)、《毕恭毕敬的妓女》(发生在大旅馆里)联系在一起,从而看出萨特对人生和社会的根本看法,就像用"恶心"把他的作品联系起来一样。他在《什么是文学》中说:"在某种意义上,每一处境都像陷阱,四周都是墙壁,没有可供选择的出路,出路是自己发明的。每一个人在发明自己出路的同时也发明了自己。"①萨特 1939 年出版的小说集就叫《墙》,《墙》是小说集的第一篇,这是一篇富有象征意义的开头,主人公巴布洛·伊比塔被捕后面对死亡的威胁,惊人地克制着自己的情感,"我的身体,我用它的眼睛来看,用它的耳朵来听,可是我再也不是我自己……我有一种感觉,仿佛我和一条巨大的虫豸联结在一起(这使我们想起卡夫卡《变形记》中的格列高利)"。②"我把整个局势再想一下,仿佛我是一个局外人似的(这使我们想起加缪的《局外人》)。"他要战胜自己的肉体,他要嘲笑那些"渺小"、"滑稽可笑的疯子",然而最终的结果如何呢? 不是他战胜了敌人,敌人也没有战胜他,是荒诞性战胜了他。

萨特认为,世界有自己的逻辑,那逻辑就是"荒诞"。当然对荒诞的认识早在萨特之前就存在了,可以说对荒诞的揭示是 20 世纪初期以来西方哲学、文学的一个重要主题。然而萨特却把荒诞作为对世界的根本看法,甚至当成根本态度和出发点,他思索的是如何成为一个荒诞的人。正如洛根丁所说的:"'荒诞'这个词儿在我的笔下产生了……虽然没有清楚地阐明什么,我却是懂得我找到了'存在'的关键,我的生命的

---

① 萨特:《萨特文论选》,第 294 页。
② 萨特:《墙》,郑永慧译,安徽文艺出版社 1992 年版,第 23—24 页。

关键,事实上,我紧接着能够理解的一切,都可以归纳到这种根本的荒谬中去。"①这是贯穿萨特所有作品的一根"红线",他的哲学著作、文学理论、戏剧和小说都是这样。如《墙》这本小说集就像潘多拉的盒子一样,一打开就飞出无数黑色的幽灵。《艾罗斯特拉》的主人公保尔·希尔拔,这位幻想通过"烧毁狄安娜神庙"出名的当代艾罗斯特拉想做的就是"使所有的人吃惊","我们对人类的爱达到这么微小的程度,以致过一会我就会杀掉半打人"。他在斯托拉旅馆和妓女雷妮的交易中做出了使妓女也吃惊的事情。他干这一切都是为了什么?他说:"我不知道为什么,我是生来这样的。""我爱不爱吃美国式明虾,我是有自由的。""我要看看能不能做出一件不利于人们的事情。"这是一位以自己的意志坚决要站在人道主义大门之外的人。《卧房》中的主人公彼埃尔是"精神病的精华","理智还不及一个四岁的孩子"。《闺房秘事》的主人公是一对夫妻露露和亨利,亨利是阳痿患者,露露有情夫,同时又是一位同性恋者。《一个领袖的童年》的主人公是工厂主的儿子吕西安,他从小就被当成小姑娘,不敢接近母鸡,可知道"那些树是由木头做的","整个法国没有一个二年级学生能像他一样熟悉妇女的性器官"。最后终于成为一个冷酷无情、无所忌惮的反犹太法西斯分子,他"只要一看鼻子就能认出犹太人来"。特别是其中有一段可以和《艾罗斯特拉》里对"旅馆交易"相"媲恶"的描写,真是令人不可想象。所有这一切萨特以冷峻的笔触为我们揭示了人的存在:"墙"和"恶心"。这本短短的小说集里有很多处都提到了"墙"和"恶心"。"墙"是人的生存状态,"恶心"是对这种状态的感受。"墙"的出现如:"我需要在那边生活,在这堵墙的那边,而那边,却不愿意要我。""你我之间只隔着一面墙,我看见你,我同你说话,可你在墙的那边。""恶心"也常常出现:"我连同他们

---

① 《萨特小说集》,亚丁等译,安徽文艺出版社1998年版,第629页。

握手都感到恶心。""所有这一切都使我恶心。""她对一切都感到恶心。"至于恶心感到处都是。吕西安反复追问自己:"我为什么存在?""总之,我并没有要求要生出来。"这个世界并不是为人准备的,世界的一切意义,道德、善、美都要受到质问,一切都已崩溃,人类必须为自己的存在重新找到根据。如洛根丁所说:"'厌恶'并不在我身上,我觉得它在那边,在墙上,在吊带上,在我身边的一切事物上,我是在它的里面。"①

萨特的这种思想当然是有其坚实的哲学基础的,小说中反复出现的"墙"与"恶心感"无疑具有哲学意义。在《存在与虚无》里,萨特认为自为的存在便是自由,自由便是荒谬,荒谬便是虚无。他说:"极而言之,在我死亡的一刹那,我才仅仅是我的过去,只有死亡能对我盖棺定论。"②同样萨特又说:"这样一种选择由于它毫无支撑点,由于它自由规定着自己的动机,所以可能表现为荒谬的,并且事物也的确是荒谬的。"也就是在这个基础上,萨特对传统的价值观念进行了全面的怀疑与颠覆。他说:"我的自由是各种价值的唯一基础,没有任何东西能证明我应该接受这种或那种价值,接受这种或那种特殊标准的价值。"③"我们发现不可分割的一对:存在与虚无。"④

我们既能通过"恶心"、"墙"、"自由"、"荒诞"这些富有哲学意味的概念把萨特的作品联系在一起,也能通过萨特的语言风格联系在一起。萨特常常在作品中出现前后矛盾的语言。如《恶心》中所说,"不要思想……我不愿意思想……我想我不愿意思想。我不应该想我不愿意思想。因为这仍然是一种思想"。"我活着,我存在着,我思想所以我存

---

① 《萨特小说集》,第486页。
② 萨特:《存在与虚无》,第164页。
③ 同上,第72页。
④ 同上,第172页。

在,我存在因为我思想,为什么我思想?我再也不愿意思想,我存在因为我想我不愿意存在,我想我……"《理智之年》中所说,"达尼尔在喝酒;同时他看到自己在喝酒;又同时,他感到在这个时候有这么一个人在这儿喝酒是多么可笑。"又如:"他本想死,他想他本想死,他想他想他本想死。"这些陌生化的自指性的句子不符合逻辑和因果关系,多是些独立的句子,句子之间无必然联系,很多都是并列句,主语都是同一个,有一种强烈的重叠感和荒诞感。萨特曾说:"哲学中的技术性句子和文学中的多种意思重叠的句子是不同的。"但是在他的哲学著作《存在与虚无》中也仍能常常见到这种句子,如"自为的存在被定义为是其所不是,且不是其所是"。"意识的存在是这样一种存在,对它来讲,它是在其存在中与其存在有关的存在。"所以哲学家丹图说:"这是一部重复冗繁并且充满怪诞表述的著作,它的许多重要论述与其说是受害于表达的混乱,不如说是受害于语言技巧的滥用,即故意使用许多相反的语言来表达同一个意思。"①

萨特作品的文本间性表

萨特作品	文本间性对象	注　释
《词语》	既是小说又是传记	萨特说:"我本想写的正是这样一种东西,既是虚构的,又不是虚构的。"
《恶心》	既是小说又是哲学著作	"《恶心》是洛根丁的思辨日记。"(莫洛亚)"这部小说是一部真正的哲学宣言。"(迦洛蒂)
《魔鬼与上帝》	康帕内拉的《太阳城》	葛次在自己的领地上建立一个基督徒社团叫"太阳城"。

---

① 丹图:《萨特》,安延明译,工人出版社 1986 年版,第 3 页。

(续表)

《脏手》	《罪与罚》	雨果化名为拉斯柯尔尼科夫。萨特对陀斯妥耶夫斯基的作品素有研究。
《阿尔托纳的隐藏者》	法西斯头子戈倍尔	老头子与正在汉堡的戈倍尔通了电话。
《苍蝇》	《神曲》	"鬼魂像一大团被风吹散的含硫的蒸汽一般从地上冒出来。"(《苍蝇》第二幕)
《恶心》	《存在与虚无》	关于粘滞的分析(第四卷第二章第三节)。
《福楼拜》	既是小说又是科学典范的研究著作。	这是一部真实的小说。(萨特)

　　从上表来看,我们可以看到萨特作品的文本间性是多方面的,其手法也是多种多样的,可以把作品与其他名著或自己的其他作品形成文本间性关系;可以把作品与现实融合在一起,使读者搞不清哪是现实,哪是艺术;也可以使小说与传记,小说与哲学形成文本间性关系。就像德里达的著作中,哲学与文学的对立,通过他对两种文本的解读已经消失。

　　通过以上的分析,我们可以把《苍蝇》看成一个小小的图书馆,通过这座图书馆,萨特对传统的价值观和认识论的先天观念进行了彻底的颠覆,从而达到了自由——其实也就是虚无的终极目标。萨特文本呈现出开放的状态,始终处于与其他文本的对话之中,是萨特作为一个哲学家对文学有自己独特认识的结果。

第五章　对话的文体与独白的文体

柏拉图这位伟大的对话思想家对西方文化的发展产生了深远的影响。柏拉图处在奴隶社会逐步衰亡、封建社会逐步兴起的交替时期；具有贵族与平民之间的社会文化身份，使他积极入世，企图恢复贵族统治，力挽狂澜于既倒，带有极大的保守性。柏拉图思想的研究著作可谓汗牛充栋，然而从文体的角度来研究他的对话思想却有着独特的意义。本章对这位思想家文体的特点进行考察，并和我国伟大思想家孔子的语录体进行比较，揭示二者隐含的根本不同的价值取向。正如巴赫金指出的：文体与哲学思想密切联系在一起，"文体自身就是有意义的思考方式"，"它能展示批评家对时间、社会、人的基本看法"。[①]

柏拉图全部的哲学著作，除《苏格拉底的辩护》外，大都是用对话体写成的，约有40余篇。对话体在他的著作中占有绝对地位。在柏拉图的绝大多数对话中，主角都是苏格拉底，柏拉图的思想主要是通过苏格拉底和其他人的对话来体现的。关于文艺的思想主要集中在朱光潜先生译的《文艺对话集》中。对话文体在当时的希腊非常流行。除柏拉图写的苏格拉底对话外，还有色诺芬的对话、安基斯芬的对话等。哲学家西密阿斯就写过20多种对话，虽然都已不存在，但从侧面反映了对话文体在当时所占据的重要地位。[②] 此外，还有许多重要作品采用了对

[①] *New Literary History*, Vol. 22, No. 4 (Autumn, 1991), p. 1077.

[②] 柏拉图：《文艺对话集》，朱光潜译，人民文学出版社1997年版，第113页。

话体的形式:琉善的《被盘问的宙斯》、古罗马西塞罗的《论灵魂》、文艺复兴时期彼特拉克的《秘密》、阿尔贝蒂的《论家庭》、布鲁诺的《论英雄激情》、康帕内拉的《太阳城》、塔索的《解放了的耶路撒冷的辩护》、古典主义时期费纳隆的《亡灵对话录》、启蒙时期狄德罗的《拉摩的侄儿》和《宿命论者雅克和他的主人》等都成为文学史上众所周知的作品。当然还有人把荒诞派戏剧当成对话体文学。黑格尔和德国杰出哲学史家策勒尔则把柏拉图的对话当成"文学艺术作品"[①],甚至有人直接把它看成戏剧[②]。孔子的思想言行则主要集中在《论语》里。《论语》的文体有一部分采用对话形式。从整体上讲,和柏拉图的对话相比更具有语录体的性质。语录体在中国文化中占有重要地位。除《论语》、《孟子》外,还有西汉扬雄的《法言》、隋末王通的《中说》、宋明理学中的《朱子语类》、《陆九渊集》、《二程遗书》、王阳明的《传习录》、佛教禅宗中的语录、诗话中的各种问答体式,甚至"文革"期间的各种语录口号等,可谓贯穿中国文化的始终。语录体对中国文化产生了深远的影响,自身也成为中国文化的一部分。

第一节 平等的对话主体与等级的对话主体

《论语》的语录体首先是由孔子与他学生之间的等级关系决定的。孔子的学生多出于贫贱,孔子在设立学校广招门徒时也不存在门户之见,即他自己所说的"有教无类"。学生之间除了教学的需要以外,他们在孔子的面前都是平等的。如《颜渊篇》记载颜渊、仲弓、司马牛"问仁",孔子有三种不同的回答。《先进篇》冉有和子路问"闻斯行诸"时,

---

[①] E.策勒尔:《古希腊哲学史纲》,第127页。
[②] 陈中梅:《柏拉图诗学和艺术思想研究》,第263页。

孔子的回答也完全不同。可这并不表明他们在孔子面前的地位有所不同,而是孔子因人施教的表现。虽然孔子在《子罕篇》中也说"吾少也贱,故多能鄙事",不是"不多能"的"君子"。在与学生的关系上,孔子却把自己当成一个充满智慧的老人和装满各种知识的百科全书,随时对学生(包括像鲁哀公那样的诸侯)各种各样的提问给以完满的解答,而学生在他面前是没有发言权的。《论语·为政篇》谈到:孟懿子问孝,孔子答"无违",樊迟又问"何谓也",孔子又答:"生,事之以礼;死,葬之以礼,祭之以礼。""何谓也"是典型的孔子学生的话语,它是没有自己意见、没有自己观点、必须由孔子的观点来充实的空白,他必须按孔子自己的意思来理解孔子。这和苏格拉底对话中的"是"、"对"不同,因为"是"表明答话者有自己的意见,只是和讲话者相同,当然也可能存在不同和需要争辩的地方。但"何谓也"只是使说话者继续发表自己的看法,听者却没有自己的见解,更不要说不同的见解了。这种问答体中,每一段对话看似两个主体,其实是一个主体的行为,另一主体只是为这一主体的言行提供契机,而不是平等的对话和参与。所以,如果学生侃侃而谈,充满辩论,根本不把孔子放在眼里,那一定会使他非常不满。因为学生忽视了"礼",这是孔子最为注重的东西。《颜渊篇》说"克己复礼为仁";《季氏篇》说"不学礼,无以立"。其实,"礼"就是他在《颜渊篇》说的"君君,臣臣,父父,子子"。当然这句话也隐含了另一个含义"师师,生生","师者,人之模范也"。"礼"的根本含义就是对等级制的无条件肯定。孔子虽然处在一个动荡时期,等级混乱,一切都在进行新的组合,但孔子仍想恢复过去的等级制,他与学生之间的关系便是他理想社会的基本模式。孔子对"大人、圣人、小人"的区分,对"生而知之,困而知之,困而不知"的界定,对"唯上知与下愚不移"的判断,都是孔子对等级关系存在的客观性和合理性深信不疑的表现。《论语》中体现的这种关系隐喻了孔子思维模式的深层结构,是孔子对人生和社会的基本理解。孔子的这种思想同样决定了"仁"自身的等级特征。面对不同行为主体,"仁"的内涵是不同的。所以,孔子反对"其父攘羊,而子证之"。主张"父为子隐,子为父隐"。看起来孔子是实行了一种对等原则。其实,"父为子隐"在于"慈","子为父隐"在于"孝",二者并不对等。"子为父隐"能推导出"为尊者讳"、"为贤者讳"、"为长者讳"。而"父为子隐"就推导不出"为贱者讳"、"为少者讳"、"为愚者讳"。孔子《阳货篇》主张,父母死后"三年之丧",守三年孝,即《子张篇》的"三年勿改父之道,可谓孝也"。原因在于:"子生三年然后免于父母之怀",儿女生下来三年才能完全脱离父母的怀抱。这可谓对等原则的体现。在谈到诗的功用时,孔子主张"迩之事父,远之事君"。"迩之事父"如果是对等原则体现的话,可"远之事君"又如何证明呢?孔子对言语主体等级关系的强调决定了孔子的"侍于君子有愆",其一便是"未见颜色而言谓之瞽",即在言谈时必须察言观色,不能贸然开口,否则就和瞎了眼睛没有差别了。

与此相反,柏拉图笔下苏格拉底的对话者都是一些在经济和社会地位上比他还高贵的贵族和思想家。如戏剧家阿里斯托芬、悲剧家阿加通、诡辩派修辞家斐德罗斯、演说家高尔吉亚、修辞学和语法学家普罗泰戈拉、哲学家巴曼尼得斯等。如果苏格拉底不是充满智慧和辩论技巧,他的话根本就不会有人听,因为对话者不是他的学生,更不是他的仆人。加达默尔说:"谈话艺术的第一个条件是确保谈话伙伴与谈话人有同样的发言权。我们从柏拉图对话中的对话者经常重复'是'这个情况,可以更好地认识这一点……进行谈话并不要求否证别人,而是相反的,要求真正考虑别人意见的实际力量。"[①]正如苏格拉底常说的"使对手的地位更加巩固"。所以,黑格尔说柏拉图的对话体之所以是"特别有吸引力的"、"美丽的艺术品",就在于这种"客观的"、"造型艺术的

---

① 加达默尔:《真理与方法》,第471—472页。

叙述形式""充分避免了一切肯定、独断、说教的作风","容许与我们谈话的每一个人有充分自由和权利自述和表现他的性格和意见。并且于说出反对对方、与对方相矛盾的话时,必须表明,自己所说的话对于对方的话只是主观的意见"。"无论我们怎样固执地表达我们自己,我们总必须承认对方也是有理智、有思想的人。这就好像我们不应当以一个神谕的气派来说话,也不应阻止任何别的人开口来答辩。"这种"伟大的雅量"使柏拉图的对话"优美可爱"。① 由此看来,古希腊的贵族民主政体固然是柏拉图对话文体的外在原因,对话主体之间的多元平等关系却是对话文体的内部构成机制。

对话的主要原因在于对话主体自身的匮乏、缺失和对话主体间的距离。主体通过对话交流联系在一起,通过他者认识自我,丰富自我。② 孔子眼中是不存在他者(学生)的。当然,孔子也讲"予欲无言",但那是因为"天何言哉",是为了"行不言之教"。孔子《为政篇》说:"知之为知之,不知为不知,是知也。"但孔子在与学生的交往中总要保持"以有知教无知"的心态。孔子对学生的基本态度是"启蒙"与"灌输"。《八佾篇》中,孔子说"起予者商也",承认卜商的礼乐产生在仁义之后的观点对自己有启发,看起来孔子以平等的身份来对待自己的学生了。但是孔子接着又说"始可与言诗已矣",现在可以同卜商谈论《诗经》了,仍以导师自居。《八佾篇》还有关于孔子"入太庙,每事问"的记载。孔子自己认为这就是"礼",把自己本来处于被教育地位的境况转换成一种积极主动的姿态。这都是孔子自己及文本叙述者保持对孔子优势地位尊重的心理反应。他这种"好为人师"的心态和苏格拉底根本不同。正如弗莱所说,"教师从根本上说,并非是教无知的有知者,这一点至少

---

① 黑格尔:《哲学史讲演录》第二卷,第 164—166 页。
② *STCL*, Vol. 12, No. 1(fall,1987), p. 96.

早在柏拉图的对话录中就已确认了"。① 柏拉图笔下的苏格拉底是一位勇敢、坚忍、品格高尚、具有智慧的老师。但他自己从不声称是"诲人不倦"的老师,只是"神特意派来刺激雅典城邦,这匹'身体庞大而日趋懒惰'的'纯种马'的'牛虻'"。"我高于众人的本质就在于我非常自觉地意识到自己的无知。"苏格拉底常常承认自己的"无知",他的名言就是:自己是世界上最聪明的人,原因就在于自己承认自己的无知,而其他人却自认为有知识。② 孔子在《卫灵公篇》说"当仁不让与师"。很类似亚里士多德的"吾爱吾师,吾更爱真理"。但孔子很少承认自己的学生有"仁"。如《公冶长篇》就连续否认了子路、冉求、公西赤有"仁",连续说了三次"不知其仁也"。虽然孔子自己也说:"若圣与仁,则吾岂敢?"但这又往往可以理解为是"夫子自道"。如《宪问篇》,子曰:"君子道者三,我无能焉:仁者不忧,知者不惑,勇者不惧。"这看似孔子在自我批评,但还是子贡更能理解孔子的内心世界:他说这是"夫子自道也",是他老人家在自我表白呢。孔子否定了他的对话者具有"仁",也就否认了他的对话者具有正义、真理和美德,自然也就否认了学生平等对话、参与讨论的可能性。

第二节 对话主体的关系与对话者的言说方式

对话主体之间的关系决定了对话主体的言说方式。孔子与学生之间的等级差异对孔子的言说方式起了决定作用,可以说是孔子语录体的根本原因。《论语》第一篇《学而篇》全部都是语录体。语式的一开始就是"子曰"。每一句话都是对经验、价值、立场的直接陈述,内容平铺

---

① 弗莱:《伟大的代码》,郝振益译,北京大学出版社1998年版,第5页。
② 柏拉图:《苏格拉底最后的日子》,第45—66页。

直叙,不含有任何争辩性质。没有语境,没有叙事,没有原因,没有结果,没有过程,更没有戏剧性。不是讲述具体事件的话语,而是抽象的语言,只有最后不证自明的真理和结论。如主张"孝、悌、信、仁",《学而篇》讲"事父母,能竭其力;事君,能致其身",没有丝毫的证明。孔子从自己的立场对《诗经》作出了解释:"诗三百,一言以蔽之,曰:思无邪。"如何"思无邪",他没有说明,这就导致了后来因循守旧之人反而从这句话倒过来推导出对《诗经》的解释。如果孔子平等地举出其他看法或找出相反的意见来与自己争辩,就不会导致后来很多牵强附会的论断。但习惯于"攻乎异端"的孔子是不会承认有其他合理解释的。《诗经》是一部创作年代、作者、风格差异很大的诗歌总集,根本不可能"一言以蔽之"。柏拉图就不像孔子。他对待荷马充满了具体分析,根据自己的标准指出了荷马的伟大,也指出了他的局限。并且,孔子语气舒缓的陈述,具有千古不易、坚无不破的真理气概,和苏格拉底充满机智、充满戏剧性的争论也非常不同。苏格拉底宣扬什么都是通过他与另一反对者展开论战。当然,有时候他自己就担当了对手的角色。无论怎样,苏格拉底的结论不是不证自明的结论,他不是对真理进行宣布而是对真理进行探讨。苏格拉底的言说方式是由他和对话者之间的平等关系决定的。

孔子与弟子之间的等级关系不仅决定了孔子对弟子的言说方式,而且决定了整个《论语》的基本内在结构。《论语》文体的基本结构一般都是:开始是"子曰",然后是弟子某"问",最后是"子曰"。据统计,《论语》中"子"共用431次,特指孔子就375次。"曰"字用755次,大都是作"说"、"道"解。"问"字用120次,作"发问"讲用117次。[①] 可见,整部《论语》孔子的话占绝对优势。孔子在对话中占据的主要言说者的地位和他在生活中的地位是一致的。孔子学生的话语主要是对孔子言说

---

① 杨伯峻:《论语译注》,中华书局1988年版,第217、225、273页。

内容的进一步发问。所以,孔子在《为政篇》中说他最得意的门生、"闻一以知十"的颜回:"我与回言终日,不违,如愚。"孔子整天对颜回讲学,颜回从不提出疑问,更不要说发表自己的看法和提出反对意见了。可见《论语》文体的特点是由孔子的宣讲和学生的沉默与对话角色的丧失为客观依据的。这就是孔子独白话语的根本特征。《阳货篇》记载了子游和子路两人向孔子的"发问",但他们都是用孔子自己讲过的话来质问孔子。这样做既能提出自己的疑惑,又遵守了师生之间应有的礼节。子游想用孔子"教育总是有用"的思想来驳斥孔子"对小地方不用教育"的思想,被孔子一句话"前言戏之耳"打发掉了。子路想用孔子"君子不到亲自做坏事的人那里去"来反对孔子自己到佛肸那里去。但孔子却用"最坚硬的东西不能磨薄,最白的东西染不黑"来为自己辩解。两次对话的实质都是孔子自己内部思想的争辩,并没有另一平等主体的介入。正如巴赫金所说的:"独白原则最大限度地否认在自身之外还存在着他人的平等的以及平等且有回应的意识,还存在着另一个平等的我(或'你')。在独白方法中(极端的或纯粹的独白),他人只能完全地作为意识的客体,而不是另一个意识。独白者从不期望他人的回答,对他人的回答置若罔闻,更不相信他人的话语有决定性的力量,能改变自己的意识世界里的一切。"[1]

颜回"如愚"一样的沉默源于他对师生等级关系的尊重与恪守。但柏拉图笔下的苏格拉底却不这样。柏拉图在《国家篇》里指出:从当时流行的观点看来,荷马是"最高明的诗人",是"希腊的教育者",也就是全希腊民族的老师。[2] 荷马的诗也是当时希腊教育的中心和焦点,每个希腊儿童都能背诵这些诗。[3] 但他并不因荷马的伟大而无条件地奉

---

[1] 钱中文主编:《巴赫金全集》第五卷,第385—386页。
[2] 柏拉图:《理想国》,郭斌和译,商务印书馆1996年版,第407页。
[3] 卡西尔:《语言和神话》,于晓译,三联书店1988年版,第179页。

若神明。所以,他在《国家篇》卷十中说,"荷马的确是悲剧诗人的领袖",但"尊重人不应该胜于尊重真理"。苏格拉底以平等的对话者的身份和对话者展开对话,以至于斐德罗斯说他"你所说的全是废话"。苏格拉底并没有以训斥诅咒的口吻来对待他。他说:"这都是我不能和你同意的……如果我因为爱你而随声附和你,他们都会起来指责我……我很明白我是蒙昧无知的。"后来苏格拉底又以调侃的口气说:"我和你要好,和你开玩笑,你就认真起来吗?"斐德罗斯说:"别让我们要像丑角用同样的话反唇相讥。""我比你年青,也比你强壮,想想吧,别逼得我动武!"苏格拉底最后说:"我要蒙起脸,好快快地把我的文章说完,若是我看到你,就会害羞起来,说不下去了。"①柏拉图用纯客观模仿的方式来叙述自己老师的言语行为,他这种中性的叙述者角色让孔子的学生看起来是不可思议的。柏拉图没有掩盖自己尊敬的老师的平凡、宽容和世俗性格而仅让世人看到他高不可攀的崇高地位,而孔子的学生却只想这样。在苏格拉底对话中,互相调侃的地方很多。在论语中却没有这种情况。《子路篇》讲到子路说孔子:"有是哉,子之迂也!"(你的迂腐竟到如此地步吗?)这在《论语》中是非常少见的,遭到了孔子的训斥,"野哉,由也!"(你怎么这么鲁莽!)《论语》甚至很少描写孔子师徒之间自然而亲切的笑声。"笑"字在书中共出现五次,仅《宪问篇》就出现三次,都不是描述孔子师徒之间关系的。"笑"是日常言语行为中一个非常重要的因素,笑的亲昵性能消除一切距离,化解严肃性,打破等级秩序,它反映对话者之间深层的平等关系。

当然,苏格拉底也常常长篇大论,如《会饮篇》。但他不是直述真理,而是充满了辩解,充满了自己与自己的对话。如陀斯妥耶夫斯基小说中的主人公的自言自语,对话者的立场与价值包含在他自己的话语

---

① 柏拉图:《文艺对话集》,第102—105页。

之中。苏格拉底自己的对语本身就是对话,和严格统一的孔子话语不同,自身就分为两部分,互相争论。所以,在他的陈述里充满了直接引语和间接引语,充满了疑问和对答。苏格拉底和对方辩论,也和自己辩论。他对真理的追求靠的是思考和智慧,而不是不证自明的权威。所以,他说:"不能反驳的是真理而不是苏格拉底,反驳苏格拉底倒是很容易的事。"把真理置于自身之上,和孔子把自身当成真理与权威化身的心态是不同的。在苏格拉底看来,知其然而不知其所以然是不能算是真知的,知其然仅是处于真知与无知之间的东西。真正的真理必须经过辩论和论证。

等级原则是贯穿《论语》的一个基本原则。对话的内容、形式,甚至对文本的阐释都起到重要作用。《微子篇》讲,丈人在子路问"子见夫子乎"时,丈人说"四体不勤,五谷不分"。一般的解释都认为是丈人在责备子路,说他"四肢不劳动,五谷分不清"。但宋代吕本中、清代朱彬等都认为是丈人在说自己。甚至,还有人认为是讲孔子。虽然子路对隐者做了批评,认为隐者忽视了长幼关系,没有尽到臣对君主的责任。但从《论语》整体来看,很少有针对孔子而发的议论,特别是这种含有否定含义的议论。如《子张篇》讲"叔孙武叔毁仲尼",叔孙武叔的话根本没有出现。叙述者只用了一个"毁"字就表明了自己的立场。与此相关,只有子贡的反驳。反驳也并非是用"讲事实、摆道理"的方法进行辩论,而是对孔子的地位和伟大进行直接的宣布,说:"仲尼不可毁也。仲尼,日月也,无得而踰焉。人虽得欲自绝,其何伤于日月乎?多见其不自量也。"叔孙武叔也就落得个"蚍蜉撼树谈何易"的评价。当然,从能指与所指一致的语言学角度讲,"四体不勤,五谷不分"当然指子路和孔子,因为他们确实是"四体不勤,五谷不分"。但从整个文体呈现出的一个基本价值倾向来看,把它解释成"农夫自道",或以"自道"来表达讽刺更有道理。虽然孔子自己也说"少也贱,故多能鄙事"。但那是"夫子自道",其中隐含的并非是自卑感而是自豪感。如讲话者是另一主体而不是孔子,那么隐含的讽刺批评意味就会更多,文本就会采取策略来消解这种有损于伟人形象的话语了。孔子完美无瑕的形象和苏格拉底的"无知加自我批评"的智者形象根本不同。正如巴赫金所说:"苏格拉底对话中的双重的自我吹嘘,也是典型的:我比一切人都聪明,因为我知道自己一无所知。通过苏格拉底的形象可以观察到一种新型的非诗意的英雄化。"①

总之,这是由贯穿本书的"为尊者讳"的等级思想决定的。当然,语录体的语句结构也非常容易引起误读,以至多种解读的可能性。因为语录体大都是祈使句,没有主语,没有宾语和行为对象,没有时间,也没有地点。看起来是适用于任何人、任何情况,放之四海而皆准的真理。这种从具体语境中抽象出来的语言掩盖了言说者的立场和利益冲动,而貌似中立与客观。这种语言最适合于表达纯粹的价值判断。因为纯粹的价值判断和抽象的表述一起掩盖了现实生活中"客观存在"与"价值应分"之间的对立,用一种直接宣布的方式而不是争论对话的方式实现了从"客观存在"到"价值应分"的过渡。当把这种语言重新置入具体语境中了解其真实指向时,出现歧义是必然的。弗莱批评《圣经》的话非常适合于《论语》。他说:"由于作者的兴趣在于道德说教,因此在这种叙事结构中我们所读到的是不断重复的同一类故事。作者对叙事结构特别重视,说明了这里的每个故事实际上都经过加工,使它能纳入这个模式。这些故事远离历史事实,就像抽象派绘画远离其所表现的现实一样。而且它们和历史事实之间的联系方式也和抽象派绘画与现实的联系相似。作者首先考虑的是故事的神话结构,而不是其历史内

---

① 钱中文主编:《巴赫金全集》第三卷,第528页。

容。"①《论语》只不过把《圣经》中的"神话"转换成了"日常生活"。(并非指《论语》受《圣经》的直接影响。)但其隐含的深层结构是一致的。所以弗莱称《圣经》是一部"极有偏见"的著作,是一部"用于教学的经过加工的历史"。但是在这部传统上被称为"上帝的修辞学书"中,我们仍能听到与上帝争辩的声音。如《圣经·诗篇》第41篇中写到:"你卖了你的子民,也不赚利,所得的价值,并不加添你的资财。你使我们受邻国的羞辱,被四周的人嗤笑讥刺。你使我们在列邦中作了笑谈,使众民向我们摇头。"我们在《圣经》中都能听到这种与上帝抗争的声音,在柏拉图对话录中也能听到这种声音,但是在《论语》中这种声音却被孔子一个人的声音淹没了。

柏拉图用对话体的方式记述了苏格拉底的思想,但苏格拉底却反对对话的体裁。苏格拉底认为:"凡是诗和故事可以分为三种:头一种是从头到尾都用模仿,像你(阿德曼特)所提到的悲剧和戏剧;第二种是只有诗人在说话,最好的例子也许是合唱队的颂歌;第三种是模仿和单纯叙述掺杂在一起,史诗和另外几种诗都是如此。"而且指出:"模仿最受儿童们、保姆们,尤其是一般群众的欢迎。"以至于"禁止一切模仿性的诗进来"。在苏格拉底看来,文体的运用并非是一个中性的概念,叙述文体有自身隐含的价值倾向。所以,他对叙述的文体进行了划分,"一种是真正好人有话要说时所用的;另一种是性格和教养都和好人相反的那种人所惯用的。"②苏格拉底对纯模仿和纯叙述所作的区分,使纯模仿遭到了苏格拉底的彻底排斥。原因在于纯模仿"把对话中间所插进的诗人的话完全勾销去了,只剩下对话"。纯模仿否定了叙述者对叙事的全视角和绝对权威,取消了诗人检察官的角色和对诗歌的价值

---

① 弗莱:《伟大的代码》,第64页。
② 柏拉图:《文艺对话集》,第50—66页。

评判,使叙述成为行为主体展示自身的过程,和纯叙述的单一的价值视角形成了对比。文体形式与行为主体的一致性决定了模仿是各种文体的混杂,正如巴赫金所说的小说是各种文体的百科全书一样。苏格拉底对纯模仿与纯叙述的区分对西方叙事文体的发展起到了非常重要的作用,所以,亨廷顿·凯恩斯说,对话使他"拥有了现代小说家的自由"。①

第三节 开放的结论与多元的选择

对话不是宣布真理而是对真理进行探讨,真理在讨论中展示自身。在苏格拉底对话过程中,有很多"当然是"的回答,这既表示苏格拉底的观点得到了同意,而且表明了对话者的主体性,因为他们不同意就会发表自己相反的看法。如果把苏格拉底的话合在一起,对话者所有的对语"是"、"对"、"当然"合成一个,把对真理的探讨变成对真理的宣布,把一个不断展开的时间过程变成一个超时空的存在,其实质也就是把对话的结构变成独白的结构。独白的本质不仅在于把自己的话语当成绝对的真理,而且同时掩盖了自己得出结论的过程,把自己必须证明的结论当成无时不在、放之四海而皆准、不证自明的真理。独白的真正含义在于企图不证自明。《国家篇》卷十,虽然整篇都充满了格老孔对苏格拉底赞同的回答,但是,一开始我们是不知道答案的,答案"诗不但是愉快的,而且是有用的"在最后面,随着对话的展开而得出。所以苏格拉底不是宣布真理而是探讨真理,不是像演绎一样从结论开始,而是像归纳一样,最后得出结论,不可论证的独白就会在辩论中显露出自己的虚妄和无根基。辩论的前提是对话角色的平等和互换性,即在地位、知

---

① 陈中梅:《柏拉图诗学和艺术思想研究》,第356页。

识、道德等方面都互相平等,只是由于探讨真理而走到一起。《会饮篇》为说明爱情就用了可置换的角色。不像孔子与弟子的等级角色一样不能互相置换,一个宣讲,一个聆听。对话首先是对话主体角色的确定,不像孔子讲话的角色那样。既可看成父亲,也可看成君王;既是上级,又是老师。总之是一种优势地位。苏格拉底在《伊安篇》中一开始就对伊安的角色进行限定,从身份、阶层、性别等角度,否定了诗人(作为叙述者)的全视角和权威性,承认诗人只能说诗人的话,不能说船长、奴隶、医生、妇女所说的话。讲话者的角色不可能像孔子那样是万能的,价值上是客观中立的,语境上是不分对象的。苏格拉底和伊安角色的平等必然导向对话结论的开放性。苏格拉底其实并没有用"灵感说"说服伊安,虽然他最后给伊安出了一个二难选择,即在"灵感"和"不诚实"之间作出选择,伊安出于道德的考虑选择了灵感。但他仍然犹豫不决,并非像接受命令似的接受苏格拉底的论断,最后的结论仍然是开放的,并没有以说服为归宿。真正的对话不仅在于互相辩论的形式,而且在于开放的结论,不定的真理。对最终真理、绝对真理的深信不疑是独白的根本原因。如果在理论上承认真理是开放的,没有一成不变的真理,真理随着人们认识自然、认识社会、认识自我的不断深入而不断进步,真理诞生在"共同寻求真理的人们之间",诞生在"他们的对话交际"中,所有的人都不过是真理的追求者,而不是真理的拥有者,只是走在通往真理的途中,那么,苏格拉底认为自己不过是谈话的"撮合者",真理的"接生婆"。特别是在《大希庇阿斯篇》中得出"美是难的"结论也就是合情合理的了。

开放的结论和多元的选择是柏拉图对话文体的基本特征。柏拉图在他著名的《第七封信》中讲到混乱的时代对他从事哲学的深刻影响,特别是苏格拉底的死与政局的动荡不安使他头晕目眩,迷茫不知所从,只得把精力重新放在思考"什么是正确的哲学"上来。但什么是正确的哲学、什么是正义、什么是德性和善呢？他在《曼诺篇》就承认说，自己不但不知道德性是否可以传授，而且连德性自身是什么，也完全不清楚。在《国家篇》中，当格老孔恳求苏格拉底对"善"做出解释时，苏格拉底承认要理解善是什么，对他思想的翅膀来说是一个难以到达的高度。苏格拉底承认自己对真理、善、正义，这些他终生追求目标的茫然无知，说明了他对关于自然、关于人自身的真理始终抱有开放态度。世界的无限广大，未来的不可预知，人自身的复杂性都使他认识到人只有保持谦虚的态度，保持开放的心态，才能算是真诚地面对现实，那种自以为是的无所不知带来的只要有谬误和更加的无知。但是谦虚的态度并不意味着人的懒惰和裹足不前，而是为自己不停探索真理，追求正义和善奠定坚实的理论基础。苏格拉底对"真理"、"善"、"美"本质的无法确定使他采取了运用文学手段即"真理的比喻和影像"来说明真理的方法。① 至于《巴曼尼得斯篇》这篇最难理解的对话，陈康先生说："全篇'谈话'中无一处肯定，各组推论的前提是同样客观有效的。因此各组推论的结果在柏拉图自己的眼中并非皆是断定的。既然如此，这些结果的合并如何能构成柏拉图的玄学系统呢？"② 所以，策勒尔说："这些对话篇大多数是以无确定的结果告终，这样做符合苏格拉底'一无所知'的原则；但它们也表明了柏拉图自己完全沉浸在对真理的追求之中。"苏格拉底真诚地把文明置于一种道德的基础之上，毕生探求"善"的意义，但是他"从未解决这个问题"。③ 卡西尔说："当我们研究柏拉图的苏格拉底对话时，我们在任何地方都找不到对这个新问题的直接解答……他从未冒昧地提出一个关于人的定义……苏格拉底哲学的与众不同之处不在于一种新的客观内容，而恰恰在于一种新的思想活动

---

① 苗力田主编：《古希腊哲学》，第307—319页。
② 柏拉图：《巴曼尼得斯篇》，陈康译注，商务印书馆1982年版，第16页。
③ E. 策勒尔：《古希腊哲学史纲》，第131—139页。

和功能。哲学,在此之前一直被看成是一种理智的独白,现在则转变为一种对话。"因为真理存在于"人们相互提问与回答的不断合作之中",人是一种"不断探究他自身的存在物"。① 总之,人是一种开放的存在。正如巴赫金所说:"世界上还没有任何终结了的东西;世界的最后结论和关于世界的最后结论,还没有说出来;世界是敞开着的,是自由的;一切都在前面。"②柏拉图的苏格拉底并没有提出关于世界和人的最终真理,并非仅仅由于"时代的限制",而是由于世界和人是一种开放的存在。加达默尔赞扬柏拉图的《斐多篇》"开始了西方形而上学真正的转折":"希腊人今天仍然是我们的典范,因为他们抵制概念的独断论和'对体系的强烈要求'"。③ 在他看来,"我们的思想不会停留在某一个人用这或那所指的东西上。思想总是会超出自身"④。只有从这个角度,我们才能更为深刻地理解苏格拉底反复强调的德尔斐神庙上那句众所周知的名言"认识你自己"。

当然,苏格拉底采用对话的形式并不能否认他同样有占有真理的企图。如他在《国家篇》里提出的"神只是好的事物的因,不是坏的事物的因"的论断,并没有展开论述,也没有提供论据,这是由苏格拉底的立场决定的。他赞美或否定很多东西,并非从事实出发,而是认为应当如此。在苏格拉底的理论中关于人的真理有两种:人的客观存在的现实和人未来应该达到的可能性目标。前一种真理可以通过对现实存在的考察与比较直接得出结论,后者却是哲学家站在理想与未来的角度,通过哲学的思辨、逻辑的论证、合理的想象来达到的,因为它是一种理想,一种人在长远的未来应该达到的终极追求,无法从现实中推导出来,所

---

① 卡西尔:《人论》,第7—8页。
② 钱中文主编:《巴赫金全集》第五卷,第221页。
③ 加达默尔:《哲学解释学》,第127页。
④ 加达默尔:《真理与方法》,第798页。

以检验它的最终根据不在现实的实存中,无法从现实中得到证明。它是关于人可能达到的、应该永远追求的目标,是从理想关照现实。正如柏拉图的《理想国》一样,它是现实国家应该尽力追求的范本,而不是现实中的某个国家。不能用现实中没有这样的国家来否定它存在的价值意义。同样柏拉图关于人和文艺的很多观念,如"神的完善"和"文艺对教育有利"就属于第二真理的范畴,他没有举出现实存在的客观论据,而是从"应分"、"应该如此"的角度直接推导出来。苏格拉底关于神、国家、戏剧、音乐作用的观念都是这样得出的,因此罗素从逻辑学的角度揭示了柏拉图理论的非统一性和荒谬性。但这并不意味着罗素就能终止人关于自身理想状态的一种思考与向往,不能完美地解决问题并不意味着问题本身没有价值,这也正是真理开放性的最终根源,问题永远存在,而人永远处于解决问题的情境之中。

第四节 对话的观念与"神"的观念

柏拉图采取对话文体,他笔下的苏格拉底对谈话者采取对话态度;孔子采取语录体和对学生采取独白态度,除了和谈话主体之间的关系有关,还与他们对"神"、"真理"、"善"等关于世界与人的终极观念密切联系在一起。"神"在哪里?"真理"掌握在谁手中?怎样才能具有"善"?对此问题的不同回答决定了他们对他者的根本态度与话语方式。

孔子在《雍也篇》说:"务民之义,敬鬼神而远之,可谓知矣。"《述而篇》讲:"子不语怪,力,乱,神。"《先进篇》讲:"未能事人,焉能事鬼?未知生,焉知死?"《论语》中有很多处讲到"鬼"、"神"、"帝"、"天"、"命",但孔子对他们的基本态度却是《子路篇》中的"君子于其所不知,盖缺如也",也就是"六合之外,存而不论"。当然,孔子也有发牢骚需要"天"来安慰的时候,如"知我者其天乎"。然而,正如他自己所说:"天何言哉?"既然"天何言哉",又怎么知道孔子呢?可见,孔子也只是站在自己的立场上讲话,并没有代表"天"、"帝"、"神"。

与此相关,老子也采用了像孔子一样对神的同样的态度,不过他更彻底。他说:"以道莅天下,其鬼不神。"(六十章)"道,象帝之先。"(四章)老子认为,用"无为"的道来治理国家,鬼神是没有什么作用的。所谓"天法道,道法自然"(二十五章)。因此理论界一般认为老子是自然哲学的开创者,认为他是无神论哲学家。如侯外庐说:"《老子》书中的'道'比孔、墨的天道观的'道'是进步的;其所以是进步的,以为'道'在孔、墨那里是附有宗教性的,而'道'在《老子》书中是义理性的,有一定的自然规律性的。"①老子天道观念破除了人格神的观念,注重万物的自然性。所以梁启超、章太炎、胡适、徐复观等都认为老子的天道观念破了天命之说。徐复观在《中国人性论史》中说:"老子思想最大贡献之一,在于对自然天的生成、创造提供了新的、有系统的解释。在这一解释之下,才把古代原始宗教的残渣,涤荡得一干二净,中国才出现了合理思维所构成的形上学的宇宙论。"②任继愈说:"子产不信龙能对人有伤害,说:'天道远,人道迩。'但是子产还没有从理论上、从哲学世界的高度给宗教、上帝、鬼神以根本性的打击。最多不过是一种存疑主义,对鬼神采取各走各的路,'互不干涉'的态度而已,和孔子的'敬鬼神而远之'差不多。而且对'上帝',不论《诗经》、《左传》、《国语》,都还没有人敢否认它的存在,也没有人敢贬低它的至高无上的地位,只是说几句抱怨的话,埋怨上帝不长眼,赏罚不公平而已。既然恨天,骂天,可是遇到有委屈还要向天倾诉衷肠,这算什么无神论、'神灭论'呢? 老子的哲

---

① 侯外庐:《中国思想通史》第一卷,人民出版社 1957 年版,第 266 页。
② 陈鼓应:《老子注译及评介》,中华书局 2001 年版,第 43 页。

学,其光辉、前无古人的地方恰恰在这里,他说天地不过是天空和大地;他说道是万物的祖宗,上帝也不例外。"①

老子哲学的根本原则是"道法自然",老子的"道法自然",并不是指"道"来自自然界的自然,而是指"道"依据自身,自然而然,当然是无神论。学界有人认为老子的哲学为唯物的,恐怕与认为老子的道法自然的"自然"指自然界的"自然"有关。老子的"道法自然"主要是指自然而然,当然只有自然才能自然而然,人虽然也可自然而然,但人的自然而然和自然的自然而然是根本不同的。因为自然的自然自然是"必然"、"不得不然",而人的自然是"自由",人通过行动按人自身的原则来决定自己。如自然不需要"善",而人就需要。因此老子说:"天之道,其犹张弓与?高者抑之,下者举之;有余者损之,不足者补之。天之道,损有余而补不足。人之道,则不然,损不足以奉有余。"(七十七章)所谓"天地不仁以万物为刍狗"(五章)。老子虽然认为人道应该效法天道,但他也以现实的眼光看到事实并不如此,因此,他才要呼吁以天道来代替不合天道的人道。老子虽然想用"天地相合,以降甘露,民莫之令而自均"的无为思想,来达到他自己设想的"常善救人,故人无弃人,常善救物,故物无弃物",是根本不可能的。他用无为来解决这些问题充分暴露了他的无力和无奈。因此,老子的自然而然用在人身上来达到人性的自然而然是有问题的,因为人只有通过自己的行为来实现自己,难道人,甚至圣人能像天或自然那样无为无不为吗?由此看来,老子的哲学与其称为"自然哲学"不如称为"人文哲学"更为恰当,其实老子和孔子一样主要讨论的都是人道而不是天道,与其说他的哲学倾向于唯物,不如说更倾向于精神。

与此相反,柏拉图对"神"却采取了另外一种态度。在柏拉图看来,

---

① 任继愈:《老子哲学讨论集》,中华书局1959年版,第34页。

"神"无处不在,宇宙体现了"神"的意志。《会饮篇》、《斐多篇》、《国家篇》有很多颂"神"的篇章。《斐多篇》、《伊安篇》反复提到诗是"神"给人的礼物。《蒂迈欧篇》指出人不过是"上帝"的"孩子"。①"人"、"神"的截然对立,人怎样才能接近"神"、掌握"真理"、具有"善"成为柏拉图终身思考的问题。策勒尔说:"柏拉图主义者自始至终殚精竭虑想要克服的最大困难恰恰在于要在超验的理念世界和感觉的现象世界之间的鸿沟上架设一座桥梁。"②也就是说,他终生的目标不仅仅在于思索"上帝"、"真理"、"善"的本质,而且还在探索如何才能走向"上帝"、"真理"与"善"。这便是柏拉图对话思想的最终根源。孔子不存在这个问题。因为,在他心里不存在"上帝","真理"和"善"又掌握在他自己手中。他不是"二元论"者,没有什么"鸿沟"需要填补。他需要的只是发布"真理"和"诲人不倦"。柏拉图对"神"的理解不可能用"唯心主义观点"一批了之,对世界的"唯心"看法和对人类信仰的探索并不能画等号。对神的思考,有助于对人的思考,正如对死的思考有助于对生的思考。所以康德认为,道德是宗教的原因,而不是宗教的结果。他说:"我们感兴趣的并不是知道上帝就其自身而言(就其本性而言)是什么,而是知道他对于作为道德存在物的我们而言是什么。"③当然我们应该区分基督教与《圣经》和耶稣的行为思想,正如我们应该区分孔子和后来的儒家,释迦牟尼和后来的佛学一样。因为开创者的气魄和胸怀都是后来者所不能比拟的。柏拉图知道:就是因为"神"的存在,人才需要"认识自己"。"认识自己"首先是认识自己的局限。人生的短暂、宇宙的无穷使凡人不可能像"神"那样完全把握真理。人有无法克服的局限:有限的

---

① 苗力田主编:《古希腊哲学》,中国人民大学出版社 1996 年版,第 378 页。
② E. 策勒尔:《古希腊哲学史纲》,第 157 页。
③ 康德:《单纯理性限度内的宗教》,李秋零译,中国人民大学出版社 2003 年版,第 144 页。

生命和智慧使他对自身和世界不可能获得最终的、绝对的、彻底的认识,"永无止境的探索"才是他应该采取的聪明立场。所以,柏拉图笔下的苏格拉底反复强调人的无知并非仅仅在于人"所知甚少",还在于"以无所不知、故步自封"来自欺欺人。注重"开放"与"兼容"的苏格拉底对话精神告诉人类:不要违背"神"的愿望停止对真理的上下求索,任何企图独占关于世界与人自身终极真理的妄想,任何追求一劳永逸、颠扑不破权威的嗜好都是无视自身局限,忽视他者存在,陷入僵化与成见之网的表现。

总之,对话文体的流行说明柏拉图所处的历史时期正是雅典社会急剧变化,也是希腊文化的转型时期。代表民主势力的诡辩派的兴起使旧贵族的权威受到质疑,自由辩论的风气和自由思想的形成昭示了"一切都已过去,一切都将开始"的开放社会心态。我们从柏拉图在《法律篇》中描写的"让全体观众举手表决谁获胜","剧场的听众由静默变成爱发言"的境况和在《国家篇》中描写的"能卷去一个年轻的心"、"引起岩壁和会场回声"的"鼓掌哄闹"看出当时社会上下交融的狂欢情景。① 巴赫金说:"每逢转折时期,言语自身的对话因素总会增强,可强烈地感觉到现代听者、论敌和论友,同一切程式和虚拟独白的斗争也要加强。"②"这个题材的形成,是在民族传说解体时代,是在构成古希腊罗马式'优雅'风度('高尚之美')的那些伦理规范遭到破坏的时代。那时,众多不同的宗教和哲学派别在进行激烈的争斗。那时,围绕世界观中'最后的问题'所展开的争论,在所有阶层的居民间成了日常生活的普遍现象:只要是人们聚集的地方,便都会有这种争论,如集市广场、街道上、大路上、小酒馆、澡堂、船甲板上等等。"③当然,柏拉图仍然想把

---

① 柏拉图:《理想国》,第241页。
② 钱中文主编:《巴赫金全集》第四卷,第206页。
③ 同上,第五卷,第156页。

社会的各个阶层、阶层的每位个体都纳入到他为贵族统治设计的统一稳定的秩序里。他对文艺的理解、对文艺作用的认识都来源于这个根本动机。这种企图复古的出发点和孔子基本一致。与孔子仍然保持他的优越感和高傲姿态不同,柏拉图面对正在丧失的贵族优势,必须为自身存在的合法性重新找到证明。优越感和不可动摇地位的丧失使他采取了对话和争辩的态度,他的长篇大论正说明了他的这种危机感。柏拉图在辩论中说明的方法和孔子不证自明的思维方式相比含有更大的开放性和现实性。孔子对社会现实的积极介入和"知其不可而为之"的评价之间的距离,不仅在于他的思想不符合现实的需要,而且在于他对待现实、对待他者的态度、方法与策略:唯我独尊、自我封闭的话语模式并不能适应转型时期的社会文化心理需要,在对话与交流中求得生存和发展才是唯一可行之路。

下 篇

中西文论对话研究

第六章 对中西文论对话与古代文论现代转换研究现状的反思

第一节 研究中西文论对话与古代文论现代转换的意义

马克思、恩格斯在《共产党宣言》中指出:"资产阶级由于开拓了世界市场,使一切国家的生产和消费都成为世界性的了。……过去那种地方性的和民族的自给自足的闭关自守状态,被各民族各方面的互相往来和各方面的互相依赖所取代了。……民族的片面性和局限性日益成为不可能,于是有许多民族的和地方的文学形成了一种世界的文学。"①其实,每一个民族的文化都是在与其他民族文化不断交流与对话中存在和发展的,只是到了资本主义时代,这个问题变得更加突出。正如罗素在《中西文化比较》中所写的,不同文化之间的交流过去已经多次证明是人类文明发展的里程碑。希腊学习埃及,罗马借鉴希腊,阿拉伯参照罗马帝国,中世纪的欧洲又模仿阿拉伯,而文艺复兴时期的欧洲又模仿拜占庭帝国。我们随便翻一下《歌德谈话录》就可以看到,歌德有许多地方论述到古希腊罗马作家、但丁、莎士比亚、弥尔顿、拜伦、雨果等,而且把他们和德国自己伟大的思想家席勒、黑格尔,甚至他自

---

① 《马克思恩格斯选集》,第一卷,人民出版社1997年版,第276页。

己进行对比,其中还把中国的传奇和贝朗瑞的诗进行了对比,最后提出了"世界文学"的概念。在科技发达、信息爆炸、传统人文精神不断受到冲击的当今,跨文化的交流与对话更是一个不可回避的问题,不同文化之间的交流与对话不仅对经济、政治、宗教,而且对文化、文学提出了许多问题,同时也为解决这些问题提供了新的可能性,任何思考自身民族问题的行为都不能忽视其他民族的存在。这突出表现在文化的转型时期,文化内部之间的辩论往往与文化之间的交往密切联系在一起。当今文化之争中的西方与东方、外来与本土、古代与现代、文学的民族性与世界性其实是二而一、一而二的问题。中国先秦时期的各民族文化之间的交流,魏晋时期各民族之间、中印文化之间的交流,近代以来以"五四"为高峰的古今、中外文化优劣的大辩论,直至改革开放以来的古今、中外之争,80年代兴起"西学热"的时候就有人提出要"回到五四",在90年代兴起"国学热"的时候,"晚清民国"更是成为学者谈论的话题,"西学热"与"国学热"充分交融在一起,充分反映了中国文化内在的开放性与丰富性。西方也是这样。文艺复兴时期对希腊罗马文明的辩论,有很多学者甚至发展到用希腊语和拉丁语进行演讲、写信、记笔记;启蒙时期的思想家则把对宗教的批判和对东方文明的向往密切联系在一起;欧洲浪漫主义与古典主义的今古之争同样是文化内部斗争与外部交流密切联系的结果,突出表现就是对莎士比亚的评论问题;现代主义对现实主义的批判、60年代在西方兴起的各种后现代主义思潮,更是文化内部自身发展与文化之间交流的结果。当然,由于历史语境的不同,每一次文化的交流、每一次文化的今古之争都具有特定的历史内涵,不能随意互相比附。但是,文化论争所隐含的文化发展的内在逻辑,对于我们思考今天在文学理论界广泛掀起的关于中国古代文论"失语"的讨论,一定有很多启迪。

第二节　中西文论对话与古代文论现代转换的研究现状

文学理论界在"洋为中用,古为今用","融会中西,自铸伟辞"的统一口号下,仍然存在着复杂的理论旨趣和价值取向。根据论述的焦点和争论的问题大致可分成以下几个方面:

一、当代立场与中国古代文论:转换的可能与不可能

当我们谈论古代文论的现代转型时,首先面临的理论问题是,中国古代文学理论有没有解决所有的文学问题,也就是,是否已掌握所有关于文学的真理?我们对古代文学进行深入全面的认识,是在古代文论自身的理论视野内进行,还是需要引入一个与古代文论根本不同的视角与立场,迥然不同的文化范式与审美感知方式来进行?古今的文学与审美是否必然地发生变化,对这些变化如何进行评价?对变与不变如何把握其内在的必然性和对其评价的度?其实《文心雕龙·通变篇》的"变则可久,通则不乏",《时序篇》的"时运交移,质文代变,古今情理,如可言乎"已经非常明确地对这个问题做出了回答。但是理论的提出和实践上的解决是两个根本不同的问题。历史的丰富性比理论的明晰性更能引起理论家的困惑。

当曹顺庆认为中国文论失语并提出操作方案的时候[①],季羡林却

---

① 《21世纪中国文化发展战略与重建中国文论话语》,《东方丛刊》1995年第3期;《文化病态与文论失语症》,《文艺争鸣》1996年第2期;《重建中国文论话语的基本路径及其方法》,《文艺理论研究》1996年第2期;《重建中国文论话语》,《中外文化与文论》,1996年第1期;《重建中国文论话语》,《文学评论》1997年第4期;《替换中的失落》,《文学评论》1999年第4期。

从另一个角度得出了自己的结论:"患'失语症'的不是我们中国文论,而正是西方文论。"接着他便从"西方的思维方式是分析的,而东方的思维方式是综合的"著名论点出发,从王国维的"境界"说开始,特别是在《世说新语》、《诗品》中举出很多例子来论证他的观点。① 但是季先生很少举出西方的例子来论证他的观点。既然是思维方式,那还应该包括科学、哲学、文学、艺术、宗教、政治等在内。如文学中的希腊神话、史诗与悲剧、《圣经》、但丁的《神曲》、莎士比亚的戏剧、浪漫主义的诗歌、现实主义的小说、现代派的各种作品等等,恐怕不能用"西方的思维方式是分析的,而东方的思维方式是综合的"这样简单地进行概括。对此,张少康提出了有力的反驳。② 季先生最后得出的结论却是异常开放的,针对曹顺庆把东西方文论的话语糅合在一起,形成一个"杂语共生态",他说:"这是完全办不到的。……我是不薄西方爱东方。就让这两种话语并驾齐驱,共同发展下去吧。二者共存,可以互补互利,使对方时时有所借鉴,当然也不能排除,在某些方面互相学习。所有这一切,都只能说是好事情。抑一个,扬一个,甚至想消灭一个,都是不妥当的。"季先生认为21世纪是东方文化的复兴,他认为:"不是理论问题,理论可以争辩,而这是个预言。将来21世纪,历史要来证明我的意见对不对。你现在说我不对,也没有根据,说我对也没有根据。将来的历史会证明的。理论问题可以争,而这用不着争。你说你的,我说我的。"③这纯粹是一种"三十年河东,三十年河西"思维方式的结果。当然西方文化有盛有衰,但是西方衰败之后,为什么是东方文化的复兴而不是曾辉煌一时的古埃及文明、古巴比伦文明或者是古代美洲文明?季先生没有讲清楚。

---

① 《门外中外文论絮语》,《文学评论》1996年第6期。
② 《走历史发展必由之路》,《文学评论》1997年第2期。
③ 《东方文化复兴与中国文艺理论重建》,《文艺理论研究》1995年第6期。

在理论界关于东方文化兴起的论证中,常常引证三个个案,那就是海德格尔、庞德、解构主义的代表保罗·德·曼对中国文化的重视。如果讨论仅仅局限在他们自己的理论本身,那他们对中国文化的重视确实能满足某些爱国热情的需要。但是,他们讨论文化的语境也仅仅局限在西方的文化背景之中,从新历史主义的观点来看,文学对文化政治的颠覆(subversion)和强化(consolidation)是一致的,也就是说,他们对西方文化的解构恰恰从另一个方面证明了西方文化的合法性,正如很多对西方文化进行解构的经典文本,如《尤利西斯》、《荒原》等已被纳入西方的经典之中一样,他们也是西方文化的一部分。他们对中国文化的引用和对西方文化的批判并不是从另一个角度论证东方文化的复兴,他们自身也从没做过这样的预言。更不要提海德格尔、庞德、保罗·德·曼在人类文化历史上曾经担当过的可耻的角色了。曾与德国法西斯站在一起的人,又怎能说是诗意地生存或栖居于大地之上?可见,在中国古代人品与文品不一、"心声心画总失真"的现象在西方也很常见。当然,理论家和他理论的合理性并不是一回事,我们不能因人废言。不管怎样,从这些简单的例子中得出东方文化复兴的结论总使人感到有些盲目乐观,甚至得出西方已经开始以平等的态度对待中国文化,因此我们更应该以平等的态度来对待西方文化的结论,更是如此。其实,问题并非如此简单。某些理论家采取东方的某些观点、吸取某些在他们看起来合理的因素,并不表明他们以平等的态度来对待东方文化,更不代表其他大多数理论家的根本态度。特别是在"我国中学生可以知道英国、美国、法国等国家一长串作家的名字,可外国学者对我国家喻户晓的一些大作家的名字罔无所知"的情况下,"在外国举办的国际学术会议上,外国人出题目,我们来做文章,我们得跟着讲、顺着讲;在国内的学术会议上,我们还得用外语发言,好让外国朋友听得懂,以便国内有关部门考察我们是否达到了国际水平,能否和外国接轨"。① 在这种情况下,大声鼓吹"东方文化的复兴",也只能起到鼓舞士气的作用。其实,自身文化的复兴总以文化的包容性为标志的,呼吁自身文化的复兴本身就说明自身文化的危机。费孝通说:"历史上,中华民族的包容性是一以贯之的。但是,这种包容性并非在任何时代都能得到充分的体现。事实上,它的充分体现总是与某些历史时期相联系。根据常识可以知道,春秋战国时期、两汉时期、盛唐时期,都是中华文化的包容性得以充分体现的辉煌时期。这可以给我们一个有益的启示,文化特色的发扬,离不开强盛的国力。"他又说:"我深深体会到,我们生活在具有悠久历史的文化中,而对中华文化本身至今还缺乏实事求是的系统知识。我们的社会生活还处在'由之'的状态,没有达到'知之'的境界。同时,我们的生活本身已经进入一个世界性的文化转型期,难免使人陷入困惑的境地。这确是中华文化进入 21 世纪面临的一个无以回避的挑战。我们还需要以科学的态度、实事求是的精神、实证主义的方法来真正认识和理解具有悠久历史文化的中华文化。"②这才是我们应该采取的态度。

当然,在提倡古代文论现代转换的理论家内部也存在巨大的差异,其差异程度不亚于提倡古代文论转换与认为转换不可能之间的差异。因为,归根结底还是在哪一个层面上转换:是话语的层面,还是为解决当代问题提供资源方面?张少康就认为以古代文论为母体建设当代文艺学是走历史发展必由之路,但他主要是指中国古代文论所隐含的基本精神对当代的价值而言,他说:"在中国古代文论中贯穿始终的最突出思想就是:建立在'仁政'、'民本'思想上的,追求实现先进社会理想的奋斗精神和在受压抑而理想得不到实现时的抗争精神,也就是'为民

---

① 《了解文化建设的处境》,《文艺研究》1998 年第 6 期。
② 《中华文化在新世纪面临的挑战》,《文艺研究》1999 年第 1 期。

请命'、'怨愤著书'和'不平则鸣'的精神,它体现了我们中华民族坚毅不屈顽强斗争的性格和先进分子的高风亮节、铮铮铁骨",还有"具有民族特色的审美理论",可见,不是指话语层面上的转换。① 敏泽也主张以"传统文化为基础",但是他更为明确地提出"综合创造"的理论。此理论以张岱年提出的"综合创造"为原则,用钱钟书的"与古今中外为无町畦"为实践根据,对20世纪80年代以来文化争论中出现的"全盘西化论"、"西体中用论"和"新儒学复兴说"做了分析与批判,引用了杜维明的话,认为"'失语症'的病因在于对传统的无知",最后得出了"以当代美学和文艺发展的实际为坐标,以马克思主义的基本原则为指导,立足于弘扬我们的民族精神或主体精神,放眼世界,广采博纳,审慎辨析,综合创造,这是我国新的美学和文论发展的唯一健康而科学的途径"。特别是他对"新儒学复兴"的批判:"忘记了或者根本不承认儒家文化在根本上是为封建礼教服务的历史事实,这使他们的理论不能不受到众多的人的非议和反对",尽管一时被炒得沸沸扬扬,"仿佛显学",但无论是在港台地区,还是在"以马克思主义为指导的社会主义文化"内地,都不可能处于主导地位,可谓一语中的。"综合创造论"在理论上可谓圆通,由于操作起来非常困难,也没有提出可靠的途径,所以,他感到遗憾:"这一原则提出后,响应者并不多",也是情理之中的了。②

其实这也是"断裂说"与"转换说"的内在矛盾之处,在理论上,只有"断裂"才有必要转换,但"断裂"又无法说明转换到古代去的合法性与必然性。当然对于"断裂说"还有一个理论问题没能得到解决。从另一方面看,既然已经完全切换,那么又怎么可能回到古代去呢?正如一个人怎能回到他的童年去呢?再者,如果完全切换,那么,中国古代文化

---

① 《走历史发展必由之路》,《文学评论》1997年第2期。
② 《综合创造论与我国文化与美学及文论的未来走向问题》,《文艺研究》1999年第3期。

和西方文化相比,对今日文化的发展并不具有任何优先性,也就是说,既然中国已从古代文化的藩篱中解脱出来,古代文化和西方文化都不过是当代文化发展的一个背景,在对当代文论的合法性与优先性上,二者并不具有任何意义上的差别。如蔡钟翔所说:"我们不可能重走王国维那样不离传统、吸收西学、创造新学语的道路,如今谁要用道啊、气啊、意啊、象啊这一套范畴来建构当代文艺学,就会像突然穿上长袍马褂、戴上瓜皮帽一样令人无法接受。历史已演进到这个地步,是不可倒转回去的。"①当然,在理论上彻底否定古代文化、文论价值的理论家基本上不存在。大多理论家只是以"古代文论产生与古代的社会背景、古代的文学相统一",用"发展"的观点来强调今古的不同,从而达到古为今用的目的,其着眼点在"用"。如蒋述卓说:"要从关注当前人民的生存与发展现状的角度,站在解决当代人精神困惑与精神文明建设的高度去研究文学、从事批评、提出理论观点、融合古代文论。"②立足于当代来思考文论问题无疑是正确的,但是文论研究能否担当如此重大的任务却是值得怀疑的。

还有很多理论家认为,古代文论的现代转换是不可能的。他们大多强调以纯学术的观点来研究古代文论,以"不用之用"来达到最终的有用,至于怎么用要等到研究清楚再决定。如陈洪针对"失语"一说,从古代文论的几个"弱点"——"概念、术语使用随意,欲确定其内涵非常困难";"分体文论极不平衡,诗论一枝独秀,小说、戏剧理论薄弱";"理论创新动力不足,主流理论发展不明显"出发,指出"'失语'实为百年来我们这个民族多舛命运的必然结果"。论点确实如作者自己所说:"这实在是卑之无甚高论,但也是脚踏实地之论。"③罗宗强则从"学术研究

---

① 《古代文论与当代文艺学建设》,《文学评论》1997年第5期。
② 《论当代文论与中国古代文论的融合》,《文学评论》1997年第5期。
③ 《也谈中国文论的"失语"与"话语重建"》,《文学评论》1997年第3期。

的一个重要目的就是求真"出发,主张"以一种平常心来对待古代文论","不汲汲于用"以达到"不用之用"。他同时认为,由于古代文论的"术语和范畴适于说明古代文学的特点","语境的丧失使得古文论无法用以评说今日之文学","相当一部分的范畴,代表着一种特定的美学要求,是文学发展到一定阶段的产物,并不具备普遍的意义",所以,他说,"范畴能否转换是非常困难的",可谓实事求是之论。特别是他在最后提出,"理论建设的目的,应该想到我们今天的现实需要",虽然很多理论家提出这个观点,但从一个古代文论家心里讲出,确实令人感到"无用之用"的高瞻远瞩。① 蔡钟翔也说:"对古代文论的研究来说,应该保持古人的本来面目,不能随意曲解或拔高,务必遵循历史主义的科学原则。"② 甚至,有些学者认为王国维之所以能取得令世人瞩目的成就就在于他"在外观上显现为相当纯粹的学术研究,却具有巨大的深远的'无用之用'"。③ 其实,像王国维这样性格内向、有着复杂内心世界的思想家怎么会有纯粹的学术研究呢?只不过王国维把他对现实丰富的内心感受水乳一般地融入到他的学术研究中。他的学术是时代的学术,这样才能深刻地打动时代的灵魂,成为影响深远的一代宗师。如陈寅恪指出的,他的自杀就来自他对时代的忧患意识。其实,王国维在为中国诗学"拈出境界二字,为探其本"时,也是有"今古"选择的,即选择了与儒家文化基本对立的文化思想。严羽的"兴趣"是"以禅喻诗",王士禛的"神韵"是"诗禅一致",他自己的"境界""也是与佛学相通"。王国维创造"境界"一说,并不是为了生造什么框架、体系来实现古代文论的现代转换,而是为了解决实际存在的、活生生的文学现象。这样"为探其本"是他"一代有一代之文学","只有懂得西方哲学的人才能研究

---

① 《古文论研究杂识》,《文艺研究》1999年第3期。
② 《古代文论与当代文艺学建设》,《文学评论》1997年第3期。
③ 《王国维美学思想与晚清文学变革》,《文学评论》1997年第6期。

好中国哲学"的思想的产物。至于他的"境界说"与康德、席勒的"美是无利害"的关系已是学术界的共识,甚至他的人生理想和康德的"有鲜明美学色彩"、"在某种意义上说是一种广义的美学"的伦理思想也是一致的。①

王国维解《红楼梦》、宋元戏曲和韩非解老子、王弼儒道互释、郭象注《庄子》、王夫之与黄宗羲解释兴观群怨一样,都是为了适应时代的需要。但他们的创造性解读,仍然是在中国传统文化内部进行的。王国维所处中西文化交融的时代,和有30年现代传统、10年"文革"教训、几十年改革开放经验的今天仍然无法相比,今人的观念与文学的具体实际都发生了深刻的变化。不仅我们,世界更是如此。不要说用老庄、孔孟、刘勰的观点来解释当代文学,就是用王国维的"境界"说来解释,都会显得方枘圆凿。王国维时的文学实践和刘勰、司空图、严羽时的文学实践发生了巨大变化,他适应了这种发展。但我们也不能说王国维已经解决了文学中所有的重要问题。我们也不可能用王国维的结论而要用他的这种创新意识来对待我们自己面临的问题。王国维接受西学绝非空穴来风,正如我们学术界之接受西学。当然,接受有成功,有教训,顺应潮流却是文论发展的必由之路。"清新庚开府,俊逸鲍参军"确实准确抓住了风格中只可意会不可言传的一方面,但也不能就此打住,否则认识只能永远停留在这个水平而不会深入下去了。

其实,纯粹的学术研究是否存在是大可怀疑的。在一定程度上,整理就是结合,不结合现实的需要,怎么进行很好的整理呢? 正如罗宗强指出的:"以古释古,不惟难以给今人以启迪,并连确切认识古文论之原貌也不易做到。而以今释古,又往往流于类比,甚或以今天的理论附会

---

① 王元骧:《探寻综合创造之路》,陕西师范大学出版社2000年版,第148页。

古人。"①确实发人深思。纯粹的学术是以追求关于古代文学理论的最终真理为依据的,到底是否存在关于古代文学理论的最终真理是大可值得疑问的。正如克尔凯郭尔所讽刺的:"一道皇家敕令向所有官吏和所有臣民——简而言之,向一切人等颁布下去。一种显著的变化传布于所有的人身上,他们都成了阐释者,官吏们成了作者。每一个神圣的日子都会出现一种新的阐释,比前一种更渊博,更敏锐,更高雅,也更深刻,更新颖,更奇妙,更迷人。本应考查整体的评论几乎无法完成对这一庞大文献的考查。的确,评论本身成为如此繁冗的文献,以至于不可能对这些文献进行周详的考查。一切都成为阐释——却没有一个人按照敕令行动为目标来阅读敕令。而且,不仅仅一切都变成了阐释,同时确定严肃性的标准也被更改。忙于阐释成为真正重大的事体。"②"古今之争"虽为难题,却也无法逃避,根本在价值问题。亚里士多德在《诗学》中就根据"好与坏"来划分戏剧与悲剧、诗歌:"喜剧总是模仿比我们今天的人坏的人,悲剧总是模仿比我们今天的人好的人";"诗由于固有的性质不同而分为两种:比较严肃的人模仿高尚的行动,即高尚的人的行为,比较轻浮的人则模仿下劣的人的行动"。③ 对中国文论进行深入的研究与清理当然是古为今用的前提。对文论界急于实现转换、急于利用资源、急于批评操作的种种急功近利心态的切中肯綮的批评正是来自这些古代文论家。但是怎样才算是"研究成熟呢"? 古代文论产生的语境离我们愈来愈远,愈来愈隔膜,研究者自身的素质也愈来愈"先天不足,后天失调",这不能不使人产生困惑。更重要的是,无论我们把古代文论研究得如何透彻,都无法解决我们如何对待古代文论,即对古代文论的评价与取舍问题。因为后者不是一个再现、还原古代文论的

---

① 《近百年中国古代文论之研究》,《文学评论》1997年第2期。
② 《克尔凯郭尔哲学寓言集》,第24页。
③ 亚里士多德:《诗学》,罗念生译,人民文学出版社1997年版,第9、12页。

问题,而是一个古代与当代的价值关系问题。当然,用古代文论来解释古代文学容易做到"不隔",但这仍然不是古代文论研究的最终归宿,虽然可以作为某些学者的目的,但不可能成为整个古代文论研究的目的。

二、现代文论与古代文论:文论传统的断裂与统一

什么是中国的传统?"五四"之后的中国文化是中国文化的一部分,还是中国文化的断裂?大多数理论家都主张断裂说。这与另外一个问题密切联系在一起:中国文化是封闭的还是开放的?纯粹的中国文化是什么?中国古代文化是否也出现过类似于"五四"时期的断裂?如果是断裂,那么是哪里出现了断裂,是上层文化出现了断裂,还是民间文化出现了断裂,还是知识分子的文化出现了断裂?在这次断裂中,发生了哪些与以往不同的变化?谁欢迎这次断裂,谁反对这次断裂?不断裂是否可能?这些如此复杂的问题,最好用实事求是的态度来面对,因为这不仅仅是一个理论问题。其实,这些问题在"五四"时期就开始了辩论。鲁迅先生就说过:至于怎样的是中国精神,他实在不知道。就绘画而论,六朝以来,就大受印度美术的影响,无所谓国画了。

可见中国文化本身就是一个开放的概念。如果汉代以前和汉代以后写中国文化史就会不一样,因为有了佛教的引入;在"五四"之前和"五四"之后写中国文化史也会不一样,因为中国文化发生了根本的转型;同样,新中国的成立、"文化大革命"的发生、改革开放的进行对中国文化史的撰写都有着巨大的影响。它们都是中华民族传统的一部分。有很多人在理论上忽视或故意忽视中国传统的复杂性,动不动就提"伟大的传统文化"、"五千年的优秀文明",在没有进行全面的清理之前就进行了价值的判断和定位。好像中国传统中只有好的东西,没有差的东西,只有这样才爱国。"五四"时期对中国传统文化的批判好像使中国发生了倒退,使中国优秀的传统发生了断裂。问题是,那么优秀的传

统文化为何不能挽救自己的命运?那么多优秀的仁人志士为何都把他们的目光从国内投向了国外?处在一百年之后的我们比身临其境的他们看得还清楚吗?难道文化只是一个纯粹抽象的观念,它只是文化,它只是在自己赖以依存的文本中进行着自指的游戏,而和政治、经济、人的价值和生活质量没有内在的必然的联系?作为优秀的传统文化,大的方面不能解决民族的命运,小的方面不能缓解民众的痛苦,那它优秀在哪里呢?难道文化就是少数精英分子在书房里像浮士德那样"快乐地从此章飞到彼章"吗?难道"五四"之前的政治、经济、人文风气不就是文化的一部分,甚至是最为重要的一部分?中国文化的衰败正是由于它自身的原因。由于衰败而遭受侵略,并非由于遭受侵略而衰败。正如鲁迅所说:不能革新,就不能保古。既然不能保古,说明它没有革新。"五四"时期反传统的代表人物,如陈独秀、李大钊、蔡元培、胡适、鲁迅、钱玄同等虽然受到复古守旧派,如康有为、章太炎、刘师培、黄侃、林纾、章士钊、吴宓、梅光迪、胡先骕等各方面的攻击,但后者也并没有为当时文化的发展提供更为可能的途径,却往往因为自己在政治上的表现,即不停地依靠政治权力来维护学术上的合法性与尊严而成为革新派攻击的对象。袁世凯复辟失败后,康有为等宣扬以孔教为国教,并要列入宪法;1919年刘师培、黄侃等创办《国故》、1922年南京的《学衡》积极为守旧提供理论阵地;直至1926年章士钊在《甲寅》上还提倡科举制;这种逆流而上、冒天下之大不韪的做法,直至今日还成为笑谈。刘师培更因做过清政府的暗探,被鲁迅称为"卖过人肉的侦心探龙"。政治与人生的缺陷成为宣扬自己学术的一个极为不利的背景。他们对古代文化的所谓"沉醉"恐怕只能从利益上,而不是从学理上才能讲清楚。不错,中国传统文化确有很多优秀的资源,如"和而不同"、"仁者爱人"、"君为轻,民为贵"、"天行健,君子以自强不息"等思想,但这些传统文化的精华在当时的政治、文化上是如何体现的呢?如果结合当时的实际状况,那一定不如书上写得或理论上论述得那么美好。这些原则为何没有得到很好地贯彻呢?恐怕中国还有"同而不和"、"不为政以德"、"君为重、民为轻"、"天行不健、君子无法自强不息"的传统。对这些传统的批判就是"五四"的历史贡献。对于"五四",我们不仅要从"史"的角度看到它对传统文化的颠覆,更应从"共时"的角度看到,这种颠覆对当时的社会所具有的意义。从这个角度来看,中国现代传统不仅不是对中国优秀传统的断裂,更是对它的继承与超越,因为它在中国古代传统无法解决自己发展的情况下,把它从泥潭里拔了出来。中国现代的曲折道路并非由于中国现代传统背离了古代传统,而是由于古代传统自身的复杂性造成的。今天,我们对这些在过去没有发挥作用的遗产也不能盲目乐观,它是否能得到新的利用,这要看实际的可能性。"五四"的经验告诉我们:要警惕任何来自"五千年优秀传统文化"的甜言蜜语。

具体讲,现代的理论家大多主张文学为革命服务,和传统的"文以载道"有必然联系,只是"道"的内容不同。"五四"现代文学声势浩大的发展,并不像守旧派所声称的那样,已将中国古代文化冲洗尽净,丝毫不留,因为古代作家作品中有用的材料、富有战斗力的思想、保持着艺术生命力的语言与表现方法,都被继承、吸收、消化成新文学的一部分。很多理论家否定现代传统,主要认为现代传统背离了古代传统,认为他们有不爱国的意味。其实,重视传统与爱国并不必然联系在一起。且不说传统的复杂性,即爱哪一个传统。鲁迅、胡适、陈独秀、闻一多等都爱国,但他们也都主张"放弃传统重新做起",至少要充分考虑到传统自身的复杂性。因为,他们发现在国难当头时,传统并不能挽救祖国的命运。从另一个角度说,只有传统出了问题,才有国家的危机。中国文化强盛时期从没像处于劣势时害怕外来文明那样怕佛教、基督教的影响,只是到了奄奄一息、无力自救时才担心外来文化的侵略,因为在文化的直接交流对话,甚至是对抗中发现自己并没有什么优势,只好缩到传统坚硬的内壳里。挽救国家的命运,适应时代的需要,是"五四"人的必然选择。可见,爱国的直接标志是使国家强大、民众幸福。鲁迅在《华盖集·忽然想到(六)》中说:"苟有阻碍这前途者,无论是古是今,是人是鬼,是《三坟》《无典》、百宋千元、天球河图、金人玉佛、祖传散丸、秘制膏丹,全都踏倒它。"所以,对林纾等坚决反对以"都下引车卖浆之徒所操之语言"代替文言文,他在《二十四孝图》中说:"我总要上下四方寻求,得到一种最黑、最黑、最黑的咒文先来诅咒一切反对白话,妨碍白话者。"即使对自己尊敬的老师章太炎先生,他也如此。他在《名人和名言》中说:"专门家除了他的专长之外,许多见识往往不及博识家或常识者的。太炎先生是革命的先觉,小学的大师,倘谈文献,讲《说文》,当然娓娓可听,但到攻击现代的白话,便牛头不对马嘴。"

传统与现代之争决定了我们的理论出发点,我们是从古代出发还是从现代出发来建设今天的文艺理论。如果舍现代而取比现代更为久远的古代,那我们就会连话都说不出来。其实,在现代文艺理论中,古代文论、西方文论和马克思主义文论,始终是共时态地存在着。近百年来,中国文化在传统与现代之间出现的转折,使我们不可能舍近求远地去转换古代,而对于生命创作、文论实际密切相关的现代却忽略不计。当代和古代隔着现代,它们之间的断裂也是自身的断裂,都是中国传统文化的一部分,不可能否认现代传统存在的事实。古代传统无法解决现代传统,甚至它自身所生成的各种问题,却用来当作解决当代问题的灵丹妙药,恐怕没有可能性。

三、马列文论的中国化:外来的文艺观与民族化的文艺观

马列文论对中国现当代文学与文论的产生与发展具有深远的影响。但是,对马列文论在中国发展、传播和中国化的过程却有着不同的看法。首先,很多理论家都把马列文论看成基本上是外来的、西方的思

想,而且常常被用来说明西方理论价值的一个重要例证。特别是理论界常常把马列文论中国化的过程和苏联马列文论的强势影响联系在一起,在理论上缺乏对马列文论与中国传统文化和中国现代历史发展内在联系的深入研究与认识,对其当代形态的必然性缺乏有力的说明,因而,也无法解释马列文艺理论,甚至俄苏文学理论对中国文艺理论产生深远影响的根本原因。甚至有些后殖民理论家还把马列在中国的传播当成西方文化霸权,西方中心论在中国的表现。其实,马列文艺理论之所以对中国产生深远影响首先是与中国的现实需要密切联系在一起的。特别是马列文论中国化的过程自身也出现许多复杂的情况。纯粹的、原汁原味的、欧洲式的马列文论仅仅为影响中国文学理论发展提供一种可能性。马列文学理论在中国的运用始终与毛泽东、瞿秋白等革命理论家与中国文学实际,甚至与中国古代文化传统密切相结合在一起的。马列文论在中国的发展是中国近现代社会的内在需要与革命理论家对马列文论的能动性创造,特别是他们对中国古代传统文化与民间文化的强调有机结合的产物。所以,刘康说:"中国从1840年以来,一直面对这些问题。而马克思对这些问题做了最深刻的分析和批判,提供了最有吸引力的解决方案。所以,中国接受马克思主义,完全是出于内在的需求,而绝不是什么后殖民化的过程。"[①]理论界既然都把佛教当成中国传统的一部分,当然佛教已与中国古代文化融为一体,那为何不把马列文论当成中国传统的一部分?马列文论在与中国文学实际相结合的过程中出现了许多值得反思的问题,那佛教对中国文化的影响都是积极的吗?佛教对中国文化的影响算不算殖民、后殖民?马列文论作为传统的一部分,它在古文论的现代转换中担当了什么角色?对现当代文艺理论发展及其出现的挫折进行深入反思,不仅要与中国

---

① 《后殖民主义批评》,《文学评论》1998年第1期。

近现代社会的发展联系在一起,更要对传统文化对马列文论在中国接受所产生的影响进行深入的研究。中国传统文化作为中国理论家接受马列文艺理论的一个重要背景,即前理解,在整个接受过程中担当了一种什么角色? 起到一种什么作用? 马列文论与中国古代文论的内在联系是什么? 如董学文就认为:"传统形态的文论体系已经在……马克思主义的理论形态中实行了涅槃性的蜕变。"①但是古代文论如何在马列文论中"蜕变"并获得"涅槃性再生的"? 他们在哪些方面必然地联系在一起? 只有解决了这些问题,才能对中国现代文艺理论的发展产生更为深刻的认识。

第三节 中西文论对话与古代文论现代转换中几个亟待明确的理论问题

一、问题意识对思考中西文论对话与古代文论现代转换的意义

王元骧先生说,无论对古代文论还是对西方文论,我们要吸取的只能是"有现实意义的思想精神,而不在于个别的概念和术语",甚至是话语层面上的转换。② 也就是说,解决当代文学理论中出现的问题应是我们研究古代文论与西方文论的出发点与最终归宿。我们研究文论中的现代性问题、文学中的人的问题、文学史中唯美倾向与价值追求的问题等等,不仅因为他们自身的重要性,更重要的是他们对思考我们今天的文艺现实有非常重要的意义,它们都不是纯粹的理论问题。其他重要的文学理论也是这样。如在理论界流行的文化无优劣、艺术不分高

---

① 《中国百年文学理论嬗变的反思》,《文艺理论与批评》1998 年第 3 期。
② 《论中西文论的对话与融合》,《浙江学刊》2000 年第 4 期。

低的论调,既然如此,那么今天为何西方很少依赖东方而东方总是跟着西方跑呢?为何在文化的直接交流、对话甚至对抗中,总有处于劣势者,总有被抛弃者?

中国古代文学和古代文论研究为何出现困境,其中一个重要原因就在于缺乏当代的学术关怀,缺乏一个新的、迥异于传统观念的新视野、新方法,甚至是新的审美观念。王国维的《人间词话》、朱光潜的《诗论》、宗白华的《意境》、钱钟书的《谈艺录》、王元化的《文心雕龙创作论》等,为何对我们今天的研究仍具有深刻的指导意义?因为他们在研究古代文学与文论时,时刻有一个与研究对象完全不同的参照系,不是盲目地、毫无疑义地、就事论事地陷入到材料的泥坑里不能自拔,用巴赫金的话说,就是具有"外位性"。只有在古代文学与文论之外才能看清站在里面看不出的问题,用古代文论研究古代文学当然"不隔",但这种"不隔"对今日没有任何意义,也永远不能产生新的东西。

从另一个角度讲,文学理论必须与中国的文学实践相联系。有很多理论家认为转换不成功是一个理论问题。其实,很多问题在理论上非常清楚,只是一个实践问题。如新儒家也讲"中西文化宜互相融合",即使是最激进的理论家也很少在理论上主张不要发扬传统文化的精华。在抽象的理论层面上,什么是精华,什么是糟粕,往往也都英雄所见略同,但在怎样和实际联系起来的问题上却是仁者见仁、智者见智了,而这正是问题的关键。理论再好、再辩证、再高也不意味着实践中可能得到解决。更不要说那种仅仅局限于文论自身、由于缺乏宽广的文化理论背景而缺乏说服力的就事论事的分析了,至于常常从整体出发、泛泛而论、缺少具体而深入研究的理论就更无价值了。如大家都说古代文论的转换要根据我们的需要,是根据理论家的需要还是根据广大读者的需要?是根据古代文论专家的需要,还是根据西方文论专家的需要?对象不同,答案也就不同。再加理论界长期认为理论高于实践、指导实践,还有另一个重要的方面往往容易忽略:理论是否能指导实践还要看实践自身的状况。其实,理论界争论的很多问题只要一联系实际就很容易做出判断。如很多理论家主张回到"五四"去,以中国古代话语体系重建中国文论话语,这也许是一种良好的愿望,实际是否可能是大可怀疑的。文学与其理论已经发展了一百多年了,如果回到古代去,那不成了"返雕宫于穴蚁"了吗?况且,主张这种理论的人自己也没有提出任何可以实现的途径,甚至提供理论上的可能性。再说,理论来自实践又回到实践。那古代文学理论回到哪个实践呢?回到古代文学的实践吗?不可能。回到"五四"时的文学实践吗?不可能。因为它们都是已经消失的历史,只有和当代的文艺结合才能发挥它的效用,也才能找到解读它、评价它、复活它的最终根据。我们不可能从来源于古典文学实践的古代文论中得出符合今天文论发展需要的结论,甚至用于指导今天的文艺创作,因为生活实践发生了天翻地覆的变化。如果做一下调查,便会发现主张这种理论的人多是些古代文论家,如果调查作家、西方文论家,甚至工人、农民,那结论便会根本不同。很可能,工人、农民根本就不知道何为古代文论的现代转换。所以,正如张少康指出的:"古代文论本来应该成为建设当代文论的母体和本根,可是实际上它与当代文论仍然是两张皮。"[①]

从问题意识出发来研究现代文论和古代文论,并不意味着要急于运用和操作,而是把它们作为一种理论资源,在清理学术内在规律时为解决当代问题提供可能性,而非拘泥于字词的运用、随意的比附、牵强的解释,一种学理的、超越的心态是必需的。西方文论同样也是这样。二者互相阐释、互相印证、互相补充。西方理论不能用以阐释中国的文学就说明它是有局限的,在时间上不是永远正确的,在空间上也不是普遍的。

---

① 《走历史发展必由之路》,《文学评论》1997年第2期。

反之亦然。二者对于今天的文学理论也是如此。如果不能用来解决当代的文艺问题,那它只有审美和历史的价值,甚至只是一种潜在的价值。

二、"两种文化"的理论对思考中西文论对话与古代文论现代转换的意义

列宁在1913年提出的"两种文化"的理论,王国维在元曲研究中所呈现的重民间、重底层的文化史观,巴赫金对民间文化与官方文化的区分等,对我们理解评价文化自身,特别是中国古代文化的复杂性,甚至中国文化是在哪一个层面上断裂、"五四"时的知识分子是如何接受传统文化的等问题具有重要意义。

从大文化与小文化,民间文化与上层文化的区分,特别是大文化、民间文化相对于小文化、上层文化所具有的稳定性与深厚性来看,中国知识谱系的彻底切换是不可能的,因为它否定了文化的复杂性,好像是文化的自杀,从古代脱胎换骨地转换到现代,而没有丝毫的继承性。胡适在《文学改良刍议》等文中反复申明"吾唯以施耐庵、曹雪芹、吴研人为文学正宗",也就是说,在胡适看来,传统文化从语言的角度讲,就分成白话文学和非白话文学,而他认为白话文学是正宗。

对文化内在复杂性的分析与解剖对我们理解有着悠久等级传统的古代文化与当前文化之间的联系,对解决许多文化继承与文化交流之间的理论问题有着非常重要的意义。

三、"人"的观念对中西文论对话与古代文论现代转换的意义

人的问题是文学的根本问题。当然,在西方继尼采提出"上帝死亡"之后,巴特提出了"作者之死",福柯提出了"人之死",德里达提出了"主体之死",利奥塔又提出了"知识分子之死"。我们不能拘泥于字面的意思,而应和理论家提出的文化语境联系在一起,从而揭示出对我们

思考自身文化、文学的发展所具有的意义。

理论界一般都认为,中西人的观念是不同的,而且大多认为,中国古代讲人是和谐的,西方人是分裂的;中国讲天人合一,西方讲天人对立;西方人重科学而不重民主,中国人重德性,而不重科学。好像中国古代人非常民主、非常和谐,西方人只有知识没有德性,中国人虽然没有知识德性却很好似的。当然,我们可以在中国典籍中找出很多天人合一、人是和谐的论述。但是,难道和谐、德性就是书上所写的几条文字吗?况且,这些问题是在哪个层面上展开的?我们不能不进一步地追问:人是和谐的,是对事实的描述还是指人应该是和谐的?是君君臣臣父父子子的和谐,还是民为贵君为轻的和谐?是建立在平等基础上的和谐,还是建立在等级基础上的和谐?中国文化是整个发展过程都是和谐的,还是一开始和谐但是后来不和谐了?对人是和谐的强调在中国具体文化发展语境中到底起到了什么作用,也就是说,是谁在强调这个理论?他们的真实所指是什么?当然,中国有很多讲"天人合一"、"中和之道"、"人法地,地法天,天法道,道法自然"的观点,但什么是"天",儒家的"天"和道家的"天"是一样的吗?难道老子不也讲过,自然之道是"损有余以补不足"而人之道是"损不足以奉有余"吗?那人是怎样"法""自然"的?"天"的概念在中国文化不同的历史时期是指同一个东西吗?在不同思想家的言说中是指相同的东西吗?还有,人怎样才能像自然那样自然而然呢?特别是今天的人如何自然而然呢?再者,自然有等级吗?自然是和谐的吗?为何人必须向自然学习,自然有伦理吗?难道自然中的食物链也适用于人?正如福斯塔夫在为自己的恶行败德辩解时所说的:"既然大鱼可以吞食小鱼,按照自然界的法则,我想不出为什么我不应该抽他几分油水。"[①]当然在人与自然的关系中还

---

① 《莎士比亚全集》(三),人民文学出版社1978年版,第184页。

包括一个问题,即使对自然的认识已经达到非常清晰的地步,但人对自然的关系仍然无法解决,更不要说从真、善、美三个不同的角度来看这个问题了,因为从不同的角度就会得出不同的结论。康德的《判断力批判》的主要历史功绩也就在这一方面,正如古留加指出的:"美的东西既不能归结为知识,也不能归结为道德,但同时又强调指出美与真和善的不可分割的联系。美学的东西是某种不同于认识与道德的东西,它是认识与道德的特殊'桥梁'。"①这些似是而非的概念追究下去就会问题百出。即使认识很清楚了,但如何决定选择仍是一个实践与价值的问题,又会因人、阶层、民族的不同,利益、价值、审美的不同而不同。如,中国古代文化是对话的还是独白的?如张世英就认为中国古代文化是独白的,他说:"儒家的道德律是'天理',是'天'或'圣人'之'心'的独白的产物,而归根结底是封建统治者'天子'的独白的产物……孔子所讲的'仁'不是主体性,更非互主体性。……儒家无论是孟子的天人相同说,还是董仲舒的天人感应说,无论是朱熹的'与理为一',还是王阳明的'吾心即理',都把封建道德看成是无须经过主体间的任何交流、对话即可确定的,这些道德律完全是'天'或'圣人之心'的独白的产物,而究其根源,则不过是封建统治者'天子'的独白产物。"②而滕守尧就认为中国古代文化是对话的:"我国和西方古代的许多大家,如苏格拉底、柏拉图、孔孟、老庄等,都是具有强烈对话意识的人,他们生活在对话的审美世界里。"③冯天瑜则认为,中国的人文精神有民本和尊君两个方面,它来自人与自然之间的关系;西方的人文精神同样有重视个体和个人之间关系的两个方面,它来源于文艺复兴时期人与神的关系。④孰是

---

① 阿尔森·古留加:《康德传》,贾泽林译,商务印书馆1997年版,第273页。
② 《是对话还是独白》,《北京大学学报》1993年第1期。
③ 《当代审美文化与"对话意识"》,《文艺研究》1994年第1期。
④ 《略论中西人文精神》,《中国社会科学》1997年第1期。

孰非？当然，还有一个更为根本的问题：人是和谐的，天人合一的观念在中国古代文化的发展和衰落中是否起到了相同的作用？它在中国文化的转型期，即近代中国文化发生深刻变化的时候，起到了什么作用？是谁在提倡这些观念？这时的人的观念和中国传统的观念发生了哪些变化？这么深受推崇的观念怎么没有挽救中国文化的命运，而在今天却取得了其话语的合法性？不弄清楚这些复杂的问题纠葛，仅仅笼统地谈论中国古代的天人观念，不仅不能对反思中国古代文化有所裨益，而且往往掩盖了理论背后更为深刻的东西，从而成为鲁迅先生在《风波》里所嘲笑的"文人"和"文豪"："河里驶过文人的酒船，文豪见了，大发诗兴，说'无思无虑，这真是田家乐呵！'但文豪家的话有些不合事实，就因为他们没有听到九斤老太的话。……'我活到七十九岁了，活够了，不愿意眼见这些败家相——还是死的好。'"

最后一个问题就是：反本质主义(anti-essentialism)的人文观对我们思考人的问题的意义。马克思讲过：任何人类历史的第一个前提无疑是有生命的个人的存在。反本质主义的人文观正是极端地强调了这个方面。如格尔兹(Clifford Geertz)说的："我们在追求形而上学的存在，即大写的人；为了这个目的，我们牺牲了我们实际遇到的经验的存在，即小写的人。……如果我们想发现人的总和是什么，我们只能在人是什么中寻找答案：人的属性首先是多样性。"① 但是卡西尔也讲过："人类不应当用人来说明，而是人应当用人类来说明。"② 由此看来，我们也不能像某些非洲原始民族那样，仅仅具有表示个体事物的名称，而没有表示同一类事物的抽象的、类的、形而上的概念。本质主义的问题实质在于将纷繁万象的事物进行本质化的过程中，进行本质化的主体

---

① 格尔兹：《文化的解释》，纳日碧力戈译，上海人民出版社1999年版，第59页。
② 卡西尔：《人论》，第82页。

将客体的特性进行了哪些人为的处理？突出了哪些特征？隐蔽了哪些甚至是舍弃了哪些特征？不仅是由于理论的局限，更是由于立场、价值甚至是一种主观愿望的需要，在抽象化、理论化、逻辑化的过程中，是怎样在不知不觉中加进了自己的判断？利奇（Edmund Leach）说："任何根据一、二、三……划分类别的分类都暗示可能的等级概念。一等不仅有别于二等，一等还比二等更好。我们可以从各方面比较质的差异。X不同于Y，因为X'更好、更大、更贵、更强、更老'等等。"这种质的隐喻性虽然在人类文化中不具有普遍的特征，但在不同文化的比较中往往具有深层结构的相似性。① 不同文化之间的差别不仅表现在"人的状况"，更重要的是对"人应该怎样"的认识。例如，西方学者为何不按照中国学术权威和理论家在中国古代典籍、中国古代文化中发现的"人的观念"来对人进行解读、定位和判断？甚至，他们在理解中国人的观念时出现了哪些偏差？为什么？更重要的是，中国学者是否可以一厢情愿地把西方学者对人的"错误"的理解拉到"正路"上来？这一切都要回到跨文化对话中的话语权力与文化的特殊性和普遍性，即是否存在普遍的关于人的标准这些基本的问题上来。

---

① 埃德蒙·利奇：《文化与交流》，郭凡译，上海人民出版社2000年版，第52页。

第七章　中西文论对话与古代文论现代转换中的问题意识

第一节　中西文论对话中问题意识的具体表现

恩格斯曾说莎士比亚的作品"不管情节发生在什么地方",是意大利、法兰西,还是那伐尔,展现在人们面前的永远都只有在英国的天空下才能发生。恩格斯的精彩论述成为我们关注中西方文论对话的基本出发点。克劳斯·艾达姆(Klaus Eidam)也说巴赫的《法兰西组曲》和《英格兰组曲》"其实听不出什么英格兰的味道来,它们只是巴赫的音乐,甚至一个不知道曲名的人都能立即听出来"。[①] 我们可以说,任何一个成功的作家、艺术家都是如此。但是,我们目前的文艺理论研究中,特别是中西文论的对话中,又有哪些是我们自己的声音呢? 要么是古人的,要么是近代的,要么是外国的,什么是今天的文艺理论家应该发出的声音,对这个根本前提的思考,是我们目前理论界要首先明确和回答的问题。正如克尔凯郭尔所讲的一个故事,一群哥瑟城的聪明人看到一棵树弯向水面,为解决水的焦渴,便攀住树枝,一个人搂住另一个人的双腿,形成一道人链。但是他们忽略了一个重要的前提,即第一个人的手必须抓牢。当第一个人正打算朝手心唾一下好抓得更紧的时候,所有

[①] 克劳斯·艾达姆:《巴赫传》,王泰智译,商务印书馆2000年版,第310页。

的人都纷纷落入水中,因为他们的根本前提被放弃了。① 忽视对理论前提应该具有的清醒认识,是目前理论研究停滞不前的根本原因。中外文艺理论发展的基本事实为我们思考这个问题提供了有力的依据。

学院派或纯粹的学术研究是否存在,是我们首先面对的问题。纯粹的学术研究一定存在,但它们是否可以作为我们目前文艺理论研究的基本指导思想,这是大可怀疑的。在所有的思想家中,康德也许最能表现出纯粹的"学院派"的特点。他并没有像孔子那样周游列国,把自己大部分的精力消耗在他"知其不可而为之"的努力上。康德"一生的标志就是他的那些著作,而哲学家生活中那些最激动人心的事件就是他的思想。就康德而言,除了他学说的历史以外,他自己就再没有别的传记。他的一生几乎全是在一个叫哥尼斯堡的城市里度过的,他从来没有越过东普鲁士疆域一步。他既不追逐功名,也不攫取权力,无论是公务还是爱情都不能使他受到无端的烦恼"②。但是我们不能因为康德"秩序井然,千篇一律,单调刻板"的生活,就认为他的哲学也是如此。康德如苏格拉底一样再次"把哲学从天上降到人间,使它扎根于大地,抛开宇宙而去研究人"。他的"人就是目的"的信念,他提出"批判的道路"对独断论和怀疑论的调和,他对真、善、美的独到的思考,他的"除了消极的真理标准以外,是不能定出任何其他真理标准"的真理观,他对科学必须接受哲学指导的强调,他对上帝与自由关系的思考,都使我们深深地感受到这位"足不出户"的哲学家,时刻把人类的幸福放在自己的心上,并没有为自己提出的毫无意义的问题烦恼不已,他说:"善于提出合理的问题,乃是聪慧的必要标志。如果问题本身就没有意义,那么它除了会使提出问题的人感到羞愧外,还有这样一个缺陷,就是引出荒

---

① 《克尔凯郭尔哲学寓言集》,第 103 页。
② 阿尔森・古留加:《康德传》,第 1 页。

谬的回答和造成一种可笑的场面:一个人要给羊挤奶,而另一个人却给他垫上筛子。"①康德对真理无私的追求在他生活的时代,首先表现为对笛卡儿和莱布尼茨两种极端哲学思想的反思,他这样做"并不是为了使矛盾的一方获胜,而是为了使矛盾双方得到调和"②。

　　康德受卢梭的影响是理论界众所周知的事,但他是在哪一个层面上受到影响的?到处流浪的卢梭和宁静的康德在外在生活方式上的巨大对比并不妨碍他们在另一个更深层次上的合拍:他们因对世界、对人的价值要求,对绝对抽象正义概念的思考走到一起。卡西尔说:"我们已经习惯于把康德描绘成一位孤寂伶俜的思想家和哲学探究者,他沉浸并纠缠于自己的种种问题之中,两耳不闻窗外的大事。但是这种传统的形象是靠不住的;它的基本根据大有被补充和纠正之必要。"他对法国大革命的热情关注使我们看到没有哪一场思想运动完全逃出了这位"从未越出家乡城池一步"、"外部生活像一位闭门造车型的学究"的敏锐的目光。③ 同样,苏格拉底也从未到过国外,在成年以后,除因朝圣和服兵役到过德尔斐外,也没有离开过雅典。④ 但谁也没有因为这两位思想家生活上的局限而否认他们的思想至今仍对我们产生巨大的影响。黑格尔深刻的思想并不来源于他"循规蹈矩、安分守己、枯燥无聊"的为人⑤,这种有着巨大局限的生活却给他以充分的自由来思考自己的问题,那就是德国民族的命运,就像他曾相信拿破仑的"民事法典"会给德国民族带来复兴一样。他相信革命的洗礼使法国民族摆脱了作为僵硬枷锁套在头上的典章制度,并使那些闭塞愚昧的民族"终于放弃

---

① 阿尔森·古留加:《康德传》,第104—105页。
② 同上,第18页。
③ 卡西尔:《卢梭·康德·歌德》,刘东译,三联书店2002年版,第103页。
④ 泰勒、龚珀茨:《苏格拉底传》,赵继铨译,商务印书馆1999年版,第131—132页。
⑤ 阿尔森·古留加:《黑格尔传》,刘半九译,商务印书馆1997年版,第7页。

违反现实的习性,跨进了现实","消除了死亡的恐惧,改变了原来的生活习惯",并"超过它们的老师"①。他对希腊艺术的爱好,是从另一个领域为自己民族的发展提供了榜样。正如古留加所说的:"黑格尔的艺术兴味几乎专注于遥远的古代。当他考察史诗问题时,他兴趣盎然、如数家珍地谈到《伊利亚特》和《奥德赛》。《尼伯龙根之歌》却得不到黑格尔多少好感。"②

鲁迅的文章与那些所谓的学院派的根本不同首先在于他从不想着意追求理论的系统化和学术的体系化,他所关心的是自己的文章能否对现实的文艺、现实的学术、现实的斗争起一定的推动作用,他对那些所谓的高头讲章、空泛的专著并不感兴趣,并极力揭示出他们背后所隐藏的虚伪来。他在《花边文学·又是"莎士比亚"》中说:"'发思古之幽情',往往是为了现在。"鲁迅对于孔子在死后被当成敲门砖的历史命运和当时的统治者把孔子当成敲门砖但没有敲开幸福之门的历史喜剧进行了讽刺和嘲笑,特别是在《南腔北调集·由中国女人的脚,推定中国人之非中庸,又由此推定孔夫子有胃病》中对中国文化的所谓中庸思想进行了尖锐的讽刺:"我中华民族虽然常常地自命为爱'中庸',行'中庸'的人民,其实是颇不免过激的。譬如对敌人罢,有时是压服不够,还要'除恶务尽',杀掉不够,还要'食肉寝皮'。但有时候,却又谦虚到'侵略者要进来,让他们进来。也许他们会杀了十万中国人。不要紧,中国人有的是,我们再有人上去'。""然则圣人为什么大呼'中庸'呢?曰这正是大家并不中庸的缘故。人必有所缺,这才想起他所需。"正如《老子》第十八章里所讲:"大道废,有仁义;智慧出,有大伪。六亲不和,有孝慈;国家昏乱,有忠臣。"③第三十八章:"故失道而后德,失德而后仁,

---

① 阿尔森·古留加:《黑格尔传》,第56页。
② 同上,第137页。
③ 陈鼓应:《老子注释及评介》,第134页。

失仁而后义,失义而后礼。"①《庄子·大宗师》同样讲,鱼之所以"相呴以湿",就是因为"泉涸,相与处于陆",所以与其"相濡以沫,不如相忘于江湖。与其誉尧而非桀也,不如两忘而化其道"。② 可见,"相濡以沫"、"誉尧而非桀"不过是"泉涸,相与处于陆"的表征罢了。鲁迅对外国文学的翻译也是这样,虽然他译的很少有理论家所谓的经典,但大都是根据现实的需要,有很强的针对性。如他在《译文序跋集·〈一个青年的梦〉译者序二》中说:"我以为这剧本也可以医很多中国旧思想的痼疾,因此也很有翻成中文的意义。"这部剧本就是针对中国人对战争的态度而译的。他"硬译"的理论也是针对中国思想的解放和语言文字的改革而发的,他在《二心集·关于翻译的通信》中说:"这样的译本,不但在输入新的内容,也在输入新的表现法。"因为在他看来,"中国的文或话,法子实在太不精密了","语法的不精密,就在证明思路的不精密","脑筋有些糊涂","要医这病,我以为只好陆续吃一点苦,装进异样的句法去,古的,外省外府的,外国的,后来便可以据为己有"。正如《且介亭杂文·拿来主义》中所说的:"没有拿来的,人不能自成为新人,没有拿来的,文艺不能自成为新文艺。"

对古代文化的批判更是如此。在鲁迅看来,文化的研究要发出时代的声音,而不是唐宋的声音,如他对《文心雕龙》的研究。他在《汉文学史纲要·自文字至文章》中多次引用《文心雕龙》:《原道篇》两次,《总术篇》一次。第四篇《屈原及宋玉》又引用了《辨骚》中对屈原:"虽取熔经义,亦自铸伟辞","气往轹古,辞来切今,惊采绝艳;难于并能"的评价,并认为"可谓知言者已",而且引用了刘勰"赋萌于骚的观点"。鲁迅在《而已集·魏晋风度及文章与药及酒之关系》同样引用了刘勰的"嵇

---

① 陈鼓应:《老子注释及评介》,第212页。
② 陈鼓应:《庄子今注今译》,中华书局2001年版,第178页。

康师心以遣论,阮籍使气以命诗"的观点。鲁迅在《坟·摩罗诗力说》中采用了刘勰的观点,指出后人对屈原接受中出现的问题:"刘彦和所谓才高者菀其鸿裁,中巧者猎其艳辞,吟讽者衔其山川,童蒙者拾其香草。皆着意外形,不涉内质,孤伟自死,社会依然,四语之中,函深哀焉。故伟美之声,不震吾人之耳鼓者,亦不始于今日。"并极力反对他在《古小说钩沉》序中所说的:"去古既远,流裔弥繁,然论者尚墨守故言,此其持萌芽以度柯叶乎!""古"与"外"在鲁迅的眼中都是一样的,都是解决当时文艺理论发展的重要资源。正如他在《且介亭杂文·论旧形式的采用》中所说的,采取并非是"断片的古董的杂陈,必须溶化于新作品中","恰如吃用牛羊,弃去蹄毛,留其精粹,以滋养及发达新的生体,决不因此就会'类乎'牛羊的"。

在"古"与"今"的问题中,鲁迅最为关注的就是"发达的古"与"衰败的现实"之间的关系。早在《坟·摩罗诗力说》中,他就指出具有悠久历史文化的中国和新近发展国家的区别:"顾瞻人间,新声争起,无不以殊特雄丽之言,自振其精神而绍介其伟美于世界;若渊默而无动者,独前举天竺以下数古国而已。嗟夫,古民之心声手泽,非不庄严,非不崇大,然呼吸不通于今,则取以供览古之人,使摩挚永叹而外,更何物及其子孙?否亦仅自语其前此光荣,即以形迩来之寂寞,反不如新起之邦,纵文化未昌,而大有望于方来之足致敬也。故所谓古文明者,悲凉之语尔,嘲讽之辞耳!中落之胄,故家荒矣,则喋喋语人,谓厥祖在时,其为智慧武怒者何似,尝有闳宇崇楼,珠玉犬马,尊显胜于凡人。有闻其言,孰不腾笑?夫国民发展,功虽有在于怀古,然其怀也,思理朗然,如鉴明镜,时时上征,时时反顾,时时进光明之长涂,时时念辉煌之旧有,故其新者日新,而其古亦不死。若不知所以然,漫夸耀以自悦,则长夜之始,即在斯时。"所以,他说:"意者欲扬宗邦之真大,首在审己,亦必知人,比较既周,爰生自觉。""今且置古事不道,别求新声于异邦。"这就是他开始对中国古代文化反思、批判的根本出发点。他在《坟·论睁了眼看》一文中说:"中国的文人也一样,万事闭眼睛,聊以自欺,而且欺人,那方法是:瞒和骗。""中国人的不敢正视各方面,用瞒和骗,造出奇妙的逃路来,而自以为正路。"以至于"亡国遭劫的事,反而给中国人发挥'两间正气'的机会,增高价值"。文艺界也是这样,"中国人向来因为不敢正视人生,只好瞒和骗,由此也生出瞒和骗的文艺来,由这文艺,更令中国人更深地陷入瞒和骗的大泽中,其而至于已经自己不觉得"。这一切都是鲁迅为反思强大的中国传统文化与不断衰败的现实之间的矛盾性而发出的。至于鲁迅在《而已集·革命时代的文学》的演讲中所说的:"一首诗吓不走孙传芳,一炮就把孙传芳轰走了","大炮的声音或者比文学的声音要好听得多";《集外集·文艺与政治的歧途》的演讲中所说的"革命文学家和革命家究可说完全两件事。诋斥军阀怎样怎样不合理,是革命文学家;打倒军阀是革命家;孙传芳所以赶走,是革命家用炮轰掉的。绝不是革命文艺家做了几句'孙传芳呀,我们要赶掉你呀'的文章赶掉的",则更是针对当时的社会状况而发的。因为强大的"古"与落后的"今"是当时人们思考中西文化交流、中西文化对话、古今对话的根本前提。鲁迅的思想也为我们思考今日中与西、古与今的关系提供了重要的启示。中西文化对话、古今对话这些有关怎样评论中国传统文化和西方文化,怎样评价当前我国文化发展的大问题,仍有很多理论家自以为是的认为问题的根本关键是纯粹的学术研究,这种看法才是真正意义上的"知其不可而为之"。

歌德说,"世界历史需不时改写","所以有此必要,倒不是因为有很多事情没有发现,而是因为出现了新的观点,因为不断向前发展时代的人们,总是用新的方式观察和评价历史"。[①] 梁启超在《历史研究法》和

---

① 克劳斯·艾达姆:《巴赫传》,第9页。

《治国学的两条大路》中就提出过,研究国学有两条应走的道路:一是用客观方法去研究的所谓文献的学问,二是用内省和躬行的方法去研究的所谓德性的学问。把研究历史的目的归为"求得真实"、"予以新意义"、"予以新价值"、"供吾人活动之资鉴"等几个方面。① 中国近现代文学理论史其实就是中国古代传统在与西方文化的交流对话中得到不断筛选、不断反思、不断解释的历史。王国维在《国学丛刊序》中说:"学无新旧,无中西,无有用无用";"事物无大小,无远近,苟思之得其真,纪之得其实,极其会归,皆有裨于人类之生存福祉"。并且指出当时中国知识界的问题:"中国今日,实无学之患,而非中学、西学偏重之患。京师号学问渊薮,而通达诚笃之旧学家,屈十指以计之,不能满也;其治西学者,不过为羔雁禽犊之资,其能贯穿精博,终身以之如旧学家者,更难举其一二。""余谓中、西二学,盛则俱盛,衰则俱衰。风气既开,互相推助。且居今日之世,讲今日之学,未有西学不兴,而中学能兴者;亦未有中学不兴,而西学能兴者。""故一学既兴,他学自从之,此由学问之事,本无中、西。彼鳃鳃焉虑二者不能并立者,真不知世间有学问事者矣。"②王国维在《哲学辨惑》中也说:"异日昌大吾国固有之哲学者,必在深通西洋哲学之人,无疑也。"真是对"学术乃天下公器"的精彩论述。他自己的文艺批评及小说戏曲理论,如《红楼梦评论》、《宋元戏曲考》等都是如此,如陈寅恪在《王静安先生遗书序》中所说的,"取外来之观念与固有之材料互相参证"③。这一切都表现出王国维复杂的美学思想与他所处的各种政治力量、各种文化思想互相冲突的大背景之间的密切关系。当然中西文化的对话也不像他评稼轩词《中秋饮酒达旦用天问体作木兰花慢以送月》所说的那样简单:"词人想象,直悟月轮绕地之

---

① 梁启超:《中国历史研究法》,东方出版中心 1996 年版,第 156—163 页。
② 傅杰编:《王国维论学集》,中国社会科学出版社 1997 年版,第 403—405 页。
③ 王国维:《宋元戏曲史》,上海古籍出版社 2000 年版,第 151 页。

理。与科学家密合,可谓神悟。"①

黄侃在研究《文心雕龙》时也从没有把此当成纯粹的学术来看待,而是把它看成介入当时文艺大争论的一种方式。清末民初桐城派、《文选》派、朴学派的骈散之争无疑成为黄侃撰写《札记》的一个重要背景。当时中西文化的大冲突更是不可忽略的重要因素。台湾学者李曰刚说:"民国鼎革以前,清代学士大夫多以读经之法读《文心》,大则不外校勘、评解二途,于彦和之文论思想甚少阐发。黄氏《札记》适完稿于人文荟萃之北大,复于中西文化剧烈交绥之时,因此《札记》初出,即震惊文坛,从而令学术思想界对《文心雕龙》之实用价值、研究角度,均作革命性之调整,故季刚不仅是彦和之功臣,尤为我国近代文学批评之前驱。"②我们从《札记·情采》篇中黄侃解释刘勰写作的背景中就可以看出这一点:"舍人处齐梁之世,其时文体方趋于缛丽,以藻饰相高,文胜质衰,是以不得无救正之术。此篇旨归,即在挽尔日之颓风,令循其本,故所讥独在采溢于情,而于浅露朴陋之文未遑多责,盖揉曲木者未有不过其直者也。"其实黄侃在《札记》的一开始就表明了自己写作的目的:"文气、文格、文德诸端,盖皆老生之常谈,而非一家之眇论。若其悟解殊术,持测异方,虽百喙争鸣,而要归无二。"反对"忽远而崇今,遗实而取名",否认"阳刚阴柔之说,起承转合之谈"的桐城派,反对"知滞于迹"的"无向不滞",主张"通于理者"的"靡适不通"。③ 他在《原道》篇的札记中用刘勰《书记》篇的"杂文之多,悉可入录"来印证章太炎的"《文选》乃裒次总集,体例适然,非不易之定论",而他"文辞文笔之分,皆足自陷"的观点,正中阮氏之"失"。④ 至于黄侃把刘勰的"通变"解释为"通

---

① 王国维:《人间词话》,第 12 页。
② 张少康:《文心雕龙研究史》,北京大学出版社 2001 年版,第 148—149 页。
③ 黄侃:《文心雕龙札记》,上海古籍出版社 2000 年版,第 112、3 页。
④ 同上,第 10 页。

变之道,惟在师古,所谓变者,变世俗之文,非变古昔之法也","通变之为复古,更无疑义矣",则更是以刘勰之酒杯浇自己之块垒。刘勰的"原道"、"徵圣"、"宗经"都不过是为了纠正当时宋、齐、梁三代文风的"讹滥",挽救时弊,并不是想用儒家的思想,或是儒家质朴的文辞来写作,因为他推崇的也是注重辞藻、对偶、声律的骈文,《文心雕龙》就是用骈体文来写作的。刘勰更不是复古主义者,《通变》篇的"文律运周,日新其业。变则可久,通则不乏",《时序》篇的"时运交移,质文代变,古今情理,如可言乎","文变染乎世情,兴废系乎时序",就充分说明"变"的重要,他只是希望能把"变"和"通"结合在一起,达到既能"酌于新声",又能"饮不竭之源"的目的。① 黄侃的目的无非是为了用他在《总术》篇的札记中所说的"古今虽异,可以一理推,流派虽多,可以一术订",来说明"阮君之意诚善,而未为至懿也,救弊诚有心,而于古未尽合也"。② 黄侃在解释《文心雕龙》的《原道》篇时说:"案彦和之意,以为文章本由自然生","盖人有思心,即有言语,既有言语,即有文章,言语以表思心,文章以代言语,惟圣人为能尽文之妙,所谓道者,如此而已"。他把刘勰这种"甚为平易"的思想与后来"文以载道"的说法截然对立起来,他认为刘勰的"道"和"文以载道"的"道"并不相同,他说:"韩子之言,正彦和所祖也。道者,玄名也,非著名也,玄名故通于万理。而庄子且言道矢溺。今日文以载道,则未知所载者即此万物之所由然乎?抑别有所谓一家之道乎?如前之说,本文章之公理,无庸标揭以自殊于人;如后之说,则亦道其所道而已,文章之事,不如此狭隘也。"以自己对《原道》篇的解释来反对当时"胶滞罕通"和"矫枉过正"的"非通方之谈",通过解读《文心雕龙》来发表对当时理论界"骈散之争"的看法,提高人们对文艺的认

---

① 黄侃:《文心雕龙札记》,第104页。
② 同上,第210页。

识。① 总之，黄侃在研究《文心雕龙》时主张"研阅典籍，期于明理"，反对"摘句寻章"的执陋之举。

朱光潜的《诗论》就常常引用《文心雕龙》的材料或观点来说明自己对诗歌的理解。如第一章《诗的起源》引用了《文心雕龙·明诗》里的观点："尧有大唐之歌，舜造南风之诗，观其二文，辞达而已"的观点。第二章《诗与谐隐》也多次引用《文心雕龙·谐隐》里的观点，如刘勰解释"谐"字"谐之言皆也；辞浅会俗，皆悦笑也"。诙谐的本质在于："辞虽倾回，意归义正。"并举出了英国小说家斯威夫特和巴特勒来说明。第十一章《中国诗何以走上"律"的路（上）：赋对于诗的影响》中引用刘勰"赋自诗出"的观点。但刘勰观点本身的内涵、原因甚至其合理性等却很少展开具体的论述。可见，朱光潜的真正目的并不是研究《文心雕龙》，而是借助《文心雕龙》的材料和观点来解决自己的理论问题。特别是解释中国古代诗学不发达的原因，他说："中国向来只有诗话而无诗学，刘彦和的《文心雕龙》条理虽缜密，所谈的不限于诗。""诗学在中国不甚发达的原因不外两种。一般诗人与读诗人常存一种偏见，以为诗的精微奥妙可意会而不可言传，如经科学分析，则如七宝楼台，拆碎不成片断。其次，中国人的心理偏向重综合而不喜分析，长于直觉而短于逻辑的思考，谨严的分析与逻辑的归纳是治诗学者所需要的方法。"② 至于西方的诗比中国的诗"深广"，但丁、莎士比亚、歌德之所以超过阮籍、李白的诗是由于"中国哲学思想的平易和宗教情操的淡薄"。③ 朱光潜《诗论》的最终目的无非是为诗歌下一个最终的定义，特别是对散文与诗歌的区别这个古老的问题做出自己的回答。他说："诗和散文的分别不单在形式，也不单在实质；它是同时在形式和实质两方面见出来的。就形式

---

① 黄侃：《文心雕龙札记》，第5—6页。
② 朱光潜：《诗论》，三联书店1998年版，第3、25、1页。
③ 同上，第88—89页。

说,散文的节奏是直率的无规律的,诗的节奏是低回往复的有规律的;就实质说,散文宜于叙事说理,诗宜于歌咏性情,流露兴趣。"[①]最后竟得出"'哲学诗'和'史诗',表面上虽似说理叙事,实际上都还是抒情"的结论。这无疑就是移的就矢了。如,荷马史诗到底是抒情的呢,还是叙事的呢?莎士比亚的诗体戏剧是抒情的呢,还是叙事的呢?歌德的《浮士德》是叙事的呢,还是抒情的呢?虽然他认为,"诗本是趣味性情中事,谈到究竟,只能凭灵心妙悟,别人和我不同意时,我只能说是趣味的不同,很难以口舌相争"。但是他还是根据散文与诗歌区别的原则,制定出了好诗歌与坏诗歌的区别。这也就从一个问题转移到了另一个问题,即从诗是什么的问题到诗如何评价的问题。这时就出现了争执。如胡适就赞扬他反对韩愈和宋朝诗人的"作诗如说话",特别是王梵志和寒山子的打油诗。朱光潜除了自己对诗歌要求的基本原则外,也没有提出更为有力的论证,来说服胡适改变对诗歌的看法。朱光潜曾举出中国西晋以后的"偏重景物描写"的诗来驳斥莱辛的观点"诗只宜于叙述动作"。当然,莱辛在为诗歌下定义的时候,并没有考虑到中国西晋的诗歌,朱光潜自己在为诗歌下定义的时候,也没有考虑到胡适对诗歌的看法。正如朱光潜说"莱辛的毛病,像许多批评家一样,就在想勉强找几个很简赅固定的公式来范围艺术"一样,自己也在把一个开放的、不断变化的、复杂的存在——诗歌,当成一个凝固了的事实来盖棺论定。

《谈艺录》、《管锥编》可谓学问的渊薮,但我们在感受到钱钟书博学和睿智的同时,同样能体察到他强烈的现实关怀。钱钟书在《谈艺录·序言》中说:"《谈艺录》一卷,虽赏析之作,而实忧患之书也。"并介绍了此书写作时的情景,"予侍亲率眷,兵罅偷生,如危幕之燕巢,同枯槐之蚁聚。忧天将压,避地无之,虽欲出门西向笑而不敢也"。"销愁舒愤,

---

[①] 朱光潜:《诗论》,第257—259页。

述往思来。讬无能之词,遣有涯之日。"可见,《谈艺录》的写作与作者的亲身经历、特殊的心境有密切的关系,这对于我们理解其中的思想有非常重要的意义。所以他说李贺的《北中寒》不关心百姓,无世道人心之忧,而韩愈的《苦寒》就不同。他在评李贺诗及学李贺诗时说:"长吉苟真有世道人心之感,亦岂能尽以词自掩哉。"①他在评论宋诗人陈与义与杜甫诗的关系时也表现了同样的看法。他说陈与义"至南渡偏安,陈简斋流转兵间,身世与杜相类,惟其有之,是以似之"②。他在评清诗人郑珍的《自霑益出宣威入东川》一诗中说得更为明确:"'出衙更似居衙苦,愁事堪当异事征。逢树便停村便宿,与牛同寝豕同兴。昨宵蚤会今宵早,前路蝇迎后路蝇。任诩东坡渡东海,东川若到看公能。'写实尽俗,别饶姿致,余读之于心有戚戚焉。军兴而后,余往返浙、赣、湘、桂、滇、黔间,子尹所历之境,迄今未改。形羸乃供蚤饱,肠饥不避蝇余;恝肉无时,真如士蔚所赋,吐食乃已,殊愧子瞻之言。每至人血我血,掺和一蚤之腹;彼病此病,交递一蝇之身。子尹诗句尚不能尽焉。"③所以他说,陶渊明的诗名虽然"至宋而极",但宋朝的很多诗人不过是仅仅模仿他的诗体,在形势上相似罢了,与其生活情景和精神境界有天壤之国别。④

阅读《谈艺录》另一个强烈的感受就是,正如钱钟书自己所讲的:"我有兴趣的是具体的文艺鉴赏和评判。"他曾列举李贺诗中几十个以玉石作喻的例子,但是对于玉石的文化含义没有进行具体的分析与说明。⑤ 同样,他在《补遗·论圆》中则举出了古今中外文论中很多对圆这个概念的运用,近乎对圆的语言学罗列,但对圆本身所具有的美学意

---

① 钱钟书:《谈艺录》,中华书局1998年版,第47页。
② 同上,第173页。
③ 同上,第183—184页。
④ 同上,第88页。
⑤ 同上,第48—49页。

义,则没有进行深入的探讨和阐释。① 当然他的最终目的并不仅仅局限在这些具体的文艺鉴赏中,而是从这些具体的鉴赏中得出普遍的理论。他在论《随园诗话》中的理语时说:"盖任何景物,横侧看皆五光十色;任何情怀,反复说皆千头万绪;非笔墨所易详尽。倘铺张描画,徒为元遗山所讥杜陵之'斌䦱'而已。挂一漏万,何如举一反三。道理则不然。散为万殊,聚则一贯;执简以御繁,观博以取约,故妙道可以要言,著语不多,而至理全赅。顾人心道心之危微,天一地一之清宁,虽是名言,无当诗妙,以其为直说之理,无烘衬而洋溢以出之趣也。理趣作用,亦不出举一反三。""举万殊之一殊,以见一贯之无不贯,所谓理趣者,此也。"②他在论模写自然与润饰自然时也是这样:"长吉'高轩过'篇有'笔补造化天无功'一语,此不特长吉精神心眼之所在,而于道术之大原、艺事之极本,亦一言道著矣。夫天理流行,天工造化,无所谓道术学艺也。学与术者,人事之法天,人定之胜天,人心之通天者也。"③钱钟书在《补订》论述灵感时同样用朱熹和尼采几句简短的话概括出来了:"《朱子语类》卷十八论'致知节目'云:'逐节思索,自然有觉。如谚所谓:冷灰里豆爆。'尼采自道其'烟士披里纯'之体验云:'心所思索,忽如电光霍闪,登时照彻,无复遁形,不可游移。'"④对积久功深自然顿悟所产生的灵感进行了形象化的比喻,但仅仅是对灵感的描述,至于灵感产生的内在机制,并没有做进一步的探讨。当然,这一切都与他对文艺理论的基本理解有密切的联系。

钱钟书在《谈艺录》中论述古已有之的人品、文品之间的关系时,总是把诗论和诗作结合在一起,互相比较,以加强对诗论的认识。最典型

---

① 钱钟书:《谈艺录》,第432—433页。
② 同上,第227—228页。
③ 同上,第60页。
④ 同上,第601页。

的就是对元好问诗论的反驳。他说:"渠虽大言'北人不拾江西唾(《自题中州集后》第二首),谈者苟执著此句,忘却渠亦言'莫把金针度于人'(《论诗》第三首),不识其于江西诗亦颇采拮盈掬,便'大是渠侬被眼谩(《论诗三十首之十四》)矣。'"同时举出很多元好问的诗借鉴黄山谷的例证来说明自己的结论。① 钱钟书在《静修读史评》中对元好问《论诗绝句》中"心画心声总失真,文章宁复见为人。高情千古《闲居赋》,争识安仁拜路尘"一诗进行了分析,并举出了魏禧《日录》卷二《杂说》卷二的观点:文章"自魏晋迄于今,不与世运递降。古人能事已备,有格可肖,有法可学,忠孝仁义有其文,智能勇功有其文。日夕揣摩,大奸能为大忠之文,至拙能为至巧之语。虽孟子知言,亦不能以文章观人"。并指出,"此二者则与遗山诗相发明。吴氏谓正人能作邪文,魏氏及遗山皆谓邪人能作正文"。所以,"固不宜因人而斥其文,亦只可因文而惜其人,何须固执有言者必有德乎"。② 正如钱钟书所说的,模仿有两种:既有"如法炮制,依样葫芦,学邯郸之步,效西子之颦"的正仿,也有"反其道而行,以鲁男子之不可仿柳下惠之可,亦模仿而较巧黠焉"。也就是"若东则西,若水则火"的反仿。③ 正如克尔凯郭尔所说的:"一个思想者建立了一座庞大的建筑,一个体系,一个包容万有及世界历程等等一切的体系,然而,假如我们考察他的个人生活,会发现一个可怕而荒唐的事实:思想家本人并不居住在这座恢弘、高大的宫殿之中,而是住在旁边的马厩里,或者住在一个狗窝里,或至多住在脚夫的草屋里。假如有人提醒他这个事实他会发怒。因为他并不惧怕生活在幻想之中,只要他能够完成这一体系——这也同样借助于幻想。"④ 对真、善、美的描

---

① 钱钟书:《谈艺录》,第481—485页。
② 同上,第161页。
③ 同上,第400、445页。
④ 《克尔凯郭尔哲学寓言集》,第37页。

述仅仅能够说明描写者是一位善于思考的哲学家或善于使用语言的诗人,甚至是一个善于表演的艺术家,但并不能说明他是一个信徒,一个言与行、表与里始终如一的人。当然有很多理论家能像康德那样,作为一个道德家和作为普通人是完全一致的。但曾要求实行禁欲主义的叔本华,却是一个贪食美味、追求享受的人,而梦想成为超人的尼采却成为种种低劣品质的集大成者。① 当然其中也不乏像钱钟书所说的"借知人论世之名,来为吠声射影之举"的丑行,但是知人论世,文品人品分而论之,确是文学研究中一个重要的理论问题。

钱钟书在《补订》中也表达了同样的看法,对事物不要拘泥于就事论事,而要从具体的论述出发,来发现更为深刻的道理。《传灯录》卷五怀让禅师有"磨砖岂得作镜,坐禅岂得成佛"之说。孔子在《论语·公冶长》中说:"朽木不可雕也,粪土之墙不可杇也。"刘勰在《文心雕龙·体性》中也讲:"摹体以定习,因性以练才。"三者虽稍有出入,然都是讲先天的本性与后天的修行、方法与目的之间的关系。所以钱钟书在评袁枚诗论时说:"《传灯录》卷十七道膺禅师曰'如好猎狗,只解寻得有踪迹底;忽遇羚羊挂角,莫道迹,气亦不识'。子才不识禅,故不知禅即非禅,殊归一途,亦不自知其非禅而实契合于禅耳。"正如"渊明诗云:'山气日夕佳,飞鸟相与还;此中有真意,欲辨已忘言。'时达摩未西来,渊明早已会禅。"② 正如他在论随园非薄沧浪时所说:"悟乃人性所本有,岂禅家所得而私。一切学问,深造有得,真积力久则入,禅家特就修行本分,拈出说明;非无禅宗,即并无悟也。"③

钱钟书在论诗乐离合时说:"诗、词、曲三者,始皆与乐一体。而由混之划,初合终离。凡事率然,安容独外。"因此"诗乐分合,其理亦然"。

---

① 阿尔森·古留加:《康德传》,第169页。
② 钱钟书:《谈艺录》,第201—202页。
③ 同上,第199页。

钱钟书论述诗乐的分合,不是从诗乐的具体发展情况出发,而是从事物发展的普遍原则倒过来推导出诗乐分合的结论。作者并从黑白色于灰色的关系来说明诗乐分合的道理。然而诗乐的关系是先有诗乐合一,再有诗乐分离。灰色则是由合而成,而诗乐是由分离而成。一分一合,二者之间并没有必然的关系,更不能互相说明二者之间的必然性。也就是并不能从黑白的合而为灰得出诗乐必然分离的结论。当然,诗乐的分离即使从现在的事实来看,也并非必然如此。如现在的歌曲、戏曲也仍然是诗乐合一的情况,没有音乐,歌词就失去它自身的价值,诗歌的内容必须依靠音乐的存在而存在,没有人纯粹来念歌词的。正如钱钟书在谈文体递变时所说的:"俪体未曾中绝,一线绵延,虽极衰于明,而忽盛于清;骈散并峙,各放光明,阳湖、扬州文家,至有倡奇偶错综者。几见彼作则此亡耶。"①

从以上的分析来看,钱钟书并没把文艺理论的研究当成什么纯粹的游戏之作,而是把自己的研究当成解决各种理论问题的必由之路。如他把司空图《诗品·含蓄》中的"不著一字,尽得风流"解释为"'不著'者、不多著、不更著也",充分显示了古为今用,六经注我的基本思想。正如《左传·襄公二十八年》卢蒲癸所说的:"赋诗断章,余取所求焉。"当然,这种自圆其说在显示解读者自己无限机锋的同时,无疑使贯穿《诗品》始终的虚无思想,被一种实实在在的解读代替了。② 同样富有情趣的是钱钟书对"拜倒"的解读,他说:"是故弟子之青出者背其师,而弟子墨守者累其师。常言弟子于师'崇拜倾倒',窃意可作'拜倒于'与'拜之倒'两解。弟子倒伏礼拜,一解也;礼拜而致宗师倒仆,二解矣。"③这无疑是对中国学术界根深蒂固的门户之争、陈陈相因的陋习

---

① 钱钟书:《谈艺录》,第 27—29 页。
② 同上,第 414—415 页。
③ 同上,第 517 页。

的巨大讽刺。

在现代文论史上,宗白华的《美学散步》具有特殊的地位,它是具有中国传统审美特色的一部文艺理论著作。正如李泽厚在序里所说的:"宗先生再三提到的《周易》、《庄子》,再三强调的中国美学以生意盎然的气韵、活力为主,'以大观小',而不拘之于模拟形似;宗先生不断讲的'中国人不是象浮士德追求着无限,乃是在一丘一壑、一花一鸟中发现了无限',所以他的态度是悠然意远而又怡然自足的。"① 宗白华在《美学散步》中主要是推崇中国传统的"绚烂之极归于平淡"的审美观点,他认为"极饰反素"的美学思想"在中国美学史上影响很大。象六朝人的四六骈文、诗中的对句,园林中的对联,讲究华丽词藻的雕饰,固然是一种美,但向来被认为不是艺术的最高境界"②。当然《文心雕龙》里也讲"衣锦褧衣,恶文太章,贲象穷白,贵乎反本"。但是《文心雕龙》本身不就是用"六朝人的四六骈文、诗中的对句、园林中的对联、讲究华丽词藻的雕饰"的方式写出来的吗?它之所以能得到沈约甚至今人的赞赏恐怕与这种精美的文学形式关系很大。正如纪昀在评《文心雕龙》时所说:"此自善论文耳,如以其文论之,则不脱六代俳偶之习也。"③ 至于宗白华认为美的本质是"主观的东西和那客观的表象相结合"的观点,④他的"君子以明庶政"观点及对美和艺术在社会生活中的价值和局限性的思考等,⑤对我们今日文艺理论的研究都有非常重要的意义。《美学散步》至今阅读起来,仍然使人感到"不隔",就是因为它是为解决问题写的。其中的文章都是以问题为中心,以问题为依托,为说明问题而罗

---

① 宗白华:《美学散步》,上海人民出版社1982年版,第3—4页。
② 同上,第38页。
③ 张少康:《文心雕龙研究史》,第99页。
④ 康德:《判断力批判》上卷,宗白华译,商务印书馆1993年版,第216页。
⑤ 宗白华:《美学散步》,第14、21页。

列诸说,并不是为了自己独创的学说、为那些子虚乌有的伪问题而东拼西凑,甚至用张牙舞爪的辩论来推出自己闭门所制造的车。

在当代的文艺理论史中,王元化的《文心雕龙讲疏》具有特殊的地位。这部书的目的就是他在序言中所说的,"我的旨趣主要是通过《文心雕龙》这部古代文论去揭示文学的一般规律",同时作者还叙述了写作此书时"正耽迷于黑格尔哲学的思辨魅力的"情景。① 王元化是想通过对《文心雕龙》的研究来得出一般的文学理论,所以他在论述《文心雕龙》的观点时也通过和西方类似观点进行共时性的比较来得出自己的结论,如《风格的主观因素和客观因素》中把刘勰的风格理论和威克纳格、古柏的理论进行了比较;《释〈比兴篇〉拟容取心说》中把刘勰的"比兴"的理论和西方的"image"进行了比较。当然,这种对比并不一定能得出关于艺术形象的基本理论,因为仅仅就文体来说西方有着强大的叙事传统,而中国文学和西方相比,至少在《文心雕龙》产生的年代,中国的叙事文学还不如中国的诗歌发达。至于叙事文学的理论则更是如此。王国维在《静安文集续编·自序二》中说:"吾中国文学之最不振者莫戏剧若。元之杂剧,明之传奇,存于今日者,尚以百数。其中之文字,虽有佳者,然其思想及结构,虽欲不谓至幼稚、至拙劣,不可得也。国朝之作者,虽略有进步,然比诸西洋之名剧,相去尚不能以道里计。"《文学小言》中更说:"以东方古文学之国,而最高之文学无一足以与西欧匹者,此则后此文学家之责也。"由此看来,忽视中西在文体创作上的巨大差异,仅仅从诗歌中的意象出发,得出一个基本的关于艺术形象的理论是不可能的。王元化有时甚至把《文心雕龙》变成了黑格尔美学思想的注释,如《整体与部分和部分与部分》一文一开始就说:"黑格尔的《美的理念》主要论述了整体与部分和部分与部分之间的必然性和偶然性关

---

① 王元化:《文心雕龙讲疏》,上海古籍出版社1995年版,第2—3页。

系,现撮要综述如下,以便我们对这一问题作进一步探讨。"[1]这一篇虽然是对黑格尔美学的探讨,但是它仍然能够反映出作者的基本思路:使《文心雕龙》的思想和黑格尔的美学能够互相阐释。《讲疏》里的很多重要概念、问题、出发点都是从黑格尔美学中引申出来的,有时则是直接使用的。书中很少涉及西方其他的理论家,即使涉及,其深入的论述也较少。把黑格尔的美学思想和《文心雕龙》的文学理论融会贯通,达到钱钟书在《谈艺录》中所说的"庶几水中之盐味,而非眼中之金屑"的境界那就不能仅仅局限在黑格尔的美学思想和《文心雕龙》的理论中。

王元化主要是把黑格尔的思辨思想与《文心雕龙》的具体文学实践结合在一起,来探讨文学的普遍规律。如他对刘勰身份的认定:"刘勰并不是出身于士族,而是出身于家道中落的贫寒庶族。"[2]其实,他举出的几个理由都是理论的推测,并不能算是"考定",他并没有比前人发现更新的实证材料来证明他的观点,即使他的结论在他之前也有人提出过,只不过他用更为逻辑的语言表述出来罢了。但是理论的推测和事实的认定仍然是根本不同的两件事:理论的推测乃是一种从普遍性到特殊性的过渡,即从关于士族或庶族的普遍知识到刘勰是否是庶族或士族的出身这个具体特殊问题的过渡。事实上,刘勰的出身这个事实在理论上应该具有逻辑上的优先性,刘勰的出身应该为士族和庶族的特性提供证明,而不是相反。刘勰身份的特殊性并不是为庶族生存状况的普遍性提供证明的材料,它只是它自身。从所谓的关于士族或庶族的普遍性推导出刘勰的出生,从而把刘勰的出生变成了关于士族或庶族具有的普遍性的证明,从关于庶族的普遍知识到具体的关于刘勰出身的具体知识,其本质是用别的庶族的事例来类推刘勰的情况,这样

---

[1] 王元化:《文心雕龙讲疏》,第223页。
[2] 同上,第5—10页。

做,看似很有逻辑力量,其实正好把普遍性和特殊性在逻辑上的优先性颠倒了。不是特殊性为普遍性提供证明,而是普遍性从特殊性得到证明。正如加达默尔在《真理与方法》中从哲学的角度对具体历史事件的个体性的强调:"即使一切历史知识都包含普遍经验对个别研究对象的应用,历史认识也不力求把具体现象看成为某个普遍规则的实例。个别事件并不单纯是对那种可以在实践活动中作出预测的规律性进行证明。历史认识的思想其实是,在现象的一次性和历史性的具体关系中去理解现象本身。在这种理解活动中,无论有怎样多的普遍经验在起作用,其目的并不是证明和扩充这些普遍经验以达到规律性的认识,如人类、民族、国家一般是怎样发展的,而是去理解这个人、这个民族、这个国家是怎样的,它现在成为什么——概括地说,它们是怎样成为今天这样的。"①我们对刘勰的生平的认识也只能从这个基本原则出发,而不能从关于庶族的普遍性出发来得出关于刘勰具体生平的特殊性的知识。刘勰之所以能够创作出《文心雕龙》这样的巨著,就说明他相对于其他同时代的所谓庶族有巨大的特殊性,而对这特殊性的解释正是问题的关键。

第二节 中西文化强弱的对比对思考中西文论对话的影响

在中西文论对话、古代文论的现代转换中有几个基本问题是贯穿整个现代文论发展历史的。那就是古代文论的真正传统是什么?它自身是否发生了质的变化?怎样解释、评价这种变化?当然这几个问题也是互相联系的。

---

① 加达默尔:《真理与方法》,第 5 页。

古代文论是整个中国古代文化的一部分,它的传统与整个古代文化的传统是密不可分的。歌德曾赞扬中国人在思想、行为和感情方面"比我们这里更明朗,更纯洁,也更合乎道德",并对中国悠久的严格节制自持的传统表示赞赏。当然歌德的称赞并不是以他对中国文学精深的研究为前提的,而是由他博大的心胸和形而上的方法决定的。他从"世界文学时代的来临"的背景出发,来号召人们摆脱民族文学的狭隘眼光,从他者的眼光来反思自己的民族文学。他说:"我愈来愈深信,诗是人类的共同财产。"他从"我不能自视为唯一的诗人","任何人都不应该因为自己写过一首好诗就觉得自己了不起"出发来提醒自己的民族,他说:"我们德国人如果不跳开周围环境的小圈子朝外面看一看,我们就会陷入上面说的那种学究气的昏头昏脑",因为"民族文学在现代算不了很大的一回事,世界文学的时代已快来临了",同时他又说:"我们不应该认为中国人或塞尔维亚人、卡尔德隆或尼伯龙根就可以作为典范","对其他一切文学我们都应只用历史眼光去看。碰到好的作品,只要他还有可取之处,就把它吸收过来"。[①] 他这种开阔的胸怀不也是德国的"洋为中用"吗?

有很多思想家,如伏尔泰、托尔斯泰、罗素等都曾对中国的道德理想发出赞扬。特别是伏尔泰对孔子的崇拜是众所周知的。勃兰兑斯(George Brandes)曾这样评说伏尔泰的《中国孤儿》:"是伏尔泰对于一个非常古老的、信奉异教的、同时又是风俗纯洁的中国那种性情温良恭俭让的文明所深刻感受到的和经常表现出来的注意力,其次是对严格的人文主义伦理道德的赞扬:忠诚、牺牲精神和对一种严格的人类理想的经久不衰的热爱。"[②]但是安田朴说:"大家如果阅读一番《金瓶梅》,

---

[①] 爱克曼辑:《歌德谈话录》,朱光潜译,人民文学出版社 1988 年版,第 111—114 页。
[②] 安田朴:《中国文化西传欧洲史》,商务印书馆 2000 年版,第 617 页。

你们就会看到伏尔泰根本未能描述中国风俗的真正内容。""这出悲剧（我更倾向于称它为情节剧）中最典型的中国内容就是其标题中的'中国'一词。"①由此看来，《中国孤儿》与其说是伏尔泰对中国政治伦理的赞颂，不如说是对"忠诚、牺牲精神和对一种严格的人类理想"的价值观念的赞颂。总之，伏尔泰对中国文化的赞扬是以当时法国社会的现实斗争为出发点的，正如他用中国纪年的古老性来推翻《圣经》的历史权威一样，因为《圣经》的纪年不能成为远远超过它的世俗民族纪年的标准。②托尔斯泰对中国人宁愿忍受暴力也不施加暴力的容忍精神，对中国农民淡泊宁静的生活态度的赞赏也是这样。这与他自己对基督教的宣扬，对俄国农民生活的向往是密切联系在一起的。问题不仅仅在于中国农民是否过着像托尔斯泰所说的宁静而淡泊的生活，鲁迅在《风波》里已经讽刺过。与此相关的另一个问题是，中国古代统治阶层的暴力从来也没有对所谓的民间文化、来自下层的声音进行过所谓的忍耐和宽容，正如他们俄罗斯自己一样。罗素则把中国人的忍耐与和平，当成"现代世界极需要的"、"至高无上的伦理品质"。这可能使那些崇拜中国传统文化的人感到无比的高兴，但是我们不要忘记罗素的书是针对西方读者的，因为在他的眼里，西方的文化正好缺乏这种忍耐与宽容精神，他并不是要中国人发扬自己的忍耐力而是要西方人学习中国人的忍耐力。正如孔子教育不同的人要有不同的方法，对不同的人要有不同的要求一样，读者的转换对整个文本意义的产生具有决定意义，因为读者与文本的关系发生了根本的改变。同样，对中国传统文明崇拜与宣扬产生的意义也随着具体的语境与接受者的不同而不同。林语堂在《中国文化之精神》中提到他由于不同的环境对待中国文化不同的感

---

① 安田朴：《中国文化西传欧洲史》，第 629—633 页。
② 毕诺：《中国对法国哲学思想形成的影响》，耿昇译，商务印书馆 2000 年版，第 497 页。

受,他说:"东方文明,余素抨击最烈","然一到国外,不期然引起心理作用,昔之抨击者一变而为宣传,宛然以我国之荣辱为个人之荣辱,处处愿为此东亚病夫作辩护,几沦为通常外交随员"。然而,"一返国,则又起异样感触,始知东方美人,远见固体态苗条,近睹则百孔千疮"。可见语境的不同,言说就会产生根本不同的意义。

在崇古思想盛行的中国古代文化史中古典具有极其重要的意义,它是整个中国古代文化的胚胎。罗素在《中西文明的对比》中认为,国民性大量依赖于恰巧出现于文明形成时期的一些有影响力的个人性格,"老子和孔子同处于公元前6世纪,但已具备了今日中国人的个性特点"。[①] 利玛窦在其《中国札记》里就认识到中国人对孔子的态度及《四书》在中国文化史中的重要性,"中国有学问的人非常敬重他,以致不敢对他说的任何一句话稍有异议","在这个国家有一条从古代帝王传下来并为多少世纪的习俗所肯定的法律,规定凡希望成为或被认为是学者的人,都必须从这几部书里引导出自己的基本学说"。甚至,"他必须背熟整部《四书》,以便成为这方面的公认权威"。[②] 由此看来,中国古代文明常常是一种从对过去美好的回忆,而不是从将来的可能性中寻找现在一切行为准则的,以追求维护现状或以维护现状为基础来寻求可能性变化并保持相对稳定的文明。中国的文学理论大都是在探讨在先秦时代就早已开始了的基本观念,后来的探讨不过是那早已存在了的理论的更为详尽的阐释和更为精细的具体化,而没有从根本的问题上,也就是从生活中提炼出需要解决的问题,对将来人生及文学的可能性提出必要的思考,而只是一味地对现实的合理性、对与现实统一的古代传统超越时空的必然性提出尽可能的论证,也就是康德所说的

---

① 罗素:《中国问题》,秦悦译,学林出版社1999年版,第148页。
② 利玛窦:《中国札记》,中华书局1981年版,第35页。

中国人,"抱着传统习俗死死不放,对未来生活却漠不关心"①。文论的稳定性、文学的稳定性与文化的稳定性互为因果,互相说明,也互相论证,对陈规的沿袭和对现实的肯定密切联系在一起。所以汤因比在《历史研究》中指出孔子的人本主义的演变,"不久便由人性的研究一变而成为繁文缛节的礼的体系了。在政治方面它导致了后来传统的倾向,一切行政的措施都须有历史的陈规可寻"②。当然这也并不表明"礼"在中国文化中具有至高无上的意义。《论语·八佾》中讲:"礼,与其奢也,宁俭。"但事情的发展却往往出孔子预料,也就是"日新之谓盛德"。正如威尔斯在《世界史纲》中所说的,"我们夸大了中国人尊敬他们的前辈,在中国皇帝中犯杀父之罪的比在波斯统治者中更为常见"③。中国传统文化在时间上的内在统一性就来自"通经致用"乃不过是"治人之术",而不是"治事之学"、"治物之学",而"治人之术"相对于"治事之学"、"治物之学"具有更大的稳定性。由此学术的因循守旧把自己的兴趣局限于千年如斯的故纸堆里,而不是从现实的需要中提炼出亟待解决的问题,忘记了孔子自己对待传统的态度。韦伯说:"《诗经》显然经过了系统的净化,这大概是孔子的独特贡献。""《春秋》的特点恰恰是用'礼'的观点对事实作了系统的、现实的修订,这就是'微言大义'。"④我们不能认为只有中国人才能真正地理解中国传统的文化,才能解决中国现实的问题,如果那样就会否认对中国传统文化的解决必须依赖于对其他文明的充分认识。韦伯对孔子的理解比那些对孔子盲目崇拜的后继者更准确,更符合实际,也更富有现实意义。韦伯说:"如果有人总认为,只有中国人才能正确地、入微入细地解释儒教的话,那么,欧洲科

---

① 夏瑞春:《德国思想家论中国》,陈爱政译,江苏人民出版社 1997 年版,第 63 页。
② 汤因比:《历史研究》中卷,上海人民出版社 1959 年版,第 335 页。
③ 威尔斯:《世界史纲》,吴文藻等译,人民出版社 1982 年版,第 629—630 页。
④ 马克斯·韦伯:《儒教与道教》,王容芬译,商务印书馆 1997 年版,第 166 页。

学则在某种程度上同意这样一种见解:今天大概没有一个地道的中国人能够完全从老子(或《老子》一书的作者)的观点的本来内在体验的联系中继承这些观点。"① 既然我们无法像老子那样理解老子,那客观的老子又在哪里呢?

中国传统文化前后的内在统一并没有保证它在与其他文化对话与交流时始终保持自己的优势地位。威尔斯在《世界史纲》中就提到唐太宗对景教的态度,"以极大的尊敬接待了这些传教士",允许这新宗教"在帝国内宣讲","允许建立一座教堂和创办一所寺院",表现出极大的包容和自信。② 同样康熙皇帝也因为"赐给了在华的天主教徒们一些在法国拒绝给予基督的其他信徒的这种优待"而受到当时传教士们的一派赞扬。③ 可见宽容不仅是强大的原因,更是强大的表现。中国的知识分子当然也有像韩愈在《谏迎佛骨表》中所说的"伏以佛者,夷狄之一法耳",但最终佛教还是成了中国文化的一部分。韩愈没有遇到中西文化的问题,更没有遇到鸦片战争,乃至家破国亡的问题。当时佛教与中国文化的关系和清末之后中西文化的关系不可同日而语。中国人学习西洋文化更重要的是出于被迫,出于教训,出于无奈和不得已。自高自大的排外心理永远成为吸收外来文化的根本障碍。其实根据《摩奴法典》的记载,在古代印度婆罗门的眼里,中国人和希腊人一样是没有开化的野蛮民族。印度文化对中国文化的强大影响和中国文化对日本文化的影响一样,都被先人辉煌的历史业绩捆住手脚,可见伟大的传统为文化的发展带来的不仅仅是动力和资源,还有更大的负担,它使后人再也无法创造出先人的辉煌来,正如营养过剩而不爱走路的胖子一样。当梁启超认为战国时期、南北朝时期不同民族互相接触使古代学术思

---

① 马克斯·韦伯:《儒教与道教》,第237页。
② 威尔斯:《世界史纲》,第629页。
③ 安田朴:《中国文化西传欧洲史》,第470—471页。

想达到全盛,隋唐与印度文明接触使中世纪学术思想大放光明时,他看到了不同文化之间的交流是文化发展的重要动力。但当他说苏格拉底、柏拉图、亚里士多德、康德的人生哲学和博大的儒家哲学相比都显得十分幼稚时,我们仍然能够看出中华民族高傲自大的心理。中华文明之所以遭受那么多的挫折,无疑证明了汤因比的那句名言——文明的死亡永远不是谋杀而是自杀。《孟子·离娄章句上》说:"夫人必自侮,然后人侮之;家必自毁,而后人毁之;国必自伐,而后人伐之。太甲曰:'天作孽,犹可违;自作孽,不可活。'"汤因比曾经把乾隆皇帝在1793年让英国使节转给英王乔治三世的那封信当成"自我中心的错觉的最杰出的一个代表",并指出:"在这封信交出以后的100年里,乾隆那里的人民的骄傲就受到了一系列失败的挫折。骄傲的结果向来是这样的。"①从此中国人便挣扎于两重文化的负担之下,强大的欧美文化与久远的古代文明使中国人喘不过气来。由此看来,所谓的文化无优劣论,小脚、辫子不是中国传统文化的观点不过是自欺欺人,于己于人都无裨益的东西,怎能向世界推广呢?西方画家又有谁愿意像林语堂在《中国书法》中所说的那样苦练十年,学习用毛笔来写泰晤士大街上的招牌字呢?《孟子·滕文公章句上》讲:"吾闻用夏变夷者,未闻变于夷者也。"在孟子的当时夏和夷的关系是先进和落后的关系,可是鸦片战争之后就不同了。夏已不是孟子时代的夏,夷也不是孟子时代的夷了,二者的关系发生了彻底的根本的变化。

  整体文化实力的对比是我们思考中西文论交流与对话的基本语境。王元化在《文心雕龙讲疏》中说:"像《文心雕龙》这部体大虑周的巨制,在同时期中世纪的文艺理论专著中还找不到可以与之并肩的对手,可是除了少数汉学家外,它的真正价值迄今仍被漠视。这原因除了中

---

① 汤因比:《历史研究》上卷,第46—47页。

外文字隔阂,恐怕也由于还没有把它的理论意蕴充分揭示出来。"[1]他在《一九八四年在上海中日学者〈文心雕龙〉讨论会上的讲话》中又说:"《诗艺》里面提出来的文学范畴、文艺观点和文艺理论,如果和《文心雕龙》相比,都显得比较贫乏。但是直到19世纪,很多国外的学者还往往援引贺拉斯的《诗艺》,除了寥寥可数的几位日本汉学家之外,没有任何人引用过《文心雕龙》,这不能不令人遗憾。我想这主要是由于中外文字的隔阂。""中外文字的隔阂"当然是一个重要原因,中西文化在目前世界文化中地位的差异恐怕是最为根本的原因。不要说是外国理论家,就是我国当前的理论界不也是以能引用外国理论为自豪吗?[2] 被称为"龙学"的《文心雕龙》研究在国外并没有引起太多的反响:研究人员大都是西方理论界的边缘人物,甚至很多都是华裔,即使这样,他们也大都做些译介的工作,根本没有考虑用《文心雕龙》的理论知识来丰富、加强、改造他们自己对文艺理论的认识,甚至有些研究还把《文心雕龙》作为印证西方文学理论普遍性的材料和论据。《文心雕龙》在西方人的视界里都是如此,更不要说中国古代其他的理论家了。在西方理论家的眼里,中国古代的文艺理论不过是异域的一个味道不同的果实,只是用来品尝,并不用来作为主食。[3]《文心雕龙》能否与西方伟大的文艺理论著作在理论界相提并论,并不是仅仅加强对《文心雕龙》的研究所能完成的。从另一个角度讲,我们是否能用《文心雕龙》的理论来解释我们今天文艺理论中的问题呢?如果不能,那我们又怎能指望它能为解决西方文艺理论问题提供可靠的依据,从而引起西方理论界的关注呢?那不是成了以其昏昏使人昭昭吗?其实在我们自己的理论界也不能说对《文心雕龙》的重视不够,在对古代文艺理论的研究中,恐怕

---

[1] 王元化:《文心雕龙讲疏》,第76页。
[2] 同上,第262页。
[3] 张少康:《文心雕龙研究史》,第319、583页。

对《文心雕龙》的研究是最为深入的,然而这仍然没有充分发挥《文心雕龙》的历史价值,问题恐怕在于我们应该以何种态度、何种方法来对待《文心雕龙》,是让它为今天文艺理论的发展提供一个有非常价值的参考呢,还是让它成为某些理论家手中的玩物呢?我们对《文心雕龙》的文本的研究已经非常深入了,现在关键的问题是如何使传统的研究和今天的现实,与世界文艺发展的现实结合起来。想使《文心雕龙》成为某些理论家手中的玩物,又想使它受到普天下人的关注,恐怕很难。《文心雕龙》的研究要想受到世人的关注,它必须为思考世人的生活和命运做出贡献,它的理论力量不仅取决于它在体系上是多么完美,它还必须考虑在文学实践之中的现实意义。

不仅《文心雕龙》,即使国人引以为荣的四大发明的所有权也有争议。时至今日安田朴仍然在为印刷术的发明权而写文章大加争辩,虽然伏尔泰、蒙田等人早已说明了印刷术起源于中国。其中的缘由恐怕如安田朴所说的:"事实上,这丝毫都不令人感到惊奇。当卡特于1925年出版其有关印刷术在中国的发明及向欧洲的发展和传播过程的著作之首版时,中国已经受到马戛尔尼使团的羞辱,并由于鸦片战争而沦落到了'充满道德和慈悲的维多利亚女王'的最大利益而被迫吸毒的地步,它事实上在租借地的帮助下,只不过是欧洲的附庸而已。这就是为什么卡特和傅路德都厚颜无耻地以一句一鸣惊人的话为他们那学术价值惊人的著作做出了结论:'至今尚未能找到能证明中国和朝鲜的活字印刷对欧洲活字施加过影响的任何证据'! 这是由于当时欧洲帝国主义还非常强大,几乎是控制着全球。"[①]如占据整个18世纪初叶的中国礼仪之争就说明了文化的强弱对交流产生的根本影响。所谓中国礼仪之争无非是指三个问题:一个人是否可以既是天主教徒又举行尊孔礼

---

① 安田朴:《中国文化西传欧洲史》,第32—33页。

仪？一个人是否可以既是天主教徒又忠于对死者的崇拜？天主教的三位一体与汉字中的哪一个词是对应的？当然还牵连到是否可以用汉语来代替拉丁语来做弥撒等问题。① 但是聪明的耶稣会士们考虑到如果禁止基督徒向已故的亡灵和孔夫子举行崇拜仪式，那无疑就会把已经皈依了基督教的无数中国人拒绝于教门之外。于是他们就宣称中国古代宗教与基督教在原则上互相吻合，基督教与中国传统和历史在深层上是统一的，而不是对立的，他们这种妥协与折中的出发点无疑都是为了基督教在华的发展，而且充分考虑到当时的根本情景：传教士的力量与中华帝国力量之间的对比，使他们无法像对待印第安人或鸦片战争之后的中国那样用强制的方法来灌输。正如莱布尼茨所说的，对中国礼仪的谴责早晚会导致传教士被中华帝国逐出去。② 中国的皇帝也是这样，他说："欧洲人不能相当透彻地理解我们典籍的意义，因而我们害怕教皇依靠某些错误信息而制定某种荒谬的计划，那样必然会无可挽回地导致基督教在本帝国的覆灭。"③ 当时的旅行家的记录也为他们的看法提供了必要的证据。正如毕诺所说："旅行家曾兴致勃勃地赞扬中国，声称那里无数人群挤满了大街小巷，以及交通要塞和江河漕运。他们的叙述当然会引起对中国政府的赞扬，并产生仿效它的愿望。另一种事实也使赴中国的旅行家感到惊奇，这就是在城乡的那些熙熙攘攘的人群中，既没有乞丐也没有流浪汉。（勒让蒂尔可能是唯一承认了相反情况的旅行家。）但在当时，也就是在 18 世纪初叶，乞丐和流浪汉队伍在欧洲则如此之多，以至于不仅在城市，而且在乡村的各级政府都因此而感到惴惴不安。""当欧洲正由于宗教战争和实施的残酷行为（天主

---

① 安田朴：《中国文化西传欧洲史》，第 292 页。毕诺：《中国对法国哲学思想形成的影响》，第 77 页。
② 安田朴：《中国文化西传欧洲史》，第 433 页。
③ 毕诺：《中国对法国哲学思想形成的影响》，第 130 页。

教徒和新教徒可以背对背地互斗)而流血时,中国却未受这种灾难的苦厄。"①

我们与其把现代传统看成相对于古典传统的衰败与退化,倒不如把二者看成不断变化的中国传统的不同阶段。中国文化的发展是如何出现这种根本转机的呢?如卢梭所说的,"广大帝国的众多居民,并不能保障他们免于愚昧而又粗野的鞑靼人的羁轭"。②对此原因的思索是正贯穿整个中国近现代文化争论的基本主题之一。中国人是不是如孟德斯鸠所说的"由于中国的气候,人们自然地倾向于奴隶性的服从"?③安田朴对孟德斯鸠这种把中国的专制归结为中国地理气候的影响看法表示了反对,他说:"在中国冬季严寒和夏季酷热的北方气候与冬季温湿和夏季闷热的南方气候之间,绝没有任何共同标准。"④罗素在《中西文明的对比》中就反对这种气候与环境决定论,认为气候和环境虽说明了一部分,但不是全部。中国文化的产生和发展自然要受亚洲大陆地理条件的制约,欧美和日本的物质文明有他们海洋性国家的经验,但是中国文化自身的变化、中外文化关系的变化并不能从那几乎很少变化的地理环境得到令人满意的解释。黄仁宇认为中国从发达的封建帝国变成一个任人宰割的半封建半殖民地的落后国家,由先进的汉唐变为落后的明清的根本原因就在于:"中国两千年来,以道德代替法制,至明代而极,这就是一切问题的症结。"⑤韦伯曾经把儒家文化当成资本主义在亚洲得不到发展的根本原因,但是 20 世纪 70 年代后期,以日本、韩国、中国台湾与香港地区为代表的以儒家文化为传统文

---

① 毕诺:《中国对法国哲学思想形成的影响》,第 463—477 页。
② 卢梭:《论科学与艺术》,何兆武译,商务印书馆 1963 年版,第 13—14 页。
③ 孟德斯鸠:《论法的精神》,张雁深译,商务印书馆 1987 年版,第 283 页。
④ 安田朴:《中国文化西传欧洲史》,第 507 页。
⑤ 黄仁宇:《万历十五年》,三联书店 2000 年版,第 4 页。

化的亚洲文化圈的巨大发展曾对韦伯的理论提出了质疑。但是亚洲几个国家经济发展的基础也不像有些理论家所想象得那样牢固,更不能像他们所说的那样,亚洲资本主义的发展与儒家文化的根本原则并不存在根本的矛盾。1994年发生的东南亚危机使亚洲国家几乎在一夜之间就从工业化成功的典范陷入了痛苦挣扎的边缘,从根本上改变了人们对"亚洲经济虎"和"亚洲奇迹"的看法,从而也给那些以东亚经济的迅速发展来解释儒家文化跨越时代、国界与民族界限的优越性的论调以沉重打击。历史证明,对传统文化所抱有的崇高信念并不必然产生像传统文化那样的辉煌来,以高尚的动机向古代求教如何解决今世的问题,往往会适得其反。其实,就如何恢复祖先的光荣这个问题,苏格拉底就给我们指出了两条路,他说:"我看这没有什么神秘之处,只要他们能够发现他们的祖先是怎样行事为人的,而且自己也努力照样去做,他们的威力就不会比他们的祖先差;或者,如果不这样做,而能仿效那些现在占统治地位的人们,照着他们的方式行事为人,以同样的细心对待自己的事业,他们的成就就会同样得好,而且,如果他们更加勤奋,他们的成就甚至还会更好。"①

当然在回归传统的同时必须明白什么是传统。卢卡奇在《什么是正统马克思主义?》中说:"我们姑且假定新的研究完全驳倒了马克思的每一个个别的论点。即使这点得到证明,每个严肃的'正统'马克思主义者仍然可以毫无保留地接受所有这种新结论,放弃马克思的全部论点,而无须片刻放弃他的马克思主义正统。所以,正统马克思主义并不意味着无批判地接受马克思研究的结果。它不是对这个或那个论点的'信仰',也不是对某本'圣书'的注释。恰恰相反,马克思主义问题中的正统仅仅是指方法。它是这样一种科学的信念,即辩证法的马克思主

---

① 色诺芬:《回忆苏格拉底》,吴永泉译,商务印书馆2001年版,第101页。

义是正确的研究方法,这种方法只能按其创始人奠定的方向发展、扩大和深化。而且,任何想要克服它或者'改善'它的企图已经而且必将导致肤浅化、平庸化和折中主义。"①卢卡奇对"正统马克思主义"的论述在某种程度上更适合于对什么是传统文化、什么是民族性的论述。真正的"传统观念文化"同样不是信仰,也不是方法,更不是让人无休止崇拜的"圣书",它首先是一种开放的存在。对传统真诚的守护,并不是斤斤于对所谓传统的词藻上的崇拜,而是在历史发展的总体关系中,指出传统与当前任务的必然联系,为现实的发展不断提供丰富的源泉。朗松在《外国影响在法国文学发展中的作用》一文中说:"在人们幻想的战斗中,唯一真实的存在是法兰西精神,当它接受某一思想时,它向真理前进了一步,向美前进了一步,得到了充实。到底是这思想占有了法兰西精神呢?还是法兰西精神占有了这种思想?若阿香·杜倍雷的看法是再对也不过了,他把外国语言中的财富移入我国语言比作是一项战利品,号召法国青年向希腊、罗马、意大利进军,去劫取。这并不是什么悖论。如果你们各位想一想外国思想与艺术不断流入我国文学生活中起了什么作用的话,那么你们各位就将看到,这并不意味着我国文学生活活力的削弱、低落和衰竭,而体现了它存在的意志,体现了永远活跃健壮的精髓的更新力量。"在朗松看来,那些"认为除了从自己身上,从自己的发展中,从自己的发现以外,别无所取,拒绝可能得之于别人的获得物"的民族,那些"把自己禁锢于自省之中,以为无所求于人的民族"必然"日益萎缩、日益僵硬、日益衰竭——它的光芒是注定要熄灭的"。他相信自己民族的强大,相信自己民族在跨文化的对话中不会迷失自己,而是在不断学习、不断模仿中战胜对手。他说:"我们从来不能心安理得地看到有什么东西别人理解而我们不能理解,有什么乐趣别

---

① 卢卡奇:《历史与阶级意识》,杜章智译,商务印书馆1995年版,第47—48页。

人能感到而我们感觉不到。别的民族在文学艺术方面的进步激励我们的竞争心,促使我们步他们的后尘,但不是老跟在他们身后,而是赶上他们,如果可能的话,还要超过他们。"[1]朗松认为,文化交流的本质不过是充满自信地学习并不断壮大自己的过程:"我们按当年蒙田理解普卢塔克,理解塞内加那样来理解莎士比亚或拜伦,理解席勒或易卜生。我们并不去探索他们心目中的意义,而只探索我们自己心目中的意义,我们是模仿他们的榜样而把'我们自己的意思表达得更好'。"在朗松看来,研究其他民族的文化与文学并不仅仅是为了准确地理解他们的文化,而是为了更好地发展自己民族的文化,为了使自己民族的文化走向更为理想的文化而奋斗。他说:"别国的文学也许比法国文学更有特性;民族性、种族性更强烈;独立性、纯洁性、乡土性保留得更多。在我们那里,民族性已经抛掉了。我们并没有在独特性、地方色彩这个方向上发展,而是在普遍性、全人类性这个方向上发展。我们希望我们越来越代表全人类,越来越不代表法国人。我们从来不认识法国的'真'为何物,我们只知道'真',不带任何形容词的'真',全人类的'真'。"[2]当然,朗松关于法国文化追求"全人类的真"的看法有欧洲中心主义之嫌,但是他对那些过分美化"特性"、"民族性"、"种族性"、"独立性"、"纯洁性"、"乡土性"的做法的批判为我们思考自身传统的意义提供了有益的启示。

黑格尔说:"我们对于过去事物之所以发生兴趣,并不只是因为他们曾一度存在过。历史的事物才是属于我们的。单是同属于一个地区和一个民族这种简单的关系还不够使它们属于我们的,我们自己的民族的过去事物必须和我们现在的情况、生活和存在密切相关,它们才算

---

[1] 昂利·拜尔编:《方法、批评及文学史——朗松文论选》,徐继曾译,中国社会科学出版社1992年版,第74—75页。

[2] 同上,第78—79页。

是属于我们的。"所以,他认为,"《尼伯龙根之歌》在地理上是和我们德国人接近的,但是其中所写的布尔根德人和国王艾茨尔却和我们现代文化的一切关系和爱国情绪都割断因缘了,乃至我们读起《尼伯龙根之歌》还不如读荷马史诗那么亲切,尽管我们对荷马史诗没有什么学问"①。因为在他看来:"在希腊诗里,纯粹的有关人性的东西无论在内容上还是在艺术形式上,都达到最完美的展现。"②"在德意志民族意识中,尼伯龙根之类传说事迹都已一去不复返了。如果今天还有人想根据这种传说事迹去创作一部有民族意义的作品或经典,那就简直是一种最荒谬的幻想了。在幼年热情仿佛重新燃起的日子里,就可以看出一个时代的老年期的征兆,就像临死前的返老还童一样,这种征兆就在于企图靠死亡衰朽的东西来恢复元气,从其中获得热情和现实感。"真正的德意志民族意识并不是仅仅靠对早已死亡的古董的赞美与复原就可以获得的,像歌德所说的那样,它还必须更具有一种普遍性。"如果一部民族史诗要使其他民族和其他时代也长久地感到兴趣,它所描绘的世界就不能专属某一特殊民族,而是要使这一特殊民族和它的英雄品质和事迹能深刻地反映出一般人类的东西。"③一个民族的经典也是这样,像马克思在《〈政治经济学批判〉导言》中所说:"一条铁路,如果没有通车、不被磨损、不被消费,它只是可能性的铁路,不是现实的铁路。""一件衣服由于穿的行为才现实地成为衣服;一间房屋无人居住,事实上就不成其为现实的房屋。"④经典如果不能跨越时空的局限而和今天的我们发生活生生的关系,那它的经典性又表现在哪里呢?传统并不存在于图书馆的书籍里,而是存在于活生生的古与今的不断交流与对

---

① 黑格尔:《美学》第一卷,第346页。
② 同上,第27页。
③ 同上,第124页。
④ 《马克思恩格斯选集》第二卷,人民出版社1997年版,第9页。

话之中。儒家的传统不仅存在于儒家的经典文本之中,更存在于历代对它们的不断解读之中,不间断的解读使尘封的历史不断地获得新的生机。

总之,我们不应该仅仅停留在字句上来寻找中西文化的异同,而是在中西共同关心的问题上,针对问题提出的解决方案,以及解决问题的基本思想方法上使中西文化交流起来。

第八章 中国古典文化的内在复杂性与中西文论对话及古代文论的现代转换

第一节 中国古典文化的内在复杂性与等级的客观存在

文化的内在复杂性可分为几个方面,它们建立在人与人之间所具有的阶层之间、种族之间、性别之间、地域之间的差异之上,而阶层之间的差异是诸多差异中对文学与文化影响最大、最深、最为持久的差异。苏格拉底说:"难道你能够不知道,有些人把别人所栽种和培植起来的庄稼和树木砍伐下来,用各式各样的方法扰害那些不肯向他们屈服的弱者,直到他们为了避免和强者的战争而不得不接受他们的奴役?就是在私人生活中,难道你没有看到,勇而强者总是奴役那些怯而弱者并享受他们劳动的果实吗?"莎士比亚在《特洛伊罗斯和克瑞西达》第一幕第三场中借俄底修斯之口对"等级"的存在也做了精彩论述。他说,如果人与人之间没有等级,那就"一切都相互抵触;江河里的水会泛滥得超过堤岸,淹没整个世界;不孝的儿子要打死他的父亲"。虽然我们不能像苏格拉底那样思考"是统治人的人幸福还是被统治的人生活得更幸福?"[1]或者是他们哪一种生活更道德,更善良?但是,我们首先应该

---

[1] 色诺芬:《回忆苏格拉底》,第44页。

看到人与人之间的等级差异作为人类文化的基本特征对文化各个方面所产生的深刻影响,特别是在等级森严的中国古代社会。

中国传统文化的基本特征首先表现在它鲜明的等级性上,文化内在的等级差异影响甚至是决定了文化其他的重要特征。孟子说:"父子有亲,君臣有义,夫妇有别,长幼有叙,朋友有信。"(《孟子·滕文公上》)"民为贵,社稷次之,君为轻。"(《孟子·尽心章句下》)"君之视臣如手足,则臣视君如腹心;君之视臣如犬马,则臣视君如国人;君之视臣如土芥,则臣视君如寇仇。"(《孟子·离娄章句下》)"人皆有不忍之心。先王有不忍人之心,斯有不忍人之政矣。"(《孟子·公孙丑章句上》)"狗彘食人食而不知检,途有饿莩而不知废;人死,则曰'非我也,岁也。'是何异于刺人而杀之,曰,'非我也,兵也。'"(《孟子·梁惠王章句上》)"庖有肥肉,厩有肥马,民有饥色,野有饿莩,此率兽而食人也。"(《孟子·梁惠王章句上》)还有对于齐宣王的讽刺:齐宣王主张对"冻馁其妻子"的朋友"弃之";对于"不能治士"的士师"已之",但面对"四境之内不治,则如之何"的问题时,便只好"顾左右而言他"(《孟子·梁惠王章句下》)。"贼仁者谓之'贼',贼义者谓之'残'。残贼之人谓之'一夫'。闻诛一夫纣矣,未闻弑君也。"(《孟子·梁惠王章句下》)"君仁,莫不仁;君义,莫不义;君正,莫不正。一正君而国定矣。"(《孟子·离娄章句上》)这一切都是孟子对深深扎根于当时社会各个方面的等级关系的思考。当然,孟子对君、臣、民关系的论述和后来理学家的"君要臣死,臣不得不死"有根本的不同。正如孔子所说的迩之事父、远之事君那样,父子之间的等级关系作为其他等级关系的基本模式具有根本的意义。韦伯说:"在中国的等级制伦理上,仍然相当牢固地粘附着对封建制的留恋。对于封建主的孝,又被推及父母、老师、职务等级中的上司和一切有官职的人——因为对于所有这些人,孝在本质上是一样的。""在一个世袭制国家里,孝被推及各种臣属关系,对于官员——孔子也做过相——来说,孝是引出其他各种德性的元德,有了孝,就是经受了考验,就能保证履行官僚制最重要的等级义务:履行无条件的纪律。"①康德曾说:"中国人的繁文缛节和过分讲究的问候中包含有多少愚昧的怪诞!"②其实"中国人的繁文缛节和过分讲究的问候中"包含的更多的是对等级差异的默认和尊重,礼中反抗的成分总是少于服从。黑格尔说古代中国人不是屈服于家庭的父权之下,就是屈服于具有宗教性质的君权之下,其实质都是一样的:在君主面前的人人平等,其实质就是都没有权利。③维柯也讲,到日本传教的神父们报告说,"在劝日本人民信基督教所碰到的极大困难就在于无法说服贵族们使他们相信贵族和平民在人性上是平等的"。但中国的皇帝是"在一种温和的宗教下统治着,崇尚文艺,是最人道的"④。中国的皇帝就相信"贵族和平民在人性上是平等的"吗?事实绝非如此。不仅是对礼的强调是这样,即使是对乐的提倡也是为了强化等级的需要。宗白华说:"《乐记》最突出的特点,是强调音乐和政治的关系。一方面,强调维持等级社会的秩序,所谓'天地之序'——这就是'礼';另一方面又强调争取民心,保持整个社会的和谐,所谓'天地之和'——这就是'乐':两方面统一起来,达到巩固等级制度的目的。"这就是《乐记》讲"大乐与天地同和,大礼与天地同节"、"乐者天地之和,礼者天地之序"的根本出发点,礼与乐都是为了维护根深蒂固的封建等级制。⑤

亚当·斯密说:"征之任何记载,中国和印度斯坦的高官巨豪,比欧

---

① 马克斯·韦伯:《儒教与道教》,第 207—208 页。
② 康德:《论优美感和崇高感》,何兆武译,商务印书馆 2001 年版,第 59 页。
③ 阿尔森·古留加:《黑格尔传》,第 123 页。
④ 维柯:《新科学》,第 560 页。
⑤ 宗白华:《美学散步》,第 49 页。

洲最富裕的人,都有多得多的奴役。"①最富裕、最繁荣的表面下掩盖着最贫穷、最悲惨的一面。我们在史料中也常常能看到这种情景。② 中国普通人并不像罗素所说的那样保留了"工业化国家所没有保留的欣赏文明的能力,逗乐的闲暇,以及沐浴阳光进行哲学讨论的快乐"③。韦伯也说:"从各种迹象来看,决不能把一个中国乡村里农民的生活想象成和谐的家长制的田园诗。"④中国诗歌的发达在某种程度上是与中国人自身所经历的无数苦难密切相关的。很多诗歌是直接对各种磨难的描述和思索。赵瓯北在《题元遗山集》中说:"国家不幸诗家幸,赋到沧桑句便工。""熊鱼自笑贪心甚,既要工诗又怕穷。"王国维就中国古诗的发达也说:"古诗云:'谁能思不歌,谁能饥不食?'诗词者,物之不得其平而鸣者也。故'欢愉之辞难工,愁苦之言易巧'。"⑤可见,诗歌对传统文化的反映有很多并不仅仅是纯粹抽象的理论,而是人人都有的切肤之感的现实。我们从中西哲人的具体行为上也可以看出。智慧的象征者苏格拉底无私地遵守法律,法律在他的眼里就是正义、规则的象征,规则高于个人的情趣与利益。"在他的私人生活方面,他严格遵守法律并热情帮助别人;在公共生活方面,在法律所规定的一切事上他都服从首长的领导,无论是在国内或是从军远征,他都以严格遵守纪律而显著地高于别人之上。当他做议会主席的时候,他不让群众做出违反纪律的决议来,为了维护法律,他抵制了别人所无法忍受的来自群众的攻

---

① 亚当·斯密:《国民财富的性质和原因的研究》上卷,郭大力译,商务印书馆1983年版,第197页。
② 郑曦原:《帝国的回忆——〈纽约时报〉晚清观察记》,李方惠译,三联书店2001年版,第14—15页。
③ 罗素:《中国问题》,第158页。
④ 马克斯·韦伯:《儒教与道教》,第148页。
⑤ 王国维:《人间词话》,上海古籍出版社2000年版,第19页。

击。"①甚至他的就义也是维护法律尊严的一种方式。中国传统的皇帝和官僚文人却为了自己个人、家族或阶层的利益而不顾一切地强调、宣扬,甚至是想方设法地论证自身智力和道德的高尚,自身对其他人、其他家族和阶层的统治剥削的合法性,把自身的利益说成是整个国家、民族的利益,把自身的权威凌驾于一切之上。在他们的眼里,维护先祖遗留下来的等级,也就是维护现状,是一切问题的根本关键,因为,维护现状就是维护自身高高在上的统治地位。当然这并不否认开明的统治者能够充分考虑到他者的存在。在这种差别等级极为严格的情况下,怎么能对文学有着统一的理解认识和评价呢?有很多人恐怕连什么是文学都不知道,因为他们连字都不认识。等级之间的深刻对立使得他们之间缺乏交流与对话,同时也使得社会因缺乏公平的竞争而容易保持短暂的相对稳定,而后便是剧烈的权力交替所带来的动荡不安。韦伯认为这种相对稳固的封建统治,"老百姓不过是变换他们的君主而已,或是篡权上台的,或是成功入侵的,两种情况都仅仅意味着征税人的变换,而不是社会制度的变迁"。"对于中国的天威来说,古老的社会秩序就是一切。上苍在进行统治时是这种制度的永恒性和不被扰乱的效用的维护者,是受到理性规范统治保障的太平盛世的卫士,而不是或喜或忧的非理性的命运突变的根源。这种突变就是不太平,天下大乱,因此是典型的恶魔所致。"②黑格尔也指出:中国这个以"持久"、"稳定"为特征的以"家族关系为基础"的"空间的国家",它的历史"在大部分上还是非历史的,因为它只是重复着那终古相同的庄严的毁灭"。"他们生存的原则没有什么变化,但是他们相互间的地位却在不断变化之中。"也就是说,每个人所处的特定的人际关系就是他一切行为的出发点和基

---

① 色诺芬:《回忆苏格拉底》,第161页。
② 马克斯·韦伯:《儒教与道教》,第72页。

础,主体反抗的不是等级制而是反抗现实中的占据优势地位的统治阶层,等到新的统治阶层出现,也将伴随新的等级关系,而等级关系的基本原则并没有发生根本变化,只是每一个主体在这种关系中的地位可能发生变化。① 如福泽谕吉所说的,"虽然经过多次改朝换代,但人与人之间的关系本质上并没改变"。思想上更是如此,"因为孔孟之教对这个制度最有利,所以只让它流传后世"。② 秦始皇的焚书坑儒,汉武帝使董仲舒成为"群儒首",唐太宗"钦定"孔颖达撰写的《五经正义》作为朝廷法定的准则,明清的八股取士将朱熹的《四书集注》定为科举的主要著作,都是这种思想的集中表现。由此可见,传统的专制是反对改革与社会发展的最终根源,绝对的等级带来绝对的专制和传统的神圣不可动摇,与此相随的则是暂时的稳定。韦伯说,官僚等级"联合起来反对任何干预,团结一致,怀着切肤之恨迫害每一个倡导'改革'的理性主义思想家。只有暴力革命,不管来自下面,还是来自上面,才能给中国带来转机",因为"任何一种革新都会危及每一个官员眼前的或未来可能的收费利益","联合起来反对改革的物质利益是何等强大,改革又是何等无望,因为没有任何独立于这些既得利益者的机构"。由此看来,这些既得利益者为了维护特权和传统拼命使中国成为一个"静态的中国"。③ 正如鲁迅在《坟·娜拉走后怎样》一文关于中国文化的保守性所说的:"可惜中国太难改变了,即使搬动一张桌子,改装一个火炉,几乎也要血;而且即使有了血,也未必一定能搬动,能改装。不是很大的鞭子打在背上,中国自己是不肯动弹的。"

鲁迅关于传统文化理论最根本的出发点就是指出中国传统文化的两层性,极力揭示出掩盖在所谓高雅文化下的虚伪与空虚来。鲁迅在

---

① 黑格尔:《历史哲学》,王造时译,三联书店1956年版,第151页。
② 《福泽谕吉自传》,马斌译,商务印书馆1980年版,第16—18页。
③ 马克斯·韦伯:《儒教与道教》,第113页。

《坟·论"他妈的!"》中说:"晋朝已经是大重门第,重过度了;华胄世业,子弟便易于得官;即使是一个酒囊饭袋,也还是不失为清品。北方疆土虽失于拓跋氏,士人却更其发狂似的讲究阀阅,区别等第,守护极严。庶民纵有俊才,也不能和大姓比并。至于大姓,实不过承祖宗余荫,以旧业骄人,空腹高心,当然使人不耐。但士流既然用祖宗作护符,被压迫的庶民自然也就将他们的祖宗当作仇敌。"所以鲁迅在《坟·摩罗诗力说》中引用《文心雕龙》的话说:"中国汉晋以来,凡负文名者,多受谤毁,刘彦和为之辩曰,人禀五材,修短殊用,自非上哲,难以求备,然将相以位隆特达,文士以职卑多诮,此江河所以腾涌,涓流所以寸折者。东方恶习,尽此数言。"他在《坟·春末闲谈》中说,中国文明的历史不仅仅是"圣君、贤臣、圣贤、圣贤之徒"文化的历史,中国历史不仅仅是"黄金世界的理想",还有"唯辟作福,唯辟作威,唯辟玉食","君子劳心,小人劳力","治于人者食人,治人者食于人"。所以,他说:"可惜理论虽已卓然,而终于没有发明十全的好方法。""即以皇帝一伦而言,便难免时常改姓易代,终没有'万年有道之长';《二十四史》而多至二十四,就是可悲的铁证"。他在《坟·灯下漫笔》中说得更为直截了当:"但实际上,中国人向来就没有争到过'人'的价格,至多不过是奴隶,到现在还如此,然而下于奴隶的时候,却是屡见不鲜的。"在他的眼里,中国的历史分成两个时代:"想做奴隶而不得的时代"和"暂时做稳了奴隶的时代"。"因此我们在目前,还可以亲见各式各样的筵宴,有烧烤,有翅席,有便饭,有西餐。但茅檐下也有淡饭,路旁也有残羹,野上也有饿莩;有吃烧烤的身价不资的阔人,也有饿得垂死的每斤八文的孩子(见《现代评论》二十一期)。所谓中国的文明者,其实不过是安排给阔人享用的人肉的筵宴。所谓中国者,其实不过是安排这人肉的筵宴的厨房。不知道而赞颂者是可恕的,否则,此辈当得永远的诅咒!""大小无数的人肉的筵宴,即从有文明以来一直排到现在,人们就在这会场中吃人,被吃,以凶人的愚妄的欢呼,将悲惨的弱者的呼号遮掩,更不消说女人和小儿。""这人肉的筵宴现在还排着,有许多人还想一直排下去。扫荡这些吃人者,掀掉这筵席,毁坏这厨房,则是现在的青年的使命!"严格的等级观念深深地隐藏在中国文化的每一个角落,"有贵贱,有大小,有上下。自己被人凌虐,但也可以凌虐别人;自己被人吃,但也可以吃别人。一级一级地制驭着,不能动弹,也不想动弹了。因为倘一动弹,虽或有利,然而也有弊。我们且看古人的良法美意罢——'天有十日,人有十等。下所以事上,上所以共神也。故王臣公,公臣大夫,大夫臣士,士臣皂,皂臣舆,舆臣隶,隶臣僚,僚臣仆,仆臣台。'(《左传》昭公七年)但是'台'没有臣,不是太苦了吗?无须担心的,有比他更卑的妻,更弱的子在。而且其子也很有希望,他日长大,升而为'台',便又有更卑更弱的妻子,供他驱使了。如此连环,各得其所,有敢非议者,其罪名曰不安分。"中国文化自身的两重性,无疑为文化交流的两重性奠定了基础。所以鲁迅又说:"外国人中,不知道而赞颂者,是可恕的;占了高位,养尊处优,因此受了蛊惑,昧却灵性而赞叹者,也还可恕的。可是还有两种,其一是以中国人为劣种,只配悉照原来模样,因而故意称赞中国的旧物。其一是愿世间人各不相同以增自己旅游的兴趣,到中国看辫子,到日本看木屐,到高丽看笠子,倘若服饰一样,便索然无味了,因而来反对亚洲的欧化。这些都可憎恶。至于罗素在西湖见轿夫含笑,便赞美中国人,则也许别有意思罢。但是,轿夫如果能对坐轿的人不含笑,中国也早不是现在似的中国了。"鲁迅在1925年的《青年必读书》中说:"我以为要少——或者竟不——看中国书,多看外国书。"(《华盖集》)他在《三闲集·现今的新文学的概观》中也主张:"多看外国书","多看些别国的理论和作品之后,再来估量中国的新文艺,便可以清楚得多了"。即使读中国的古书,鲁迅也有自己的看法,他在《华盖集·忽然想到(四)》中说要读史,因为"历史上都写着中国人的灵魂,指示着将来的命运",而野史更因为"究竟不必太摆史官的架子"而使内容"更容易了然",所以更要提倡读。他在《坟·我之节烈观》中说:"汉朝以后,言论的机关,都被'业儒'们垄断了。宋元以来,尤其厉害。我们几乎看不见一部非业儒的书,听不到一句非士人的话。除了和尚道士,奉旨可以说话的以外,其余'异端'的声音,决不能出他卧房一步。况且世人大都受了'儒者柔也'的影响;不述而作,最为犯忌。即使有人见到,也不肯用性命来换真理。"他在《且介亭杂文·关于中国的两三件事》中也提出了相同的观点:"其实,放火,是很可怕的,然而比起烧饭来,却也许更有趣。外国的事情我不知道,若在中国,则无论检查怎样的历史,总寻不出烧饭和点灯的人们的列传来。在社会上,即使怎样的善于烧饭,善于点灯,也毫没有成为名人的希望。然而秦始皇一烧书,至今还俨然做着名人,至于引为希特拉烧书事件的先例。假使希特拉太太善于开电灯,烤面包罢,那么,要在历史上寻一点先例,恐怕可就难了。"在鲁迅看来,这些保存在古董里的所谓国粹并不像国粹家所说的那样好,他在《坟·我们现在怎样做父亲》中说:"中国的社会,虽说'道德好',实际却太缺乏相爱相助的心理","历来都竭力表彰'五世同堂',便足见实际上同居的为难;拼命的劝孝,也足见事实上孝子的缺少。而其原因,便全在一意提倡虚伪道德,蔑视了真的人情"。他在《热风·随感录三十五》中更说:"倘说:中国的国粹,特别而且好;又何以现在遭到如此情形,新派摇头,旧派也叹气。倘说:这便是不能保存国粹的缘故,开了海禁的缘故,所以必须保存。但海禁未开以前,全国都是'国粹',理应好了;何以春秋战国五胡十六国闹个不休,古人也都叹气。倘说:这是不学成汤文武周公的缘故;何以真正成汤文武周公时代,也先有桀纣暴虐,后有殷顽作乱;后来仍旧弄出春秋战国五胡十六国闹个不休,古人也都叹气。"所以他说:"要我们保存国粹,也须国粹能保存我们。保存我们,的确是第一义。只要问他有无保存我们的力量,不管他是否国粹。"他在《随感录三十六》中又说,保存国粹"须有相当的进步的智识,道德,品格,思想,才能够站得住脚:这事极须劳力费心。而'国粹'多的国民,尤为劳力费心,因为他的'粹'太多。粹太多便太特别。太特别,便难与种种人协同生长,争得地位"。而中国人却要保存这难以胜数的国粹,因此"我所怕的,是中国人要从'世界人'中挤出,中国人失去了世界",这就是他的"大恐惧"。他对中国传统"本位应在幼者,却反在长者;置重应在将来,却反在过去。前者作了更前者的牺牲,自己无力生存,却苛责后者又来专作他的牺牲,毁灭了一切发展本身的能力"的旧见解揭露得可谓淋漓尽致。他在《华盖集·忽然想到(六)》中说的更为深刻:"不能革新的人种,也不能保古的。长城久成废物,弱水也似乎不过是理想上的东西。老大的国民尽钻在僵硬的传统里,不肯变革,衰朽到毫无精力了,还要自相残杀。于是外面的生力军很容易地进来了,真是'匪今斯今,振古如兹'。至于他们的历史,那自然都没有我们的那么古。可是我们的古也就难保,因为土地先已危险而不安全。土地给了别人,则'国宝'虽多,我觉得实在也无处陈列。""但是,无论如何,不革新,是生存也为难的,而况保古。现状就是铁证,比保古家的万言书有力得多。我们目下的当务之急,是:一要生存,二要温饱,三要发展。"鲁迅这样坚定地揭露传统文化的痼疾,并不表明他是民族文化的虚无主义者,他在《坟·文化偏致论》中说:"所谓明哲之士,必洞达世界之大趋势,权衡较量,去其偏颇,得其神明,施之国中,翕合无间。外之既不后于世界之思潮,内之仍弗失固有之血脉,取今复古,别立新宗,人生意义,致之深邃,则国人之自觉至,个性张,沙聚之邦,由是转为人国。人国既建,乃始雄厉无前,屹然独见于天下,更何有于肤浅凡庸之事物哉?"对"固有之血脉"的继承与发扬一直是鲁迅毕生追求的目标,只不过现实的斗争告诉他,中国面临的问题不是如何颂扬民族文化的伟大,而是如何反思自己民族文化的传统在当今的意义。所以他的努力便在于揭露传统文化对中国现实的发展所具有的负面意义。这都是在现实斗争的语境里所做出的必然选择。他在《南腔北调集·我怎么作起小说来》中说:"揭起痛苦,引起疗救的注意。"所以他非常痛恨那种因不敢正视社会现实,从而主张文艺可以超出现实,可以超越时代,超出阶级的意识的理论。他在《三闲集·文艺与革命》里说:"身在现世,怎么离去?这是和说自己用手提着耳朵,就可以离开地球一样地欺人。"《二心集·"硬译"与"文学的阶级性"》中说:"人在阶级社会里,即断不能免掉所属的阶级性、无需加以'束缚',实乃处于必然。自然,'喜怒哀乐,人之情也',然而穷人绝无开交易所折本的懊恼,煤油大王那会知道北京捡煤渣老婆子身受的酸辛,饥区的灾民,大约总不去种兰花,像阔人的老太爷一样,贾府上的焦大,也不爱林妹妹的。""在阶级社会中,文学家虽自以为'自由',自以为超了阶级,而无意识地,也终受本阶级的阶级意识所支配。"他在《热风·随感录五十七 现在的屠杀者》中说:"做了人类想成仙;生在地上要上天;明明是现代人,吸着现在的空气,却偏要勒派朽腐的名教,僵死的语言,侮蔑尽现在,这都是'现在的屠杀者'。杀了'现在',也便杀了'将来'。——将来是子孙的时代。"在鲁迅看来,中国人内部的巨大差别是无法掩盖的,现实的差别有它历史的根源,同时也与中国未来历史的命运密切联系在一起。他在《且介亭杂文·中国语文的诞生》中这样说:"中国人中,有吃燕窝鱼翅的人,有卖红丸的人,有拿回扣的人,但不能因此就说一切中国人,都在吃燕窝鱼翅,卖红丸,拿回扣一样。"其实国粹家大张旗鼓地吆喝要保存国粹,从另一个侧面就说明了问题就出在国粹自身的价值上。鲁迅在《坟·看镜有感》中说:"宋的文艺,现在似的国粹气味就熏人。然而辽金元陆续进来了,这消息很耐寻味。汉唐虽然也有边患,但魄力究竟雄大,人民具有不至于为异族奴隶的自信心,或者竟未想到,凡取用外来事物的时候,就如将彼俘来一样,自由驱使,绝不介怀。一到衰弊陵夷之际,神经可就衰弱过敏了,每遇外国东西,便觉得仿佛彼来俘我一样,推拒,惶恐,退缩,逃避,抖成一团,又必想一篇道理来掩饰,而国粹遂成为屠王和屠奴的宝贝",正如"有衰病的,却总常想到害胃,伤身,特有很多忌条,许多避忌;还有一大套比较厉害而终于不得要领的理由","正如倒霉人物,偏多忌讳一般,豁达闳大之风消歇净尽了",最终"各种顾忌,各种小心,各种唠叨,这么做即违了族宗,那么做又像了夷狄,终生惴惴如在薄冰上,发抖尚且来不及,怎么会做出好东西来"。

鲁迅对传统局限的揭示,对所谓国粹的批判主要来自他对所谓国粹在现实中所起的作用的深刻反思与愤慨:仅仅作为上层社会欣赏把玩的工具,并为维护这种残缺不全的存在提供论据和理由。他对传统文化内部巨大差异的揭示与批判再一次提醒目前的理论界,不要对古典文化保有一体化的、简单化的逻各斯中心主义式的态度,也不要对古典文化进行毫无分析的盲目崇拜,只有客观、清醒、辩正的认识才能为我们今天文艺的进步带来可能。

第二节 中国古典文化中的等级传统对理解经典的意义

传统文化中等级因素的无处不在必然对理解古典文化、理解经典的意义产生深刻的影响。

鲁迅在《集外集拾遗·老调子已经唱完》中说:"我想,唯一的办法,首先是抛弃了老调子。旧文章,旧思想,都已经和现社会毫无关系了,从前孔子周游列国的时代,所坐的是牛车。现在我们还坐牛车么?从前尧舜的时候,吃东西用泥碗,现在我们所用的是甚么?所以,生在现今的时代,捧着古书是完全没有用处的了。"所以他非常憎恨那些毫无区别地称赞中国旧文化的人,这些"住在租界或安稳地方的富人",因为"有钱",所以,"称赞中国旧文化","用软刀子杀人",因为他们忽视了另外一个方面。鲁迅说:"中国的文化,我可是实在不知道在那里。所谓文化之类,和现在的民众有甚么关系,甚么益处呢?近来外国人也时常说,中国人礼仪好,中国人看馔好。中国人也附和着。但这些事和民众有甚么关系?车夫先就没有钱来做礼服,南北的大多数的农民最好的食物是杂粮。有什么关系?""中国的文化,都是侍奉主子的文化,是用很多的人的痛苦换来的。无论中国人,外国人,凡是称赞中国文化的,都只是以主子自居的一部分。"他在《且介亭杂文二集·在现代中国的孔夫子》又说:"孔夫子之在中国,是权势者们捧起来的,是那些权势者或想做权势者们的圣人,和一般的民众并无什么关系。然而对于圣庙,那些权势者也不过一时的热心。因为尊孔的时候已经怀着别样的目的,所以目的一达,这器具就无用,如果不达呢,那可更加无用了。""孔子这人,其实是自从死了以后,也总是当着'敲门砖'的差使的",因为"孔子曾经计划过出色的治国的方法,但那都是为了治民众者,即权势者设想的方法,为民众本身的,却一点没有。这就是'礼不下庶人'。成为权势者们的圣人,终于变了'敲门砖',实在也叫不得冤枉"。鲁迅在《坟·摩罗诗力说》中指出这与柏拉图的想法一致,"柏拉图建神思之邦,谓诗人乱治,当放域外;虽国之美污,意之高下有不同,而术实出于一"。中国旧文化以理想代替事实,理论与实践上所表现出的严重不一正是其自身存在严格等级差异的表现。所以他在《〈绛洞花主〉小引》中说《红楼梦》的命意,"因读者的眼光而有种种:经学家看见《易》,道学家看见淫,才子看见缠绵,革命家看见排满,流言家看见宫闱秘事"。其实就连儒家自身的经典也不同,《韩非子·显学篇》就讲:"有子张之儒,有子思之儒,有颜氏之儒,有孟氏之儒,有漆雕氏之儒,有仲良氏之儒,有孙氏之儒,有乐正氏之儒。"同样,孔子的儒、董仲舒的儒、朱熹的儒也都不同。正如陈寅恪在《冯友兰〈中国哲学史〉审查报告》中所说的,"儒家及诸子等经典,皆非一时代一作者之产物。昔人笼统认为一人一时之作,其误固不俟论"。①

在对六朝美学思想的不同理解上,我们就可以看出这种差异。宗白华认为:"汉末魏晋六朝是中国政治上最混乱、社会上最痛苦的时代,然而却是精神史上极自由、极解放、最富于智慧、最浓于热情的时代。""这是中国人生活史里点缀着最多的悲剧,富于命运的罗曼司的一个时期,八王之乱、五胡乱华、南北朝分裂,酿成社会秩序的大解体,旧礼教的总崩溃、思想和信仰的自由、艺术创造精神的勃发,使我们联想到西欧16世纪的'文艺复兴'。"②然而谁又能在这极端的动荡混乱之世享受到极自由的美呢?魏晋这种"简约玄淡"、"超然脱俗"的美不就是《论语·公冶长》孔子所说的"道不行,乘桴浮于海",《论语·先进》中孔子所同意的观点,"莫春者,春服既成,冠者五六人,童子六七人,浴乎沂,风乎舞雩,咏而归"吗?魏晋美与魏晋时代之间的矛盾关系:性情的率真、宽广的胸怀、悲惨的现实、狂狷式的反抗,都决定了这种从悲剧现实中产生的美的特殊性、它对后世的影响和它与具有盛唐气象的阳刚之美的根本差异。鲁迅在《而已集·魏晋风度及文章与药及酒之关系》中说曹丕的时代之所以是"文学的自觉的时代",产生"为艺术而艺术的一派",就在于思想的"通脱",能"废除固执","能充分容纳异端和外来的思想,故孔教以外的思想源源引入",而且指出:"魏晋时所谓崇奉礼教,是用以自利,那崇奉也不过偶然崇奉,如曹操杀孔融,司马懿杀嵇康,都是因为他们和不孝有关,但实在曹操司马懿何尝是著名的孝子,不过将这个名义,加罪于反对自己的人罢了。于是老实人以为如此利用,亵渎了礼教,不平之极,无计可施,激而变成不谈礼教,不信礼教,甚至于反对礼教。——但其实不过是态度,至于他们的本心,恐怕倒是相信礼

---

① 陈寅恪:《金明馆丛稿二编》,三联书店2001年版,第280页。
② 宗白华:《美学散步》,第177页。

教,当作宝贝,比曹操司马懿们要迂执得多",以至于"相信礼教到固执之极"。鲁迅的观点也反映了"五四"时期的思想家对礼教的矛盾态度。因为他们看到了礼教在当时历史急变时期所担当的角色。他们宁愿顶着反对礼教的大名,也不愿意那些遗老遗少们把礼教当成复古、维护反动权益的重要手段,因为沉迷于经典和国粹仅仅是社会上某些人的需要,它也不可能解决社会面临的一切问题,优裕的现实生活正是他们能充分赞颂遥远过去的基本条件。鲁迅在《且介亭杂文二集·隐士》中说:"凡是有名的隐士,他总是已经有了'优哉游哉,聊以卒岁'的幸福的。倘不然,朝砍柴,昼耕田,晚浇菜,夜织屦,又那有吸烟品茗,吟诗作文的闲暇?……虽是渊明先生,也还略略有些生财之道在,要不然,他老人家不但没有酒喝,而且没有饭吃,早已在东篱旁边饿死了。"鲁迅的话虽然有些尖刻,然事实却是如此,中国隐士的真面目就是这样。从文章的作者来看也是如此,"古今著作,足以汗牛而充栋,但我们可能找出樵夫渔夫的著作来?他们的著作是砍柴和打鱼。至于那些文士诗翁,自称什么钓徒樵子的,倒大抵是悠游自得的封翁或公子,何尝捏过钓竿和斧头柄。"这种巨大的差异不仅表现在著述上,更重要的是表现在现实生活的方方面面。陈寅恪在谈论中国古代法与礼之关系时也说:"两千年来华夏民族所受儒家学说之影响,最深最巨者,实在制度法律公私生活之方面,而关于学说思想等方面,或转有不如佛道二教者。"[①]由此看来,美学上的解放并不代表人的真正解放,人的解放还有比美学上的解放更为重要的东西,那就是制度和现实生活上的解放。

不同的阶层对经典的阐释有不同的取舍。鲁迅在《且介亭杂文二集·"题未定"草》中指出,"选本所显示的,往往并非作者的特色,倒是选者的眼光"。他还指出被论客赞赏着"采菊东篱下,悠然见南山"的陶

---

① 陈寅恪:《金明馆丛稿二编》,第283页。

潜背后的"摩登"、"大胆"与"金刚怒目",他的"精卫衔微木,将以填沧海,刑天舞干戚,猛志固长在"的另一面。钱钟书则从另一方面对陶渊明思想的复杂性提出了自己的看法,即对陶渊明的儒家思想进行了分析。他从陶渊明的诗"先师有遗训,忧道不忧贫","朝与仁义生,夕死复何求","周生述孔业,祖谢响然臻。道丧向千载,今朝复斯闻。老夫有所爱,思与尔为邻"中指出与《论语·卫灵公》中孔子的"君子忧道不忧贫"和《论语·里仁》的"朝闻道,夕死可矣"之间的必然联系,并从陶渊明没有加入当时的白莲社和他与阮籍对庄周不同的态度,得出自己的结论:"余复拈出其儒学如左,以见观人非一端云。"[①]对人物复杂性的关注是鲁迅一贯的态度,如他在《"题未定"草》中驳斥朱光潜的《说'曲终人不见,江上数峰青'》一文中"艺术的最高境界都不在热烈"的观点,认为钱起的这句诗是写在"上京求取功名"的考卷上的,"他大约也不至于在考卷上大发牢骚的,他首先要防落第",但是钱起在落第后,就在客栈的墙壁上题起"和屈原、阮籍、李白、杜甫四位,有时都不免怒目金刚"的"愤愤"的诗了。所以他说:"自己放出眼光看过较多的作品,就知道历来的伟大的作者,是没有一个'浑身是"静穆"'的。陶潜正因为并非'浑身是"静穆",所以伟大'。现在之所以往往被尊为'静穆',是因为他被选文家和摘句家所缩小,凌迟了。"最后,鲁迅指出:"朱先生就只能取钱起的两句,而踢开他的全篇,又用这两句来概括作者的全人,又用这两句来打杀了屈原、阮籍、李白、杜甫等辈,以为'都不免有些像金刚怒目,愤愤不平的样子'。其实是他们四位,都因为垫高朱先生的美学说,做了冤枉的牺牲的"。当然朱光潜还举出了"古代希腊人把和平静穆看作诗的极境"的例证。但鲁迅举出了材料相同而结论相反的例证:"但以现存的希腊诗歌而论,荷马的史诗,是雄大而活泼的,沙孚的恋歌是

[①] 钱钟书:《谈艺录》,第239—240页。

第八章 中国古典文化的内在复杂性……及古代文论的现代转换　249

明白而热烈的,都不静穆。我想,立'静穆'为诗的极境,而此境不见于诗,也许和立蛋形为人体的最高形式,而此形终不见于人一样。"当然关于希腊美的原因是否在于"静穆"一说,莱辛在他的《拉奥孔》中就作过精彩的分析。温克尔曼认为希腊绘画雕刻的伟大特征在于"无论在姿势上还是在表情上,都显示出一种高贵的单纯和静穆的伟大"。但是莱辛却并不认为如此,他说:"尽管荷马在其他方面把他的英雄们描写得远远超出一般人性之上,但每逢涉及痛苦和屈辱的情感时,每逢要用号喊、哭泣或诅咒来表现他们这种情感时,荷马的英雄们却总是忠实于一般人性的。在行动上他们是超凡的人,在情感上他们是真正的人。"这主要是因为希腊人"既动情感,也感受到恐惧,而且要让他们的痛苦和哀伤表现出来"。希腊人"并不以人类弱点为耻","他们看不出痛哭有什么坏处",但"拉奥孔为什么在雕刻里不哀号,而在诗里却哀号呢"?在莱辛看来,艺术家在雕刻中不肯模仿身体上苦痛的感觉所产生的哀号而诗人要有意识地把这种哀号表现出来的理由不过是由雕刻与诗歌所用的不同的艺术媒介决定的。[①] 哀号的口在雕塑里表现为不能带来任何美感的黑洞,而在诗歌里读者却感觉不到呼号黑洞的存在。

由此,鲁迅深深感受到文人知识分子的两面性,即他在《且介亭杂文二集·"题未定"草》所说的"西仔相":"觉得洋人势力,高于群华人,自己懂洋话,近洋人,所以也高于群华人;但自己又系出黄帝,有古文明,深通华情,胜洋鬼子,所以也胜于势力高于华人的洋人,因此也更胜于还在洋人之下的群华人。"或如钱钟书在《中国诗与中国画》里所说的古代"文艺里的两面派假正经",外交老手的"富有弹性的坚定"。他们不仅把传统当作一种规律、当然和必然,而且会根据需要来作出种种妥协,以迁就不断出现的新事物,来显示自己的包容性和灵活性。"它一

[①] 莱辛:《拉奥孔》,朱光潜译,人民文学出版社1997年版,第5—11页。

方面把规律定得很严,抑遏新风气的发生;而另一方面把规律解释得宽,可以收容新风气,免于因对抗而地位动摇。"① 由此便造成了鲁迅在《坟·论睁了眼看》一文中所说的:"中国的文人也一样,万事闭眼睛,聊以自欺,而且欺人,那方法是:瞒和骗"。"中国人的不敢正视各方面,用瞒和骗,造出奇妙的逃路来,而自以为正路",以至于"亡国遭劫的事,反而给中国人发挥'两间正气'的机会,增高价值。"文艺界也是这样,"中国人向来因为不敢正视人生,只好瞒和骗,由此也生出瞒和骗的文艺来,由这文艺,更令中国人更深地陷入瞒和骗的大泽中,甚而至于已经自己不觉得"。他在《南腔北调集·论"第三种人"》中说:"生在有阶级的社会里,而要做超阶级的作家,生在战斗的时代而要离开战斗而独立,生在现在而要做给与将来的作品,这样的人,实在也是一个心造的幻影,在现实世界上是没有的。要做这样的人,恰如用自己的手拔着头发,要离开地球一样,他离不开,焦躁着,然而并非因为有人摇了摇头,使他不敢拔了的缘故。"在《又论"第三种人"》一文中,他借助纪德对法西斯的反抗,左拉为德来孚斯的打抱不平,法郎士在左拉改葬时的演讲,罗曼·罗兰对战争的反对,揭露了那种企图"超然于政治之外","好像不偏不倚",而"一遇到切要的事故,它便会分明的显现"的所谓"第三种人"。"第三种人"的骑墙态度正是他们不断寻求自身利益的表现。鲁迅在《二心集·对左翼作家联盟的意见》中说:"俄国的诗人叶遂宁,当初也十分欢迎十月革命,当时他叫道,'万岁,天上和地上的革命!'又说'我是一个布尔塞维克了!',然而一到革命后,实际的情形,完全不是他所想象的那么一回事,终于失望,颓废。叶遂宁后来是自杀了,听说这失望是他的自杀的原因之一。又如毕力涅克和爱伦堡,也都是例子。"接着他又举出中国"南社"的成员对待辛亥革命的例子,"开初大抵

---

① 《中国社会科学院研究生院学报》1985年第1期。

是很革命的,但他们抱着一种幻想,以为只要将满洲人赶出去,便一切都恢复了'汉官威仪',人们都穿大袖的衣服,峨冠博带,大步地在街上走。谁知赶走清朝皇帝以后,民国成立,情形却全不同,所以他们便失望,以后有些人甚至成为新的运动的反对者"。对新旧的不同态度正是他们利益的不同体现,"我们战线不能统一,就证明我们的目的不能一致,或者只为了小团体,或者还其实只为了个人,如果目的都在工农大众,那当然战线也就统一了"。鲁迅在《二心集·关于小说题材的通信》中同样举出波德莱尔对法国革命的态度,来说明当革命开始时"很感激赞助,待到势力一大,觉得于自己的生活将要有害,就变成反动了"。王国维也是一样,在他的著作中反复强调诗人的"赤子之心"、"真性情"。如《文学小言》中的:"三代以下之诗人,无过于屈子、渊明、子美、子瞻者。此四子者苟无文学之天才,其人格亦自足千古。故无高尚伟大之人格,而有高尚伟大之文学者,殆未之有也。"他在《叔本华与尼采》中说:"天才者不失其赤子之心者也。""赤子皆天才也。"《人间词话》中也是如此:"故能写真境物、真感情者,谓之有境界;否则谓之无境界。""词人者,不失其赤子之心者也。""大家之作,其言情也必沁人心脾,其写景也必豁人耳目。其辞脱口而出,无矫揉妆束之态。以其所见者真,所知者深也。""东坡之词旷,稼轩之词豪,无二人之胸襟而学其词,犹东施之效捧心也。"①但是王国维自己呢?他1923年应诏任末代皇帝溥仪的"南书房行走",后因溥仪的被逐而欲投河自尽,最后投昆明湖自杀。这一切当然也都是他对"一草一木亦须有忠实之意"的"词人之忠实"的"真性情"的表现。我们当然不能因他的"政治之人"废"美学家之言",正如他自己所说的,"政治家之眼,域于一人一事。诗人之眼,则通古今

---

① 王国维:《人间词话》,第2、4、14、11页。

而观之"①,与亚里士多德把诗置于历史之上的观点是一致的②。王国维"忠君保皇"的"真性情"大概可用他对李后主的评价来说明,"是后主为人君所短处,亦即为词人所长处"。③ 作为哲学家、美学家的王国维和作为政治家的王国维的根本差别也在于此。王国维的出世思想不仅是他个人阅历与性情的表现,更是一个时代同一类型的知识分子的典型表现。正如施本格勒对老子的理解。施本格勒曾把老子的哲学当成"讲坛和书斋哲学的先声",主要是指老子的出世和无为思想,他和当时那些"关于现实生活的重要关系的知识的坚强的哲学家",如孔子,有根本不同,其实,当孔子走投无路时也会产生老子出世的思想,而老子也同样没有忘记活生生的现实关系,他的思想不过是从另外一个方面来为生活的可能性提供理论根据,特别是对于中国这样一个有许多情况不得不采取逃避态度的国度更是这样。我们从《老子》第五十六章"知者不言,言者不知"、第二章"圣人行不言之教"中看出老子在反思自己"知其不可而为之"的言说方式的同时,通过言说那深奥的、不可言说的"道",表达对时代的不同理解。老庄思想的源远流长就说明了这一点。森严的等级差异使弱者在权力的运作过程中即使采取老子的人生态度也无法摆脱权力之网的束缚,刘勰的出世与撰写《文心雕龙》并不仅仅如他自己所讲的"因性练才",从他的生活阅历来看,应该是"发奋之作",《程器篇》就说:"孔光负衡据鼎,而仄媚董贤,况班马之贱职,潘岳之下位哉? 王戎开国上秩,而鬻官嚣俗,况马杜之磬悬,丁路之贫薄哉?"《史传篇》说:"勋荣之家,虽庸夫而尽饰,违败之士,虽令德而嗤埋,吹霜煦露,寒暑笔端,此又同时之枉,可为叹息者也。"刘勰的感慨正来自他对自己出身贫贱的无奈和对世态炎凉的切肤感受,他的"诵佛书,

---

① 王国维:《人间词话》,第 25 页。
② 亚里士多德:《诗学》,陈中梅译,商务印书馆 1996 年版,第 112、163、254 页。
③ 王国维:《人间词话》,第 4 页。

交僧友"恐怕不是像钱穆《略论中国文学》一文所说的"为僧为儒,为佛为圣,皆从性情中出",不是出于"喜好",而是出于"不得已"。由此看来,文人知识分子的所谓自由,不仅仅是追求真理的自由,也是不断追求自身独特权益的自由。直至今日,连中西文化交流,中西文化对话这样有关怎样评论中国传统文化和西方文化的关系,怎样评价当前我国文化发展的大问题,仍有很多理论家自以为是地认为纯粹的学术研究是问题的根本观念。可见问题的提出与问题的解决是两个根本不同的问题,提出问题在某种程度上比解决问题更为困难。

克劳斯·艾达姆(Klaus Eidam)曾说:"启蒙主义很早以前就存在,他们都有一个共同的特点:即绝对不受统治阶级欢迎。"①旧中国也是如此。中国的启蒙者,如鲁迅在深刻分析传统文化的等级差异,并极力揭示出所谓高雅文化的虚伪性,指导中国人从自身愚昧落后的国民性中解放出来的时候,又何尝受到所谓自由文人的欢迎?鲁迅受到很多当权文人的攻击,究其原因不过是由于他指出了在中国人这个大的称呼下,还分成很多具体的中国人。正如巴赫金所说的,"人的出生不表明诞生了一个抽象的生物体,而是说明降生了一个地主或农民,资产阶级或无产者"②。国人内部的巨大差别,并不亚于和外国人的差别。同时他指出很多人之所以不断地掩盖中国人之间的巨大差异,用所谓的中国人的大概念来人为地消除阶层、利益、文化的差异,甚至对立,就是为自身高高在上的统治地位的合法性提供论证。对此我们可以套用歌德对那些自认为代表了时代精神的评论家所说的,"他们所说的时代精神,通常只不过是他们自己的时代精神",有些人的"中国",不过是他们自己的"中国"而已。我们对待传统文化,对待西方文化都应如此。我

---
① 克劳斯·艾达姆:《巴赫传》,第209页。
② 钱中文主编:《巴赫金全集》第一卷,第384页。

们不仅要具体分析每一位理论家观点态度的内涵,而且要对隐含在这些观点之后的背景立场,甚至有可能产生的最终结果和影响,做出判断。在传统文化不同的等级之中,鲁迅无疑选择了下层的民间文化。他在《且介亭杂文·门外文谈》中说:"就是《诗经》的《国风》里的东西,许多也是不识字的无名氏作品,因为比较的优秀,大家口口相传的。……到现在,到处还有民谣,山歌,渔歌等,这就是不识字的诗人的作品;也传述着童话和故事,这就是不识字的小说家的作品;他们,就都是不识字的作家。"这些名不见经传的作家在历史的转折时期为文学的发展做出了自己的贡献,提出了方向。特别是"旧文学衰颓时,因为摄取民间文学或外国文学而起一个新的转变,这例子是常见于文学史上的。不识字的作家虽然不及文人的细腻,但他却刚健,清新"。这些"目不识丁"的文盲在鲁迅看来,"其实也并不如读书人所推想的那么愚蠢"。鲁迅在《且介亭杂文二集·"题未定"草》中说:"诚然,老百姓虽然不读书,不明史法,不解在瑜中求瑕,屎里觅道,但能从大概上,明黑白,辨是非,往往有绝非清高通达的士大夫所可几及之处的。"接着他又举出了写《"题未定"草》当日的《大美晚报》的报道,"学生游行,被警察水龙喷射,棍击刀砍","燕冀中学师大附中及附近居民纷纷组织慰劳队,送水烧饼馒头等食物",接着他说:"谁说中国的老百姓是庸愚的呢,被愚弄诓骗压迫到现在,还明白如此。"因此他大力倡导民间文化,在《集外集拾遗补编·拟播布美术意见书》中指出:"当立国民文术研究会,以理各地歌谣、俚谚、传说、童话等,详其意谊,辨其特性,又发扬而光大之,并以辅翼教育。"同样,王国维从宋元戏曲的发展中看到了民间文化的巨大作用,他在《宋元戏曲史·自序》中说:"凡一代有一代之文学:楚之骚,汉之赋,六代之骈语,唐之诗,宋之词,元之曲,皆所谓一代之文学,而后世莫能继焉者也。独元人之曲,为时既近,托体稍卑,故两朝史志与《四库》集部,均不著于录;后世儒硕,皆鄙弃不复道。"①元曲之所以"后世儒硕皆鄙弃不复道","郁堙沈晦者且数百年","两朝史志与《四库》集部均不著于录",恐怕是元曲没有道出"儒硕"之情,没有状出"儒硕"所钟情之物态,而所用词采也与所谓"儒硕"之兴趣大相径庭的原因。因为元剧作者"大抵布衣,否则为省掾令吏之属",元初废除科目,又使他们"才力无所用",只好于"词曲发之",因为"高文典册非其所素习"。② 由此看来,元曲之佳处当然在于其"自然",其"有意境",但布衣之"自然"与"意境"与所谓"儒硕"之"自然"与"意境"一定有根本不同,被他称为"元人第一"的关汉卿,"就不知其为名或字也",也在自然之中了。当然元曲被"两朝史志与《四库》集部"及儒硕们忽视与元曲的发生与"出身"也有必然的关系:"宋代戏剧,实综合种种之杂戏;而其戏曲,亦综合种种之乐曲";"行院者,大抵金元人谓倡伎所居,其所演唱之本,即谓之院本云尔";"古剧者,非尽纯正之剧,而兼有竞技游戏在其中";元剧之结构形式材料又"实多取诸旧有之形式"、"取诸古剧者不少";而"优伶本非官吏,又非妇人,故其假作官吏妇人者,谓之装孤、装旦也"。这一切使"元杂剧之体,创自何人,不见于纪载",就是意料之中了。③ 同样的原因,元曲也形成了自己区别于前代的特色,正如王国维所说的,"元剧之作者,其人均非有名位学问也;其作剧也,非有藏之名山,传之其人之意也。彼以意兴之所至为之,以自娱娱人。关目之拙劣,所不问也;思想之卑陋,所不讳也;人物之矛盾,所不顾也。彼但摹写其胸中之感想,与时代之情状,而真挚之理,与秀杰之气,时流露于其间。故谓元曲为中国最自然之文学,无不可也",所以能够达到"写情则沁人心脾,写景则在人耳目,述事则如其口出是也",语言作为其"必然之结果",则"以

---

① 王国维:《宋元戏曲史》,第1页。
② 同上,第77页。
③ 同上,第52、53、68、60、71页。

许多俗语或以自然之声音形容之",而这都是"古文学所未有也",元曲对新语言的使用"在我国文学中,于《楚辞》、内典外,得此而三",同样因为如此,能"写当时政治及社会之情状,足以供史家论世之资者不少"。① 王国维对民间文化的重视,首先来自他对民间文化存在的认识,民间文化在元曲发展过程中的巨大作用也使他反思到自身无可奈何的历史境遇。

第三节 繁难的古文字或艰深的古典文化对形成中国传统文化等级特征的意义

鲁迅在《华盖集续编·学界的三魂》中把中国的国魂分为两种:官魂和匪魂。并指出:"唯有民魂是值得宝贵的,唯有他发扬起来,中国才有真进步。"要使民魂发扬起来,就要重视他们的教育,而文字是理论界必须首先解决的重要问题。

洪堡特(W. Humboldt)认为,人类精神力量的创造活动与语言的差异和民族的划分密切相关联。② 在洪堡特看来,汉语里常常存在着被称为"粘着"的"并非总是易于识别的两可状态",这种状态无疑对用汉语来思维的人产生深远影响,相反"内在的明晰性和确定性就会渗透整个语言结构,而这一结构的种种基本表现形式也会建立起不可分割的互相联系"。③ 语言的含混性使洪堡特确认,"即便是最坚定地捍卫汉语的人恐怕也会意识到,汉语并没有把精神活动确立为真正的中心,使得诗歌、哲学、科学研究和雄辩术以精神活动为出发点同样成功地繁

---

① 王国维:《宋元戏曲史》,第98—104页。
② 洪堡特:《论人类语言结构的差异及其对人类精神发展的影响》,姚小平译,商务印书馆1999年版,第17页。
③ 同上,第138—139页。

荣起来"①。莱布尼茨始终对培根早已思考的把汉字作为一种世界通用的书面语言保持着犹豫,就是因为它的含混性。② 意大利学者珊德拉(Sandra Lavagnino)在翻译《文心雕龙》时就认为《文心雕龙》中"文"的含义太复杂,不太容易把握。③ 从现今的历史来看,中国文字并没有成为世界性的语言,这也许与它的含混性导致了中国文化缺乏现代文明所必需的明晰性,从而对中国文化发展的历史进程产生的深远影响有关。也许像萨丕尔(Edward Sapir)所指出的那样,洪堡特具有一种"萌芽状态的种族主义"和"印欧语言中心论"倾向,但是他对中国古代语言与文化之间关系的深刻认识与分析却是我们每一个思考中国传统文化的人所不应忽视的。④

刘师培在他早期的《中国文字流弊论》中就提出了中国文字的五种弊端,其中就有关于语言的含混和语言的繁难,如一字多义或一义多字。虽然他后期放弃了这种主张,但他无疑为我们思考古代文化的问题提供了一个重要的方向。章太炎在《国学概论》中就针对中国古代语言的难学说:"现在研究古书,非通小学是无从下手的了。小学在古时,原不过是小学生识字的书;但到了现在,虽研究到六七十岁,还有不能尽通的。""宋朱熹一生研究《五经》、《四书》诸书,连寝食都不离,可是纠缠一世,仍弄不明白",就是因为"他在小学没有工夫"。章太炎把其中原因归结为"古今语言的变迁"。但不管怎样,悠久的历史终于成了沉重的负担。⑤ 基于这样的事实,平常的中国人又有多少能继承古代文化的精华呢?有多少人能深究六书然后读四书五经、诸子百家呢?鲁

---

① 洪堡特:《论人类语言结构的差异及其对人类精神发展的影响》,第297页。
② 安田朴:《中国文化西传欧洲史》,第402—408页。
③ 张少康:《文心雕龙研究史》,第584页。
④ 洪堡特:《论人类语言结构的差异及其对人类精神发展的影响·译序》,第57页。
⑤ 章太炎:《国学概论》,曹聚仁整理,上海古籍出版社1999年版,第9—10页。

迅在《二心集·中国无产阶级革命文学和前驱的血》中指出:"难繁的象形字"使劳苦大众"不能有自修的机会"。不仅劳苦大众如此,而那些以宣传古代文化自居的所谓"国学家"又如何呢?1923年章士钊发表了《评新文化运动》一文鼓吹文言文,说"二桃杀三士"节奏非常美,而白话文的"两个桃子杀了三个读书人"就不好,于是新文化"是亦不可以已乎"。鲁迅在《华盖集续编·再来一次》中进行了尖锐的讽刺,他从此典的出处《晏子春秋》的解读出发,指出此处的"士"并非是指什么"读书人",而是指"勇士"。并对那些炫耀"满桌满床满地的什么德文书",对旧学并无门径却热衷于鼓吹国学而丑态百出的留学生说:"旧文化也实在太难,古典也诚然太难记,而那两个旧桃子也未免太作怪:不但那时使三个读书人因此送命,到现在还使一个读书人因此出丑。"他在《花边文学·此生或彼生》一文中采取了同样的手法来证明"文言的不中用",针对《申报》汪懋祖发表的"'这一个学生或是那一个学生',文言只需'此生或彼生'即已明了,其省力如何"的观点指出:"那回答恐怕就要迟疑。因为这五个字,至少还可以有两种解释:一、这一个秀才或是那一个秀才(生员);二、这一世或是未来的别一世。"正如黑格尔在解读老子的著作时所说的,"中文里面的规定(或概念)停留在无规定(或无确定性)之中"[1]。鲁迅在《热风·估〈学衡〉》一文中讽刺以东南大学为主的教授们所办的杂志《学衡》时说:"诸公捃击新文化而张皇旧学问,倘不自相矛盾,倒也不失其为一种主张。可惜的是于旧学并无门径,并主张也还不配。倘使字句未通的人也算是国粹的知己,则国粹更要惭惶煞人!'衡'了一顿,仅仅'衡'出了自己的铢两来,于新文化并无伤,于国粹也差得远。"更重要的是他指出了这些所谓的"国学家"所隐藏的"假道学"的真实面目,把"士钊秘长运筹帷幄,假公济私,谋杀学生,通缉异

---

[1] 黑格尔:《历史哲学》,第124—130页。

己"的行为和"'正人君子'时而相帮讥笑着被缉诸人的逃亡,时而'孤桐先生''孤桐先生'叫得热辣辣"的形象进行了对比,使人们一目了然地看出他们的真面目,不过是"借旧文明之名,以大遂其私欲者乎"。言行的不一无疑为自己理论的主张提供了反面的论据。但是我们从另一个方面看出,中国语言文字的繁难确实成为中国文化滞后,影响民众素质,而所谓文化人高高在上的一个重要原因。鲁迅在《二心集·黑暗中国的文艺界的现状》中说:"所可惜的,是左翼作家之中,还没有农工出身的作家。一者,因为农工历来只被压迫,榨取,没有略受教育的机会;二者,因为中国的象形——现在早已变得连形也不像了——的方块字,使农工虽是读书十年,也还不能任意写出自己的意见。"他在《且介亭杂文·门外文谈》中说中国的文字"是特权者的东西,所以它就有了尊严性,并且有了神秘性"。"我们中国的文字,对于大众,除了身份,经济这些限制外,却还要加上一条高门槛:难。单是这条门槛,倘不费他十来年工夫,就不容易跨过。"对那些死死保住古汉字不放的人非常反感。在《花边文学·汉字和拉丁化》中他更说:"不错,汉字是古代传下来的宝贝,但我们的祖先,比汉字还要古,所以我们更是古代传下来的宝贝。为汉字而牺牲我们,还是为我们而牺牲汉字呢? 这是只要还没有丧心病狂的人,都能够马上回答的。"在《且介亭杂文·关于新文字》中又说:"方块汉字真是愚民政策的利器,不但劳苦大众没有学习和学会的可能,就是有权有势的特权阶级,费时一二十年,终于学不会的也多得很。"他为何要反复强调新文字呢? 就是因为新文字"对劳苦大众有利"。

当然,这并不表明鲁迅反对真正意义上的"国学家",他仍然以实事求是的态度来分析,并不是盲目的崇拜。他对章太炎的态度就是典型的一例。对自己的老师章太炎非常尊重,对自己老师一生的功过做了客观的评价,他在著名的《且介亭杂文末编·关于章太炎先生的二三事》一文中说:"我以为先生的业绩,留在革命史上的,实在比在学术史上还要大。""我的知道中国有太炎先生,并非因为他的经学和小学,是为了他驳斥康有为和作邹容的《革命军》序,竟被监禁于上海的西牢",是为了"他和主张保皇的梁启超斗争",前去听他的讲座也"并非因为他是学者,却为了他是有学问的革命家,所以直到现在,先生的音容笑貌,还在目前,而所讲的《说文解字》却一句也不记得了"。所以,他说:"考其生平,以大勋章作扇坠,临总统府之门,大诟袁世凯的包藏祸心者,并世无第二人;七被追捕,三入牢狱,而革命之志,终不屈挠者,并世无第二人:这才是先哲的精神,后生的模范。"不过鲁迅同时也看到另外一个方面,"既离民众,渐入颓唐,后来的参与投壶,接受馈赠,遂每为论者所不满,但这也不过白圭之玷,并非晚节不终。"但是对于1933年刻《章氏丛书续编》的"不取旧作,当然也无斗争之作,先生遂身衣学术的华衮,粹然成为儒宗,执贽愿为弟子者綦众"的情形却感到非常遗憾。他说:"战斗的文章,乃是先生一生中最大、最久的业绩,假使未备,我以为是应该一一辑录,校印,使先生和后生相印,活在战斗者的心中的。"他对清废帝的"南书房行走"王国维也是如此,当时王国维的守旧是众所周知的,民国以后还拖着辫子不肯剪掉。但鲁迅并不因人废言。他在《热风·不懂的音译》中说:"中国有一部《流沙坠简》,印了将有十年了。要谈国学,那才可以算一种研究国学的书。开首有一篇长序,是王国维先生做的,要谈国学,他才可以算一个研究国学的人物",但他同时指出他序文中的"马咱托拉拔拉滑史德"起初不知道怎样断句,"所以要清清楚楚的讲国学,也仍然需嵌外国字,须用新式的标点的"。他在《二心集·关于〈唐三藏取经诗话〉的版本》中驳斥了郑振铎引用王国维的观点,"《取经诗话》为元椠",用王国维把《京本通俗小说》同样归入元椠的观点来反对"单文孤证"的论证方法。鲁迅很不齿刘师培的为人,对于这位曾出卖革命的变节分子到处宣扬国粹更是毫不留情。他在1918年7月5日致钱玄同的信中称其为"卖过人肉的侦心探龙"。但是鲁迅仍然在他的《魏晋风度及文章与药及酒之关系》的演讲中指出"辑录关于这时代的文学评论有刘师培的《中国中古文学史》。这本书是北大的讲义,刘先生已死,此书有北大出版","对我们的研究有很大的帮助","我今天所讲,倘若刘先生的书里已详的,我就略一点;反之,刘先生所略的,我就较详一点"。正如鲁迅在他的《汉文学史纲要》中把胡适的《中国哲学史大纲》上卷当成重要的参考书一样,并不因人废言,而是就事论事,就中国文化转变过程中出现的重大问题进行讨论,而不是以个人的恩怨为出发点对人身的攻击。

语言的繁难造成了古典文化之艰深,同样也加深了文化内部的等级差异。鲁迅在《三闲集·无声的中国》中说:"发表自己的思想,感情给大家知道的是要用文章的,然而拿文章来达意,现在一般的中国人还做不到。这也怪不得我们;因为那文字,先就是我们的祖先流传给我们的可怕的遗产。人们费了多年的工夫,还是难于运用。因为难,许多人便不理它了,甚至于连自己的姓也写不清是张还是章,或者简直不会写,或者说道:Chang。"他对于有些人把古文字"当作宝贝,像玩把戏似的,之乎者也,只有几个人懂",把古代文书视如上天符箓,唯恐不神秘,唯恐大众能识破天机,像梁启超讽刺胡适那样把他自己,甚至梁启超都没有读过的古书都列进《最低限度的国学书目》里硬撑门面那样,最后使整个中国变成一个无声的中国——其实只有他自己的声音的做法更是深恶痛绝。并指出了当时的语言改革之难,"那时白话文之得以通行,就因为有废掉中国字而用罗马字母的议论"。

中国古代的以诗论诗就表现了典型的语言自指性,也就是说,用诗来写作诗论把读者的注意力无疑从诗的内容上转移到了诗的形式上,使本来就已经繁杂难解的理论变得更加歧异丛生。钱钟书在《谈艺录·补订》中说:"司空表圣《诗品》,理不胜词;藻采洵应接不暇,意旨多梗塞难通,只宜视为佳诗,不求甚解而吟赏之。""表圣原《品》,亦当作

'四言诗'观尔。""即以《诗品》作诗观,而谓用诗体谈艺,词意便欠亲切也。"这种"以镜照人,复以镜照镜","镜镜相照,影影相传"的以方式为目的的论述方式无疑为古代诗论的解读带来了一定的困难。① 钱钟书《随园主性灵》中论读书时说:"读书以极其至,一事也;以读书为其极至,又一事也。二者差以毫厘,谬以千里。"其中之差别即是以读书解决现实问题和以读书为目的的差别。② 甚至他认为严复,这位在《〈天演论〉译例言》里追求"信、达、雅"的翻译家,在他的译文中也有同样的缺憾,"几道本乏深湛之思,治西学亦求卑之无甚高论者,如斯宾塞、穆勒、赫胥黎辈;所译之书,理不胜词,斯乃认趣所囿也"③。当然,严复译文的局限在一定程度上也与他所处时代有一定关系。对经典的反复阐释也是造成语言自指性的一个重要原因。黄庭坚说:"老杜作诗,退之作文,无一字无来处,盖后人读书少,故谓韩杜自作此语尔。"这种"点铁成金"的说法无疑为诗歌的艺术性增色很多,如俄国形式主义所说的艺术的陌生化得到了加强,如中国古诗里的很多借代词:不言水、柳、丝、麦,而言鸭绿、鹅黄、白雪、黄云,不言枣、瓜、天、剑,而说红皱、黄团、圆苍、玉龙,不说作赋而说雕虫,不说寄书而说烹鲤,不说寒食而说禁火。正如《颜氏家训·勉学》中所讽刺的:"江南闾里间……强事饰词,呼征质为周、郑,谓霍乱为博陆,上荆州必称陕西,下杨都言去海郡,言食则糊口,道钱则孔方,问移则楚丘,论婚则宴尔,及王则无不仲宣,语刘则无不公干。凡有一二百件。"④钱钟书说王安石,"每遇他人佳句,必巧取豪夺,脱胎换骨,百计临摹,以为己有;或袭其句,或改其字,或反其意。集中作贼,唐宋大家无如公之明目张胆者","公在朝争法,在野争墩,故

---

① 钱钟书:《谈艺录》,第371页。
② 同上,第207页。
③ 同上,第24页。
④ 庄辉明:《颜氏家训注》,上海古籍出版社1999年版,第144页。

翰墨间亦欲与古争强梁,占尽新词妙句,不惜挪移采折,或正摹,或反仿,或直袭,或翻案。生性好胜,一端流露。其喜集句,并非驱市人而战,倘因见古人佳语,掠美不得,遂出此代为保管,久假不归之下策耶。"① 这一切造成的结果正如韦伯所说的:"教育占去了惊人的时间。"② 那些没有条件受教育的人就更不用说了。赫尔德尔说:"不同的省市有不同的语言,甚至不同阶层的人和种类不同的书籍使用的语言也各有差异。因而人们花费大部分精力刻苦地学习语言,仅只为了掌握一门工具,而绝不考虑用这门工具干什么。"再加孔子的政治道德说教不过是一个"强加给愚昧迷信的下层民众和中国这个国家机器的枷锁",它的"呆板呆滞"使中华民族"一直停留在幼儿时期",再也产生不出"第二个孔子"!③ 当然,赫尔德尔对中国的描述很不全面,甚至有偏激和成见的地方。但是我们还是要认真对待这些来自异域的批评,而避免使自己成为那些影响中国历史进程缺陷的维护者。

我们不能简单地将中国古代文化缓慢发展的原因归结为语言文字,正如威尔斯《世界史纲》所说的,中国"之所以在许多世纪中一直不是世界上首屈一指的强国",主要是因为"在中国,文字造就了一个特殊的读书人阶级,也就是官吏。他们的注意力必须集中于文字和古典文学格式,胜过集中于思想和现实",与其说"注意力必须集中于文字和古典文学格式",倒不如说不想或者没有必要注意思想和现实,因为生活的舒适感使他们非常容易忽视或忘却另一种生活的存在。中国的教育因为文字的复杂,并没有像西方那样"教育早已'溢出了'和脱离了任何一个特定阶级的控制,成为社会共同的一般生活。写字读书,也已简化到不再是使人崇拜或神秘的事情了"④。另一方面我们也应该看到中

---

① 钱钟书:《谈艺录》第 245、247 页。
② 马克斯·韦伯:《儒教与道教》,第 184 页。
③ 夏瑞春:《德国思想家论中国》,第 90—91 页。
④ 威尔斯:《世界史纲》,第 213—314 页。

国文字的繁难、中国阶层的稳定与中国文化的保守性密切联系在一起。文字的繁难使国家的精神活力大量消耗在语文学习上面,在四书五经上花的大量工夫使得"一个人到了苦读完这些经书之后,他所付出的代价就像牛津大学的古典学者一样僵硬到不可救药了"。同时,中国所产生的"大量美丽的艺术"、"优美的诗歌"、"世代相传几亿人民的光辉愉快的生活"使得中国人的头脑从未"对于自己的文明一般优越于世界其他各处的文明,发生过任何认真的疑问,显然也没有任何改变的理由",以至于"朝代不断更换,也有反叛、混乱阶级,饥荒瘟疫频仍。两次的外族入侵在天子的宝座上建立过异族王朝,但一点也没有震撼到使日常事务秩序革命化。帝王和朝代可兴可亡。士大夫、科举、经书和传统习惯生活却依然如故"①。总之,语言的繁难和古典文化的艰深不但体现了中国传统文化内在的巨大差异,同时也为这种差异提供了安全的保障。从这个角度看,中国有着几千年的文明,如果从受教育的人所占整个民族的比例来看,那整个民族文明的程度就要大打一个折扣。

第四节 等级传统对中西文化交流及交流对反思中国古典等级传统的意义

传统文化中严格的等级特征,在传统文化的存在、发展和变迁的过程中产生了不同的作用。文化发展的历史也表明文化大都经历过像传统印度世袭阶层制度那样等级森严却保持着相对稳定的时期。但是在不同文化相互交流日益频繁的今天,传统文化中的等级差异与中西文化强弱的对比形成鲜明对照,传统文化中的等级必然会受到外来文化的挑战与冲击,同时传统文化中的等级差异也对思考跨文化的交流提

---

① 威尔斯:《世界史纲》,第630—636页。

出了新的问题。就像吉登斯(Anthony Giddens)所说的:"在国家和区域内的排斥和全球范围内的排斥之间存在一种平衡关系。许多国家和地区的日益繁荣使得其他国家日益显得贫困和不受重视。"与此相关,"即使在贫穷的国度,也存在社会上层的排斥现象。少数精英——他们有时不论以什么样的标准来衡量都是非常富有的——生活在与社会上大多数人相隔绝的物质和文化环境中"。①

鲁迅在《且介亭杂文·中国文坛上的鬼魅》中就讽刺了主张纯粹以民族肤色为界限,忽视同一国家中不同阶层之间巨大差异的"所谓民族文学":"他们研究了世界上各人种的脸色,决定了脸色一致的人种,就得取同一的行为,所以黄色的无产阶级,不该和黄色的有产阶级斗争,却该和白色的无产阶级斗争。他们还想到了成吉思汗,作为理想的标本,描写他的孙子拔都汗,怎样率领了许多黄色的民族,侵入斡罗斯,将他们的文化摧残,贵族和平民都做了奴隶。"接着鲁迅举出了1931年日本占领东北三省的时候,热心的青年去南京请愿,"却不料就遇到一大队曾经训练过的'民众',手里是棍子,皮鞭,手枪,迎头一顿打",结果"垂头丧气的回家",有些人在水里淹死了,报上还说"是他们自己掉下去的"。可见纯粹的跨文化对话,与国内毫无影响的对外文化交流是不存在的。鲁迅在《坟·摩罗诗力说》里就对拜伦、雪莱的爱国和普希金的爱国进行了区别。他说:"千八百三十一年波兰抗俄,西欧诸国右波兰,于俄多所憎恶。普式庚乃作《俄国之谗谤者》暨《波罗及诺之一周年》二篇,以自明爱国。丹麦评骘家勃兰兑斯(G. Brandes)于是有微辞,谓惟武力之恃而狼藉人之自由,虽云爱国,顾为兽ября。特此亦不仅普式庚为然,即今之君子,日日言爱国者,于国有诚为人爱而不坠于兽

---

① 安东尼·吉登斯:《第三条道路》,郑戈译,北京大学出版社2000年版,第43、160—161页。

爱者,亦仅见也。"但拜伦雪莱的爱国却并没有那么狭隘,不为一国利益所囿,而能为人类面对的共同压迫,为异族的解放而斗争。正如拿破仑一样,他的"使命,盖在解放国民,因及世界,而其一生,则为最高之诗"。莱蒙托夫(Mikhail Lermontov)虽然和普希金一样向拜伦学习,但结果并不相同。鲁迅说:"前此二人之于裴伦,同汲其流,而复殊别。普式庚在厌世主义之外形,来尔孟多夫则直在消极之观念。故普式庚终服帝力,入于平和,而来尔孟多夫则奋战力拒,不稍退转。""来尔孟多夫亦甚爱国,顾绝异普式庚,不以武力若何,形其伟大。"密克威支和普希金同样崇拜拿破仑和拜伦,但他们仍然有根本的不同。在鲁迅看来,普希金"逮年渐进,亦均渐趣于国粹……少年欲畔帝力,一举不成,遂以铩羽,且感帝意,愿为之臣,失其英年时之主义,而密克威支则长此保持,洎死始已也"。所以,鲁迅最后说:"上述诸人,其为品性言行思维,虽以种族有殊,外缘多别,因现种种状,而实统于一宗:无不刚健不挠,抱诚守真;不取媚于群,以遂顺旧俗;发为雄声,以起其国人之新生,而大其国于天下。求之华士,孰比之哉?"从此看来,鲁迅的研究总是面向现实,以现实的问题为依托,而不斤斤于所谓的国家民族,甚至个人家族的利益与前途。鲁迅在《南腔北调集·祝中俄文字之交》中指出,"俄国文学是我们的导师和朋友",并不是因为"不知道那时的大俄罗斯帝国也正在侵略中国",而是因为从俄国的文学里"明白了一件大事,是世界上有两种人:压迫者和被压迫者"。他在《且介亭杂文二集·"题未定"草》也说,他的《摩罗诗力说》介绍波兰诗人,是因为"满清宰华,汉民受制,中国境遇,颇类波兰,读其诗歌,即易于心心相印,不但无事大之意,也不存媚献之心"。

传统文化中的等级特征不仅为文化交流提出了新的问题,同时它自身的合法性也受到来自异域文化的挑战。传统文化中严格对立的等级秩序和强烈的权力意识往往把权益的焦点固定在与特权有关的某一社会阶层中,并极力将活生生的、现实的人与人的关系转化为某种虚幻的理想状态,使之有利于既定权利关系的维护,不受任何变革的侵害。其实,一元化、单向性、独白性、代表人类小经验的上层文化与多元化、复杂性、对话性、有着巨大潜能和丰富生命力、代表着人类大经验的民间文化有着根本不同。巴赫金说:"几千年来为描绘最终整体的模式而形成民间文学的象征体系。这些象征体现了人类的大经验。而在上层文化的象征中,则只有特殊一部分人的小经验(而且只是一时的经验,一部分人谋求稳定这一经验)。建立在小经验、局部经验基础上的这类小模式,其典型的特点是实用性、功利性。"①在巴赫金看来,上层文化不过是一小部分人为了一时的实用功利目的,而企图寻找稳定性世界的表现,世界的稳定性代表着自身神圣不可动摇的优势地位。只有在民间文化里才有真正活生生的、更为开放的人类文化源泉。所以,梁启超在《中国之旧史》中说中国历史"只知有陈迹而不知有今务",不像西方历史那样"愈近世则记载愈详。中国不然,非鼎革之后,则一朝之史不能出现",致使"汗牛充栋之史书,皆如蜡人院之偶像,毫无生气,读之徒费脑力。是中国之史,非益民智之具,而耗民智之具"。其原因就在于历史被作为"朝廷所专有物,舍朝廷外无可记载故也。不然,则虽有忌讳于朝廷,而民间之事,其可纪者不亦多多乎,何并此而无也?"②为尊者讳、为亲者讳的有利于维护统治秩序的言论和事实,和真正的民众生活真正的民众愿望并不是一回事。同样,从传统文化等级特征中抽象出来的某些固定规则也不能从自然中、从永恒的理性的要求中,甚至从传统意义上的天人合一中,得到合理的论证,推导出自身的永恒存在。中国传统文化中建立在以血缘关系或其他自然关系为主的社会结

---

① 钱中文主编:《巴赫金全集》第四卷,第 94 页。
② 刘梦溪主编:《中国现代学术经典 梁启超卷》,河北教育出版社 1996 年版,第 539—545 页。

构形式、不同社会等级之间严格的法律屏障、甚至是不同地域之间的空间壁垒,都不能说明传统文化无法解决的种种矛盾只是与传统观念本质无关的某些纯粹表面的现象。正如卢卡奇所引用的马克思对东方社会机制的评价:"亚洲各国不断瓦解,不断重建和经常改朝换代,与此截然相反,亚洲的社会却没有变化。这种社会的基本经济要素的结构,不为政治领域中的风暴所动。"① 异常稳定的等级特征使中国传统文化中所谓的通经致用、学而优则仕在某种程度上就成了治人之术,而不是治事、治物之学。

培根在《新工具》中把人类的野心分成三个种类,也就是三个层次:即"鄙陋的"、"堕落的"在本国之内扩张自己权力的野心;"有较多尊严"但"仍有贪欲的"在人群之间扩张自己国家权力和领土的野心;"健全"、"高贵的"力图面对宇宙来建立并扩张人类本身的权力和领域的野心。② 按照培根的划分,中国古代科学的技术不发达一定不属于第三类。由于国家不主张侵略,甚至对外贸易都非常轻视,③ 所以也不属于第二类,看来只有属于培根所鄙视的第一类了。正如萧伯纳在 1933 年访问中国时所说的,中国之所以没有文化就是因为中国缺乏"增进人类幸福的行为,尤其是对自然界的控制"。④ 休谟也曾指出正由于中国保守的传统,中国的科技才处于落后状态。⑤ 李约瑟的《中国科学技术史》确实打破了西方知识界长期存在的中国古代没有科学的偏见,也使我们更为振奋。但是从另一个角度,我们也应该看到,李约瑟仍然是西方文化界中的一分子,他的所作所为都是为了西方文化自身的需要。

---

① 卢卡奇:《历史与阶级意识》,第 110 页。
② 培根:《新工具》第一卷,许宝骙译,商务印书馆 1984 年版,第 104 页。
③ 亚当·斯密:《国民财富的性质和原因的研究》下卷,第 67、246 页。
④ 乐雯编:《萧伯纳在中国》,四川人民出版社 1982 年版,第 111 页。
⑤ 休谟:《人性的高贵与卑劣——休谟散文集》,上海三联书店 1988 年版,第 48 页。

第八章 中国古典文化的内在复杂性……及古代文论的现代转换

以李约瑟敢于打破自身文化偏见成见的角度来思考我们自己对自身文明的态度,那一定更有启示:对自身文化始终保持一种客观疏离的态度,以便能够对自身的文化保持清醒的认识和评价是非常必要的。只有这样,文化的发展才能从自身获得足够的动力。当然,这并不表明李约瑟对中国文化的整个状况表示非常满意。如他在论述科技在东方国家所起的作用时说:"一种主张维护公民自由权和道德自由权的强烈而又足以救世的文化之光是与特权阶级的专制制度对立的,而这种专制制度正是所有东方哲学的基础。这一点可以解释西方世界的奇妙技术如何可能被东方国家(从亚洲的边远地区到日本全境)完全吸收的原因,而吸收这种技术的时候丝毫也没改变这种民族生活中的哲学概念和宗教信仰。中国、俄罗斯、印度、日本,只要举出这几个大国就可以了,似乎从我们的文明产生的实验科学中大大获利,并以此来武装他们自己,以便最终摧毁所有本身深刻和本质的东西、它的精神及道德。"[①]这也就是所谓的"中学为体,西学为用"的根本目的吧。中国古代社会的基本结构并不因为新的科学技术的发展而有所变化,这从另外一个角度表明了科学与道德之间的二重性。当然《论语·公冶长》中孔子就区分了道德与知识的区别。他说:"十室之邑,必有忠信如丘者焉。不如丘之好学也。"难道科学的发展与道德的完善就没有丝毫的关系吗?难道真与善和美就是格格不入的吗?宗白华在《美学散步》中说:西方"近代的世界观是一无穷的力的系统在无尽的交流关系中,而人与这世界对立,或欲以小己体合于宇宙,或思戡天役物,伸张人类的权利意志,其主客观对立的态度则为一致(心、物及主观、客观问题始终支配了西洋哲学思想)"。"近代无线电、飞机都是表现这控制无限空间的欲

---

① 潘吉星主编:《李约瑟文集》,辽宁科学技术出版社1986年版,第218页。

望。而结果是彷徨不安,欲海难填。"①但是在那些"凿户牖以为室"的生存空间里、在一个抟土所成的小容器里、在三十一毂的小天地里发现的"道"又能给民族、国家、人民,甚至为维护悠久的传统带来什么好处呢?如鲁迅在《华盖集·十四年的"读经"》所说的:"可曾用《论语》感化过德兵,用《易经》咒翻了潜水艇呢?"然而,令人奇怪的是无线电与飞机的享用者往往是那些主张"五色令人目盲,五音令人耳聋","致虚极,守静笃,万物并作,吾以观复"的人。因为只有他们才有充分的闲暇与可能来宣传实现自己的哲学。鼓吹儒家学说的上层社会却过着"清净无为"的道家生活,而以老庄的无为思想为目标的边缘知识分子却被生活上、政治上的各种艰辛所左右着。中国艺术家常常宣称自然对人精神的解放、安息的作用,其实艺术家的安享天年,并非仅仅得力于"画中烟云供养",也就是刘勰所说的"江山之助",因为当人与自然处于对抗的弱势地位时只会产生压迫感,而美感只有在安全的距离内才能产生。诗人能从自然中发现美就在于诗人相对于自然是一种审美关系,而不像农民那样与自然的关系只是一种直接的劳作关系,他们更多的是遭遇人与自然的恶劣的一面。中国的自然山水诗大多是文人士大夫的闲情逸致或是寄情山水、放浪形骸的表现,并非是一种真正意义上的人与自然关系的解放,真正的解放来自于生产力的巨大发展。谢灵运如果没有他庞大的家族作后盾,苏东坡如果不是官场中的边缘人物,他们再有王维那样的山水性情也不行。这与真正人本主义上的、哲学意义上的人与自然的和谐并不是一回事。难道中国古代的自然就像他们诗中所描写的那样到处充满诗情画意吗?难道古人比今日的我们更能战胜自然,更能从自然中发现美吗?

韦伯在论述古典希腊哲学与儒学的区别时说,它们虽然都"把神撇

---

① 宗白华:《美学散步》,第111、94页。

在一边","遵从传统的习俗",但二者最根本的区别就在于,"古希腊国家为形而上的及社会伦理的思辨提供了自由的天地",而"儒教在编辑经典文献——如前所述,这可能是孔子最重要的成就——时,不仅清除了那些民间神,而且在教育学上从被神化的经典书籍中删除了所有与儒家传统主义相悖的成分。只要读一下柏拉图在其《理想国》中同荷马的著名辩论,就不难看出:希腊古典哲学的社会教育学多么愿意也这样做",在好战的希腊城邦"要想在经过一番伦理净化的文献(与音乐)的基础上,建立起一种清一色的文人统治,就像中国的传统主义为其政治利益所做的那样,也是断断办不到的。因为,没有一个哲学流派为自己要求过,或者能够要求绝对传统主义的合法性,孔子却能为他的学说这样做,并且是绝对有意识地这样做的","与中国政府无限宽容的神话相比,直到19世纪,几乎每个10年中都有一次异端迫害,而且无所不用其极"。① 对民间文化的坚决排斥成为中国传统文化发展的根本障碍,文化的开放不仅是对其他民族的开放,更是同一民族中不同阶层间的互相交流与对话。黑格尔说,"真正自由的艺术"就应极力反对那种"由于自然中某种偶然现象"、"自然的出身"对人的阶级、等级和命运的决定,他认为"只有资禀,才能,适应能力和教育才应该有资格在这方面作出决定",否则这就是"不公平",是"遭到了冤屈",这种"出身地位的依存性"就成为"套在本身自由的心灵以及它的正当目标上"的"法定的起妨碍作用的枷锁",人们对这种人生的悲剧,并不是像亚里士多德所说的那样发生"怜悯"和"恐惧",而是"愤恨"。② 在黑格尔看来,"艺术作品之所以创作出来,不是为着一些渊博的学者,而是为一般听众,他们须不用走寻求广博知识的弯路,就可以直接了解它,欣赏它。因为艺

---

① 马克斯·韦伯:《儒教与道教》,第225—266页。
② 黑格尔:《美学》第一卷,第266—270页。

不是为一小撮有文化修养的关在一个小圈子里的学者,而是为全国的人民大众"。① 同样,"民族的各种特征主要表现在民间诗歌里","人们只有对本民族的民歌才能同情共鸣,不管我们德国人怎样会适应外国的生活方式,发自另一民族深处的最好的音乐对我们总不免有些隔膜"。② 一位诗人只有反映出民族大众的声音时他才能名副其实。歌德在论述民间文化对整个民族文化的影响时说:"试举彭斯为例来说,倘若不是前辈的全部诗歌都还在人民口头上活着,在他的摇篮旁唱着,他在儿童时期就在这些诗歌的陶冶下成长起来,把这些模仿的优点都吸收进来,作为他继续前进的有生命力的基础,彭斯怎么能成为伟大诗人呢? 再说,倘若他自己的诗歌在他的民族中不能马上获得会欣赏的听众,不是在田野中唱着的时候得到收获庄稼的农夫们的齐声应和,而他的好朋友们也唱着他的诗歌欢迎他进小酒馆,彭斯又怎能成为伟大的诗人呢?"③歌德用法国、英国和德国的对比,结合自己的创作经验来说明诗与时代和民族一般文化的深层联系:德国人要想不是"野蛮人",要想"能像希腊人那样欣赏美","有足够多和足够普遍的精神和高度文化",那就必须让他们的创作"在真正的人民中活着","得到人民齐声应和",而不是像赫尔德尔和他的继承者收集的那些古老的民歌那样印刷出来,仅仅"放在图书馆里"。一位伟大诗人的作品正如一位理论家的思想应该是像苏格拉底所讲的能派上用场的捡粪篮子而不是一个不能使用的金盾,虽然后者可能比前者更为好看。

由此可见,回到传统的文化模式去是不可能的,在一定程度上,对传统文化的迷恋是建立在对传统文化美化的基础上的。森严的等级统治和自身标榜的精英文化都无法保证将自己的优势传给自己的后代。

---

① 黑格尔:《美学》第一卷,第 346—347 页。
② 同上,第三卷下册,第 202 页。
③ 爱克曼辑录:《歌德谈话录》,第 142 页。

少数的特权阶层对广大社会底层人的排斥,壁垒森严的等级之间的封闭性都使所谓的精英文化无法永远维持在一个高高在上的优势上,经济、政治、物质、文化上的排斥行为并不仅仅使自身获得了优势的保证,同时也使自身的发展失去了挑战,从而失去了动力。因此,传统文化的变革在理论上就存在一个最为关键的问题:变革必须通过自身就存在问题的人、机构甚至是文化机制来实施。这在理论上如何能得到更为合理的解释与说明?而对自身民族文明特色的过分强化,那些仅仅在口头上才能吸收外来文化的既得利益者,无疑都为那些隐藏在话语背后的排外的民族主义带来了理论上的根据,而这一切并不能为自身民族文化的存在与发展带来任何现实的可能性,反而还会带来很多不利的影响。正如吉登斯对排外的民族主义所说的,"民族认同并不具有高于其他文化主张的优先权。实际上,民族认同经常被认为是来历不明和人为建构的,并且服务于统治集团的利益","使我们结合在一起的理想应该是世界上每个人都能分享的东西,包括促进经济繁荣,保护个人自由、承担享受权利下的集体义务和承认民主权利"。①

---

① 安东尼·吉登斯:《第三条道路》,第137、190页。

第九章　人的观念与中西文论对话及古代文论的现代转换

第一节　西方文论中人的观念与文学的观念

关于人的基本观念包括人是什么和人应该是什么两个方面，人是什么是对人现实的基本状况进行揭示，而人应该是什么则是对人的可能性进行思考，为人的未来发展提供理论依据。文学的基本问题追根溯源都要归结为对这两个问题的回答。中外文论发展的实际无不说明了这一点。

柏拉图对文艺的思考就贯穿着他对人是什么和人应是什么这个基本主题的思考。柏拉图认为人性中有三部分组成：最好的是理智，最坏的是情欲，处于二者之间的是意志。与此相关，国家结构也分成三个部分：哲学家是理智的代表，应成为国王，也就是哲学王；工商业主受情欲的支配；处于二者之间的是武士。与情欲必须受到理智的支配相同，国家必须受到哲学家的指导。因此真正的理想国乃是哲学家成为国家的主宰，而诗人和艺术家则为了迎合人性中的弱点，也就是情欲，使人获得快感来沽名钓誉，所以他要攻击荷马，把诗人逐出他的理想国。① 在柏拉图看来，人的理想状态应该是理智的，而人的存在状态，也就是人

---

① 《柏拉图文艺对话集》，第66—89页。

的情欲是应该被超越的。艺术之所以是"模仿的模仿","影子的影子","和真理隔着三层"就在于艺术大多只是反映人的实际的存在状态,而对人的应该的存在状态缺乏思考。他说:"至于色欲,人人虽然承认它发生很大的快感,但是都以为它是丑的,所以满足它的人们都瞒着人去做,不肯公开。"①他所谓的理式,所谓的普遍性不过是对人类应该的存在方式的思考。当然亚里士多德对柏拉图关于文艺的认识作了反驳,他认为诗与历史相比,应处于更高的地位,因为诗能够反映人的普遍性。然而文学发展的实际也并不像亚里士多德所认为的那样只是反映人的普遍性,而柏拉图的担心也不是什么杞人忧天。当然王国维的观点更为符合实际:伟大的文学作品中现实主义和浪漫主义往往是互相融合在一起的,也就是关于人现实状况的揭示与关于人应达到的理想状态的思考是融合在一起的。柏拉图对美的本质的认识也与他对人的本质的认识密切相关,他在《大希庇阿斯篇》中借苏格拉底之口对美下的定义是:"美是难的。"②美的本质的开放性与人的本质的开放性是一致的。这也正是柏拉图诚实的表现,如果关于人的真理,关于美的真理已被我们完全掌握,那我们还有什么继续追求真理的必要呢?世界不以人的意志为转移的客观存在与发展便是关于人的真理、关于美的真理的开放性的最终根据。

亚里士多德同样把对文艺的思考与对人是什么、人应该是什么的思考密切结合在一起。他在《诗学》的一开始区分喜剧和悲剧的差异时说:"喜剧倾向于表现比今天的人差的人,悲剧则倾向于表现比今天的人好的人。"亚里士多德对悲剧和喜剧的区分来自他对人的基本区分,他说:"既然模仿者表现的是行动中的人,而这些人必然不是好人,便是

---

① 《柏拉图文艺对话集》,第200页。
② 同上,第210页。

卑俗低劣者(性格几乎脱不出这些特征,人的性格因善与恶相区别),他们描述的人物就要么比我们好,要么比我们差,要么是等同于我们这样的人。正如画家所做的那样:珀鲁格诺托斯描绘的人物比一般人好,泡宋的人物比一般人差,而狄俄努西俄斯的人物则形同我们这样的普通人。"①亚里士多德在论述悲剧的作用时说:"它的模仿方式是借助人物的行动,而不是叙述,通过引发怜悯和恐惧使这些感情得到疏泄。"②他在论述诗人应如何组织情节,以便使悲剧充分发挥它的功效时说:"既然最完美的悲剧的结构应是复杂型、而不是简单型的,既然情节所模仿的应是能引发恐惧和怜悯的事件(这是此中模仿的特点),那么,很明显,首先,悲剧不应表现好人由顺达之境转入败逆之境,因为这既不能引发恐惧,亦不能引发怜悯,倒是会使人产生反感。其次,不应表现坏人由败逆之境转入顺达之境,因为这与悲剧精神背道而驰,在哪一点上都不符合悲剧的要求——既不能引起同情,也不能引发怜悯或恐惧。再者,不应表现极恶的人由顺达之境转入败逆之境。此种安排可能引起同情,却不能引发怜悯和恐惧,因为怜悯的对象是遭受了不该遭受之不幸的人,而恐惧的产生是因为遭受不幸者是我们一样的人。所以,此种构合不会引发怜悯和恐惧。介于上述两种人之间还有另一种人,这些人不具十分的美德,也不是十分的公正,他们之所以遭受不幸,不是因为本身的罪恶或邪恶,而是因为犯了某种错误。"③亚里士多德对诗的起源的认识也从对人的认识开始的,他说:"作为一个整体,诗艺的产生似乎有两个原因,都与人的天性有关。首先,从孩提时候起人就有模仿的本能,并通过模仿获得了最初的知识。其次,每个人都能从模仿的成果中得到快感。""诗的发展依作者的性格的不同形成两大类。较稳

---

① 亚里士多德:《诗学》,陈中梅译注,商务印书馆1996年版,第38页。
② 同上,第63页。
③ 同上,第97页。

重者模仿高尚的行动,即好人的行动,而较浅薄者则模仿低劣小人的行动。"①总之,亚里士多德对悲剧所产生的怜悯和恐惧的分析就来自他对人是什么和人应是什么的认识。人是什么和人应是什么也是贯穿整个《诗学》的基本问题之一。

康德把哲学分为原理完全不同的两个部分,即理论的或自然科学的,实践的或道德科学的,而审美处于二者之间,成为连接二者的桥梁。这首先来源于他对人的根本认识。他说:"心灵的一切机能或能力可以归结为下列三种,它们不能从一个共同的基础再作进一步的引申了,这三种就是:认识机能、愉快及不愉快的情感和欲求的机能。对于认识机能,只是悟性立法着,如果它(像应该做的那样,不和欲求机能混杂着,只从它自己角度来观察)作为一个理论认识的机能联系到自然界,对于自然界(作为现象)我们只能通过先验的自然概念,实际上即是纯粹的悟性概念而赋予诸规律——对于欲求机能作为一个按照自由概念而活动的高级机能,仅仅是理性在先验地立法着(只在理性里面这概念存在着)——愉快的情绪介于认识和欲求之间,像判断力介于悟性和理性之间一样。所以目前至少可以推测:判断力同样地在自身包含着一个先验的原理,并且又因愉快和不愉快的感情必然地和欲求机能结合着(它或是和低级欲求一起先行于上述的原理,或是和高级欲求一起只是道德规律引申出它的规定),它将做成一个从纯粹认识机能的过渡,这就是说,从自然诸概念的领域达到自由概念的领域的过渡,正如在它的逻辑运用中它使从悟性到理性的过渡成为可能。"②所以他的先验诸原理分为规律性、合目的性、最后目的;认识的机能分为悟性、判断力、理性;应用分为自然、艺术、自由;并且认为愉快机能的活动"构成一个联系自

---

① 亚里士多德:《诗学》,第47页。
② 康德:《判断力批判》上卷,宗白华译,商务印书馆1993年版,第15—16页。

然概念领域和自由概念领域的适当的媒介","同时又促进了心意对于道德情绪的感受性",这一切都以把心理机能分为认识的机能、愉快或不快的情感机能、欲求的机能为基础,这也是我们理解康德哲学体系的基础与出发点。从这个角度来看,康德把认识活动和审美活动划分为意识的两个不同的领域,并没有"阉割了艺术的认识功能和艺术的思想性"①,而是用艺术的审美作用在艺术的认识功能和艺术的教育功能之间搭起一座桥梁。当然对认识活动和审美活动的区分是认识的必要前提。所以,康德在谈到自然、艺术、自由的内在规则的不同,也就是人与自然的关系、人与艺术、人与自身关系的内在规则时说:"道德地实践的诸指示完全建立在自由概念上面,完全让意志不受自然动因的规定,从而是一切完全不同的指示:它们也像自然所遵守的诸规则一样,可以径直地叫做法则,但不是像后者那样基于感情条件,而是基于超感性的原理,在哲学的理论部分之旁,在实践哲学名号之下,为自己单独要求着另一部分。""因为它们可以是实践的,即使它们的诸原理完全是从自然的理论认识中取来的(作为技术地实践的法则);因而因为它们的原理绝不是从自然概念——这是经常感性地制约着的——借取来的,因而是基于超感性的,它只是自由概念借助形式规律使人得到认识。""在自然概念的领域,作为感觉界,和自由概念的领域,作为超感觉界之间虽然固定存在着一个不可逾越的鸿沟,以至从前者到后者(即以理性的理论运用为媒介)不可能有过渡,好像是那样分开的两个世界,前者对后者绝不能施加影响;但后者却应该对前者具有影响,这就是说,自由概念应该把它的规律所赋予的目的在感性世界里实现出来。"②总之,自然自身的法则,人自身的法则是两个完全不同的领域,不能说二者之间

---

① 康德:《判断力批判》上卷,第211页。
② 同上,第10—13页。

没有影响,但是从根本上讲二者是不能互相推导、互相阐释、互相说明、互为因果的。康德说:"纯粹实践理性批判的基本法则就是这样行动:你意志的准则始终能够同时用作普遍立法的原则。""这个决定根据被看作是一切准则的最高条件",是因为"关于可能的、却也单纯或然的普遍立法的先天思想,是作为法则无条件地颁布出来的,而不必从经验或任何外在的意志借来什么东西"。这个道德法则的普遍法则"之所以被思想为客观必然的,乃是因为它对每一个具有理性和意志的人应当都有效"。在康德看来,人的理性的存在当然会考虑到人是一个"属于感觉世界"的"有需求的存在者",但是理性并非"仅仅有利于人达到本能在动物那里所达到的目的",因为他还有"更高的目标",那就是对绝对的善、绝对善的无上条件的思索。① 绝对的善、普遍的理性在康德看来是先天的、不可证明的,它是一切行为的基本准则,即使实际的生活中并不存在,它是人对自己行为理性思考的结果。正如卡西尔在谈到康德与卢梭之间的关系时所说的,康德在卢梭的"自然状态"里看到的:"不是一种构成的原理,而是一种调整的原理。在他的心目中,卢梭的理论不是关于既存事物的理论,而是关于应有事物的理论,不是对现成事物的描述,而是对适当出现事物的刻画,不是怀旧的哀歌,而是未来的预言。康德认为,这种表面上的怀旧观点应有助于人们对未来的准备,并使他们能胜任于建设未来。"② 康德说:"道德法则仿佛是作为一个我们先天地意识到而又必定确实的纯粹理性的事实被给予的,即便我们承认,人们不能够在经验中找到任何完全遵守道德法则的实例。于是,道德法则的客观实现性就不能通过任何演绎,任何理论的、思辨的或以经验为支撑的理性努力得到证明,而且即使有人想根除它的必

---

① 康德:《实践理性批判》,韩水法译,商务印书馆 2000 年版,第 31—39 页。
② 卡西尔:《卢梭·康德·歌德》,第 12 页。

然的确定性,也不能通过经验加以证实,因而不能后天地加以证明,而且它自身仍然是自为地确定不移的。"①康德的纯粹实践理性原理归结为对人的自由本质的思考。当康德讲,人是自由的时候,他不是在描述一件实事,而是在陈述人的理想状态。康德把真正的德性植根于普遍的原则之上,并且认为"这些原则越是普遍,则它们也就越崇高和越高贵",其根本原因也是如此。② 康德的理想标准和准则与数学家所追求的绝对的完美的定义是一致的,正如泰勒所说的:"我们从来没有看到过一根绝对笔直的棍子,或一个绝对精确的、完善的三角形的补丁,而且我们也许从来也没有碰到过一个完全公正的行为;我们只看到过接近于直的棍子和接近于三角形的补丁,只遇到过接近于正义的行为。但是几何学家告诉我们,'直线'或'三角形'是完全直的;道德学家谈到的作为责任的公正是完全公正的。"他们感兴趣的不是这个或那个三角形的性质,这个或那个行为的德性,而是三角形和德性本身。③ 至于康德哲学的根本出发点,即人是目的,而不是手段,也是理性思考的结果。所以,康德说:"在目的的秩序里,人(以及每一个理性存在者)就是目的本身,亦即他决不能为任何人(甚至上帝)单单用作手段,若非在这种情况下他自身同时就是目的;于是,我们人格之中的人道对于我们自身必定是神圣的,因为它是道德法则的主体。"④"倘若我们能够对于一个人通过其内在以及外在行为显露出来的思想方式有那样深刻的洞察,以致其行为的每一个动力,即使最细微的动力,以及一切作用于这种动力的外在诱因都会为我们所认识到,从而人们能够像计算月食和日食那

---

① 康德:《实践理性批判》,第 50 页。
② 康德:《论优美感和崇高感》,第 14 页。
③ 泰勒:《苏格拉底传》,第 103—104 页。
④ 康德:《实践理性批判》,第 144 页。

样确定地计算出人的未来举止,我们在这种情况下依然主张:人是自由的。"①人的自由的本质,亦即人以自身为出发点;与艺术的无功利性,以自身为目的,是一致的。宗白华在评价康德的美学思想时说:"康德喜欢追求纯粹、纯洁,结果陷入形式主义主观主义的泥坑,远离了丰富多彩的现实生活和现实生活里的斗争,梦想着'永久的和平'。美学到了这里,空虚到了极点,贫乏到了极点,恐怕不是他始料所及的吧!而客观事实反击了过来,康德不能不看到这一点,但是他的主观唯心主义使他不能用唯物辩证法来走出这个死胡同,于是不顾自相矛盾地又反过来说:'美是道德的善的象征'。想把道德的内容拉进纯形式里来,忘了当初气势汹汹的分疆划界的工作了。""康德又不能无视一切伟大文艺作品里所包含着的内容价值,它们里面所表现的对人们生活的影响,它们的教育意义。所以康德又自相矛盾地大谈'美是道德的善的象征'。"②康德对美与道德矛盾性的论述,表明了道德与美自身的矛盾性,而不是康德理论的矛盾性,任何理论家都不可能用自身理论的统一性来掩盖、代替研究对象的复杂性,如果为了理论的统一与"自圆其说"而无视研究对象自身的复杂性、矛盾性,那不过走到了另一个更为令人困惑的误区。与其说是康德理论的矛盾性,倒不如说是问题自身的矛盾性使人困惑。正如恩格斯《反杜林论》所说的,理论和原则应该是从自然界和人类历史中抽象出来,它并不是研究的出发点,而是研究的最终结果。它只有在自然界和历史的情况相适应的情况下才是正确的,而不是相反。像黑格尔那样"近代德国哲学在黑格尔的体系中完成了",因为"他第一次把整个自然的、历史的和精神的世界描写为一个过程",但是这不过是一个"世界的现实联系完全被头足倒置了的"体系。③ 我们思维

---

① 康德:《实践理性批判》,第 108 页。
② 康德:《判断力批判》上卷,第 220 页。
③ 《马克思恩格斯选集》第三卷,人民出版社 1997 年版,第 362—363 页。

方式的过分严密、对体系的过分追求、对矛盾的极端排斥,使我们离开生活的真理越来越远,正如苏格拉底告诉我们的,真理存在于矛盾之中。

黑格尔艺术美的理念或理想、他的发展的观念同样来自于他对人、对主体、对生命不断发展的根本认识,他说:"如果主体片面地以一种形式而存在,它就会马上陷入这个矛盾:按照它的概念,它是整体,而按照它的存在情况,它却只是一方面。只有借取消这种自身以内的否定,生命才能变成对它本身是肯定的。经历这种对立、矛盾和矛盾解决的过程是生物的一种大特权:凡是始终都只是肯定的东西,就会始终都没有生命。生命是向否定以及否定的痛苦前进的,只有通过消除对立和矛盾,生命才能变成对它本身是肯定的。如果它停留在单纯的矛盾上面,不解决那矛盾,它就会在这矛盾上遇到毁灭。"①对人的认识成为他理念不断辩证发展的一个最初的、根本的逻辑起点。所以,恩格斯在《费尔巴哈和德国古典哲学的终结》中曾对黑格尔的辩证法作了这样的评论:"这种辩证哲学推翻了一切关于最终的绝对真理和与之相应的绝对的人类状态的观念。在它前面,不存在任何最终的东西、绝对的东西、神圣的东西;它指出所有一切事物的暂时性;在它面前,除了生成和灭亡的不断过程、无止境地由低级上升到高级的不断过程,什么都不存在。它本身就是这个过程在思维着的头脑中的反映。"②不断发展的理念不仅来自不断发展的自然,也来自不断发展的人类生命自身。黑格尔揭示自然美的本质不是从自然的特点,而是从人与自然的关系出发的,他说:"自然美只是为其他对象而美,这就是说,为我们,为审美的意识而美。""自然作为具体的概念和理念的感性表现时,就可以称为美的。""我们只有在自然形象的符合概念的客体性相之中见出受到生气

---

① 黑格尔:《美学》第一卷,第124页。
② 《马克思恩格斯选集》第四卷,人民出版社1997年版,第217页。

贯注的互相依存的关系时,才可以见出自然的美。"①也就是说,自然美并不是纯粹的自为存在,它和人的创造的艺术作品一样,只有在与人的关系中才能得到可能的解释,抛开与人的关系,一切自然的美都不可能得到合理的解释。在这一点上康德与黑格尔是一致的,正如古留加所说的:"哥尼斯堡的哲学家正确地认为,崇高的意义并不产生于自然的事物中,而是产生于人的情感,精神之中。"②康德说:"人们各种悦意的和烦恼的不同感受之有赖于引起这些感受的外界事物的性质,远不如其有赖于人们自身的感情如何。""无论我们到现在为止所已经讨论过的这些精微的感情可能是属于哪一种,无论那可能是崇高的还是优美的,他们都有着共同的命运,亦即它们在一个对此没有任何确切感觉的人的判断里,永远都会显得是颠倒错乱的和荒谬的。"③

与哲学中对人的思考,即人是什么,人应该是什么,密切相关的就是文学理论中对历史与文学关系的思考,亚里士多德在《诗学》中说:"诗人的职责不在于描述已经发生的事,而在于描述可能发生的事,即根据可然或必然的原则可能发生的事。历史学家和诗人的区别不在于是否用格律文写作(希罗多德的作品可以被改写成格律文,但仍然是一种历史,用不用格律不会改变这一点),而在于前者记述已经发生的事,后者描述可能发生的事。所以,诗是一种比历史更富有哲学性、更严肃的艺术,因为诗倾向于表现带普遍性的事,而历史倾向于记载具体的事件。所谓带'普遍性的事',指根据可然或必然的原则某一类人可能会说的话或会做的事——诗要表现的就是这种普遍性,虽然其中的人物都有名字。"④黑格尔同样继承了这个观点,他在《美学》中说:"也不能

---

① 黑格尔:《美学》第一卷,第160、168页。
② 阿尔森·古留加:《黑格尔传》,第133页。
③ 康德:《论优美感和崇高感》,第1、23页。
④ 亚里士多德:《诗学》,第81页。

说艺术的描绘,比起历史著作所谓更真实的描绘,显得是一种较虚幻的显现。因为历史著作所描绘的因素也并不是直接的客观存在,而是直接的客观存在的心灵性的显现,它的内容也还是不免于日常现实世界以及其中事态,纠纷和个别事物等等的偶然性。至于艺术,它给我们的却是在历史中统治着的永恒力量,抛开了直接感性现实的附赘悬瘤以及它的飘忽不定的显现(外形)。"他对柏拉图的评价也来自于此:"柏拉图是第一个对哲学研究提出更深刻的要求的人,他要求哲学对于对象(事物)应该认识的不是它们的特殊性而是他们的普遍性,它们的类性,它们的自在自为的本体。他认为真实的东西并不是个别的善的行为,个别的真实见解,个别的美的人物或美的艺术作品,而是善本身,美本身,和真本身。"① "诗所表现的总是普遍的观念而不是自然的个别细节。"② 艺术与历史的差别如同真实本身、美本身、善本身同个别的真实、个别的美、个别的善的差别一样,前者的理想性和后者的实在性形成鲜明对比。正如黑格尔所说的,"艺术的必要性是由于直接现实有缺陷"③。艺术作品所揭示的心灵深处和道德意志的崇高理想在一切本来只是机械的毫无生气的东西中熠熠生辉,在黑格尔看来,连最完美的历史著作也不属于自由的艺术,甚至是用诗的词藻和韵律来写成的历史著作。④ 叔本华同样表达了亚里士多德诗歌高于历史的观点,在他看来,历史学并不阐明普遍的历史事件,而是仅仅处理那些琐碎的史料和个体的历史事件。他在批评中国的历史学研究时说:"如果我们有机会接触中国历史和印度历史,那浩如烟海的问题向我们显示了历史学研究中种种的缺陷,迫使我们的历史学家们明白,科学研究的宗旨在于

---

① 黑格尔:《美学》第一卷,第 12—27 页。
② 同上,第 213 页。
③ 同上,第 195 页。
④ 同上,第三卷下册,第 27 页。

从一中认识多,在于掌握任何已知事例的规则,在于为各民族生活提供一种人类知识,而不是没完没了地统计那些数不胜数的事例。"① 从这个角度来看,中国传统的文史不分并不能从根本上解释文学与历史对人生根本不同的意义。因为历史对现实的人生进行揭示,而诗则是对普遍的人,以及可能的人生进行思索,为人的发展提供理论的指导。对理想的人生、可能的生活、普遍的规则的思考是哲学家与艺术家相对于科学家、历史学家对人生所作出的特殊贡献。当然理想的境界是二者完美的结合,如王国维在《人间词话》中所说的:"有造境,有写境,此理想与写实二派之所由分。然二者颇难分别。因大诗人所造之境,必合乎自然,所写之境,亦必邻于理想故也。""自然中之物,互相关系,互相限制。然其写之于文学及美术中也,必遗其关系、限制之处。故虽写实家,亦理想家也。又虽如何虚构之境,其材料必求之于自然,而其构造,亦必从自然之法则。故虽理想家,亦写实家也。"②

与此相关的则是艺术家作为一个对人的可能性进行思索的存在者,他与普通人之间的根本差异。克尔凯郭尔在《诗人何物》中说:"诗人为何物?一个不幸的人,心中怀着深切的苦痛,但他的双唇却是如斯造就:所有呻吟与哭号一经通过便会转化为令人销魂的音乐。其命运正如法拉力斯的囚徒一般;他们被囚禁在一头铜牛之中并在慢火之上缓缓遭受煎熬;他们的哭号传不到那位暴君的耳朵中,因而惊怖也不会袭入他的心里;而当哭号声传入他的耳中时,它们听起来确像甜美的音乐。"③ 克尔凯郭尔对艺术家的理解与柏拉图的迷狂说、弗洛伊德的"升华"说、《文心雕龙》的"蚌病成珠"说都充分说明了诗人,即艺术家的痛苦与读者的阅读快感之间的矛盾关系。因为艺术家与自己的痛苦是一

---

① 《叔本华论说文集》,商务印书馆 2000 年版,第 360 页。
② 王国维:《人间词话》,第 1—2 页。
③ 《克尔凯郭尔哲学寓言集》,第 5 页。

体的,而读者的阅读,乃是一种欣赏,是一种局外人式的旁观,作者的内心苦痛与创作成为激发读者审美想象的材料与源泉,并不给读者带来什么实质性的伤害。由此看来,西方文化中的理性精神并不仅仅表现在科学理性中强大的逻辑力量,更重要的在于对人的"应该"、"可能"的存在状态进行合理性的思考。对最高的善的思索与对幸福的追求紧密结合在一起,而善与幸福的区别,正如康德所说的那样,善来自最高的道德的要求,而幸福则依赖于个体的感受。

第二节 西方文论中人的观念对理解中国传统人的观念的意义

中国古代文化传统中对人的基本理解同样是理解中国古代文论的基本出发点,如对贯穿中国古代文论始终的"道法自然"的理解。康德说:"有两样东西,我们愈经常愈持久地加以思索,它们就愈使心灵充满日新月异、有加无已的敬仰和敬畏:在我之上的星空和居我心中的道德法则。"[①]老子也讲,"人法地,地法天,天法道,道法自然"。人与自然的和谐关系成为理解中国古代文化的关键性问题,天人合一成为中国古代文化的终极追求。然而,天人合一是否能把康德的"在我之上的星空和居我心中的道德法则"最为完美地结合在一起呢?

道法自然在中国传统文化对人的认识中具有根本的意义,但道法自然的合法性却很少有理论家去怀疑,很少有人去思考今日的人如何才能像自然那样自然而然呢。道法自然在《礼记·乐记》中表现为,"乐由天作,礼以地制"。既然是"乐由中出,礼由外出",那二者又是如何统

---

① 康德:《实践理性批判》,第177页。

一的呢?① 再如《论语·季氏》讲,"视思明,听思聪,色思温,貌思恭,言思忠,事思敬,疑思问,忿思难,见得思义"。如果说"视思明,听思聪","疑思问,忿思难,见得思义",可以由简单的因果关系推导出来,但是"色思温,貌思恭,言思忠,事思敬",又如何推导出来呢? 孔子虽然反复提到"天",但是从"天"里是无法推导出这些行为规则来的。孔子说,"天生德于予"(《论语·述而》),"不怨天,不尤人,下学而上达。知我者其天乎?"(《论语·宪问》)但是他又说:"天何言哉? 四时行焉,百物生焉,天何言哉?"(《论语·阳货》)他说:"君子有三畏:畏天命,畏大人,畏圣人之言。"(《论语·季氏》)从"畏天命"里如何得出"畏大人,畏圣人之言"的结论呢? 孔子并没有通过形而上的思考把他的道德律令与对"自然"或"天"的认识密切结合在一起,如韦伯所说的儒家伦理中"根本没有自然与神、伦理的要求与人类的不完备、今世的作为与来世的报应、宗教义务与政治社会现实之间的任何一种紧张关系,因此也没有任何一种不通过单纯受传统与习惯约束的精神势力来影响生活方式的理由"②。在孔子的思想中更没有对各个不同阶层利益的充分考虑,在他的眼里,他的千古不变的道德律令是放之四海而皆准的,他的文化秩序里预定了所有人的幸福,道德的规范与政治的行为密不可分地结合在一起,每次新的变化仅仅是对早已存在的价值体系作一番新的解释,并没有任何新的价值取向的产生,前后不同的解释都蕴含在同一个模式之中。同样,《大学》里说:"致知在格物。物格而后知至,知至而后意诚,意诚而后心正,心正而后身修,身修而后家齐,家齐而后国治,国治而后天下平。自天子以至于庶人,壹是皆以修身为本。"③其中的逻辑是怎样实现的? 在"格物"、"知至"、"意诚"、"心正"、"身修"、"家齐"、

---

① 王文锦:《礼记译解》,中华书局2001年版,第531—534页。
② 马克斯·韦伯:《儒教与道教》,第288页。
③ 王文锦:《礼记译解》,第895页。

"国治"之间有何必然的内在联系?正如儒家对父子、夫妇、兄弟、君臣、朋友五种基本社会关系之间内在联系的思考,特别是把父子关系当成五种基本关系的基础和基本模式,是否就具有必然的合理性,它们五种关系的内在原则是一样的吗?如能否从父子的等级关系推导出夫妇之间的等级关系,或从父子之间的等级关系推导出兄弟之间、甚至君臣之间的等级原则?父子、兄弟之间的天然联系,与君臣、朋友之间的后天形成的社会关系用何种原则使它们联系起来?如果说前者的等级关系是取法自然的话,后者的关系如何从自然中推导出来呢?其实来自天然的父子关系是无法扩展为整个社会所必须遵循的基本原则的,这种具有先天性的特定意义的伦理范畴加以推广应用成为整个宇宙中具有普遍意义的伦理原则,并加以神圣化,相信权力在一切事情上的无所不能,正是儒家伦理哲学的根本出发点。然而作为现实生活中的"父"和只有在理论上才存在的"神"是无法相提并论的,因此对"父"的服从和对"神"的服从也并不是一回事。孔子并没有讲出其中内在联系的合法性,因为他对那些形而上的思辨没有任何兴趣。在孔子看来,"未能事人,焉能事鬼"?"未知生,焉知死"?(《论语·先进》)"子不语怪、力、乱、神"(《论语·述而》),"敬鬼神而远之"(《论语·雍也》)。他只是告诉人们一些纯粹的行为伦理准则,他最关心的根本概念就是他制定的和谐与秩序,那种在想象上、感觉上沉浸在物我不分、内外不分、主客不分的当下的审美体验与在政治和生活中对同一和等级带来的短暂的平衡、稳定与和谐相一致。至于它们的合理性那只有用现实的经验,在现世生活中取得的财富与声望,甚至是寿限来证明,他的行为伦理准则在长期的封建教育中早已变成现实的一部分。章太炎在论述古代国家与家之间的关系时说:"《大学》有'欲治其国者先齐其家'一语,《传》第九章里有'其家不可教而能教人者无之'一语,这明是封建时代的道德。我们且看唐太宗底历史,他的治国,成绩却不坏——世称贞观之治;但他底家庭,却糟极了,杀兄、纳弟媳;这岂不是把《大学》底话根本打破了吗?要知古代的家和后世的家大不相同;古代的家,并不只包含父子夫妻兄弟……这等人;差不多和小国一样,所以孟子说:'千乘之家,百乘之家'。在那种制度下,《大学》的话自然不错;那不能治理一县的人,自然不能治一省了。"① 章太炎把"家"解释成"并不只包含父子夫妻兄弟",仍然不能掩盖中国传统文化中常常把家庭作为国家的基本结构的做法。如孔子的"迩之事父,远之事君"(《论语·阳货》)中"父与君"的必然联系。孔子的"修己以敬",孟子的"君子之守,修其身而天下平",都是讲治国与修身的必然联系。其实关于"孝弟"与"忠君"的关系,孔子在《论语》的一开头《学而篇》就讲得很清楚:"其为人也孝弟,而好犯上者,鲜矣;不好犯上,而好作乱者,未之有也。君子务本,本立而道生。孝弟也者,其为人之本与!"正如黑格尔所说的,"这种家族的基础也是'宪法'的基础。因为皇帝虽然站在政治机构的顶尖上,具有君主的权限,但是他像严父那样行使他的权限。他便是大家长,国人首先必须尊敬他。他在宗教事件和学术方面都是至尊",所以帝国的行政管理和社会约法的基础就是道德,"做皇帝的严父的关心"和"像孩童一般不敢越出家族伦理原则"的密切结合。② 孟德斯鸠在论述中国人的"礼"时非常精彩,他说:"尊敬父亲就必然和尊敬一切可以视同父亲的人物,如老人、师傅、官吏、皇帝等联系着。对父亲的这种尊敬,还要父亲以仁爱还报其子女。由此推论,老人也要以爱还报青年人,官吏要以爱还报其治下的老百姓,皇帝要以爱还报其子民。所有这些都构成了礼教,而礼教构成了国家的一般精神。"③ 大家与小家在深层结构上的统一在某种程度上导致了政治与伦理的混同。正如毕诺(Virgile Pinot)在《中国对

---

① 章太炎:《国学概论》,第 14 页。
② 黑格尔:《历史哲学》,第 167 页。
③ 孟德斯鸠:《论法的精神》,第 312—313 页。

法国哲学思想形成的影响》中所说的:"当大家讲到中国时,则不可能把政治与伦理分开。伦理在中国不是为了确定抽象概念,或寻找自身修养和自身幸福的一种思辨,而是确定人类在其私人生活中的义务总则的系统化,这就是伦理;若是指在他们的公共生活中,无论其社会地位如何,则都是政治。"在毕诺看来,中国的政治准则和伦理准则、个人道德和家庭伦理是完全相同的,这种作为帝国基础的一而二、二而一的道德原则在理论上具有适用于一切阶级、一切民族、一切人的普遍性。"中国人的伦理和政治互相结合在一起了,政治原则与伦理原则完全相同。国家的行为就如同在一个家庭中一样,皇帝不像国王而是如同父亲一样行使其职权。"①这种来自经验和习惯的对个体行为和群体行为的规范并没有与对永久的善恶行为的思考、对人的本性、欲望、动机的思考联系起来,这些规则并非是从某种抽象的、先验的原则和观念中理性推导出来的,而仅仅是一种曾确保了帝国存在并维持其长期统治的经验的总结。由此看来,中国传统文化中的个体并不是自由的,自身也不具有价值,他只有在与整个礼的体系的和谐一致中才能获得认可,而礼的体系的最高层不是完美无缺的对真、善、美的无私追求,而是对一个既不永生,也不完美无缺,而且常常会犯错误的人世统治者的服从。天的人格化使父权制与皇权制有着不可分割的必然联系,从而导致了绝对地肯定、适应甚至服从世俗权力的固定秩序与传统的伦理责任义务。而孔子对人听命于国家的要求和苏格拉底对哲学家保持自己相对独立性和批判精神的要求形成了截然的对比。个体寓于整体之中的基本文化观念在语言中也充分表现出来。谢林在论述中国文化和中国文字之间的内在关联时说,中国语言的"单音节性"使"单个的字几乎毫无意义,没有任何随意发挥的自由","抽象地看一个字可能有十种甚至四

---

① 毕诺:《中国对法国哲学思想形成的影响》,第 426、486 页。

十种含义,如果我们把单个字从全体中抽出来,它便自失于虚空的无限之中","一个脱离了关系和全体的单字,人们看不出它属于哪个语法范畴,它即可作名词,又可作动词、形容词或副词。这就是说,正因为它什么都可以是,所以实际上它什么都不是,即它不是自为的存在——无论它是单个的还是抽象的。它仅仅是存在于关系之中,与全体相联系的某种东西","它们只是一些只有在整体中才获得意义的要素",中国语言中"有一股不允许单字具有独立性的力量","它只能存在于整体之中,一旦脱离整体,马上就不存在了。整体维持着对于部分的绝对优先性"。语言的单音节特性形成了与语言密切相关的哲学与意识形态领域的更深层的关系,语言的单音节特性导致了解释的单调性和纯机械性,在谢林看来,"语言的多音节和多神教是两种同时共生的现象"①,语言的单一性与意识形态的单一性、语言的多元化与意识形态的多元化在深层上联系在一起。

天人合一就是自然原则与伦理观念、道德原理与世界意志的和谐,通过自我完善,根据在自然中发现的原则来调节人们的行动。但是我们如何在自然过程中推导出伦理行为的最终根据?正像马丁·布伯所说的,"西方思想史的特征就是存在和应为、科学和法之间日益加剧的分裂"②。在马丁·布伯看来,道德原理与世界的意志并不是一而二,二而一的,二者之间有着不可跨越的鸿沟,无法从世界的客观存在推导出人类行为的道德原则。《老子》第三十九章说:"天得'一'以清;地得'一'以宁;神得'一'以灵;谷得'一'以盈;万物得'一'以生;侯王得'一'以为天下贞。"③这种体现于事物变化过程中万物多样性中的统一,即道,是如何产生的呢?它的合理性又是如何得到证明的呢?其实自然

---

① 夏瑞春:《德国思想家论中国》,第152—155页。
② 同上,第186页。
③ 陈鼓应:《老子注释及评价》,第218页。

正由于人的存在才存在价值和秩序,人类的秩序与价值一定能从自然的存在中得到某些启示和印证,但是,从最根本的意义上讲,二者却属于两个根本不同的领域,自然的纷繁复杂和人伦的和谐同一并不能互相解释,互相说明,正如《庄子·天地》所说的,"金石不得,无以鸣,故金石有声,不考不鸣,万物孰能定之"。① 无论怎样,从自然里发现人类的应该具有的存在方式还是人自身阐释的结果。《老子》第七十七章讲,"天之道,损有余而补不足。人之道,则不然,损不足以奉有余"。"天道"与"人道"二者难道是二而一的吗?当然儒家和道家的理论也只能说明他们的道德要求和真正的道德状况还是两回事。康德也反对从自然的存在中得出关于人的真理,他从卢梭反对"心灵万能"的学说中得出,"绝不可能替科学的和哲学的伦理基础推出任何原则"②,关于真、善、美的思考,就是关于人的可能性的、理想的思考,不可能用对自然的思考来代替。古留加说得好:"康德无疑是对的:上帝的存在不可能证明"甚至也没必要证明,③因为康德和苏格拉底一样,他们所要求于神的,简单地说就是"善"。④

　　孟子关于人的本性说:"人性之善也,犹水之就下也。人无有不善,水无有不下。今夫水,搏而跃之,可使过颡;激而行之,可使在山。是岂水之性哉?其势则然也。人之可使为不善,其性亦犹是也。"(《孟子·告子章句上》)孟子把人性与水相比,用水的向下比作人性的向善。其实,人性的善否与水的向下流并无内在必然的联系,它们不过是语言上的一种类比的说明关系。对物我的相通,即二者由于在深层结构上有着密切的相似关系,在语言上可以互相说明、互相借用、互相替换。如

---

① 陈鼓应:《庄子今注今译》,第299页。
② 卡西尔:《卢梭·康德·歌德》,第18页。
③ 阿尔森·古留加:《黑格尔传》,第144页。
④ 泰勒、龚珀茨:《苏格拉底传》,第154页。

第九章 人的观念与中西文论对话及古代文论的现代转换 293

钱钟书在《心与境》中所说的,"《论语·雍也》篇孔子论'知者动',故'乐水','仁者静',故'乐山'。于游山玩水之旨,最为直凑单微。仁者知者于山静水动中,见仁见智,彼此有合,故乐。然山之静非即仁,水之动非即智,彼此仍分,故可得而乐"①。《论语·雍也》中孔子讲:"知者乐水,仁者乐山。知者动,仁者静。知者乐,仁者寿。"从孔子对知者与仁者、水与山、动与静、乐与寿之间关系的论述使我们看到人对"仁"的不变追求与山的静止,人对"智"即对不断变化的世界的认识与改造的追求,与水的自然流动,在一定程度上可以互相说明,互相解释。也就是说,在对自然的理解中能够见出人自身的性情,也就是能于物中见到自我。这在北宋画家郭熙的《林泉高致集·山水训》中表现更为明显。他说:"春山淡冶而如笑,夏山苍翠而如滴,秋山明净而如妆,冬山惨淡而如睡。""春山烟云连绵,人欣欣;夏山嘉木繁阴,人坦坦;秋天明净摇落,人肃肃;冬天昏霾翳塞,人寂寂。"一年四季的景色与人的内在的复杂感情密切联系在一起。诗歌里大量的对自然景物的描写,更多的是为了实现景物、花草之间相互类比、相互说明、相互阐释的关系,但二者并不具有必然的因果关系。《文心雕龙》也讲,"目既往还,心亦吐纳。情往似赠,兴来如答"。但这与庄子的"静而与阴同德,动而与阳同波"不同,前者只是讲人与自然的相互感应,并不是说自然与人的内在同构性,而后者是从自然的存在中发现人的行为准则。取法自然不仅仅是指由自然而起,更重要的是指,以自然的结构来隐喻人生社会伦理的基本结构,并不像王元化在分析《物色篇》时所说的,"刘勰提出'随物宛转','与心徘徊'的说法,一方面要求以物为主,以心服从于物,另一方面又要求以心为主,用心去驾驭物。表面看来,这似乎是矛盾的。可是,实际上,他们却互相补充,相辅相成。作家的创作劳动正如人类其他一切劳动一

---

① 钱钟书:《谈艺录》,第53页。

样,就其实质来看,不可避免地包含了主体与客体之间对立统一过程。人类劳动是'人与自然之间的一个过程,在这个过程中,人由他自己的活动来引起、来调节人与自然之间的物质变换。人以一种自然力的资格,与自然物质相对立。'作家的创作活动就在于把这两方面的矛盾统一起来,以物我对峙为起点,以物我交融为结束"。其实作家的创作活动不可能"调节人与自然之间的物质变换",不可能解决"人与自然物质的矛盾对立",否则我们就是夸大了作家的作用。因为作家对世界的把握仅限于艺术活动之内,这与"人与自然之间的物质交换"是两种根本不同的活动,不能相提并论。人与自然的关系与艺术活动中的物我关系是两种根本不同的关系,艺术活动中的物我关系是仅仅限于艺术活动如观察、体验、描述、想象等艺术事件之中。王元化用辩证的观点对《文心雕龙》里的物我思想进行分析,与传统对《文心雕龙》的语言、思想进行考释的方法自然有根本的不同。但他对"物"字的解释,并不像他所说的那样:范文澜把"物沿耳目"中的"物"字训为"事也理也"进而概括为"事理",与王国维对"物"的训诂相矛盾,而是相合:"由杂色牛之名,因之以名杂帛,更因以名万有不齐之庶物,斯文字引申之通例也。"由"杂色牛之名"引申为"物",与由"物"引申为"万物之事理",与由"耳目"引申为感受、思考,其中的道理是一致的。① 再如王元化在《王国维的境界说与龚自珍的出入说》中说:"'善入'相当于刘勰所说的'心随物以宛转'。'何者善出?天下山川形势,人心风气,土所宜,姓所贵,国之祖宗之令,下逮吏胥之所守,皆有联事焉,皆非所专官。其于言礼、言兵、言政、言狱、言掌故、言文体、言人贤否。……'是指作者钻进了对象之后还要跳出来,表现自己对对象的态度、看法和评价。"② 由此看来,

---

① 王元化:《文心雕龙讲疏》,第93—97页。
② 同上,第103页。

"物"并不仅仅是指"物体",而更是指"物之理",如果是物体,那就不可能"善入"或"善出"其中,更不能"作者钻进了对象之后还要跳出来"了。王国维在论述诗人与他描写的对象的时候也用"出入之说",他说:"诗人对宇宙人生,须入乎其内,又须出乎其外。入乎其内,故能写之。出乎其外,故能观之。入乎其内,故有生气。出乎其外,故有高致。""诗人必有轻视外物之意,故能以奴仆命风月。又必有重视外物之意,故能与花鸟共忧乐。"王国维的这种辩证思想同样体现在他对艺术本质的认识上。因此,王国维的游戏说与他的"忧生忧世"之说是密不可分的。他说:"'我瞻四方,蹙蹙靡所骋',诗人之忧生也。'昨夜西风凋碧树。独上高楼,望尽天涯路'似之。'终日驱车走,不见所问津',诗人之忧世也。'百草千花寒食路,香车系在谁家树'似之。"①当然他的"忧生忧世"之说的具体内涵与其他理论家如鲁迅的根本不同,与李后主的非常类似,有"隔江犹唱后庭花"之嫌,但与纯粹的游戏说又有根本不同。我们应该全面看待这个问题,特别是结合他的政治观点和人生经历。他在《〈人间词话〉删稿》中说:"诗词之题目,本为自然及人生。自古人误以为美刺、投赠、咏史、怀古之用,题目既误,诗亦自不能佳。"但是"美刺、投赠、咏史、怀古"不是"自然及人生"一部分吗?可见,他的"游戏说"也只是相对于当时的"美刺、投赠、咏史、怀古"之流俗而言,仍然是深深地关怀着人生,和形式主义所讲的带有自指性质的对文字自身的关注更是风马牛不相及。在他的眼里,那些"不能观古人之所观,而徒学古人之所作"也不过是"伪文学"。② 他只是在区分艺术中的多种因素,像康德区分真、善、美一样,区分并不是隔断。他对艺术既要写实又要写理想的要求,他的北上"应诏"都是他这种思想的反映。从他的《水

---

① 王国维:《人间词话》,第15、29页。
② 同上,第34、77页。

龙吟》"一样飘零,宁为尘土,勿随流水。怕盈盈,一片春江,都贮得、离人泪"可以看出,诗歌仍是用来"缘情言志"的媒介,只是对"情、志"的理解不同罢了,他的"意"与"情"同样是为了"内足以摅己,外足以感人",但"内足以摅己"容易,"外足以感人"难,如果仅仅从自身的感受、从自己所属的特殊阶层的利益出发来看待现实,规定文艺的话,就更难。

孟子所谓的人性善不过是他所说的,"乃若其情,则可以为善矣。乃所谓善也"(《孟子·告子章句上》)。人性善良的真正含义是可以使它善良的意思,而不是必然的善良。孟子把善的问题与利的问题看成人的两个根本对立的部分。他说:"王亦曰仁义而已矣,何必曰利?"主要是因为在孟子看来:"未有仁而遗其亲者也,未有义而后其君者也。"(《孟子·梁惠王章句上》)其实"未有仁"与"遗其亲"、"未有义"与"后其君"是二而一的。同样是从"应该"的角度,甚至从人的物质利益的考虑来对人的行为进行规范,并没有从一种历史的、哲学的必然性来推导或论证。所以韦伯说:"从没有任何形而上的东西和几乎没有一点宗教驻留的残余这个意义上来说,儒教已经走到了或许还可以叫作'宗教'伦理的东西的最外部的边界上,儒教是如此理性,同时,在没有和抛弃了一切非功利主义标准的意义上是如此清醒,以至于除了边沁伦理系统以外,还没有一个伦理系统能与之相比。"[①]孟子说:"老吾老,以及人之老;幼吾幼,以及人之幼。天下可运于掌。诗云,'刑于寡妻,至于兄弟,以御于家邦。'言举斯心加诸彼而已。故推恩足以保四海,不推恩无以保妻子。古之人所以大过人者,无他焉,善推其所为而已矣。"(《孟子·梁惠王章句上》)"仁者以其所爱及其所不爱,不仁者以其所不爱及其所爱。"(《孟子·尽心章句下》)"人皆有所不忍,达之于其所忍,仁也;人皆有所不为,达之于其所为,义也。"(《孟子·尽心章句下》)都是以相同的

---

① 马克斯·韦伯:《儒教与道教》,第32页。

逻辑,或最后的利益来论证自己对行为准则的思考。其实,孟子的"天"的意义有几种:有自然之天,命运之天,义理之天等。① 如果天人合一的天是指义理之天,那自然是天人合一的,但如果指自然之天,那又如何统一呢?孔子说:"天无二日,人无二王。"(《孟子·万章章句上》)我们能从天空中没有两个太阳推导出人间不能有两个王吗?我们能从自然的存在中推导出人类自身存在的根本原则吗?刘勰说:"庖牺以来,未闻女帝者也。汉运所值,难为后法。牝鸡无晨,武王首誓;妇无与国,齐桓著盟;宣后乱秦,吕氏危汉;岂唯政事难假,亦名号宜慎矣。张衡司史,而惑同迁固,元平二后,欲为立纪,谬亦甚矣。寻子弘虽伪,要当孝惠之嗣;孺子诚微,实继平帝之体;二子可纪,何有于二后哉?"②刘勰从"牝鸡无晨"推导出"妇无与国",与辜鸿铭从一个茶壶有几个茶杯推导出一夫必有多妻,有什么区别呢?中国的"天人合一"是不是一种如弗雷泽所说的"顺势原则"、"同类相生的原理",以至于"中国人相信一个城市的命运深受该城廓形状的影响,他们必须根据与该城市形状相似的那种东西的特点来对城廓加以适当的改造"?③ 与此相反,康德并不像刘勰那样从自然的存在中而是从可能的理想的状况中对其立法。他说:"最为重要的就在于,男人作为男人应该成为一个更完美的丈夫,而妇女则应该成为一个更完美的妻子;也就是说,性的禀赋的冲动要符合自然的启示在起作用,使得男性更加高尚化并使得女性的品质更加优美化。""没有这样的原则,我们就会看到男人模仿女性,为的是讨人喜欢,而女人有时候(尽管是罕见得多)则装出一副男人的神态,为的是引人尊敬;但是人们所做的一切违反大自然意图的事,总是会做得非常之

---

① 杨伯峻:《孟子译著》,第358页。
② 周振甫:《文心雕龙今译》,中华书局1992年版,第144页。
③ 弗雷泽:《金枝》上卷,徐育新译,中国民间文艺出版社1987年版,第55—56页。

糟糕的。"① 由此看来,从自然的客观存在中无法解决关于人的两个基本问题:现实的人与可能的人,人是什么,人应该成为怎样之间的关系。对天人合一、道法自然的无限推崇同样也不能解决真是什么,美是什么,善是什么的问题。从另一方面讲,我们传统中具有天人合一的观念,并不意味着西方文化中并不具有相同、相似,甚至相通的观念。如西方 1995 年环境保护组织针对壳牌石油公司将石油钻井平台沉入海底的做法所展开的声势浩大的抗议活动,而我们的环境是否得到有效的保护,以便实现我们一直引以为荣的"天人合一"的观念呢?如果我们的环境并不像我们理论上所表述得那样令人满意的话,那天人合一也是在一个非常糟糕意义上的天人合一,它对今日的中国是否能像理论家所说的那样是一个解决一切问题的灵丹妙药,那是大可怀疑的。况且,"天"的观念也发生了重大的变化,今日之"天"与古时之"天"有很大不同,过去属于自然的事物现在则大都受过人的影响,有很多甚至是人类自身活动的产物。更重要的是,"天"在古代不能仅仅被理解为自然的世界,它还更多得被解释为义理。这样,顺应自然在一定程度上就可以解释成顺应环境,顺应现实,顺应那经过层层教育体制过滤的人性,也就是使人适应自然,而不是使自然适应人。由此,对自然原则与人的原则这两种根本不同原则的混淆使得天人合一的理想在具体的生活实践中,更多的不是对人生的积极意义进行思考,而是成为对人生一种消极逃避的托词,正如屈原、阮籍、陶渊明、李白、苏东坡那样,人的主体精神并不能得到充分的张扬,而是压抑或消解在对自然或自我的沉浸之中。

《书·大禹谟》讲:"人心惟危,道心惟微。"鲁迅在《汉文学史纲要·老庄》中说:"老子之言,亦不纯一,戒多言而时有愤辞,尚无为而仍欲治

---

① 康德:《论优美感和崇高感》,第 46 页。

第九章 人的观念与中西文论对话及古代文论的现代转换 299

天下。其无为者,以欲'无不为'也。"因为老子"尚欲言有无,别修短,知白黑,而措意于天下",但是庄周不同,"并有无修短黑白而一之,以大归于'混沌',其'不遣是非','外死生',无'始终',胥此意也。中国出世之说,至此乃始圆备"。鲁迅在《坟·摩罗诗力说》中说老子:"书五千语,要在不撄人心;以不撄人心故,则必先致槁木之心,立无为之治;以无为之为化社会,而世即于太平。其术善也。然奈何星气既凝,人类既出而后,无时无物,不禀杀机,进化或可停,而生物不能返本",再加"不幸进化如飞矢,非堕落不止,非著物不止,祈逆飞而归弦,为理势所无有"。在鲁迅看来,无论是"无为而欲无不为"的老子,还是"始圆备出世之说"的庄子都对"进化如飞矢"、"生物不能返本"的客观规律无可奈何。王国维也同样表现了这种"祈逆飞而归弦"的悲剧心理。他在《红楼梦评论》中就引用叔本华的观点来说明自己对《红楼梦》的悲剧性的理解。但钱钟书在《评〈红楼梦评论〉》时却说:"王氏于叔本华著作,口沫手胝,《红楼梦评论》中反复称述,据其说以断言《红楼梦》为'悲剧之悲剧'。""然似于叔本华之道未尽,于其理未彻也。""王氏附会叔本华以阐释《红楼梦》,不免作法自弊也。盖自叔本华哲学言之,《红楼梦》未能穷理窟而抉道根;而自《红楼梦》小说言之,叔本华空扫万象,敛归一律,尝滴水知大海味,不屑观海之澜。夫《红楼梦》、佳著也,叔本华哲学、玄谛也;利导则两美可以相得,强合则两贤必至相厄。此非仅《红楼梦》与叔本华哲学为然也。"①钱钟书认为《红楼梦》的结局并不像王国维按照叔本华的哲学讲得那样:"则宝黛良缘虽就,而好逑渐至寇仇,'冤家'终为怨耦,方是'悲剧之悲剧'。"所以王国维的《红楼梦评论》不过是尽力附会叔本华的哲学,从而使哲学与文学更加隔膜而两败俱伤。然而我们也应该看到叔本华哲学与《红楼梦》之间在整体上的悲剧性联系,不能因

---

① 钱钟书:《谈艺录》,第349—351页。

为黛玉与宝玉之间的爱情结局而否定二者之间所共同具有的悲剧精神,这也正是《红楼梦评论》的价值所在。

王国维与叔本华对人生的悲剧性理解如马丁·布伯一样,后者曾经将《庄子·至乐》篇骷髅的故事和《哈姆雷特》第五幕第一场哈姆雷特在教堂墓地的独白相提并论。① 二者都表现了对生与死的苦恼与困惑。王国维在《文集续编·自序二》中解释自己从哲学转向文学的原因时说,是因为"哲学上之说,大都可爱者不可信,可信者不可爱",而自己则因为"余之性质,欲为哲学家则感情苦多,而知力苦寡;欲为诗人则又苦感情寡而理性多"。理论界大都因为王国维的自视甚高,便把此话解释为王国维是一个审美和思辨兼盛的人物。其实王国维正是从消极的意义上来说的,这与他对人生的根本理解是一致的。王国维在《〈红楼梦〉评论》中就把人的根本性质归结为"欲",从而把"欲"与痛苦和文学联系在一起,认为它是"一切美术之目的",它不是"个人之性质",而是"人类全体的性质"。他说:"生活之本质何?'欲'而已矣。欲之为性无厌,而其原生于不足。不足之状态,'苦痛'是也。""人生之所欲,既无以逾于生活,而生活之性质,又不外乎苦痛,故'欲'与'生活'与'苦痛',三者一而已矣","吾人得以利用此物,有其利而无其害,以使吾人生活之欲,增进于无穷。此科学之功效也。故科学上之成功,虽若层楼杰观,高严巨丽,然其基址则筑乎生活之欲之上,与政治上之系统,立于生活之欲之上无异。然则吾人理论与实践之二方面,皆此生活之欲之结果也"。他把"欲"与"痛苦"的问题当成"人人所有"而"人人未解决"的问题,古今东西的诗歌小说都描写此事,但都不能解决,唯独《红楼梦》能"非徒提出此问题,又解决之者也"②。与此相关,王国维在《〈红楼梦〉

---

① 夏瑞春:《德国思想家论中国》,第213页。
② 《王国维文学论著三种》,商务印书馆2001年版,第2—8页。

评论》中就讽刺了中国人的"乐观主义精神",他说:"吾国人之精神,世间的也,乐天的也,故代表其精神之戏曲小说,无往而不著此乐天之色彩:始于悲者终于欢,始于离者终于合,始于困者终于亨;非是而欲餍阅者之心,难也。"而《红楼梦》则与"一切戏剧相反,彻头彻尾的悲剧",因为它描写了"人生之所固有的悲剧"。这种悲剧恐怕连佛都无可奈何,他说:"佛之言曰:'若不尽度众生,誓不成佛。'其言犹若有能之而不欲之意。然自吾人观之,此岂徒能之而不欲哉,将毋欲之而不能矣!"①由此看来,人并不是总像孟子所说的那样"人之性善也,犹水之就下也",而像李贽所说的"阳为道学,阴为富贵"也是大有人在的。《礼记·礼运篇》讲:"大道之行也,天下为公。选贤与能,讲信修睦。故人不独亲其亲,不独子其子,使老有所终,壮有所用,幼有所长,矜寡孤独废疾者皆有所养,男有分,女有归。货恶其弃于地也,不必藏于己;力恶其不出于身也,不必为己。是故谋闭而不兴,盗窃乱贼而不作,故户外而不闭,是谓大同。"《论语·卫灵公》讲,"己所不欲,勿施于人";《论语·宪问》讲,"以直报怨,以德报德";《老子》第七十九章讲,"报怨以德";《墨子·兼爱中》讲,"兼相爱,交相利"。在中国古代历史的变迁中又有何种程度上的体现?《礼记》中对"大同世界"的描述相对于古代的现实不过是一种浪漫的想象而已,正如《史记·伯夷列传》中所说的,"或曰'天道无亲,常与善人'。若伯夷、叔齐,可谓善人者非邪?仁积洁行,如此而饿死!且七十子之徒,仲尼独荐颜渊为好学。然回也屡空,糟糠不厌,而卒蚤夭。天之报施善人,其何如哉?盗跖日杀不辜,肝人之肉,暴戾恣睢,聚党数千人,横行天下,竟以寿终,是遵何德哉?此其尤大彰明较著者也。若至近世,操行不轨,事犯忌讳,而终身逸乐,富厚累世不绝。或择地而蹈之,时然后出言,行不由径,非公正不发愤,而遇灾祸者,不可

---

① 《王国维文学论著三种》,第 12—21 页。

胜数也。余甚惑焉,倘所谓天道,是邪非邪?"这也是司马迁通过对《老子》第七十九章"天道无亲,常与善人"的发问,为自己的遭遇鸣不平!由此看来,中国古代文明不过是一种从对过去美好的回忆,而不是从将来的可能性中寻找现在一切行为准则的,以追求维护现状,或以维护现状为基础来寻求可能性的变化以保持稳定的文明。中国的文学理论往往都是在探讨先秦时代就早已开始了的基本观念,只不过是更为精细了些,后来的理论不过是那早已存在了的理论的更为详尽的阐释和具体化,而没有从根本的问题上,也就是从生活中提炼出需要解决的问题,对将来人生及文学的可能性提出思考,而只是一味地对现实的合理性和与此相关的古代传统超越时空的必然性提出尽可能的论证。文论的稳定性、文学的稳定性与文化的稳定性互为因果,互相说明,也互相论证。以孔孟之道为基础的等级政治的一元化,对皇帝权威宗教般的迷信,用抽象的道德原则来掩盖现实生活中的利害冲突,用所谓的"道德高尚"来代替法律的公正,体现道德、体现等级、宣扬尊卑的各种繁琐的礼仪制度其实质也不过是在维护落后的国家体制。统治者一直宣扬的"以道德治理天下,以道德感化黎民"的策略,好像只有他们才具有道德,才配谈论道德,而事实又是如何呢?《四书》中所谓的"黎民不饥不寒"的长治久安,古代无数先王的高德宏愿,都不过是国难当头聊以自慰的借口罢了,朝廷对文官三令五申地要求要做人民的公仆,可见他们一直是以人民的主人,至少是以人民的"父母官"自居。正如黄仁宇所说的,"这些为数两千的京官,是否都能具备上述的品德,因而形成一个巩固的集团呢?如果事情真是这样,则他们身为文官中的优秀分子,自应感化其他文官,而后者也就应该具有移风易俗的能力,使全国 1100 多个县的民风杜绝刁顽而日臻淳厚;本朝刑法中所有骇人听闻的处罚如凌迟处死,也应早已废除止了。如果事情真是这样,那么多身穿獬豸服饰的文官监视其他百官也就毫无必要,皇帝也无须乎赫然震怒,廷杖百官了。可是理想与事实,常常不能相符"①。特别是那些缺少监督而又肩负治国平天下重任的高级官员。熟读经史中的仁义道德和在行为中治国平天下并不是一回事,抽象的道德原则和荣辱生死的现实问题,总是在文官的具体行为中表现出截然相反的矛盾性和两重性。对道德的过度提倡并不能表明社会的平等与互利。道德万能论在等级与剥削极为常见的社会中不过为权力的运作提供了可能的空间。所以西方迫使个体行善的社会体制和中国通过个人内在自我完善的理论根本基点的区别就在于对人性的认识:性善论与性恶论的区别,即人的内在本性是不是可以完全通过自我的修行和自我的控制来达到于他人和社会的统一,人与他人与社会的统一是完全主观的还是完全被动的。理论上完美的阐述并不能保证个人行为的目的与行为自身的完美统一。当然道学家的性善论主要是指人与禽兽的不同,欲望本身并不邪恶,恶是指随着欲望而来的自私,也就是君子乐得其道,小人乐得其欲。但是君子并不是天生的。人性如是善的,或者更容易趋向于善,那还需要礼干什么? 既然需要礼来节制,需要乐来培养,可见人性更容易导向恶的结果。如果假设人性是善的,那如何解释人世间的一切恶呢? 正如朱光潜在《乐的精神与礼的精神》中所说的,"一部人类历史自头自尾是一部战争史,原因是在人类生来有一副自私的恶根性。人与人相等,利害有冲突,意见有分歧,于是欺诈凌虐纷争攘夺种种乱像就因之而起。人与人斗争,阶级与阶级斗争,国与国斗争,闹得一团怨气,彼此不泰平"。② 如果人的本性不善不恶,那又何必区分公与私呢? 难道人的本性更容易利人吗? 如果那样,世界上最容易的事情就是为善了,为善既然这样容易,又何必对善大加赞美呢? 孔子又何必反复强调"人而不仁如礼

---

① 黄仁宇:《万历十五年》,第 57 页。
② 《朱光潜全集》第九卷,安徽教育出版社 1996 年版,第 94—111 页。

何,人而不仁如乐何"呢?所以《乐记》讲,"礼节民心,乐和民声",可见民心本身并不完全合礼,而民声本身也并不完全合乐。当然对人性的善恶认识,和对人性的价值判断并不是一回事,说人性是恶的并不是说人性恶是好的,而是说对人性恶的认识更容易从理论上采取措施对人的行为进行控制。因为如果认为人性是善的那就没有必要对人的行为进行往善的角度进行引导了。因此《乐记》说:"礼以道其志,乐以和其声,政以一其行,刑以防其奸。礼、乐、刑、政,其极一也,所以同民心而出治道也。"

中国古代文化中繁琐的关于人与人的各种行为规则,使理论家往往产生中国古代是一个科学技术落后、伦理却异常先进的国度的幻觉,中国古代哲学对礼乐的过分注重便是证明。朱光潜在《乐的精神与礼的精神》中说:"乐的精神在和,礼的精神在序。从伦理学的观点说具有和与序为仁义;从教育学的观点说,礼乐的修养最易使人具有和与序;从政治学的观点说,国的治乱视有无和与序,礼乐是治国的最好工具。"礼乐在理论上的合理区分并不意味着生活实践上矛盾的彻底解决。利玛窦在他的《中国札记》中多次提到中国人的"夜郎自大":"不屑从外国人的书里学习任何东西,因为他们相信只有他们自己才有真正的科学知识。如果他们偶尔在他们的著作中有提到外国人的地方,他们也会把他们当作好像不容置疑地和森林与原野里的野兽差不多。"[①]中国人之所以把"别的民族都看成野蛮人,而且看成没有理性的动物",就在于中国人自认为早已掌握了关于人的真理。虽然他们最后被这些曾遭受蔑视的"野蛮人"打败了,但他们仍然认为这不过是技术的结果,而不是精神文明的原因。对科学技术与伦理道德的区分成为落后者保持自大心理的又一个重要理论根据。《论语·公冶长》中孔子就区分了道德与

---

① 《利玛窦中国札记》,第94、181页。

知识,他说:"十室之邑,必有忠心如丘者焉。不如丘之好学也。"《论语·八佾》说:"子谓韶,'尽美矣,又尽善也',谓武,'尽美矣,未尽善也'。"可见美与善也不是一回事。所以,维柯在《新科学》中提到孔子的哲学时说:"像埃及人的司祭书一样,在少数涉及物理自然时都很粗陋,几乎全是凡俗伦理,即由法律规定人民应遵行的伦理。"①孔子对智、美与善的区分在近代中西文化激烈碰撞的时候就变成了中学为体西学为用,也就是用西方的科学技术来维护中国传统的精神文明。如李约瑟指出的,中国的官僚制度的基本结构并不因为新的科学技术的发明而有所变化,他说:"新的武器仅仅是以前使用的武器的一种补充,并没有对古老的文武官僚制度产生什么影响,而每一个新的外来的征服者却总是轮流把它们接受下来并加以运用。"②由此看来,中国传统文化中的"通经致用"、"学而优则仕"不过是"治人之术"而不是"治事之学"、"治物之学"。人和人之间关系的稳定性使传统文明更容易趋向于因循守旧。如韦伯在《儒教与道教》里所描述的,中国人"无限忍耐和克己复礼、顽固的习惯、对于单调无聊的生活绝对麻木不仁、无休止地工作的能力、对不习惯的刺激的反应迟钝","非常惧怕未知的和不能看到的东西","对任何革新的传统的畏惧","数不胜数的礼仪枷锁卡着中国人从胎儿到死祭祀的生活",③与认为"传统是牢不可破的"儒家观点相反,清教却认为"传统绝对不是神圣的,从伦理上理性地征服世界、控制世界是不断更新的工作的绝无止境的任务:这就是'进步的'理性客观性。同(儒教)理性地适应世界相对的是(清教)理性地改造世界"。儒教的自我控制,只能从世俗的利益来得到解释,而清教伦理的自我控制,则是为了把自我的完善统一于上帝的意志之中。儒教伦理只是把人有意

---

① 维柯:《新科学》,第43页。
② 潘吉星主编:《李约瑟文集》,第218页。
③ 马克斯·韦伯:《儒教与道教》,第283—286页。

识地置于被神化了的君臣之间、上下级之间、父子之间、夫妻之间、兄弟之间、师生之间、朋友之间的关系之网中,而不是用理性的法律和契约来约束人的行为,为形成传统的万能、地方的保护、权力的至上打下了基础。当然,技术并不像乐观主义者想象的那样可以解决我们生活中的一切问题,技术是一把双刃剑,它的前进带来的一切后果都是喜忧参半的,它并不能为我们解决哲学、政治、伦理,甚至美学、文学中出现的各种问题提供坚实的基础和根据,也无法为在国家民族生活中起重要作用的权力问题提供合理的解释。新技术的有效利用和推广可以创造出更多的财富,却无法为如何以更加公平合理的方式分配它们提供可靠的原则,而这些原则的实施却能够反过来影响对技术的进一步推广。

人类在自然界的位置并不像人类自己所想象的那样,他自身也在处于不断完善的过程之中。康德说:"我们只不过是自然界的一部分,而我们却想成为自然界的全部。"[①]人类的存在相对于自然、相对于理性对人类所提出的完美要求都还有很大的差距,人类只有在充分考虑到自身的局限性,考虑到无限发展的可能,才能为自身的前进提供动力与指导。对真善美的不断追求成为人类完善自身的基本依据,而不像传统理论那样认为对真与善的追求的价值大大超过对美的追求的价值。康德说得好:"习惯上总是只把能向我们更粗鄙的感受提供满足的东西称之为有用的,亦即那些能使我们饮食富足、衣着和居室器用奢侈以及宴客浪费的东西;虽则我看不出为什么我们最活跃的感情所经常愿望着的那一切东西,就不应该同样被算作是有用的东西。"[②]当然由于种族的差异、文化的差异、性别的差异使我们对真善美的理解有很大不同,但是我们同样不能因为这些差异的存在就否认人类对真善美有

[①] 阿尔森·古留加:《康德传》,第35页。
[②] 康德:《论优美感和崇高感》,第25页。

第九章 人的观念与中西文论对话及古代文论的现代转换

共同的要求,虽然这些要求要在各民族文化不断对话的过程中才能达到。我们首先应该考虑到人性中哪些是天然的,哪些是由后天的文化所形成的。不同的文化间常常能够看到相反的现象:"斯巴达妇女若是被赤身裸体地推到街上,那么这对她来说是比死更可怕的事。而牙买加的印第安妇女却可以一丝不挂地走来走去。娶自己的姐妹为妻被认为是一桩罪行,而在古埃及这种婚姻则被赋予一种神圣的含义。爱斯基摩人把自己衰老的双亲杀死,实际上是做了一件好事,以便使他们免于病痛的长久折磨和狩猎中的暴死。"①但是在这些现象的背后,我们能够否认他们对真理、对善和幸福、对美的共同追求吗?虽然这些追求在不同文化的语境之下是不同的。在不同文化间的交流日益频繁的今天,任何狭隘的所谓爱国主义都不可能为自己的民族,为人类的发展带来任何好处,而仅仅只能为自己眼前的利益得到苟延残喘的维护。叔本华说:"如爱国主义试图在知识领域坚持其主张,那么,它就犯了一个不可饶恕的罪过。因为,在那些一切人利益都相同的纯属人类问题中,真理、直觉、美感都应具有独立的价值,假如偏爱一个人自身所属的国家,冒充不偏不倚的评判,并借机亵渎真理,贬低别国有才智者,诌媚本国的无能之辈,这是多么无理,多么不恰当!至今在欧洲的许多国家仍能找到抱有这种世俗偏见的作者。"②但愿我们能够以开放宽容的心态来看待自己以及他者的文化,只有这样才能为自身民族文化的发展带来可能。

---

① 阿尔森·古留加:《康德传》,第 57 页。
② 《叔本华论说文集》,第 335 页。

第十章　老庄的浪漫主义传统与浪漫主义价值的重估

浪漫主义对于文学正如朱光潜所说的是一个"极难谈而又不能不谈的问题"[①]。如何站在目前理论界所能达到的高度对浪漫主义在新时代的意义,也就是对亚里士多德关于文学是描述可能性的人的理论进行重新思考,无疑具有非常重要的现实意义。在哲学已退到书斋变成仅仅是某些理论家意识里的革命的当今,各种理论像时装秀一样毫无意义地从舞台上匆匆走过,文学对大众生活的影响却更为广泛地存在,成为精神世界里的真正守护者,而思考浪漫主义理论对当今的意义则无疑具有振聋发聩的作用。

第一节　追求可能人生的浪漫主义

浪漫主义从根本意义上讲是对人的可能存在的思考,也就是对相对于现实存在的更高的真的思索,也就是对人的存在的普遍性、可能性、合理性的思考,正如王元骧指出的:"文学向读者所展示的不仅只是'是什么',而且还是'应如何',是一种知识与价值、科学性与人文性统一意义上的人的生活的图景。"[②]这是我们理解浪漫主义理论内涵及浪

[①]　朱光潜:《谈美书简》,第 73 页。
[②]　王元骧:《文学理论与当今时代》,第 327 页。

漫主义理论价值的一把钥匙。浪漫主义虽然在近代西方才流行,但关于浪漫主义的理论应该说是古已有之了。理论界对柏拉图的"理念与理式"、"美本身"、"神"、"灵感"、"天才"、"理想国"等观念对浪漫主义的影响探讨得很多。但浪漫主义的真正定义应来自亚里士多德的《诗学》。他说:"诗人和画家与其他造型艺术家一样,是一个模仿者,那么他必须模仿下列三种对象之一:过去有的和现在有的事、传说中的或人们相信的事、应当有的事。"①而"诗人的职责不在于描写已发生的事,而在于描述可能发生的事,即按照可然律或必然律可能发生的事。历史学家与诗人的差别不在于一用散文,一用'韵文';希罗多德的著作可以改写为'韵文',但仍是一种历史,有没有韵律都是一样;两者的差别在于一叙述已发生的事,一描述可能发生的事。因此写诗这种活动比写历史更富于哲学意味,更被严肃对待;因为诗所描述的事带有普遍性,历史则叙述个别的事"②。因此"如果有人指责诗人所描写的事物不符合实际,也许他可以这样反驳:'这些事物是按照他们应当有的样子描写的',正像索福克勒斯所说,他按照人应当有的样子来描写,欧里庇得斯则按照人本来的样子来描写"。③ 可见,浪漫主义的镜子模仿的不是现实而是超越于现实之上的理想,也就是弗·施莱格尔所说的"诗与人生合一","应当把诗变成生活和社会,把社会和生活变成诗。"④正如卡西尔所引用的爱德华·杨格的在《关于最早的作品的推测》(1759年)中的话,"一个作家的最早的笔,就像阿米达的魔杖一样,能从不毛之地中唤出鲜花的春天",而浪漫主义则把"奇迹般的不可思议的东西看成是真正的诗的描写所能接受的唯一题材"。在18世纪的文学理论

---

① 亚里士多德:《诗学》,第92页。
② 同上,第28—29页。
③ 同上,第94页。
④ 弗·施勒格尔:《雅典娜神殿断片集》,三联书店1986年版,第72页。

中这种新思想愈来愈占有重要地位,直到费希特在《先验唯心论体系》中宣称艺术是哲学的完成,弗·施勒格尔(Friedrich Schlegel)在《雅典娜神殿断片集》中称近代诗人的最高任务是"先验的诗歌"、"诗歌的诗歌",诺瓦利斯讲"越是富有诗意,也就越真实"①。浪漫主义把诗歌的哲学化和把哲学的诗歌化表明了对可能人生的想象在浪漫主义思潮里已具有了普遍的根本的价值。想象对丰富性、多样性、差异性的关注,表明了艺术在塑造人类文化时所具有的构造力量,艺术并不仅仅是一种简单的装饰品,它是我们思想、愿望、情感及内在生命的深刻体现。也只有从这个角度,我们才能理解米开朗基罗为何在读到柏拉图说美不存在于尘世而只能存在于理想世界时,突然感到自己作为一个艺术家的本性的觉醒,我们才能理解为何他把一切忠实地表现"现实形象"的艺术称为是下品的艺术。② 只有浪漫主义的艺术和哲学才能创造完美的人生。

浪漫主义和现实主义一样在追求真理,不过这种真理是关于未来的真理,关于人应该怎样的真理,关于现实的合法性的真理,它更多地指向未来,指向人的将来的可能性。卡西尔在谈到人对未来的思考时说:"还有另一个对人类生活的结构似乎是更为重要更足以表现其特征的方面。这就是所谓时间的第三维——未来之维。"他引用了斯泰恩在《幼儿心理学》中的观点:"意识所抓住的与其说是对过去的关联,不如说是对未来的关联。""思考未来,生活在未来,这乃是人的本性的一个必要部分。""一切有机生命过程的显著特征在于,我们不可能在描述他时不涉及未来。""各种本能反应并不是被各种直接需要所激起,它们乃是指向未来并且往往是指向一个非常遥远的未来的各种冲动。"③一切

---

① 卡西尔:《人论》,第194—199页。
② 傅雷:《世界美术名作二十讲》,三联书店2002年版,第88—89、98页。
③ 卡西尔:《人论》,第67—68页。

伟大的真理不仅来自对纯粹现实性的思考,而且还要超越现实的界限,在现实与可能之间作出区分,并对可能作出富有想象力的思考。卡西尔说:"乌托邦的伟大使命就在于,它为可能性开拓了地盘以反对对当前现实事态的消极默认。"①在浪漫主义者看来,艺术不仅要模仿自然,还要发现自然、修正自然、完善自然,因为自然并不都是一贯正确的,也不总是美的,更不总是善的。理想不是存在,而是应该。康德在《纯粹理性批判》中说:"此种理念,在理性之经验的使用中,绝不能完全实现,但乃用为一种规律,以命令吾人在处理此种系列时应如何进行者。"②"毫无瑕疵的理想""固不能由纯然思辨的理性证明之,但亦不能由思辨的理性否定之",因为它是理性的需要,"先验的理念自有其善美、正当、及内在的用途","不在理念自身,而仅有其用途"。③ 也就是在这个意义上,柏拉图在《理想国》里创造一个尽善尽美的境界,不能借口它不可能实现,不存在,就认为它没有意义。同样,我们也不能因为索福克勒斯的悲剧与拉斐尔的绘画中的人物异常崇高伟大,不合现实而加以指责,因为对于一个思想家来说最有害最无价值的事情莫过于单纯诉诸个人经验,完全忽视一切善良愿望而纯粹依附于现实的存在。对可能人生的思考正是一切浪漫主义的最终根源,对未来的思考、对可能性的追求是永远也不会结束的人的开放存在,正如巴赫金所说:"这个世界的中心在于未来、愿望、应该,而不是事物自足的现实里,不在它的实有、它的现在、它的整体、它的已然实现。""从推动生活的涵义角度上看,在时间上完成了生活是没有希望的生活。"④

浪漫主义和现实主义不仅仅是指一种创作方法、流派和思潮,更是

---

① 卡西尔:《人论》,第78页。
② 康德:《纯粹理性批判》,蓝公武译,商务印书馆2002年版,第485页。
③ 同上,第460页。
④ 钱中文主编:《巴赫金全集》第一卷,第196、225页。

一种对待世界的根本态度,浪漫主义所强调的想象对整个人文科学具有根本的意义。凡·高在致伯纳尔的信中说:"想象确实是我们必须发展的才能。只有它能够使我们得以创造一种升华了的自然,它比对现实的短暂一瞥——在我们的眼中它一直像闪光一样变化着——更能找到抚慰,更能使我们觉察。"①只有从这个角度,我们才能够真正理解,浪漫主义为何是古今中外文学发展中共同存在的理论问题。人们不仅把《伊利亚特》称为现实主义的代表,《奥德赛》称为浪漫主义的杰作,还把屈原、李白称为浪漫主义者,杜甫、白居易称为现实主义者。也因如此,浪漫主义虽然在西方文学理论中论述较多,用来解释中国文学同样具有深刻的理论意义。正如钱钟书所说,在达摩未来以前,陶渊明早已通禅。② 所以朱光潜在《西方美学史》中说:"浪漫主义和现实主义这两种创作方法的区别和联系,牵扯到美的本质和艺术的典型化问题,所以在美学上是一个基本问题。不但创作实践,就连美学本身也有浪漫主义和现实主义的两种不同的倾向。"③歌德在他最早提到浪漫主义时说:"这个概念起源于席勒和我两人。我主张诗应采取从客观世界出发的原则,认为只有这种创作方法才可取。但是席勒却用完全主观的方法去创作,认为只有他那种创作方法才是正确的。"④可见,歌德指出的浪漫主义和古典主义(即现实主义)的根本区别是客观和主观的分别,这种区别不仅在文学,而且在整个人文科学领域都是普遍存在的。正如王元骧所说:"浪漫主义根源于人类对未来生活的幻想与渴望,它伴随着文学艺术而产生,在某种意义上说,是文学艺术的精神、灵魂之所

---

① 奇普编:《艺术家通信——塞尚、凡·高、高更通信录》,吕彭译,中国人民大学出版社2003年版,第40页。
② 钱钟书:《谈艺录》,第202页。
③ 朱光潜:《西方美学史》下,人民文学出版社1983年版,第720页。
④ 爱克曼:《歌德谈话录》,第221页。

在。因为要是没有这种追求和渴望,人类也只能是一种匍匐于自然脚下的奴隶,人的生活也就没有诗情。所以别林斯基认为正如'凡是有人的地方,就有生活'那样,'凡是有人的地方,也就有浪漫主义'。"①"浪漫主义的本质含义就是人的灵魂的内在世界。"②

当然我们也应当考虑到浪漫主义自身的复杂性,巴尔扎克、司汤达是公认的现实主义大师,而朗松却在《法国文学史》中把他们归到"浪漫主义小说"里,勃兰兑斯在《十九世纪文学主潮》里同样把他们归为"法国浪漫派"。所以朱光潜说:"没有那一位真正伟大的作家是百分百的浪漫主义者或百分百的现实主义者。"③王国维在《人间词话》中一开始就讲:"有造境,有写境,此理想与写实二派之所由分。然二者颇难分别。因大诗人所造之境,必合乎自然,所写之境,亦必邻于理想故也。""虽写实家,亦理想家也。虽理想家,亦写实家也。"④这和高尔基在《我怎样学习写作》中说的那段著名的话是一致的:"在伟大的艺术家们身上,现实主义和浪漫主义好像永远是结合在一起的。"但我们也不能因二者"结合在一起"而忽视二者的根本差异:浪漫主义者不是在描写现实,而是在幻想,在塑造一个神圣的世界。他们生活在由他们自己的情感和想象创造的异于世俗的诗性世界里,正如布莱克(William Blake)默默无闻地用自己毕生的精力和智慧来创造一个独立于"经验世界"的"天真世界"一样。王佐良在《英国诗史》中说:"从童谣般的小诗到千行以上充满象征的长诗《法国革命》、《密尔顿》、《耶路撒冷》,这些长诗里有布莱克的憧憬,他对于如何改变那诅咒的英国社会是有答案的,只不

---

① 王元骧:《文学原理》,广西师范大学出版社 2002 年版,第 113 页。
② 《别林斯基选集》第四卷,满涛译,上海译文出版社 1991 年版,第 68 页。
③ 朱光潜:《谈美书简》,人民文学出版社 2001 年版,第 74 页。
④ 王国维:《人间词话》,第 1—2 页。

过藏在一套独特的象征和神话系统里。"①布莱克在《最后审判之一瞥》中说:"这个想象力的世界是永恒的世界,是我们所有的人在我们的物身死亡之后都要回归的神圣之怀,这个想象的世界是无限的。"他在《〈雷诺治论艺术〉一书批注》中说:"在诗人心目中,一切形体尽善尽美。但他们不是从自然中抽出来或配合出来的,他们来自想象。"②这样想象力便成为诗歌发展的巨大动力,也使得许多诗人沉浸在自己的内心和深层无意识中,开拓了各种现代艺术的先河。

浪漫主义塑造美好世界的出发点和归宿无疑是为了表现其泛爱的人道主义精神,同时发挥想象力、注重激情的诗性过程也表现了浪漫主义与古典主义根本不同的对生命对生活的新体验。想象在浪漫主义里所具有的根本地位同样对浪漫主义的艺术原则产生了决定性的影响,和情感一起成为我们理解浪漫主义艺术原则的理论基础。

第二节 浪漫的想象与科技理性

浪漫主义对美的追求、对情感的崇拜、对艺术解放作用的充分肯定,为我们反思今日普遍存在的强大科技理性的横行霸道有着深刻的理论价值。想象不仅作为浪漫主义思考未来、体验人生的根本手段,同样作为浪漫主义重要的艺术手段而存在。布莱克在《〈渥滋渥斯诗集〉批注》中说:"只有一种力量足以造就一个诗人:想象,那神圣的幻景。"③因此伊格尔顿(Terry Eagleton)说:"到浪漫主义时期,文学实际上逐渐成了'想象'的同义词。'如实'这个词获得单调乏味、枯燥平淡

---

① 《外国文学研究集刊》第二辑,中国社会科学出版社 1980 年版,第 66 页。
② 《欧美古典作家论现实主义和浪漫主义》(一),中国社会科学出版社 1980 年版,第 255 页。
③ 同上。

第十章 老庄的浪漫主义传统与浪漫主义价值的重估

等贬义评价,正是从浪漫主义开始的。如果不存在的东西被认为比存在的东西更有吸引力,如果诗或想象较之散文或'硬邦邦'的事实更为优越,那么也就有理由得出这样的结论,这很能说明浪漫主义生活的那个社会的某些重要情况。"[1]其实在任何时代都存在关于"硬邦邦的事实"和"虚无缥缈的精神"到底是哪一个更为重要的争论,不独呈现在浪漫主义时期,只是在浪漫主义时期这个问题表现得更为明显。如古希腊苏格拉底、柏拉图关于道德观念、精神理想的辩论,中世纪关于精神比物质、灵魂比肉体更应该获得拯救的观念一样,文艺复兴同样广泛存在这样的争论。由于想象与审美的内在一致性,浪漫主义表现出的唯美倾向便成为各种现代、后现代文艺思想的发源地。因此罗素在《西方哲学史》中说:"浪漫主义运动的特征总的说来是用审美的标准代替功利的标准。……浪漫主义者的道德都有原本属于审美上的动机。"[2]当然,从另一角度讲,"浪漫主义道德都原本属于审美上的动机"只是说出了浪漫主义的一个重要方面,因为大多数重要的浪漫主义诗人本身就是政治上的积极分子,他们认为文学义务和政治义务紧密相连,而不是彼此矛盾。自由的文学与自由的政治在本质上有着深刻的同谋关系。自由的文学成为整个对抗当时占据统治地位的意识形态策略的一部分,因而想象本身也变成了一种政治力量。文学是自由的,文学是创造的,这本身就有深刻的社会、政治和哲学含义。"浪漫主义就是文学上的自由主义"的口号对占统治地位的意识形态的威胁是人人都能理解的。但是追求个性并非就是个人主义,它只是对于专制和僵死的古典主义的反叛,浪漫主义对个性的强烈追求不过是古典主义过分强调标准、一致性以至走向穷途末路的必然。从大多数浪漫主义作家来看,无

---

[1] 伊格尔顿:《文学原理引论》,文化艺术出版社1989年版,第23页。
[2] 罗素:《西方美学史》下卷,马元德译,商务印书馆1976年版,第216页。

论是他们的作品还是他们的个人生活,大都是倾向集体主义的,其内心还是把和谐统一、全人类幸福美好的追求放在第一位,仍根植于深深的理性原则中。它与现代主义甚至后现代主义所表现的个人主义、打破权威、打破中心、消解理性有本质的差别。浪漫主义兴起的基础在于当时社会文化对感性的忽视,对个性的压抑,而非对理性的怀疑,现代主义或后现代主义则是对理性原则的深深怀疑,而这种怀疑则有浪漫主义开其端而已,艺术的情感主要表现在理性形式下的内容。也正是在这一点上,浪漫主义的进一步发展必然导致走向非理性,走向现代主义和后现代主义,浪漫主义对后现代主义在寻求事物意义时从历史走向共时起到了决定性的影响。因此浪漫主义赋予创造性想象的特权也就绝对不能看成消极的逃避主义。如果我们考虑到当时早期英国资本主义的发展,极端庸俗功利主义的蔓延,他们批判科技理性,对理性主义与科技文明对人的压抑和奴役的深恶痛绝,崇尚艺术和自然,宣扬人的自由和解放,无疑对后来的文学和思想都产生了深刻的影响。

浪漫主义和启蒙主义的理性原则与对人类各种美好的向往之间仍保持着密切的关系,并不像现代主义和后现代主义那样走得那么远。它只是思考理性主义的局限、功利主义在解决人精神领域问题时的无力、科学在人的生活中到底能占多大地盘。帕斯卡尔就对科学和理性的局限进行了思考,他说:"科学的虚妄——有关外物的科学不会在我痛苦的时候安慰我在道德方面的愚昧无知的;然而有关德性的科学却永远可以安慰我对外界科学的愚昧无知。""我们不会把人教成正直的人,但我们可以教人其他的一切;而他们夸耀自己懂得其他任何事物永远都比不上夸耀自己的正直。"[①]自从现代意义上的科学产生之后,从

[①] 帕斯卡尔:《思想录》,何兆武译,商务印书馆1997年版,第26—27页。

第十章 老庄的浪漫主义传统与浪漫主义价值的重估

没有任何力量在改造人类的生活上能与科学的力量相匹敌,科学被认为是人类文化的最高成就。但是我们也应该看到它的局限,看到科技理性与工具理性导致的功利主义和享乐主义所造成的人性分裂,强大的物质力量带来的异化对维护人的尊严、造就真正意义上完善的人所显现的无能,对保持人对世俗生活所应有的批判精神,对思考什么是真正的人、人之所以为人的根本原则所带来的巨大困惑。归根结底就是培根在《新工具》中所说的科学是按照"宇宙的尺度",而不是"按照人的尺度"来看待世界的。浪漫主义开辟了对现代科技局限性的反思,我们在康德对真善美的区分中可以找到准确的理论说明。康德在《判断力批判》中明确区分了认识真的能力与创造美的天赋。他说:"一切科技仍是人们能学会的,仍是在研究与思索的天然的道路上按照法规可以达到的,而且是和人们通过勤恳的学习可以获得的东西没有种的区别。所以牛顿在他不朽的自然哲学原理那一著作里所写的一切,人们全可以学习;虽然讲述出这一切来,需要一个伟大的头脑。但人不能巧妙地学会做好诗,尽管对诗艺有许多详尽的诗法著作和优秀的典范。"①

由此,浪漫主义开始了对用自然科学方法研究精神科学的反思,对今天的文艺理论产生了深远的影响。卡西尔说:"我们绝不可能用探测物理事物本性的方法来发现人的本性,物理事物可以根据它们的客观属性来描述,但是人却只能根据他的意识来描述和定义。"②人的特性首先在于他本性的多样性、丰富性,而这些都是用自然科学,如数学无法测量,也无法决定的。卡西尔指出,"形而上学、神学、数学、生物学相继承担了对思考人的问题的领导权,并且规定了研究的路线",科学家、

---

① 康德:《判断力批判》上卷,第154页。
② 卡西尔:《人论》,第8页。

经济学家、神学家、政治学家、生物学家、心理学家、人种学家等也从各方面对人是什么作出自己的思考,但正如舍勒所说:"在人类知识的任何其他时代中,人从未像我们现在那样对人自身越来越充满疑问。"科学也愈来愈显示出自己的局限。① 20世纪60年代体现整个文化转型基本内涵的读者阅读理论、接受理论的崛起就是基于对科学精神局限性的思考,它最终的目的就是倡导一种人文精神,因此读者接受理论就特别强调人文科学相对自然科学所具有的特殊性和独立性,反对用自然科学方法来解决社会、历史与美学问题。耀斯对文学研究中追求实证、客观、精确的历史主义作了批评,因为它们一味模仿自然科学方法,把文学艺术看成可以测量、证实的因果关系,并对历史的客观性作了过高的估计。在他看来,企图呈现"过去时代客观图画"的想法只不过是一种幻想,因为"没有叙述者,事实就毫无声息","事实"并不是"单纯地、孤零零地、客观地""自己表现自己,自己叙述自己",是"叙述者表现了它们"。加达默尔在《真理与方法》导言中就指出了精神科学的独特性:"在现代科学范围内抵制对科学方法的普遍要求","在经验所及并且可以追问其合法性的一切地方,去探寻那种超出科学方法论控制范围的对真理的经验"。通过一部艺术作品所经验到的真理"要求科学意识承认其自身的局限性"。② 可见阅读理论的最终目的是为了恢复人的精神在科学面前所具有的独立性。当然,狄尔泰和维柯都为精神科学方法论的独立性进行过辩护。胡塞尔在《欧洲科学危机和超验现象学》中就认为把自然科学的客观性应用于以生活经验为基点的精神科学是荒谬的,因为精神科学的研究是一种主体间相互关系的研究。③ 他在《现象学的观念》中同样反对哲学以自然科学为楷模,认为哲学在

---

① 卡西尔:《人论》,第28—29页。
② 加达默尔:《真理与方法》,第17—20页。
③ 胡塞尔:《欧洲科学危机和超验现象学》,第5—6页。

原则上与自然科学不同,始终处于"一种全新的维度","需要全新的出发点",以及"一种全新的方法"。① 正如加达默尔所说的:"他的现象学试图成为'相关关系的研究'。但这就是说关系是首要的东西,而关系在其中展开的'顶极'(Pole)是被关系自身所包围,正如有生命的东西在其有机存在的统一性中包含着它的一切生命表现一样。"②

艺术的真理不同于科学的真理,关于人的真理也不同于关于自然的真理。美学的任务就在于确立艺术经验是一种独特的、不同于以数学模式为基础的认知方式。我们不可能指望现代科学技术的发展为我们提供一种完美的伦理哲学,甚至是一种客观的美学原则。诠释学对主体性的强调无疑对科学以虚幻的全能来代替实践理性的越位,对历史客观主义和实证主义用精确、客观的方式来把握主体的根本思路进行了批判。客观的、实证的、精确的方法只会使人变成物,使具有丰富对话精神的人文科学变成了对待死物的自然科学。"诠释学反思并不把科学研究视为自己的目的,而是用他的哲学提问使科学在整个人类生活中的条件和界限成为主题。在科学日益强烈地渗入社会实践的时代,只有当科学不隐瞒它的界限和它自由空间的条件性时才能恰当地行使它的社会功能。对于一个对科学的信念业已达到迷信的时代,这只有从哲学方面才能解释清楚。"③这自然与二战之后对科学至上的反思联系起来。所以加达默尔在1973年所作的《自述》中说,他在第一次世界大战给德国带来的"促使人们同旧的传统决裂"的"迷惑"中,开始了他的哲学研究,企图"在一个失去了方向的世界中找到一个新的方向"。第二次世界大战同样给世界带来了"决裂"和"迷惑",而这种"迷惑"的本质就是科学主义完美形象的彻底崩溃,给人们精神带来的深刻

---

① 胡塞尔:《现象学的观念》,第25—27页。
② 加达默尔:《真理与方法》,第321页。
③ 同上,第734页。

危机,使人类重新进入一片必须凭靠对自身精神的探讨来建立价值大厦的虚无之中。学科的迅猛发展与对科学滞后的反思形成了鲜明的对照,人被一种异己的客观力量推着前进,走到了一个由"完美"的科学所创作的异化的世界里。

第三节　对浪漫主义与宗教关系的反思

浪漫主义对宗教的回归使我们在新时代重新思考信仰、精神对于生活与人生的意义,对目前物欲横流的世俗世界无疑具有警世的作用。宗教的本质不过是对信仰与对善的思考。正如康德所说,美是道德的善的象征。《圣经》里的奇迹不过是对信仰力量的一种过度的宣扬。

浪漫主义对宗教的渴望历来为理论家所诟病,其误解的主要根源来自对宗教的误解。赵朴初在谈到佛教的"缘起性空"思想时就提到毛泽东和李银桥在延安散步的事:毛泽东提议到佛教寺庙里看看,李银桥认为那是迷信,毛泽东则认为他不懂文化。同时赵朴初还提到了范文澜在"文革"初期读佛学书,给自己补课;钱学森给他写信说"佛教是文化",反对把佛教圣地贴上迷信标语。赵朴初从革命家、历史学家、科学家的看法得出佛教是文化的事实。① 迷信是认识的领域,即把一个根本不存在的事实当成真理来对待,而宗教则是属于道德和信仰的领域,是对人生终极价值的追问,对精神意义的思考。正如康德所从事的重要工作,"我不得不排除知识,以便为信仰腾出地盘"。他在《纯粹理性批判》中提出的三个著名问题:我能够认识什么?我应该做什么?我能够期望什么?第一个问题是他的理论哲学要回答的问题,也就是真的问题;第二个问题是他的实践哲学要回答的问题,也就是善的问题;第

---

① 赵朴初:《佛教常识答问·序言》,上海辞书出版社 2001 年版,第1—2页。

三个问题既是实践问题也是理论问题,也就是美的问题。康德的整个哲学思想就是对这三个不同问题的回答。他在《判断力批判》的导论中作了更为详尽的论述,对这三个不同的领域,在"心意机能"、"先验诸原理"、"认识的机能"、"应用的领域"作了精确的区分。① 在康德看来,宗教乃属于实践的领域,宗教与道德没有任何本质区别,尽管信仰的形式各种各样,但宗教只有一个,正如同道德只有一个一样。上帝和神的本质只有一个,那就是爱。偏离了爱的上帝和神是不合法的,也没有任何存在的意义。② 正如布莱克在《神圣的形象》一诗中所说:

> 爱、仁慈、怜悯、和平,
> 原是上帝,我们亲爱的父亲,
> ……哪儿有仁慈,
> 爱、怜悯,
> 哪儿就有上帝和神。③

他在《耶路撒冷》里讲"理想的耶路撒冷城的基石是怜悯,墙头是温情,油漆是爱和仁慈",宣扬宗教的仁慈和博爱。这使我们想起罗丹,当葛塞尔(P. Gsell)问他信不信宗教时,他说:"这要看你把宗教这词如何解释而定,假使人们说信教是循规蹈矩的遵守教规,恪从教义,那自然我是不信教了,而且今日还有谁真是这般信教的呢? 还有谁能抹杀自己的理智和批评精神呢? 但是我的意思以为宗教并不是一个教徒喃喃诵经的那回事。这是世间一切不可解而又不能解的情操。这是对于维持宇宙间自然的律令及保持生物的种族形象的不可知的'力'的崇拜;这

---

① 康德:《判断力批判》上,第 36 页。
② 古留加:《康德传》,第 221—223 页。
③ 布莱克:《布莱克诗选》,袁可嘉译,人民文学出版社 1958 年版,第 47 页。

是对于自然中超乎我们的感觉、为我们的耳目所不能闻见的事物的大千世界的猜测,亦即是我们的心魄与智慧对着无穷与永恒的憧憬,对着这智与爱的向往。——这一切也许都是幻影,但是即在此世间,它鼓动我们的思想,使她觉得犹如生了翅膀,可以腾天而飞的境界。在这种意义下,我是信教的。"他接着又谈到:"假使没有宗教,我将感到发明宗教的需要。真正的艺人其实是世间最有信仰的人。"[①]"假使没有宗教,将有发明宗教的需要。"伏尔泰、巴尔扎克、托尔斯泰等都发表过类似的看法,无非就是因为,宗教乃是信仰和爱的需要。正如康德所说的,理性虽然不能证明上帝的存在,同样也不能证明他的不存在。当耶稣否定犹太教信仰中"把人类一切种族都从自己的交往中排斥出去,认为自己是特殊民族,是耶和华的选民,仇视其他一切民族,认为只有自己才是全世界的主宰者",而把非犹太民族也包括在拯救的范围内时,当耶稣在圣安息日仍然照常为人治病,仍然允许自己的门徒掐食麦穗,并说"人是安息日的主,不是安息日是人的主,安息日为人而存在,不是人为安息日而存在"时,当耶稣引用上帝的话:"我是亚伯拉罕的上帝,以撒的上帝,约伯的上帝",并说出"上帝不是死人的上帝,乃是活人的上帝",当他说出"最重大的就是'你要尽心、尽性、尽意、尽力,爱主,爱你的上帝','要像爱自己一样爱你们的邻居',再没有比这更重大的戒命"时,当他宽恕通奸的女人,指出"你们中间谁是没有罪的,谁就可以先拿石头打他",我们能感受到的并不是由无知导致的迷信,而是由博大的悲天悯人所产生的无私的爱。[②] 他对穷人的爱、对陌生人的爱、对异国人的爱等都说明了他人格的伟大,耶稣所实现的无数奇迹都不过是在象征与隐语意义上的对信念与意志的颂扬。

[①] 葛塞尔:《罗丹艺术论》,傅雷译,中国社会科学出版社2001年版,第192—194页。
[②] 路德维希:《人之子——耶稣》,张新颖译,广西师范大学出版社2000年版,第180—182页。

高尔基在《我怎样学习写作》中对消极浪漫主义和积极浪漫主义进行了划分:"在浪漫主义里,我们必须分清楚两个极端不同的倾向:一个消极的浪漫主义——它或则是粉饰现实,想使人和现实相妥协;或者就使人逃避现实,堕入自己内心世界的无益的深渊中去,堕入'人生的命运之谜'、爱与死等思想里去。……积极的浪漫主义则企图加强人的生活的意志,唤醒人心中对于现实,对于现实的一切压迫的反抗心。"[1]高尔基指明了浪漫主义内在的巨大差异,这种差异同样也存在于其他任何的理论和流派之中。无论积极浪漫主义和消极浪漫主义内在的差别怎样,他们对现实存在的强烈不满确是共同的切肤之痛。高尔基对浪漫主义内在差异的关注给我们的另一个启示就是:我们应当充分认识到宗教精神和宗教组织之间的根本差异。正如贺麟在《文化与人生》中所说的:"这两方面的区别与矛盾,在基督教中最为显著而尖锐。因为基督精神即为耶稣基督的人格所表现的精神,或耶教《圣经》中所含的精义,与耶教教会的组织间实有极大的区别和冲突。甚至于有时能代表耶教真精神的人,反不为耶教所承认,反而为教会所压迫驱逐。而自命为正教的教会,以及教会中显赫的领袖,反不能代表耶教的真精神。"[2]以至于"耶教在现世得到成功,而耶教的精神反被损害了"。"基督教本是纯洁高超的宗教,一经现世化,则基督教失其纯洁化、生力化的精神使命,而与其最高理想渐离渐远。""基督教原来是与现世搏斗的宗教,一个不与现世搏斗的基督教,为政府所承认、所保障、所赞助的基督教,已非老牌的基督教了。"[3]许多能代表基督真精神的人往往离乡背井,被那些自认为代表正教的人诽谤诋毁、驱逐迫害,正说明了这个问题。其实,耶稣本身的死就是最好的证明。苏格拉底的死也是一样,

---

[1] 朱光潜:《西方美学史》下,第724页。
[2] 贺麟:《文化与人生》,商务印书馆2002年版,第129页。
[3] 同上,第137—138页。

只不过一个是为了追求最高的善,一个是为了追求最高的真而死罢了。所以他在临死前的《申辩》中说:"莫怪我说实话。凡真心为国维护法纪、主持公道,而与你们和大众相反对者,曾无一人能保首领。真心为正义而困斗的人,要想苟全性命于须臾,除非在野不可。"①其实耶稣的人格就是基督教中最纯洁最美好的源泉。中国民族主义运动的先驱孙中山就是一位基督徒。他对中国革命无私的热情和献身精神也充分证明了"他是中国前所未有过的最像基督人格的人"②。我们不能把耶稣为人类道德提供的理想原则和僵化的宗教仪式相提并论,正如我们不能把孔子和后来以维护自身统治的所谓儒家相提并论一样,处于时代边缘的耶稣和孔子与后来占时代统治地位的基督教和儒家有着根本的不同,只有那些为着理想的原则而努力的基督徒和儒士才能称为耶稣和孔子的真正传人,基督教历史上的谋杀与中国历史上的专制本身就是和耶稣孔子的基本精神相背离的。

因此优秀的浪漫主义诗人首先就是现实主义者。理想道德的超越性,即对当时历史现状的批判怀疑,对人类美好存在的幻想,这一点是和现实主义相通的。用人道的爱来代替一切丑恶,这是对社会历史现状的幻想,而非是艺术形式的幻想。他们生活在用自己的道德理想创造的世界里。浪漫主义对未来的思考并非表明他们是纯粹的白日梦者,他们都有深厚的哲学、政治理想作基础,与某些想提起自己的头发脱离人世的所谓现代、后现代艺术家有着根本的不同:他们是生活的积极参与者,不是旁观者,不是艺术至上的唯美主义者,不是文本主义者,因为他们把自己的创作指向人生、指向社会、指向宗教、指向自然等非文学性的东西,他们把人类的幸福时刻放在自己的心上,而不是在解构

---

① 柏拉图:《游叙弗伦 苏格拉底的申辩 克力同》,严群译,商务印书馆 2000 年版,第 68 页。
② 贺麟:《文化与人生》,第 150 页。

一切可能的理性原则之后仅仅沉浸在语言自指的游戏所带来的文本快感之中。他们虽然强调想象、强调情感、强调艺术本身的解放作用,但是,这一切都基于深刻理性的思考,基于信仰的原则,而不是像现代主义、后现代主义那样基于对理性的深深怀疑,从而在平面化的世界里寻求多样化的意义。所以奥夫相尼科夫(М. Ф. Овсянников)说:"至于进步的浪漫主义,那这里必须经常指出,这个阵营的浪漫主义没有割断同启蒙运动传统的联系。"[1]这句话揭示出浪漫主义运动另一个重要的、常常被理论界所忽视的层面。如果仅仅认为浪漫主义运动的基础只是"宣扬崇拜本能、无意识、非理性的东西",那么关于浪漫主义的许多重要特征,特别是它与前后文学的内在联系,我们都无法理解,更难以理解像威勒克(R. Wellek)在评价布莱克时所说的"他在很大程度上预示了我们这个时代的问题"这样深刻的观点。[2] 王元骧也同样指出浪漫主义"诗与人生合一"的理想与西方马克思主义,特别是法兰克福学派的"社会批判理论"的内在统一性:"它的矛头主要集中在资本主义生产关系和工业文明所造成的人的价值的贬低和物的价值的提升,以及由于物的支配和奴役所导致的人性的分裂,把社会变革的目标看作是为了使人从这种异化的状态中解放出来而重新获得自由。由此出发,它们都要求文学承担起抵制人的异化、克服人性的分裂、拯救人的灵魂的任务。"[3]

浪漫主义在道德的世界和艺术的世界都超越了现实:一是提高艺术的地位,强化艺术对现实人生的解放作用,同时在创作中把感情与想象提到首位,使艺术本身成为超越现实的一个重要途径。不是艺术模仿现实中的存在,而是现实应该向完美的艺术学习。这是浪漫主义关

---

[1] 奥夫相尼科夫:《美学思想史》,吴安迪译,陕西人民出版社1986年版,第308页。
[2] 威勒克:《批评的诸种概念》,丁泓等译,四川文艺出版社1987年版,第210页。
[3] 王元骧:《文学理论与当今时代》,第326页。

于现实和艺术关系的根本原则。二是宣扬宗教,宣扬泛神的爱,回归中世纪,如海涅在《论浪漫派》中所指出的,浪漫主义就是"中世纪文艺的复活","它是属于中世纪的",甚至回归自然,从理想、道德、价值的角度来审视现实世界。浪漫主义用心灵与世界、美好与丑恶、乡村与城市、经验与想象等之间的强烈对比来表达对理性世界的迷惑和对艺术宗教世界的向往。从浪漫主义对人类永恒命运的思考、对美的无限追求来看,他们在时代上虽然是古典的,精神上却是极为现代的。他们对艺术、对宗教对人类精神解放作用的过分强调,在某种程度上表现出对时代无可奈何的消极对立情绪,然而对一个诗人来说,他的责任难道就是像拜伦那样去参加真正的战斗吗?也许发现美、塑造永恒、像音乐一样给痛苦的人以安慰,给迷茫的灵魂以鼓舞才是最重要的。只有这样,他的歌声才能在他的肉体消亡之后永远回荡在人们心灵的苍穹里,他的歌声将成为整个人类苦难心灵发出的回声,在人类出现新的困境时,引导他们走向新的生活,迎接新的挑战。

第四节 老庄浪漫主义传统的现代意义

中国文学自身同样有着悠久而广大的浪漫主义文学传统和理论传统。《文心雕龙·辨骚》讲:"自风雅寝声,莫或抽绪,奇文郁起,其《离骚》哉!""固已轩翥诗人之后,奋飞辞家之前,岂去圣之未远,而楚人之多才乎!""故能气往轹古,辞来切今,惊采绝艳,难与并能矣。""惊才风逸,壮志烟高。……金相玉式,艳溢锱毫。"[①]从刘勰对屈原和《离骚》的高度评价中我们可以看到,浪漫主义传统在中国文学中的重要地位,虽然他指出了《离骚》并不完全符合"宗经"的要求,但是"惊才风逸,壮志

---

① 周振甫:《文心雕龙今译》,第40、45、47页。

第十章　老庄的浪漫主义传统与浪漫主义价值的重估

烟高"的伟大创作所拥有的特点和欧洲浪漫主义运动时代的三大口号"天才"、"情感"、"想象",①是一致的,即使刘勰所讲的四个缺陷:"托云龙,说迂怪,丰隆求宓妃,鸩鸟媒娀女,诡异之辞也;康回倾地,夷羿弊日,木夫九首,土伯三目,谲怪之谈也;依彭咸之遗则,从子胥以自适,狷狭之志也;士女杂坐,乱而不分,指以为乐,娱酒不废,沉湎日夜,举以为欢,荒淫之意也:摘辞四事,异乎经典者也。"所谓"诡异之辞"、"谲怪之谈"、"狷狭之志"、"荒淫之意",也就是诡异的话、奇怪的谈论、急躁的心志、荒淫的意念也都是浪漫主义所通常具有的想象奇特、天才怪诞的特色。刘勰不仅看到像屈原这样伟大的浪漫主义作家的创作特色,同时他还看到浪漫主义的基本原则作为一种创作方法或手段在文学创作中的广泛运用。他在《文心雕龙·夸饰》中说:"神道难摹,精言不能追其极;形器易写,壮辞可得喻其真;才非短长,理自难易耳。故自天地以降,豫入声貌,文辞所被,夸饰恒存。""验理则理无可验,穷饰则饰犹未穷矣。""莫不因夸以成状,沿饰而得奇也。""谈欢则字与笑并,论戚则声共泣偕。""夸饰在用,文岂循检?"刘勰认为,浪漫夸张的广泛运用是与"神道难摹,精言不能追其极"有关,也就是语言的局限性有关,但适中准确夸张的运用却能使"形器易写,壮辞可以喻其真",因此自从有天地、文字、文学以来,夸张都是存在的,"夸饰恒存",夸饰的作用虽然很大,"莫不因夸以成状,沿饰而得奇也",能使人在语言里感到欢笑,感到哭泣,感到春花的鲜艳和秋风的萧条,但是语言的这种想象的美妙怎能用事实或常理来验证呢? 刘勰还对老庄的浪漫主义特征、老庄为浪漫主义传统提供的理论和形式的资源进行了分析,同时还区分了老子和庄子在风格上的不同。《文心雕龙·情采》说:"老子疾伪,故称'美言不信';而五千精妙,则非弃美矣。庄周云,'辩雕万物',谓藻饰也。""研味

---

① 柏拉图:《文艺对话集》,第362页。

孝、老,则知文质附乎性情;详览庄、韩,则见华实过乎淫侈"。《文心雕龙·诸子》说:"庄周述道以翱翔","惠施对梁王,云蜗角有伏尸之战","此踳驳之类也"。然而"五千精妙"、"知文质附乎性情"的老子与"华实过乎淫侈"、"述道以翱翔"的庄子对文论却产生了大致相同的影响。

《文心雕龙·神思》讲:"古人云:'形在江海之上,心存魏阙之下。'神思之谓也。文之思也,其神远矣。故寂然凝虑,思接千载。悄焉动容,视通万里。""故思理为妙,神与物游。""是以陶钧文思,贵在虚静,疏瀹五脏,澡雪精神。""独照之匠,窥意象而运斤。""是以秉心养术,无务苦虑;含章司契,不必劳情也。""伊挚不能言鼎,轮扁不能语斤,其微矣乎!"这一篇与《庄子》联系非常密切,其中"形在江海之上,心存魏阙之下"来自《庄子·让王》"身在江海之上,心居乎魏阙之下";"疏瀹五脏,澡雪精神"来自《庄子·知北游》"汝斋戒,疏瀹而心,澡雪而精神";"窥意象而运斤"来自《庄子·徐无鬼》"匠石运斤成风";"轮扁不能语斤"来自《庄子·天道》"轮扁斫轮"。可见本篇的基本精神直接来自庄子。"其神远矣"、"贵在虚静"、"寂然凝虑"、"神与物游"、"秉心养术,无务苦虑;含章司契,不必劳情"等,都和庄子的基本思想是一致的,特别是贯穿始终的静的思想,庄子的思想成为《文心雕龙》的一个重要资源。《文心雕龙·养气》中"智用无涯"来自《庄子·养生主》"吾生也有涯,而知也无涯";"惭凫企鹤"来自《庄子·骈拇》"凫胫虽短,续之则忧,鹤胫虽长,断之则悲";"精气内销,有似尾闾之波"来自《庄子·秋水》"尾闾泄之,不知何时已而不虚";"刃发如新"来自《庄子·养生主》"庖丁解牛";"水停以鉴,火静而朗"来自《庄子·天道》"水静犹明,而况精神",本篇的基本思想"率志委和,则理融而情畅,钻砺过分,则神疲而气衰;此性情之数也","率志以方竭情,劳逸差于万里","故宜从容率情,优柔适会","清和其心,调畅其气"直接来自老庄强调静和养生的观念。当然老庄的静和刘勰的静一样是动静结合的,无限的动就隐含在无限的静中,无限浪漫的艺术世界就来自作家或读者宁静时内心丰富想象的自由驰骋。

老子哲学最根本的概念就是"自然无为",所谓自然无为就是任何事物都应该顺应它自身的情况去发展,顺其自然而不加以人为。老子说:"人法地,地法天,天法道,道法自然。"(第二十五章)自然就是自身决定自身的存在,其本质就是不依靠外力强制而顺应自然的宁静状态。因此,在老子哲学里,自然无为和静是一而二、二而一的。我们随处都可看到老子关于静的论述:"孰能浊以静之徐清,孰能安以动之徐生。"(第十五章)"重为轻根,静为躁君。轻则失根,躁则失君。"(第二十六章)"不欲以静,天下将自正。"(第三十七章)"清净为天下正。"(第四十五章)"我无为,而民自化;我好静,而民自正;我无事,而民自富;我无欲,而民自朴。"(第五十七章)在老子看来,静乃天下之本,静能使混浊的水变清澈,同样也能使人的精神变得能包容万物,进而使天下获得安宁。特别是统治者的静更是天下之大幸,在老子看来他们的动乃是万恶之源。所谓"治大国如烹小鲜"(第六十章),"自见者不明,自是者不彰,自伐者无功,自矜者不长"(第二十四章)。当然老子的静的论旨并不仅仅在政治方面,也不是完全针对着统治者的弊端而发的,因为静在老子哲学中具有普遍性的根本意义。"物色令人目盲,五音令人耳聋,五味令人口爽;驰骋畋猎令人心发狂"(第十二章),并非仅仅只指统治者,其根源就在于老子的修身目的。

老子主张静,崇尚精神的修行,反对对物质的贪婪欲望,其中一个重要的目的就是为了修身自保。老子重在修身,推其余绪而爱民治国,正如庄子所说的:"道之真以治身,其绪余以为国家,其土苴以治天下。由此观之,帝王之功,圣人之余事也,非所以完身养生也。"(《让王》)老子说:"宠辱若惊,贵大患若身。何谓宠辱若惊?宠为下,得之若惊,失之若惊,是谓宠辱若惊。何谓贵大患若身?吾所以有大患者,为吾有身,及吾无身,吾有何患?故贵以身为天下,若可寄天下,爱以身为天下,若可托天下。"(第十三章)可见老子的目的是贵身,因为贵身而反对"宠辱若惊",反对外在的物质名利对生命的摧残。老子之所以"致虚极,守静笃",乃是为了"知常容,容乃公,公乃全,全乃天,天乃道,道乃久,没身不殆"(第十六章)。所谓"没身不殆"就是他的目的。由是他主张"贵以身为天下,若可寄天下,爱以身为天下,若可托天下"。爱惜自身生命的人才能爱惜天下人的生命,才能把天下交给他。当然,爱惜自己生命的人可以推及爱惜天下人的生命,但我们也应该看到,爱惜自己的生命和爱惜天下人的生命毕竟有根本的不同,二者没有必然的联系。专制权贵就是因为过分爱惜自己的生命,甚至用别人的生命来换取自身生命的安全和舒适,而自取灭亡。虽然老子讲"奈何万乘之王,而以身轻天下?"万乘之王为了重身而轻动天下,难道老子心中的圣人不也重身而轻天下吗?圣人虽然不因重身而轻动天下,但轻天下确是一致的。所以他说:"名与身孰亲?身与货孰多?得与亡孰病?甚爱必大费;多藏必厚亡。故知足不辱,知止不殆,可以长久。"(第四十四章)动静一体的世界在老子的眼里其根本却是"清净为天下正"(第四十五章)。人之所以静,修身是一个重要的原因。老子警告世人不可为名利而轻视生命:"祸莫大于不知足,咎莫大于欲得。故知足之足,常足矣。"(第四十六章)"治人事天,莫若啬。夫唯啬,是谓早服。""有国之母,可以长久。深根固柢,长生久视之道。"(第五十九章)在老子看来,治理国家养护身心的根本原则就是爱惜精力,治理国家养护身心都是为了"可以长久""长生久视"。"不敢为天下先,故能成器长。"(第六十七章)从老子修身自保的根本目的来看,后来在佛教的刺激下,"养生""求仙"的道士成为道家学说的主要社会载体绝不是偶然的,有其内在的必然性。

庄子的最终追求无疑是精神上的自由。"以谬悠之说,荒唐之言,无端崖之辞,时恣纵而不傥,不以觭见之也。以天下为沉浊,不可与庄语,以卮言为曼衍,以重言为真,以寓言为广。独与天地精神往来而不敖倪于万物,不谴是非,以与世俗处。"(《天下》)①庄子用"虚远、荒唐、不着边际的言论",独立特行,恣意妄为,从不讲严肃的话,从不谈论是非,他的目的只有一个,那就是"独与天地精神往来而不敖倪于万物"。庄子关于"小知不及大知,小年不及大年。奚以知其然也?朝菌不知晦朔,蟪蛄不知春秋"(《逍遥游》)的论述,关于"大樗大而无用,牛大不能执鼠"(《逍遥游》)的描述,关于"有成与亏,故昭氏之鼓琴也。无成与亏,故昭氏之不鼓琴也"(《齐物论》)的怪谈,关于"天下莫大于秋毫之末,而大山为小;莫寿于殇子,而彭祖为夭"(《齐物论》)的奇想,关于"以无为首,以生为脊,以死为尻。左臂为鸡,右臂为弹"(《大宗师》)的想象,他的"临尸而歌"(《齐物论》),他的"涉海凿河,蚊虫负山"(《应帝王》)等等,只有一个目的就是为了精神的自由和解脱。当然他的这种解脱,也仅仅限于个体精神的层面上,最终的追求还是"静",也就是"形如槁木,心如死灰"(《齐物论》)。他说:"水静犹明,而况精神。圣人之心静乎!天地之鉴也,万物之镜也。夫虚静恬淡寂寞无为者,天地之本。"(《天道》)水静了就会变得明亮,人的精神不更如此吗?圣人平静的心就是天地万物的一面镜子,虚静恬淡无为就是世界的根本。静不仅仅使精神达到了澄明的境界,而且静同样对人的一切产生根本的影响,所谓"以恬养知"(《缮性》),"静然可以补病"(《寓言》)。人要能达到"其寝不梦,其觉无忧。其生若浮,其死若休。其神纯粹,其魄不罢。虚无恬淡"(《刻意》)的境界,才算合于"天德"。艺术的境界更是如此,梓庆削木为锯就是典型。梓庆削木为锯,让人以为"鬼斧神工",技巧就在于"必斋以静心"。斋戒三天,不敢怀有"庆赏爵禄"之心,斋戒五日,不

---

① 陈鼓应:《庄子今注今译》,第884页。

敢怀有"非誉巧拙"之心,斋戒七日,就达到了忘记有四肢形体的地步,"吾忘有四肢形体"也。就是在这个时候,忘记毁誉得失,消除一切杂念,才敢到山林里找树木加工,最后达到"以天合天"的地步,才能做到鬼斧神工(《达生》),也就是达到"四六者不荡,胸中则正,正则静,静则明,明则虚,虚则无为而无不为也"(《庚桑楚》)。可见庄子承袭了老子身体、精神为万物之本的观念,通过修身来达到一种自由的境界。

由此看来,以个体精神的解脱为归宿的老庄的浪漫传统与柏拉图和亚里士多德开放的、未定的、面向未来的浪漫观念根本不同,老庄呈现出一种内在的、凝固的、个体的精神状态。道家眼里理想的圣人以"虚静"、"不争"为信条,体任自然,拓展内在的生命,抛弃一切外在的束缚,因此它对个体人的自我修炼无疑具有不可替代的意义。正如苏东坡所讲:老子之学,重于无为,轻于治天下国家。"静以修身"的态度在物欲横流的今天,其意义是无可置疑的,但它是否能作为一个普遍的原则,仍值得人怀疑。儒家圣人作为典型化的道德人则对人从个体的修行到对社会的参与,从审美的领域到伦理的领域的过渡提供了理论基础。在修身养性、对艺术的理解上,孔孟不如老庄,因为只有虚静、凝聚、含藏的心态才能达到高远的心志和真朴的状态,庄子的浪漫,老子的素朴,对个体的修行都是必不可少的。但在救国救民、关注天下生灵的命运与积极入世上又不如孔孟。从今日对民族进步的意义上讲,以追求个体解脱为目的的老庄的浪漫传统与基于深深理性原则的浪漫主义传统相比,不能不说还有很大的局限性,虽然二者在追求精神的自由与审美的解脱方面有着内在的一致性。正如歌德在对浪漫主义的评价中所说的:"我把'古典的'叫做'健康的',把'浪漫的'叫做'病态的'。这样看,《尼伯龙根之歌》就和荷马史诗一样是古典的,因为这两部诗都是健康的,有生命力的。最近一些作品之所以是浪漫的,并不是因为新的,而是因为病态、软弱;古代作品之所以是古典的,也并不是因为古老,而是因为强壮、新鲜、愉快、健康。如果我们按照这些品质来区分古典和浪漫的,就会知所适从了。"①

---

① 爱克曼:《歌德谈话录》,第188页。

结　　语

　　我把对话的基本原则归结为多元、平等与交流,主要基于以下的考虑:我们民族有几千年的文明,文化的资源是异常丰富的。但我始终认为,在我们民族的精神传统里缺乏平等的精神。平等不仅仅是一种法律的规定,更重要的是一种深藏于每位个体心中根深蒂固的观念,并成为每个人行为伦理的基本原则。平等的精神在西方文明中也不是自古就有的。被资产阶级革命时奉为根本原则的平等,其最终根源还是基督教文明。希腊文明为西方文明提供了一种世俗的理想模式——公平、正义、幸福等,而真正的平等精神来自基督教。康德说,宗教并不是道德的原因,而是道德的结果。基督教在它自身的发展中出现了很多在产生初期所没有的问题,甚至愈来愈背离它最初的原则,但作为基督教基本原则的平等精神无疑可以成为今日人类生存的具有普遍意义的基本原则。当然,孔孟的思想和后来儒家思想的区别也有着同样的问题。作为初创者与时代边缘者的苏格拉底、耶稣、释迦牟尼、孔子无疑具有更大的包容性与对话精神,和后来占据时代文化主导地位的柏拉图主义、基督教、佛教、儒教有着根本不同。区分二者的根本差异是我们正确评价苏格拉底、耶稣、释迦牟尼、孔子对人类文化意义的根本保证。特别是基督教为人类文化所提供的平等与爱的思想,对孔孟及儒家的亲亲、尊君、尊长的思想有不可置疑的扶偏救弊的作用。佛教和老庄思想中的万物平等虽然含有平等的因素,但万物平等和众生平等毕竟是根本不同的,罗素就曾批评过那种在万物平等理论下所无法掩盖的对人的生存状态的漠不关心。我国文化的孔孟传统和老庄传统都缺乏对平等精神的宣扬和探讨。因此,墨子的兼爱思想在我们传统的文化中具有特殊的意义。"道法自然"、"己所不欲,勿施于人"、"和而不同"等都没有提供平等精神的资源。至于被奉为中国古典文化圭臬的"道法自然"到底能给今天的我们带来什么,还有待于进一步的思考。因为自然的"自然而然"和人的"自然而然"有着根本的不同,什么是自然的"自然而然",什么是人的"自然而然",如何从自然的"自然而然"过渡到人的"自然而然",这些都是"道法自然"理论所没有解决的问题,正如荀子在批评庄子时所说的"蔽于天而不知人"。在荀子看来,虽然"天行有常",但"惟圣人不求于天",因为"道者,非天之道,非地之道,人之所以道也,君子之所道也"。因此,圣人的道和天的道并不是一回事,并不是道法自然一句话所能解决的。

康德在阅读卢梭的《爱弥尔》时之所以打乱了常规的散步习惯,就在于他和卢梭一样在思考:人身上哪些东西是自然形成的,哪些东西是人为造就的。人性中不仅包括人的天然属性,还包括文化的、教育的等后天形成的所谓人性,因此教育对人来说更具有重要的意义。人的和谐与善来自对自身的思考,"自然而然"并不能解决这个问题,人还需要"知其不可而为之"的精神,需要一个精神上的"理想国"。另外,今天的"自然而然"和老庄时期的"自然而然"肯定不是一回事,可今天的人怎样才能自然而然呢?正如康德讲的,善所探讨的不仅仅是自身的完善,还有他人的幸福。总之,自然的根本原则是必然,也就是自然而然,而人的根本原则却是自由,自由的含义是人可以决定自己的命运,而不是任意妄为。"己所不欲,勿施于人"与"己欲达而达人"也不能解决这个问题。它们听起来很具有普适性,其实很多根本对立的价值观念之间的关系是不能用这个原则来对待的,特别是先进与落后的价值观念之间的取舍不能用这种态度来解决。同样,"和而不同"这个被很多人奉为很具有普适性的原则,也同样有它的局限性,因为"和而不同"有等级下的"和而不同",有平等下的"和而不同"。总之,中国知识分子应该深入思考平等精神对中国民族文化发展所具有的巨大意义。我们目前很多重要的理论和现实问题都没有得到圆满的解决,其根源都来自对此问题的忽略。平等的观念将为民族文化的发展保证巨大的内部活力。

  对话理论就是对平等精神的思考。贯穿本书的一个基本原则就是研究平等精神在文学理论中是如何呈现的。这些初看联系并不紧密的章节都是对这一问题的思考与探究。平等问题不仅是东西方文化之间的关系,同样也是我们民族文化自身需要解决的问题。几千年的古代文明不仅为我们提供了前进的巨大动力,同样也为我们的进步设下了不少的障碍。对平等理念的深入思考为我们反思几千年的传统提供了一个极为有力的视角。一个民族的进步不仅来自对其他优秀民族文化的学习,同时还应该来自加强民族自身不同文化间的交流与对话,特别是精英文化与民间文化的交流。在一个精英与民间、城市与乡村、东部与西部有着巨大差异的国度里,对此问题的思考,笔者认为很有现实意义。

  本书的出版首先向多年来关心指导我的王元骧教授、赵宪章教授、杨正润教授、易丹教授表示由衷的感谢!谢谢他们长期以来对我学习和生活上的关爱与鼓励!最后,对中国社会科学基金、中国博士后科学基金、浙江省社科基金、浙江大学文艺学研究所省重点学科基金在研究和出版中给予的资助表示感谢!

邹广胜
2005 年 11 月 浙江大学